KUWEI
酷威文化
图书 影视

司命

九鹭非香 著

江苏凤凰文艺出版社
JIANGSU PHOENIX LITERATURE AND ART PUBLISHING, LTD

目录

楔子

司命，主万物命格。

然而她却无法安排自己的命运。若说有愿，司命最大的愿望便是能按照自己安排的生活来过一次，成为自己笔下的命定之人。

迷迷糊糊地掉入混沌之中，她不知这是什么地方，仿似没有底一般，一片漆黑。

她闭着眼任由自己不断地往下坠。忽然，背脊仿似触到了一块坚硬如铁墙般的东西，止住了她的下坠之势。她伸手一摸，指尖一片寒凉。铁墙般的东西，微微一动，她定下心神，立即开了天眼。

不远处两点亮光一闪而过，紧接着，她后背贴着的这块铁墙般的东西，剧烈抖动起来。她脚下使力一跃而起，飞至空中，回头一看，即便散漫如她也不由骇然。

“啊！”

朦胧的烟雾缭绕中，刚才她身旁竟是一条蜷缩而眠的巨大黑龙。

龙，上古神物。早已寂灭在悠远的岁月之中。

黑龙醒来，蜷起来的身子渐渐舒展开来，令人战栗的霸气也随之蔓延而去。他转头望向立在他身前的女子："汝乃何人？"

庞大的气场压得女子一阵胸闷，但她素来是个逞强的人，挺直了背脊，直视黑龙的双目，她道："九重天上司命星君。"

"司命？"

"司万物命格。"

黑龙无言地打量了司命半晌，倏尔一声嘶鸣，其声浑厚，震得司命肺腑生疼："天生万物，区区小物竟妄图司万物命格，命由己造，吾且看看你待如何司吾之命。"

司命一把抹干净唇角的血，老实摇头："我没那么大本事。但是即便我不能书写你的宿命，我也知道这世间早已无龙。此处气息停滞，无丝毫灵力流动，比起栖息之地更像是一个囚笼，隔绝了与外界的联系。你说命由己造，却被圈禁至此。连自由都没有，又怎么造你自己的命？"

"出此挑衅之言，不怕吾下杀手？"

"我心中尚有牵挂，还不想早死。但是现在实力差距很明显，你若要杀我，不是我几句好话便能阻止得了的。左右我打不过你，不如在你对我动手之前多说几句话，最好能将你气死，如此我倒还能逃出生天。"

黑龙听罢这话不怒反笑，倏地腾空而起。卷出的巨大气流带得司命一个踉跄，在空中翻了好几个跟头才立稳。

司命恨恨地望向黑龙："我是有身份的人，可杀不可辱，更不可亵玩！"

黑龙道："你倒有趣。吾在此孤寂已久，能得一物相伴也是趣事。司命，你若能令吾时时开颜，吾便留你性命，如何？"

司命暗自琢磨了一会儿道："留我一命并不足以让我觍着脸来逗你开心，这是个脑力活，我要别的好处。"

"司命，你是头一个敢与吾谈条件的。"黑龙顿了顿，"且说来听听。"

"古书上记载，龙浑身是宝，我向来不信这话，你给我验证一下。"

"如何验证？"

司命目光灼灼地盯着黑龙道："拉坨便便来看看。是不是宝？"

黑龙无言了好一阵："换个简单的。"

司命不解："排泄有何困难？若是困难，我帮你掏一掏。掏一掏便通畅无阻，顺滑非常啊！"

"吾数万年不食五谷。何来秽物？"黑龙望着司命，"你这是什么眼神？"

司命撇了撇嘴道：“大黑龙，横竖咱俩现在也是一根绳上的蚱蜢，你出不去我更出不去。咱们要在一起待上许久，这些事你不必瞒我。便秘也是病，得治。”

黑龙沉默。

司命捂着嘴偷笑了一会儿，道：“前面皆是我寻开心的玩笑话，你别当真。但是不管怎么说，咱们现在都待在这个暗无天日的地方，你用我来寻乐子，我自然也用你来寻乐子，独乐乐不如众乐乐。让你开心我才能活命这种话说出来只能增加咱俩之间的隔阂。彼时，我愁眉苦脸，你也没好处。”

司命抱拳鞠躬，笑嘻嘻地道：“大黑龙，交个朋友如何？这职位做得太久，我把原来的名字都忘了，你就唤我司命便可。”

龙身在司命面前盘踞，两只在混沌之中闪着幽光的龙眼轻轻眨了两下：“吾名长渊。”

“长渊，你有一个好名字。”

“司命，你有一副好性子。”

第一章 彼其之子，美无度

三界外，上有万天之墟，下有无极荒城。皆是无日月、无生灵的死寂之地。有进无出。与幽禁罪大恶极之徒的荒城不同，万天之墟更为寂静清冷，因那处乃是囚龙之地。

囚了这世间最后一条龙。

村头的百年大树下，老夫子正在给他的学生们讲述传说中的故事。蓝天白云，柔和的微风，认真倾听故事的学生，一切平淡而美好。

夫子很满意。

突然，一滴略带粘腻的液体滴落到夫子脸上。夫子不甚在意地抹去，望了望远处的天空，并未见有半分下雨的迹象。

“啊！”学生小胖三呆呆地望向夫子头顶的粗壮树枝，“夫子，尔笙。”

抬头一望，一个十二三岁的女孩像猫一样趴在树枝上，四肢无力地垂下，脸贴着树干睡得正香。微张的唇边蜿蜒而出一抹晶亮的液体，滑过树枝，滴下。

“哎呀！”

正中夫子的眼睛。

学生们哄然大笑。夫子擦干了眼睛，怒极而起，想抓住尔笙好好打一顿。

被学生们的大笑吵醒的女孩见形势不妙，一个利索的翻身，跳下树，身形灵活地跃过了两个小土丘，转过头来不忘对夫子啐了口唾沫，随后急急忙忙地跑不见了踪影。

夫子气得跳脚，胡须都竖了起来。学生们见了，更是笑得开心。

适时，阳光和煦，晴空万里。

“臭老头。”尔笙踢开脚下的石子，边走边嘟囔着，“有点穷酸气就了不起哦！会讲故事了不起哦！我才不稀罕听你的故事呢！”赌着气，尔笙将脚下的一块石子狠狠一踢，脚趾立即传来尖锐的疼痛，还不等尔笙叫出来，一声高呼便自田坎下传来。

“谁扔的石子！”

尔笙心道不妙，顾不得脚下的疼痛拔腿便跑。田坎下做农活的汉子已经看见了尔笙，大声喝骂道：“又是你个小王八羔子！有娘生没娘养的狗崽子！”

等跑远了些，尔笙估摸着汉子暂时抓不到自己了，便对着他的方向拍了拍屁股，又做了个鬼脸回敬道：“关你屁事！你个挨小王八羔子打的大王八羔子！”

汉子彻底被激怒了，放下农具便追过去：“看老子今天不收拾你！”

尔笙向汉子的方向吐了口口水，转身就往村后的树林里跑。村人们迷信树林里有妖怪，汉子不敢追进去，便站在树林外面破口大骂。有村人听不下去，劝道：“你跟她一个孤女计较什么，那孩子命中带煞，一家人都被克死光了，你小心跟她接触。”

汉子啐了口唾沫：“真恶心。”甩着膀子走了。

尔笙对着他的背影做了个鬼脸又重重地“哼”了一声，转身便往林子深处走去。

没想到越往林子深处走，视野反而越开阔。树林的最深处有一汪幽深的潭水，没有来源没有去处却常年保持着清澈。无风无波时能清楚地看见潭底的残木断枝，也不知是什么时候掉进去的。潭边四季都开着不知名的白色小花，毛茸茸的，看起来十分可爱。

尔笙对村人的胆小很是不屑，她想，迷信什么上古传说、妖魔鬼怪，他们不到这林子里来走一走，永远都不知道这里到底有多美。

尔笙坐在潭边的一块石头上，脱了鞋，把脏兮兮的袜子随手一扔，掰着脚丫子看了一会儿，大脚趾的指甲盖已经踢翻了，在跑动的时候出了不少血。她咬牙，忍着疼痛生生将翻过去的脚指甲给扯了下来。鲜血流出，尔笙将脚泡进冰凉的潭水中，嘴里嘀咕着："居然敢恶心姑奶奶！今晚就去你家后院拉几坨屎，糊在你家菜篮子上，恶心不死你。"

对着自己在潭水中慢慢散开的血望了一会儿，尔笙仰头躺在石头上，睁着眼看着蓝天之上飘过的朵朵白云。

"妖魔鬼怪？哼！如果有妖魔鬼怪为什么不出来让姑奶奶看看？"回应她的只有风穿过树林的沙沙声，尔笙哼了一声，"村子里的老家伙们就知道编排故事骗人。"

她闭上眼，在水中晃着腿，一摇一摇地酝酿睡意。

天空中一道黑影蜿蜒划过，笼罩过她的身体，尔笙敏感地睁开眼睛。天还是那片天，云还是那几朵云。微风依旧徐徐地吹，树木依旧沙沙地响，没什么不一样。

她撇了撇嘴，暗骂自己疑神疑鬼。

忽然，一阵狂风大作，径直将她扔在石头上的脏袜子刮走。她碎碎骂了句不太文雅的话。紧接着地面似乎被什么巨大的东西撞击了一下，猛地颤动起来，尔笙被抖得从石头上滚了下去。

饶是她天生胆大，此时也被这阵诡异的妖风和奇怪的抖动弄得有点怔然。

艰难地从石头后面爬出来，耳边忽闻一声骇人心魄的动物鸣叫，其声浑厚，震得她胸口剧痛，生生呕出一口血来。脑子晕乎成一片，她通红着眼睛望向传来声音的那一处。

那巨大的黑色影子在她眼中投影成此生绝不会忘记的惊悚印记。尔笙张大了嘴，恨不能将眼睛凸出来："妖……妖……"

一条、一条……狰狞的巨大蛇妖！

身覆黑甲，头有两角，有脚而五爪，后背有鳍，身粗如参天大树之干。

"妖蛇！"

尔笙的心脏骤停，双眼一翻，身子僵直，像块木板一样往后一倒，吓得几乎晕死过去……本来她是可以如愿晕死过去的，但倒下去的那处恰巧有块碎石头，后脑勺磕在石头上，一阵尖锐的疼痛之后，她又稍稍摔清醒了些。

原来村后的林子里真的会出现妖怪。尔笙迷迷糊糊地想，村里的老头子们说的那么多屁话当中居然有一句是真的。

但是既然有妖怪了，为什么还没出现鬼魂呢？阿爹阿娘的鬼魂为什么不到这里来游荡游荡呢……

蛇妖的嘶鸣只有那么一声便消失了，而尔笙的耳鸣却持续了好久。晕晕乎乎地捂着后脑勺坐起来，她呆了半晌，才恍然想起此时自己应该往村子里跑，逃命才是。

摇摇晃晃地站起来，尔笙不知是顾不得穿鞋，还是根本就忘了穿鞋，寻了一个大致的方向就踉踉跄跄地往那处奔去。脚步比喝醉的酒鬼还要虚浮缥缈。

路边的白色小花越走越多，树木越来越少，远方俨然成了一片白色的花海。尔笙迷糊的脑子全然顾不得周遭的景色自己是不是熟悉，此时在她脑子里就只有逃命一个念头。

尔笙不知不觉中已经闯入了树林的腹地，跌跌撞撞，像个误入仙境的莽撞凡人，跑过之地惊起无数飞絮乱舞。

奔上一个小坡，尔笙居高临下地远远一望，倏地怔住。

远处是一棵巨大的参天之树，树冠繁茂，比村中最老的老榕树还要大，而在大树之下，一名浑身是血的黑袍男子静静地倚着树根，闭眼坐着。

白色的花，黑衣的男子，漫天絮絮缭绕的落英在他身边纷飞成了一幅极美的画。将那方天地描绘成另一个世界。

像是受到了蛊惑，尔笙忘了逃命，忘了方才看见的“蛇妖”，只将那个男子痴痴地看呆了去。

微风划过，卷起几朵小花调皮地贴到了她的脸上。鼻尖微痒，尔笙猛地一惊，这才想起现在不能在这林中久待。甩了甩头，让自己清醒些许，她左右望了望，没看见“蛇妖”，这才大着胆子向那人跑去。

他一定是被蛇妖弄伤的吧。尔笙如是想着，那么她今天如果救了他就是他的救命恩人了。成了恩人就可以让他报恩了。

报恩……就以身相许好了。

待尔笙走得近了，才发现他的身边尽是斑斑血迹，染得四周的白花一片猩红。在原本纯洁的花海中透出一丝妖异的美丽。

尔笙小心翼翼地挪去他身边，不知为何，这个男子身上有股莫名的气息让她害怕。但她向来胆大，除了方才那般妖怪，越是奇怪的东西她就越想搞明白。弯下腰，尔笙伸出食指迟疑地戳了戳男子的手肘。

没有反应。

她勇气更足了，伸手拉了拉他的衣袖。

依旧没有反应。

尔笙蹲着往他身边走了两步，凑过脸去细细打量男子的容貌。精致的面容，完美一如天人。尔笙突然想到有一日老夫子领着学生们摇头晃脑读的那句诗。当时不懂是何意，但现在她想，她或许也有这样的感觉了——

彼其之子，美无度。

美无度。

尔笙突然捂住自己的心口："奇怪，心跳得好快。"

轻柔的一句呢喃却已惊扰到了那个男子。他眉目微微一蹙，双睫轻颤，睁开了眼。

幽黑的眼眸一如承载了万千繁星的夜空。当尔笙的身影映入他眼中的那一刻，疑惑一闪而过，杀气刹那迸现。尔笙被这突如其来的杀气骇得腿一软，一屁股摔坐在地。

"我没有恶意，我是好人！"尔笙立刻为自己辩解。

那人哪听她解释，长臂一挥，作势便要掐她的脖子。

尔笙对于逃命的反应也是相当快，站起来转身就跑。男子见她要跑，手往前一抓堪堪抓住了尔笙的裤子。

尔笙不管不顾地往前一挣，两人都使了现在自己最大的力……

所以……

尔笙只觉臀部一凉，她的裤子被生生扒了下去。

尔笙素日是过得自我了些。

因为家里人都去得早，她一个人像个浑小子般过了许多年，吃喝用度全得靠自己死皮赖脸去磨，所以她不似一般女孩那样害羞，但是！即便是个男孩被人扒了裤子怕是也得哭上一阵吧！更何况是内心其实非常敏感的尔笙。

她惊慌地将裤子拉上来，手脚并用地爬出去老远，回过头，含着泪，一脸惊慌地望着那人。

那人也没想到会弄成这样，眼中也划过一抹诧然与尴尬，但当他瞧见尔笙胯骨之上的红色印记时，防备之色渐消，神色也慢慢柔和下来。

半晌之后那人沙哑着嗓音问道:“司命?”

尔笙怒了，这货扒人裤子不说，扒完之后居然还叫她一个莫名其妙的名字，这种行为就像是给了你一巴掌然后再跟你说打错人了。

她趴着系好裤腰带，抹了两把泪，骂道:“司你大爷!姑奶奶叫尔笙!这年头救人还被扒裤子，姑奶奶再也不做好人了。”

那人几不可见地皱了皱眉，似自言自语地呢喃:“下界投胎，忘记了吗?”

尔笙趁他分神，站起身，又往后退了些许。估摸着这人一时半会儿也抓不到自己，她对他吐了吐舌头，做了一个极丑的鬼脸，然后转身便跑，头也不回。

男子并未追去，他倚在树根下，目光追着她渐行渐远的背影突然叹了口气:“怎么生投成这么一副脾性，实在是……过于神似。”

他摸了摸胸口的伤，神色微动，重伤让他失去了所有的神力，不过总算是从那个地方逃出来了。

他看了看头顶上纷飞着落叶的巨树，又望了眼远处蔚蓝的天空。平静的黑眸中忍不住泛起几许激动的波光。

司命，外界天地当真一如你说的那般美好。

同一片蔚蓝的天空之下，尔笙总算是奔出了村后的树林。路边村头刘家的两个孩子正在玩闹，她喘着粗气，喊道:“鼻涕刘兄弟!快给我过来!”

两个孩子小，平日在大人那里听的都是关于尔笙不好的话，自是不待见尔笙。哥哥、弟弟互相望了一眼，扭头就跑。

“你们有没有瞅见蛇妖啊!喂!”尔笙气得跳脚，“这两个死鼻涕小孩!我又不打你们，跑个屁!”她突然想起了什么，拍了拍脑袋道，“对!我也得快跑，离树林远些，省得蛇妖出来看见我，第一个把我吃了。”

然而她在自己那个破旧的家里坐了一下午也没见有什么蛇妖从树林里出来。

村子一如既往的宁静，在林中看到的一切仿佛都是她产生的幻觉。

临近傍晚，夕阳西下，尔笙有些坐不住了。想到她在林中看到的那个极美的人，心里痒了又痒。

尔笙尚还记得在她很小的时候母亲便告诉过她，女子注定是要嫁人的，嫁一个好人以后一辈子才能过上好的生活。尔笙深以为然。

她觉得那个人比村里面所有男人加起来还要好看。应当也比村子里所有男人加起来都要好。如果这么一个人可以每天陪着她，如果她嫁给了这么一个人，如果她可以带着他满村乱逛——

这应当是一件多么令人骄傲的事情啊！

尔笙眼眸亮了亮，继续深思：她没有父母，没有嫁妆，村里的男人都不想要她。她的终身大事还是得靠自己死皮赖脸去磨才行。现在正巧有个陌生男人撞枪口上了，这男人不了解村里的行情。她大可将他骗上一骗，彼时成了亲，有了孩子，他就是想跑也跑不掉了。

尔笙越想越激动，正巧方才那人也看过她光溜溜的屁股了。依着规矩，自己也理当嫁给他才是。

如此这般一琢磨，尔笙彻底坐不住了，站起来便往林子里跑，满脑子皆是成亲二字。蛇妖？蛇妖也不能和她抢男人。

尔笙想：他满身是血，应该受了不轻的伤，就算要走也走不了多远，肯定还在那个地方待着。

事实上，男子确实也还在那处待着。他受伤之重，不仅失了神力，连起身行走都非常吃力。正闭目养神调理内息之际，忽闻远处有个声音由小及大，渐渐向他靠近。他睁眼一看，那个从花海之中一脚深一脚浅地飞奔过来的人影可不正是尔笙。

尔笙拼命地挥着手：“美人！美人！”

男子又皱了皱眉，刚才她逃命一样地跑了，现在又不要命地跑回来……还真是司命的作风。

尔笙哪里知道他在想些什么，在离他十步远的地方忽然站住身形正色问他：“你刚才是不是要杀我？你现在是不是还要杀我？”

“方才是，现在不是。”

尔笙点了点头，随即便一下扑到他面前，笑得灿烂：“美人芳名？”

“长渊。”

“长渊家住何方？家中可有妻室？”

长渊望她：“你待如何？”

尔笙从衣袖里掏出一把做工拙劣的短剑，递给长渊，郑重道：“自剑。”

应该是自荐吧……

长渊沉默了片刻，没敢接过那柄剑。尔笙忽悠道：“此乃我祖上留下来的传家之宝，我自愿献上此剑，呃……那啥来着，嗯，与你共组一个家庭，共生一堆小屁孩。”

长渊盯着那柄短剑，道：“你是我的挚友，司命。”

“我是尔笙。”

望着女孩执着的眼睛，长渊突然有种想叹气的冲动：“我不娶妻。”

“为何？”

“找不到合适的。”长渊想，因为这世间只剩他一条龙了。

尔笙自顾自地将他的意思琢磨了一番道：“所以你的意思是你现在还看不上我喽？”

长渊怔然，没想到她会得出这么一个结论，他暗自琢磨了一下，认为尔笙是无论如何也达不到龙的要求的，随即点头道：“也可以如此说。”

尔笙也不气馁：“既然如此，你要怎么才能看上我？”

长渊摇了摇头，不知该如何与她说明龙的择偶标准。身形似蛇，有鳞甲，头有两角，角似鹿？她或许一个也达不到。

两人对望了许久，尔笙深吸一口气：“好！我懂了！”

你……懂什么了？不等长渊问出口，尔笙转身便往村子跑去，只在风中留下一句呐喊：“你等着我啊！明天我还会过来的！”长渊重伤未愈，他即便是想走也走不了。

他望着小小的身影风风火火地跑了，唯有摇头，半是无奈半是好笑的一声轻叹。

翌日，尔笙欣喜地捧着一堆乱七八糟的东西跑到他面前。嗅到的味道让长渊觉得很是不适，他微微皱眉，问道：“这些是什么？”

“食物啊！”

这理所当然的回答让长渊又沉默了。

“你在这里受了伤动不了，没水喝又没东西吃，迟早有一天得饿死。我就拿食物过来把你的命吊着，等你伤好了，我就是你的救命恩人了，到时候你就要报恩。我已经想好了，你孤身一人到这里来的，身上也没有其他的东西，多的我也不要，你把你人给我就好。”

“司命……”

“我是尔笙。算了算了，现在先不说这个，你看看这个！”尔笙指着自己手中的东西道，“黑色的是猪骨虫，一种长在猪骨树上的大虫子，很是鲜美；这个红色的是噗噗虫，生活在土里，它挖巢的时候会有噗噗的声音，吃起来很有嚼劲；还有这个蓝色的，这个是我最喜欢吃的，因为它都长在树叶下面，所以很干净，不用洗就可以生吃，嚼起来脆脆的，只是没人告诉过我它的名字，我就叫它嘎嘣嘎嘣脆脆虫。”

全是……虫子。

长渊慢慢把视线转到尔笙脸上：“你喜欢吃这些？”在他的印象中，司命所喜欢吃的东西似乎与这些完全不一样。

“我就是靠它们长大的，你别瞧它们长得不怎么样，到嘴里那是另外一种销魂的美味啊！”尔笙将手中的虫子往长渊面前一推，鼓着双大眼睛望着他，“尝尝。”

远古的记忆已经模糊，长渊只记得远古人类食五谷烹野兽，却不知道对于现在的人类来说什么是正常的食物，他只是不想吃闻起来就那么……不友好的东西。

他摇了摇头：“我不饿，无须进食。”

尔笙也不再劝，自己捉了那条蓝色的虫“嘶溜”一下吸进嘴里，一边嚼一边含混不清地说：“那等你饿了我再捉过来给你吃，这些就是我的了。”

长渊静静地看着尔笙将虫子一条一条吃掉，那副津津有味的模样让他几万年来不曾动的胃微微抽搐了一下。

“很好吃？”

尔笙斜了他一眼，一边嚼着嘴里的猪骨虫，一边捡了条小一点的噗噗虫塞进了长渊的嘴里。不等他反应过来，尔笙已把长渊的嘴捂住，非常霸气道：“嚼！”

长渊脸色黑了黑，无奈吐不出去，只能依言嚼了嚼。初尝时的腥味散去，一股浓郁的香甜之气自唇齿间散开。他颇感意外地挑了挑眉，而更意想不到的是，不等他将其吞咽，腹内已经缓缓升腾起了一股温热的气息，慢慢行遍四肢百骸，将他重伤后僵冷的肢体逐渐温暖了。

尔笙此时已经吃得只剩最后两条脆脆虫，她看了长渊一眼，问：“你还要吗？”话问出口之后她已经作势将两条虫都放进嘴里，长渊却出乎意料地说道：“要。”

尔笙嘟了嘟嘴：“喏，给你一条。”

这次长渊没有半分犹豫地将虫子嚼烂了吞掉。腹内果然又涌出一股暖流，长渊顺着体内气息的运行方向凝神敛气，一丝微薄的神力慢慢在血液中凝聚。虽然细小，但也足以让他欣喜不已，有了神力，伤口愈合就只是时间的问题了。

“你现在吃了我的东西，已经有半个人是我的了。”尔笙拍了拍长渊的肩，“照理说你应该跟我回家才是，但是现在你伤重走不得路，我大概也没那个力气拖你回去。所以等你伤好能走路后，再与我一起回去拜堂成亲生娃娃吧！”

尔笙根本就不给长渊说话的机会，又道：“昨天是我疏忽了，晚上忘了给你拿条被子来，你等着，我这就给你拿去。”说完就风风火火地跑了，徒留长渊在白色花海中一声无人听闻的叹息：“我不娶妻的……”

长渊这一等就等到了第二天早上。

树林中雾气缭绕，衬得这一片白花巨树更像是一方仙境。长渊正闭目养神，忽然听到有急促的脚步声往自己这边跑来，他微微睁开眼，心道，现在的司命直爽不变，却比之前莽撞了不少。

“长渊，长渊，昨晚没冻着吧！”

看见那个抱着一团被子穿过薄雾向自己跑过来的尔笙时，长渊微微一怔。尔笙则是一边念叨着对不起一边将被子给他搭上，细心地盖好。

长渊看了她很久才把目光移开，两人相对沉默了一会儿，只听长渊淡淡地道：“脸怎么了？”

尔笙给他盖被子的手微微一僵，没好气地道：“被猪扒了。”

其实尔笙这一脸青青红红的伤是被隔壁家的朱老二打的。

尔笙家里的被子薄，她怕不够抵御树林里的寒气，便到隔壁朱家去借厚被子。朱家嫂子是个憨实的人，心肠软，尔笙几声央求她就答应了，尔笙把被子从屋里面抱出来时却碰见了大白天就喝得醉醺醺的朱家老二回家。那人就是村里的流氓，平日里横行乡里，凭着长了一身横肉欺压弱小，之前尔笙就没少挨过他揍。

尔笙看见他，抢了被子拔腿就跑。朱家老二往门口一堵，像拎小鸡一样拎起了尔笙，酒气熏天地道：“偷我家东西？”说完就把尔笙一顿好打。朱家嫂子吓得够呛，生怕打出了人命，喊了家人出来一阵好劝才把朱老二拦住。

尔笙一声没吭，扛着被子就跑。等回到自己的家收拾了东西想去找长渊时，脑袋却晕乎的受不了。抱着的被子又软又暖，她舍不得放就在床上眯一会儿，却没想到这一眯就径直眯到了清早，这才急急忙忙地赶了过来。

当然此事尔笙是不会跟长渊讲的。长渊也没多问，心中却明了她被别人欺负了的事。

等尔笙把被子给他盖好之后，长渊忽然道：“此处灵气氤氲，连生养出来的虫子都是疗伤圣物，你自小在这里长大，又以这些虫子为食，想来体内定积聚了不少灵力。若是稍加修炼，短期内虽学不会高深的法术，但是在人界自保肯定是绰绰有余的。”

尔笙望着他一脸茫然：“什么意思？”

“司……尔笙想学道法之术吗？”

“那是什么？”

长渊沉默了一下，换了个简单的说法：“与寻常人打架之时绝不会输的办法。”

尔笙眸中精光大盛，狗腿地握住长渊的手，目光灼灼地盯着他：“长渊能教我吗？”

不等长渊点头，尔笙已经扑了过去：“相公！相公！我就知道我没看错人的！”

长渊开始教尔笙修习法术。

他只能言传，无法身教。但尔笙本身就聪明伶俐，对长渊讲的东西很快就能理解，一个教得用心，一个学得用功，加之她体内有长年累积下来的灵力为助，使得尔笙的成长进步相当得快。

长渊是上古神龙，自身的修为极高，在他看来他所教与尔笙的不过是一些普通的防御之术，殊不知他所教的这些术法以足以让当今修仙门派的人望其项背。

尔笙却并不知道自己能学到这些东西需要多大的机缘，她只是觉得现在捉起虫来更容易，隔壁家的朱老二要欺负她的时候她能绕过他像山一样的身体溜走，更能把村里的一伙孩子压得死死的……

她每天一边和长渊学术法一边把自己做的所有事都告诉长渊，今天捉了几只虫，打哭了几个孩子，事无巨细地一一禀报。长渊也不嫌烦，从来都是尔笙说着，他仔细地听着。他习惯这样的相处方式，因为之前与司命待在万天之墟时也是这样，司命说着，他听着。不同的是，司命多数说的是自己写的故事，而尔笙说的是自己经历的故事。

等尔笙说完了长渊偶尔会提两句，什么做得太过分了，什么做得太缺德了。尔笙也都一一记在心里，以后不再犯。

两人相处自是十分融洽，尔笙告诉长渊世事，长渊教会尔笙人情。尽管这些人情也是从司命那里道听途说来的。

总之尔笙的生活就这样喧闹而平静地过着。

她成日成夜地盘算，现在是五月初几，过了七月廿三她满了十四就能嫁人生孩子了，彼时长渊的伤应当也好了，那就在八月份的时候定个日子让长渊把自己娶了吧。她要为自己置办一套嫁妆，也要为长渊制一身新衣。

可是钱从哪里来呢？新衣裳总不能向人家去赊要吧。

没让她愁多久，村子却出事了。这样的变故，她从来都没有想过。

那日清晨尔笙自床上转醒，木屋的窗户外没有透进来往日明媚的阳光，雾蒙蒙的一片，仿似村后树林里的瘴气蔓延过来了一般。她将身上的被子往旁边一推，就着屋里打来的冷水洗漱一番，便像往日那样要出去找长渊。但是，当她推开门后，却被眼前的场景吓得呆住。

村子里出现了很多……人？他们衣着陈旧而破烂，裸露在外的肌肤已经全部溃烂化脓，双眼空洞无神，漫无目的地在村子里四处游走。

更令人骇然的是他们的手上握着鲜血淋漓的残肢断骸，或是一只手，一块肉，又或是一个头颅。当尔笙看见老夫子的头颅不知被谁扔了过来从她面前骨碌碌地滚过时，她不由一个战栗“哇”的一声吐出一口清水。

村子里死寂一片，她这声呕吐显得无比突兀，那些僵尸一般的人闻声，僵硬地转过头来，青白浑浊的眼珠齐齐盯向尔笙。

尔笙再是胆大此时也不由软了腿脚，见那些人缓缓地向她走来，尔笙心底发寒，一个纵身从自家的窗户跳了出去，向着树林的方向一路狂奔。沿路上看见的场景更是令她胆寒，在地上躺着的这些人，所有人她都认识，昨日她还与他们在一起，一起活着……

她不敢停下，脑海里尽是长渊的身影，仿佛跑到他身边自己就能得到救赎，尽管她清楚地知道长渊重伤在身，但是她就是觉得在他身边一定是安全的。

去树林的路从来没有这么漫长过，尔笙似乎要将肺都跑出来了，可是长渊还是那么遥远。

眼瞅着就要跨进树林中，忽然一只夹带着粘腻液体的手掐住了她的后颈，将她往前一摁，尔笙狠狠扑倒在地，那人张口便向她的脖子咬去。尔笙反应极快地转过身，手掌对准那人的脸，下意识地掐了个诀，只见金光一闪，那人的头颅径直爆开，溅了尔笙一脸腥臭的脑浆。

尔笙顾不得恶心，抹了两把脸，近乎是爬着站起身来接着往树林里跑。

然而她还没有迈出两步，脚下被人狠狠一拽，又摔了下去。她撞到地上裸露的石块，被生生磕掉了一颗门牙，鲜血顿时涌出染了她一嘴的猩红。

尔笙捂着嘴回头一望，只见方才被自己爆掉脑袋的那家伙居然还用手握着她的脚腕，拽得死紧。

在他的后面，陆陆续续有僵尸走过来，尔笙几乎快吓哭了，脑子里一片空白，死命地去掰那只溃烂的手。可是还没等她挣脱这只手，一股腥臭之气便喷洒在她耳边，她惊慌地转头一看，另一只僵尸的血盆大口已近在眼前，她能清楚地看见那烂肉一般的舌头和尖利的黄牙。

“啊！”再也忍不住心中的惊恐，尔笙尖叫出声。

银白耀眼的光华在下一瞬间擦过尔笙的耳边没入僵尸的额头，时间似乎在此时静止，那僵尸的嘴就那样大大的张着，没了动作。

尔笙待了好久才反应过来，这僵尸已经被刚才那道白光杀死了。她怔怔地望向方才那光华射来的地方——一袭白底青花的长袍在半空中随风轻扬，那女子清冷的面容仿似神仙一般，淡淡地扫她一眼，随即目光遥遥望向死气弥漫的村庄。

手中银色长剑轻舞，她一声无情地低喝：“杀！”

四周青光闪烁而过，尔笙这才看见在女子身后还有一排同样穿着白底青花袍子的人。他们听到女子的命令，瞬间便不见了踪影。

“仙……仙人？”尔笙呆呆地呢喃出声。

忽然脚腕上又是一紧，她汗毛微立，才想起还有一个僵尸正拉着自己。她两只脚拼命地踢踹，终于把那只手给踢了下去，站起身来，心中气不过，又狠狠地踩了僵尸两脚，这两天长渊让她不要说脏话的嘱咐也抛在了脑后：“大爷的！害姑奶奶差点被吃掉！”

发泄了一会儿心中的恐惧，尔笙看了一眼已落到地上的女子，不伦不类地行了个礼道：“谢谢仙子救命。”言罢转身就往树林里走。

“等等。”女子唤住她，“僵尸未除，不可乱走。”

“我要去树林里找人。”

“林中还有人？”女子想了会儿道，“我与你一道去。”

有人护着自己自然是好事，尔笙点了点头。

看见长渊的那一刻，饶是清冷如那女子，也不由愣了愣，一是愕然于那人的面容，二是愕然于那人周遭的残败的环境——巨树十米开外一片荒芜，僵尸的残肢断骸散了一地，俨然一个修罗场，但是在靠近男子身边的位置，白色小花依旧开得可爱。

他似乎察觉到了两人靠近的动静，缓缓睁开眼。面色尚有些苍白，但黑眸之中未歇的杀气看得那女子一阵胆寒，不由得顿了脚步，愣怔在原地。

尔笙被这些腐烂物的恶臭熏得一阵恶心，联想到现在自己的脸上还挂着些僵尸脑浆的残留物，她“哇”的一声吐出一口酸水，呕吐声在寂静之中显得十分突兀。

长渊眸中杀气渐渐散去，而眉头却蹙了起来：“尔笙，过来。”

拍了拍胸口，尔笙吐完之后反而好受了一些。她轻轻唤了声长渊，门牙磕掉了一颗，说话有些漏风，她面带着些许委屈，拔腿向他的方向跑去。

“等等。”白袍女子拦住尔笙，“他并非人类。”

初听这话尔笙愣了一愣，她带着些愕然望向长渊，长渊面色不变，如往常一般静静地望着她。沉默了一会儿，尔笙推开挡在自己面前的手。

“有什么关系。”

这话答得如此自然，倒弄得那女子有点愣怔。

待跑近长渊身旁，尔笙看见长渊的面色苍白得吓人，一摸他的手，发现比往日冰凉许多。尔笙的眼眶立即就红了：“长渊，你怎么了？”

“无妨。”他压住喉头翻动的腥气，“牙齿……”一提到这个，尔笙的眼泪啪嗒就掉了下来，张着缺了一颗门牙的嘴“呜呜”地哭不停。千万年以来，长渊从没见过谁在他面前这么哭过，登时有点慌，“呃……可是痛极？很痛吗？”

尔笙摇了摇头，又点了点头，半天才含糊不清地说：“门牙，换过了……不会长了，吃不了……吃不了东西了……我会饿死……会饿死……”

长渊一听脸色也有些变了，但又马上冷静了下来，严肃地问尔笙：“如此严重？”

尔笙点头。

"可有补救之法？我帮你去找。"

那副认真的表情，俨然已经认同了尔笙缺了门牙会饿死人的理论。

白衣女子在后面听到这番对话无语了一阵，终是忍不住开口道："不过缺了颗牙，犯不着哭成这副样子。当务之急先从此地出去，僵尸残骸散发出来的尸毒对人有害。"

尔笙听了，忙将泪一抹："长渊，能走吗？"

长渊又看了一眼她的牙齿，然后摇了摇头："伤势未愈，走不了。"

女子听罢此话，心中暗惊，这人之前身受重伤，还能不挪一步杀掉如此多的僵尸……她不知，正是因为杀了这些僵尸，长渊好不容易凝聚起来的神力又给挥霍没了。

尔笙却没有她想的那么多，听见长渊说走不动，她只有无助地望向白衣女子。

女子稍稍一思索，蜷起食指放在唇边一吹，清灵的哨音破空而去。片刻之后，空中飞速闪过来一道银光，堪堪落于白衣女子跟前。光华散去，尔笙定睛一看，是一个英俊的蓝袍少年，他咧嘴笑着，不伦不类地对白衣女子行了个礼："霁灵师叔，我总算等到你吩咐我做事情了！你说吧，不管什么事，辰渚拼了命都会做好！"

霁灵指了指长渊："且去将那人扶上，速速离开此地。"

少年一转身，先看见了满地残骸，吓了一跳，随后目光扫过一身狼狈的尔笙，最后落在长渊身上，苦了脸："师叔，你就是叫我来驮人的啊……又是出傻力气的体力活，我什么时候才能为无方山立大功呐！"

"扶不扶？"

"扶扶扶。"少年见霁灵冷了脸，立即答应了，向长渊那方跑去。

尔笙殷勤地将长渊扶着半坐了起来："多谢小仙长，这里来扶吧。"然而辰渚跑到离长渊还有丈远时，忽然止住了脚步，尔笙奇怪，"小仙长？"

辰渚听到这句话，又往后退了两步。

霁灵皱眉："辰渚？"

"哎……"他低低应了声，又迟疑地向长渊走了几步，当他与长渊对视时，两腿忽然微微一软，不知为何竟生了想要逃跑的念头。这人……这人浑身的气势好慑人。

辰渚听见霁灵询问的声音，他只有把心一狠，硬着头皮走了上去。接触到长渊的身体之时，他更是不由有些颤抖，像是触碰了什么不该碰的东西一般。

尔笙却不知辰渚心里的苦。见有人帮忙了，心里欣喜不已：“仙子姑姑，咱们走吧。”

霁灵点了点头：“我先送你们去镇上。”

第二章 他是我相公

尔笙从来没有出过村子，更不知道村子外的世界竟会是这样的……死寂。

一如她今早起来后所见到的村子的模样。

辰渚看见她有些恍惚的表情，心想她一定是被今天所见的吓到了，不由安慰道：“不用奇怪，听说尸毒蔓延到这里来了，家家户户都紧张得很，日夜闭门不出。但有我和霁灵师叔护着你们，绝对不会出事的。”

尔笙问：“尸毒是什么？”

“像是一种病，染上之后会变成僵尸……”辰渚脚步一顿，表情倏地变得严肃起来，“就像他一样。”前方的道路上缓缓走过来一个皮肤溃烂的人，就如尔笙今早起来看见的那些人一样，她不由向长渊身边躲了躲。尽管长渊现在虚弱得只能让人扶着才能走路，但这并不妨碍尔笙相信他能保护她。

霁灵手中挥去一道白光，那僵尸身子一顿，随即便倒在地上没了动静。

一行人又接着往前走，路过那具僵尸身边时，尔笙不由回头望了望，她想，这人之前也应当和她一样吧，都是普普通通的人而已。辰渚扫了一眼尔笙，心中嗤笑她妇人之仁，解释道：“这病蔓延得太快，被咬了的人都无一幸免会染上病。没得治，只有全部杀掉，如今已经屠了不少村庄了。”

谁屠了不少村庄，尔笙没敢问，只是觉得自己脸上残留着僵尸脑浆的地方变得无比灼热起来。

她会变成僵尸么？也会被杀掉么？

四人行至客栈，霁灵道："镇中已有少许人染上了病，我先四处去看看。辰渚，你在这里将他们两人安置一下。"

辰渚不满地道："师叔，我也要去！客栈里还有其他师兄弟，有他们在就行了。"霁灵淡淡地扫了他一眼。辰渚伸出去的脖子又默默地缩了回去，"好吧。"

辰渚将尔笙安排与其他女弟子同住，本来将长渊也是安排与其他男弟子同住的，奈何他扶着长渊一进屋，其他人死活不再住那间屋子，辰渚心知他们不说出口的难处，便理解的给长渊单独开了个小房间，让他一个人住着。

与尔笙同住的几个姑娘心善，见尔笙一身狼狈，便提了水来让她洗了澡，又把自己的衣服借给尔笙穿。

从没受过这么好的待遇，尔笙心里着实感动了几番。

待尔笙梳洗完毕，坐下来问起她们的来历。她们对尔笙说，客栈里住得都是无方山的弟子，此次尸毒蔓延，无方掌门让修仙者们下山控制疫情，他们都是跟自己的师父们出山历练的。

"历练？"尔笙奇怪，"为什么在客栈住着？"

几个姑娘面面相觑了一阵，其中一个圆脸姑娘似有些苦恼道："说是历练……可是一旦有什么比较危险的情况，师父们都害怕我们出事，多半是将我们留在比较安全的地方。"

"像今天早上，听说北边的村子出事了，霁灵师叔便让我们在镇子里好好待着，领着师父他们就去除僵尸了。"

姑娘们提到这话题有些闷闷不乐，尔笙也不知道该怎么安慰她们，而一想到自己村子的那副惨状，尔笙心情变得更是沉重起来。

中午吃饭，尔笙看着放在自己面前的一碗糯糯的大米饭愣怔了好久，旁边的姑娘给她夹菜："你好瘦，多吃点。"

尔笙的脸突然红了，吞吞吐吐了好半晌才道："我……我没钱。"

送去无方山修仙的孩子多半是有些家底的，自小没过过什么苦日子，此时听得尔笙这样说，都笑开了："不过一顿饭菜，哪用得着让你给钱，你随便吃就好。”

尔笙这才端起碗吃了一小口，香软的米饭在嘴里散开，尔笙忍不住饥饿，开始狼吞虎咽地吃起来。吃了两碗米饭，又添了一碗，尔笙的目光在席间一扫，没看见长渊，米饭在喉间一噎，她心道：完了，自己过上舒坦日子，忘了有个瘫痪在床的相公了。

“我吃饱了。”尔笙将筷子往桌上一放，看向桌子对面的辰渚，他似乎在这帮小弟子里面是最有威信的，尔笙自然去询问他的意见，“我可以把这碗饭带上去吗？”

“带给那个不能走路的人么？他的饭菜已经有人送上去了。”

尔笙冲辰渚感激地点了点头：“谢谢小仙长了，不过以后这种事还是我来吧，毕竟他是我相公，老是劳烦别人也不好。”

宛如一道晴空霹雳划过，这群半大的孩子霎时没了动静。

“相……相公？”辰渚不敢置信地道，“你多大？”

“过了七月就十四了，那我就先上去照顾他了。”说完，她急急忙忙地跑上楼去。徒留一堂的孩子们无限感慨。

尔笙唤了声长渊便推门进去，适时，长渊刚调整完内息。见尔笙进来，他第一句话问的竟是：“可吃下饭了？”

尔笙呆了呆，这才想起自己曾跟他说过没了门牙会饿死的话，她挠了挠脑袋，有些苦恼地道：“吃……是吃下了，仙人们也跟我说少了颗门牙不会饿死人，只要以后找个像骨头似的硬东西补上就好了。”可是她去哪里找像骨头似的硬东西，拿石头塞吗？

长渊点了点头，心里把她的话记下了。

尔笙进屋，看见桌上还放着饭菜，心道那送饭来的人不细心，长渊走不得路，桌子离床那么远，要他怎么吃。她殊不知，进这个屋已经费了店小二不少的力气……

“我来喂你吃饭。”

长渊摇了摇头：“不饿。”沉默了一会儿，他忽然道，“这里的人似乎都甚为怕我，我确实并非人类，你若也怕……”

话没说完，尔笙忽然娇羞地将他望了一望：“相公，其实你不用这样试探我的……我，我已经是你的人了。”说着将自己的屁股摸了一摸。

长渊果断地闭了嘴，闭目养神。

尔笙凑近他的枕边，左看看，右看看，等着长渊给他回应，半天也不见他神色波动，尔笙有些失望地低下了头，却不料此时忽然听他淡淡地道："你若想跟着，我便不会赶你走。"

几乎是那一瞬间，尔笙亮了眼眸，脑袋凑近长渊的脸颊吧唧一口便亲了上去，转着脑袋放肆地在他脸上蹭了蹭："相公！相公！"

对于尔笙此番动作长渊没觉得有什么不对，毕竟在她还是司命的时候，在万天之墟里她也曾来回地在他的龙身上滚过来滚过去的撒娇撒泼，蹬鼻子上脸地在他的龙角上蹭过来蹭过去，嚷嚷着："大黑龙大黑龙。"

现在的尔笙与那时的司命所做的动作性质没什么不同。

他是这样想的。

尔笙一下午都窝在长渊房间里照顾他。快到黄昏时，她忽然感觉整个房间颤了两颤。她往窗户外面一望，只见半空中不知什么时候生出了一张蓝色的巨大的膜，像网一般把整个镇子笼罩住。

尔笙回头望向长渊，眼神中透着些许对未知的不安。

长渊摇了摇头："无妨，不过是圈禁之术。"

尔笙虽不懂什么叫圈禁之术，但是她大概懂'无妨'这两个字的意思，于是便又坐回长渊身边，埋着头看自己的手心，那里有一块东西在慢慢变黑。

不一会儿外面声音嘈杂起来。

尔笙出门探了探，方知霁灵带领着无方山的仙长们都回来了。仙长们都穿着白底青花的道服，他们一脸的疲惫，全然不似尔笙今早上见到的那般杀气凛凛，一进客栈便各自找地方坐下，脸色微微有些凝重。

小弟子们见师父们面色不好，都不敢开口。左右看了看，最终还是辰渚站了出去："师叔，你不是说在镇上走走吗？怎么和大家一起回来的？"

霁灵冷着脸，皱着眉头没有答话。弟子们面面相觑了一会儿，心中的惊疑更甚。忽然，一个硕壮的男子拍了下桌子，怒冲冲地道："就该和那些失了人性的怪物拼上一拼！说不定能杀出一条血路。"

"师兄，不可莽撞。"另一位清秀的仙子道，"这次的僵尸与我们之前遇见的似乎有些不同，他们……他们比之前更为聪明……"

"并非聪明。"霁灵开口道，"是有目的。"

众人怔了怔，忽然有人恍然大悟道："对，像是有什么目的。之前都是零零散散地出现，现在都如军队一般集结起来，在向什么地方进发。"

仙长们讨论得热闹，弄得小弟子们更是满头雾水，与尔笙住在一起的那个圆脸姑娘拉了拉她师父的袖子：“师父，你们在说什么，我们听不懂。”

仙长叹了口气道：“北方村子的僵尸已经全部被焚烧了。我们本来在午时之后便能回来。”尔笙听罢这话，身子一僵，又往角落里躲了躲。那人接着道，“可是在我们回来的路上，发现南方突然涌来了大量的僵尸，都在往北面进发。此镇乃是通往北方的必经之地，若是让那些僵尸通过，此镇必定再无活口。而我们在那冲天尸毒的侵扰之下，也无法御剑南下返回无方山。”

大家倏地白了脸，也就是说，必战无疑，而且只能胜，不能败。

辰渚心中虽然有些害怕，但还毕竟是初生牛犊，想证明自己的心情比害怕的心情更多了些，他问：“那大概有多少僵尸？”

“谁知道！”那身材强壮的仙人冷哼，“老子手都杀软了，还有黑压压的一片，难不成老子还一个个去数吗？”

辰渚嘟了嘟嘴，没敢再搭腔。

霁灵摆了摆手道：“罢了，今天就到此为止，我们已经合力做了个结界，暂时能保镇子平安。大家都好生休息，明日再上战场。”言罢，她又点了几个弟子的名字，让他们明天跟着一道去。

辰渚也在其中，他自是兴奋得摩拳擦掌。

是夜，镇中比白日更安静了些许。

尔笙在床上却翻来覆去怎么也睡不着，她老是觉得背上有股寒气往脑袋里面冲，白日里长出黑斑的手心在晚上变得又痒又痛。她强忍着不去挠它，闭着眼睛想让自己入睡。

可是眼睛一闭上，脑海里便不由自主地闪过许多画面，有在她脚下骨碌碌滚过的夫子的头，有被她炸开脑袋的僵尸，有被霁灵一挥手间便杀死的那个满身溃烂的人。

寒意浸骨，她翻身起床，抱着被子便跑到了长渊屋里。她也不敲门，径直闯了进去，将自己的枕头被子往长渊旁边一放，便利索地爬上了长渊的床。

“尔笙？”

“嗯，我怕冷。”

“男女有别。”乱蹭是一回事，睡觉是另一回事，司命曾经与他讲过很多次，这是会出人命的事……

“你别把我当女人就好。而且你不是已经是我相公了吗？娘亲小时候跟我说过，只有和是相公的男子才能睡在一起。咱们俩睡，没问题。”

对于相公这个称呼，他已经习惯了。长渊想，他注定不会娶妻了，尔笙若叫着欢喜，便让她叫就是。

因着“相公”这个前提，长渊听着尔笙这话说得也有道理，左右自己不会对她做出什么事来，当下便由着尔笙从她自己的被窝里蹭到了他的被窝里。两人将眼睛闭上，没过一会儿，长渊又把眼睛睁开了，忽然问道：“尔笙，今日你被僵尸咬了？”

尔笙沉默了一下，答道：“没有，但是被他的脑浆溅了一脸。”

长渊嗯了一声，又闭上了眼。

“长渊？”

“嗯。”

她犹豫了很久，又唤了声：“长渊……”

“嗯。”

“我……如果我变成僵尸，怎么办？”这是尔笙今天头一次带着些许颤抖的声音说话，泄露了她心中死命压抑着的害怕与恐慌。长渊手指一动，本想去摸摸她的头，但是却被尔笙紧紧地抓住，“别扔下我！我会压制住的，我不会像其他人一样咬人的！我不会变成那样……我会很乖，不要嫌弃我！”

“尔笙，我不嫌弃你。”

长渊道：“别怕，我不嫌弃你，不会扔下你。”

尔笙眼眶一红，又快速地眨了眨，把泪意驱散，但仍旧紧紧抓住长渊的手，不肯放开。

尔笙和司命一样，一个在不羁的背后压抑着发脓溃烂的情伤，一个在叛逆的背后压抑着歇斯底里的惶恐，对孤独的惶恐。

长渊并不知道尔笙有没有染上尸毒。她说的那番话，与其理解为害怕变成僵尸，不如理解为害怕被他丢下。他听那几个修仙者说，被咬了才会变成僵尸，尔笙只是被脑浆溅到了，这样也会变成僵尸吗？

他闭目养神，等尔笙的呼吸渐渐平稳起来，心知她睡着了才拿出她的手，借着窗外结界散出来的蓝光一看，发现她的掌心有一团黑色的东西在蠢蠢欲动，像是有条虫在皮肤之下蠕动一般。

看这个样子，很像是司命在给他讲的某些故事中提到的“蛊”。

他轻轻摁了摁那微微鼓起的地方，那黑色的东西一阵猛烈地颤动，随即尔笙一声闷哼，似乎很不舒服。

果然是蛊，长渊皱眉，尔笙说她炸掉了一个僵尸的脑袋，但她要染也只会染上尸毒，怎么会染上蛊呢？

除非……根本就没有尸毒，那些僵尸就是这些蛊虫制造出来的。

若是蛊虫，那么定有一个控制蛊虫的人。这场疫病，并非天灾，而是人祸！

长渊正入神地想着，忽听尔笙一声大喝：“谁！”长渊一怔，尔笙猛地睁开眼睛，坐起身来四处张望，“谁在说话？”

“尔笙。”长渊伸手想将尔笙拉住，却不料此时的尔笙力道大得出奇，一把推开他，翻身滚下了床。

尔笙手忙脚乱地从地上爬起来，窗外结界的蓝光映得她一张脸诡异的发青，她眼神有些涣散，在房间里四处张望，忽然又破口骂道：“出来！别以为姑奶奶缺了颗牙就是好欺负的！姑奶奶说话漏风，可拳头是结实的！出来！”

长渊忽然想到，等尔笙清醒之后，他第一个要跟她说的便是好姑娘是不能随便以姑奶奶自称的，这样会把自己叫老，若非要如此叫，应当叫别人龟孙子。

当然，这话是以前的司命告诉他的。

没等长渊将这事想多久，门口便响起了敲门声，长渊还没说话，尔笙便道：“你终于出现了！给老子滚进来！”她冲过去将门拉开。外面站着几个吃惊得瞪圆了眼的仙长。

“不是！”尔笙狠狠地将门一摔，“混蛋！出来！别吵了！不准吵了！”

门口堵了不少仙长，大家皆噤若寒蝉，看见尔笙暴躁地走过去走过来，就差掀桌子了。

“怎么回事？”

一道清冷的声音落下，霁灵披着一件外衣走了过来。她看见尔笙的模样，皱了皱眉，接着身形一闪，下手快狠准地在她脖子上一砍。尔笙转过身来，对她示威般地张了张鼻孔：“平胸！我不怕你！”随即两眼一翻，晕了过去。

夜风似乎也静默了一瞬。

霁灵面无表情地盯了地上的尔笙一眼，又冷冷淡淡地扫了一圈脸憋得通红的众人："干什么？都不想睡了？"

此话一出，门外堵着的人顿时走了个干净。

霁灵又转头问长渊："这是怎么了？"

长渊摇头："明日起来再问问她吧，她像是听到了什么。"

霁灵点了点头，抓住尔笙的衣领便将她提了起来，一边往外面走一边道："你看不住她，今晚便由我看着。"

长渊想了想，也没有反对，只是在霁灵将要关上门的那一刻轻轻说了一句："童言无忌，尔笙说话就是老实了些。"

老实了些……掩上门扉，霁灵手上的青筋跳了两跳，老实了些……

你们两个……实在是般配极了。

一路拎着尔笙回了屋，霁灵将她绑在床上，捆妖索缠了整整三圈。她躺在尔笙旁边，想了想又侧过身子，伸手"啪叽"一下捏上尔笙的胸，捏了几下，随即极为不屑地冷哼："还不是和我一样。"

她忘了，尔笙此时还未满十四……

第二天早上清醒时，尔笙显然对昨晚自己做了什么完全没了印象，当她看见自己身边睡的是霁灵，而且身上还绑了三圈绳子时面色"唰"的一白："长渊呢？长渊呢？仙子姑娘，为什么绑着我？长渊走了吗？"

霁灵揉了揉眼睛，也醒了过来，淡淡地望了她一眼："清醒了？"言罢，在绳子上轻轻一弹，捆妖索便解开了。

尔笙忙不迭地往外跑，一路直奔长渊的房间。推开门，看见床上还有个鼓鼓的人影，尔笙想也没想就扑了上去，蹭着被子不放手。

长渊一看见尔笙，张口便将自己昨天就琢磨着要说的话对尔笙说了一遍。尔笙听罢，严肃地点了点头，表示以后绝对不会再称自己为姑奶奶了。长渊拍了拍尔笙的头，表情很是欣慰。

以至于霁灵领着三个仙长一进来便瞅见了这么温馨的画面。

打扰人家温存，让清心寡欲的道士们有些不好意思，轻咳了好几次，才进屋坐定，谈到正事上面。

当尔笙听到自己昨天的所作所为时愣怔了许久，她道："我确实听到有人在叫我，一直叫我做事，但是，我以为我在做梦。我记得我看见的明明就是一片荒郊野岭……”

霁灵眼中精光一闪：“何人叫你？叫你做何事？”

“我不知道是谁。”尔笙表情很困惑，“是个男子的声音，有点沙哑，他一直叫我往北走，到村子后的树林里去。”

“什么村子？”

“就是我住的村子，去树林里找一个叫回龙谷的地方。”

长渊一怔：“回龙谷？”

尔笙点了点头：“他一直叫我去。”

众人沉默了一会儿，霁灵忽然道：“上古传言回龙谷乃神龙龙冢，遍野长满了不死草，食之能长生不老。”

长渊淡淡地望了霁灵一眼：“那里没有这种东西。”

旁边一个仙长奇怪道：“上古传说皆不可考，你如何确信那里没有？”

长渊不再说话，霁灵接着问：“你昨天有没有发生什么事没跟我们说的？”

尔笙回头望了长渊一眼，见他轻轻点了点头，尔笙才把右手伸出去，给霁灵看：“昨天，你们来之前，我炸掉了一个僵尸的脑袋。本来也没事，就是下午的时候手上突然长出这些黑色的东西。”

四人围了上来，将尔笙的手仔细查看了一番，其中一个人问：“你炸掉了一个僵尸的脑袋？”似乎很不可置信。

其实不怪人家惊异。僵尸的力气比普通的成年男子还要大上三倍，没有修过仙的半大的女娃娃又如何打得过那些怪物。

他的语气让尔笙微恼，抢着道：“长渊教过我法术！如果不是有两只僵尸同时找上我，我会很厉害！”

那人瞟了长渊一眼，他知道长渊一定是个不好惹的角色，当下便不再质疑什么。

霁灵仔细地看了许久，终是皱眉道：“我修仙如此多年，确实没见过这样的东西。”

另外两人也直称奇怪。

最后，却是床上传来一个声音道：“是蛊虫。”

几个仙长都是一愣，随即又围着尔笙的手一阵细细打量：“这便是上古仙书里面提到的蛊虫么？是有点像，可是现今蛊虫已经甚少在世间出现了，唯有南疆越王手中似乎还养了几条。”

霁灵看了一阵，问长渊：“如何确认？”

“蛊，能乱人神智，控人躯体。以外物触摸之，能察觉其在皮肉之下微微蠕动，给宿主带来疼痛不适之感。”一个仙长将信将疑地轻轻摸了摸尔笙手上那块黑色的地方，尔笙果然立即颤了颤。长渊道，“不可多碰。蛊虫为避免被轻易挑出，多半会往体内深处跑，让人难以察觉。尔笙说她没被僵尸咬过，只是炸了一个僵尸的脑袋，或许此蛊曾栖息于那僵尸的脑中，而后钻入了尔笙的手心。我猜测，这次所谓的疫病，根本就不是天灾，而是有人刻意为之，将蛊种在人身上，控制他们，令其为之效力。”

此言一出，众人皆惊。

还是霁灵最先反应过来：“你确定事实如此？”

“只是猜测。”长渊道，“捉只僵尸来，破开头颅一看便知。”

霁灵对一个仙长使了个眼色，那人会意，立即走了出去。霁灵接着问道：“依你所说，蛊虫应当在进入宿主身体的那一刻便往宿主身体内部爬，那她这个为何还停留在表皮之下？”

长渊摇了摇头，说不知。尔笙却忽然道：“我知道我知道！一定是因为姑奶……我是吃虫子长大的！这蛊虫不也是虫么，它肯定是怕在爬去我脑子里的时候被我一吸，嚼来吃了！哈哈！”

霁灵与其他两位仙长皆微微抽动了下唇角，长渊却严肃地点了点头：“原来如此。”

另外三人顿时觉得更加无力了。

尔笙兴高采烈地跳了起来：“那也就是说，这个虫子一直停留在我的手心，被挑出来后我就不会变成僵尸喽？不会变成僵尸就不会被杀掉喽？那我还可以一直跟着长渊，哈哈！”笑了一会儿，尔笙又顿住，“不对啊，如果我没变成僵尸，那我听见的那些声音是怎么回事？”

长渊道：“蛊虫入体，幕后者定是向蛊虫下达命令以此来控制‘僵尸’的行动，能听见他的声音或许是因为蛊虫在你体内，而你没被控制大概是因这蛊虫没有爬到你身体内深处。”

尔笙了然，心中又冒出一阵怒火：“这混账蛊虫，害我郁闷了一整天，看我不把你挑出来捏碎了吃掉。”

“且慢。”霁灵伸手拦住尔笙，表情凝重，“若此僵尸之难真如这位……

长渊公子所说的话，那么这幕后之人必定有更骇人的野心。此时你听见的话，其他僵尸必定也听见了同样的话。我们正好可以从他的命令中推断出那人的身份，他到底又想要做什么，由此来找出对策。”

尔笙眨巴着眼待了一会儿：“什么意思？”

霁灵也看着尔笙眨巴了一会儿眼，那声一直憋在胸口的气终于长叹而出，她揉了揉自己的额头，头一次对自己的表达能力产生了怀疑：“也就是说……也就是说……”

“他们想让你帮忙。”长渊翻译道，“把放蛊虫出来的人捉住，斩草除根。”

尔笙再度了然，兴奋地睁大了眼睛：“让我帮忙吗？我可以帮仙人们一起杀掉大坏蛋么？怎么帮，你们说。”

霁灵立即道：“乖乖坐在房间里，把你听到的所有话都说出来。”

“好，没问题。还有呢？”

“没了。”霁灵转头吩咐另一个仙长，“将仙尊给我们求助用的符纸拿出来烧了，告知仙尊我们这里的情况。”

那人为难地皱了皱眉：“这样不好吧，毕竟我们下山历练……”

“若是不知道此次僵尸之难有幕后的人在操控，我是无论如何也不会去求助的。但是……若我想的没错，这些僵尸要去寻找传说中的回龙谷定是为了那里的不死仙草。若是让僵尸吃了那种东西，不死不灭，你认为这世间还有什么是他们的对手？而操纵这些僵尸的幕后之人，手中无疑是有了一支所向披靡的军队。你再想想，有这么庞大强悍的一支军队，他的野心是什么？”

那个仙长听说后出了一身冷汗：“我这就去告知仙尊。”

等那人出去之后，霁灵转过身来对长渊作了个揖，道：“多谢长渊公子告知我们此间线索。可是蛊虫此物已有数百年不曾现世，公子又是如何知晓此物？”

“一个朋友告诉我的。”他看了看尔笙，此时尔笙正襟危坐地坐在椅子上，竖着耳朵仔细听着周围的动静。

司命，司万物命格，自然通晓万物特性，她曾笑着与长渊说，每个被安排的人的命格里面总要出现一两件稀奇的东西，这样才会拥有刺激的人生。以至于现在的长渊普通的常识不知道几个，稀奇古怪的东西到底是明白不少。

霁灵点了点头，也没再多问，吩咐另一个仙长好生陪着尔笙，将她所说的话都好好记下，如果她体内的蛊虫作怪，就挑出来封印住。说罢，也出了门去。

白日，一切皆无异常，镇外的僵尸似乎也安静了许多。

尔笙在椅子上坐了许久没听见动静，渐渐地有些烦躁起来，在那个仙长的眼皮底下磨磨蹭蹭地挨到了长渊身边，转过去转过来就想蹭上长渊的床。

长渊见她眼珠子转了两转，心中便明白了她的想法，他掀开被子的一角，拍了拍自己身边的位置："尔笙若想睡，便来这里躺下。"

"好！"只见尔笙身形一闪，眨眼间便在长渊身边躺好，将被子一盖，蹭着长渊的手发出一声舒服的喟叹。

长渊想，左右昨夜已经睡过一次了，多睡几次也没多大关系，尔笙既然喜欢由着她便好。

尔笙却想的是，阿娘说过，和相公一起睡过就会有孩子，她现在应当趁着长渊不能反抗的时候将他"睡"了，日后怀上了长渊的孩子，他就是她的人了。

一旁的仙长瞪大了眼睛，尔笙立即振振有词地解释道："我没什么其他想法的！只是昨天我是躺在这里听见的那个声音，或许今天我也要躺在这里才能听见。"

仙长撇了撇嘴，无奈地道："我一个修道之人，难道还能扰了你们小夫妻的兴趣不成……"他的脸微微一红，"你们，你们想做什么都与我无干，我只是负责记录你听到的话，只是……别太过分了，那样……我会很为难。"

尔笙想了半天，着实不知道自己能做出什么事情令这个仙长为难，她顶多能让长渊为难为难。

想不通，她便不再想，抱着长渊慢慢闭上了眼睛。

尔笙是在一声长叹中被惊醒的。此时已近黄昏，她睁开眼睛立即大叫道："他说话了！他说话了！"

吓得在一旁微有些瞌睡的仙长浑身一震，立即临空捉出一支笔，准备在手上记录："说了什么？"一旁闭目养神的长渊也缓缓睁开了眼睛，望向尔笙。

尔笙凝神，仔细听着那人的话，不一会儿便学着那人的腔调一字一句地说着："无方竟敢乱我大事，今日子时，我将破开无方结界，你们入镇后将其剥皮拆骨，吞食入腹，不留一个活口。"

仙长脸色一变，立即奔出门外。

尔笙脑海中的声音又响了几次，最后终于停了下来。

她转头看向长渊："长渊，今天这个人说话的时候我的脑袋不痛了，也不难受了。"

"嗯。"长渊淡淡地应了一声，默默地将自己搭在她手腕上的指尖收了回去。

"那人说要吃掉我们？哼，烂虫子才会被吃掉，有仙人们保护着我们，才不怕大妖怪呢！"

长渊皱了皱眉："此次这些人或许都自身难保。僵尸受人操控，但并不会法术，若要破开这圈禁之术，唯有依靠比这里仙人们更厉害的法力，若是此结界被破开，只能是那幕后之人亲自动手，而且那人不好应付。"

尔笙愣了一番，终于反应过来他这话的意思，突然问："长渊，那大妖怪打过来的时候你能跑吗？要是不能跑，尔笙就下去多吃两碗饭，到时候我背你。"

听罢这话，本有些沉凝的黑眸微微一软，长渊摸了摸尔笙额前的细发："你不用担心这些，人世争端奈何不住我，也奈何不住你。只是要救这里的人有些困难。"

"仙长们要和大妖怪打架，打得赢吗？"

长渊摇头："难。"

"那就抓紧时间跑啊！"尔笙急道，"打不赢还拼什么拼。难不成都学了村里夫子的那一套傻学问，成了榆木脑袋？"

长渊倏地眸色一亮："尔笙聪明。且去帮我将霁灵叫来，说我已有了退敌之法。"

尔笙找到霁灵的时候，她正忙着指挥仙人们在结界上施加灵力，以求令结界更加坚固。尔笙将长渊的话告诉她之后，霁灵神色为之一振，立即赶回了客栈。

尔笙却站在大街上看着天空中印着黄昏光晕的蓝色结界发呆。村子里的夫子，鼻涕刘兄弟，还有隔壁朱家老二和朱家嫂子都莫名其妙地死掉了，村子也被仙人们一把火烧了，没有人跑出来，如果仙人们能来早一点多好啊！

这个镇子里，她一个人也不认识，家家屋门紧闭，窗户都关得死死的，没一个人出来帮仙人们的忙。她想，如果在她的村子，村民们一定不会这样。

她突然可耻地觉得，她好像有点怀念夫子唠唠叨叨讲忠信礼义的声音了。

“小脏孩儿！你干吗呢？天上掉钱了？”略带戏弄的声音伴随着一道大力拍在尔笙的肩上。尔笙回头一看，却是那日驮着长渊回来的无方弟子，辰渚。

尔笙挠了挠头，那一掌拍得她肩膀很疼，依着她往日的作风早一口唾沫吐到他脸上了，但是人家是救过她的仙人，尔笙便硬生生地将自己唾弃他的冲动忍了下去，琢磨着是不是该行个礼什么的。

但没等她想清楚，对方又是一拳砸在了她肩头上，哈哈笑道：“看不出来你胆子还挺大的嘛！昨天晚上的事我都听说了。”辰渚凑过来，挨近尔笙的耳边说，“其实我早就觉得霁灵师叔没长胸了！不看她的脸，说她是个男人谁不信啊！哈哈！”他退开的时候，又拍了拍尔笙的肩：“小脏孩儿，真有你的！多可惜，昨天我没亲眼看见她的脸色啊！”

这三番两次的拍打，惹怒了尔笙，她揪住辰渚的头发，不多，也就十来根，紧紧拽住用力一扯，连着人家的头皮一起给揭了下来。

辰渚痛极大怒，捂住头皮喝骂道：“你疯了！”

尔笙也捂着肩叫：“你才疯了！你捶得我骨头都要碎了！”

“我怎么知道你这么不经打！两拳就叫痛！”

“我也不知道你这么不经拔呀，这才几根毛，拔得你这么痛？”

辰渚说不过她，只有气呼呼地瞪了她半晌。尔笙高傲地一仰头，面带挑衅。辰渚哪里受过这样的气，对方又是个没修过仙的小孩，他怎能被她唬住，当下抡了拳头便要揍尔笙。

尔笙经过多年的“沙场”历练，瞬间便明白了辰渚的意图，大声道：“你敢揍我，我就把你刚才说的话讲给霁灵仙长听！”

辰渚一愣神，尔笙对他吐了下舌头，转身就跑。留辰渚在原地气得面色发青。

回到客栈，霁灵已经与长渊谈妥。尔笙推门进去时恰好撞见霁灵出门。

霁灵道：“尔笙你将东西收拾一下，我们现在便走。”

不等尔笙问清楚，霁灵已经走远了。

“长渊，霁灵姑娘让我们到哪儿去？”

“去你长大的那个村子后面的树林。”长渊的神色一如往常的平静，“尔笙，到时候帮我捉点虫子来吃。”

尔笙长大的树林位于镇子的北方，僵尸们却是从镇子的南边过来的。之前虽已经有僵尸到过尔笙的村子，但是已经被消灭干净了。现在往北方撤退虽是逃避之举，但不失为一个保命的好办法。

今夜子时无方仙尊定是赶不过来的，但是若能将时间拖到一天以后，待无方山的长老与仙尊到了，这些僵尸与那法力高强的幕后之人便没什么可怕的了。

毕竟无方山的尊者已经有快五百岁了，法力高深，当今世上鲜有敌手。可若是连他也对付不了这幕后之人……那就只有听天由命了。

镇上的结界留着，以便为他们逃走争取更多的时间。

尔笙虽然不知道霁灵做出这个决定的背后有多少仔细的考量，但是在她看来，打不赢就跑这个举动无疑是万分正确的。所以她乖乖地将包袱收拾了，等着霁灵派个人来将长渊背着走。

但是当尔笙看见来背长渊的人时，黑了脸。

对方也很是不情愿：“我不背。”

“不要他背。”

两人互瞪了对方一眼，又“哼”了一声别开了头。待霁灵冷冷地“嗯？”了一声之后，两人都垂下头没了意见。

回到村子，看见村中景象的那一刻，尔笙突然觉得腿一软，差点摔倒。知道村子被毁了是一回事，亲眼看到又是一回事。

这样的感觉就像是以前有人告诉她，她父母因一场意外身死他乡，她笑着说知道了，然后继续漫山遍野乱跑，无拘无束地玩。等有一天，她和村头的小胖娃打架，他家大人来将他拖走带回家吃饭。尔笙回头一望，自己的父母没来，她这才意识到，父母再也不会来找她了。

她才懂得，死就是永远也见不到的意思。

原来村子毁了，就是真的毁了。带着她的过去，死掉了。

忽然有只手在她的后背轻轻拍了一下，尔笙回头一望，辰渚别扭地转过头：“现在，保命要紧，回头我们可帮你给这村里的人立块碑，把他们的名字都刻上去。”

尔笙点了点头，继续跟着往树林里走。额头上微微一暖，尔笙听见长渊沉稳的嗓音：“无须执着，这人世，总是有生有死。”

尔笙鼻尖微微一酸：“那尔笙身边的人都会死么？大家到最后都是一个人活着么？长渊也要死吗？”尔笙呆了呆，忽然又道，“长渊不能死！你不能扔下我！”

“好。”

进到树林里，天色已暗，尔笙举着火把忙着四处给长渊捉虫子。长渊来者不拒，吃得不亦乐乎。

辰渚一手扶着长渊，一手握着火把，将长渊在他身边一口吞掉一只虫子的动作看得清清楚楚。他恶心得直泛酸水，心道这两人言词无礼、行为古怪，定是脑子出了毛病，他不应当和他们再多打交道，省得以后也变成了这样，多么恐怖！

大队人马已经进入树林深处，有的仙人们送镇上的镇民继续往北走，而有的则留下来在树林中再设一个结界，以防止僵尸进入树林，找到传说中的“回龙谷”。

尔笙因为一路上东跑西跑，帮长渊捉虫，耽误了行程，三人走走停停，掉在队伍的最后面，这才行至小潭边。

辰渚心急，但不想表现出害怕的样子，咬着牙没有催。尔笙全副心思都放在怎么让长渊吃饱肚子上，也不去管前面的人去了哪里。长渊更是不急，神色泰然。

“长渊要喝水吗？”尔笙指着那汪映着星光的潭水道，“这里的水十分甘甜，比村子里的井水好喝多了。你吃了那么多肉，得解解腻。”

辰渚望了望前面渐行渐远的大队火光，终是忍不住开口了：“待会儿喝吧，这野外的水喝了拉肚子可怎么办。”

“才不会！”尔笙一听辰渚说话心中就反感，脖子一伸便要与他争论，长渊的眸色却落在那汪深潭中久久不曾挪开，沉默半晌，他忽然道，“尔笙，将那潭中之水取些来我看看。”

尔笙对辰渚吐了下舌头，小声骂了句胆小鬼，便乖乖地跑去取水了。

辰渚遥遥地望了眼远处几乎快消失的火光，心中焦急更甚。适时后脊忽觉一股阴风吹来，他扭过脖子往后一望，只听树叶沙沙的响声，一片漆黑，什么都看不见。但偏偏就是这样的未知，让他觉得随时有东西会突然蹿出来一样。

“小脏孩儿！你快点！”

“知道了。”

尔笙用竹筒盛了水，跑回来递给长渊。

长渊盯着水看了半晌，却不喝，只是眸中的神色在火光的照映下变得越发明亮：“竟真的在这儿，难怪此处灵气氤氲。”他细声呢喃，“人世多变，也不知此处几变沧海几变桑田……”

他这话说得小声，连贴得他很近的辰渚都听不清他说的是什么，只是连声声催促：“快喝啊，要来了水，光看着做甚！能长出花来？”

“不许对长渊凶！”尔笙撸起袖子要打辰渚。

忽然林间的凉风一断，三人只闻到一股腥臭之气弥漫开来，令人恶心欲呕。

辰渚立刻警惕起来，眼神迅速往林间一扫。长渊在他耳边轻声说道：“东南方向。”辰渚的目光才转过去，只觉手肘被人猛地一击，火把脱手而出，掉入那方潭水之中，熄灭了光芒，接着他腹部被狠狠揍了一拳，打得他径直飞出去三丈，撞断了一棵树，狼狈地落入草丛之中。长渊自然也没有幸免，与辰渚一同掉入那处灌木丛中，没了声息。

这一切都发生在电光火石之间，尔笙甚至没来得及看清楚辰渚和长渊为何会突然飞出去。她握着火把，愣怔地站了一会儿，惊骇地转过头，慢慢将袭击两人的人看清楚了。

一个巨大的僵尸。这个僵尸与别的僵尸不同，他的皮肤不曾溃烂，看上去如常人一般，只是在胸腹处被破开了一道巨大的口子。

在火光的照耀下，尔笙能清楚地看见，他的胸腹里面爬满了粘腻的黑色虫子，不停地蠕动翻滚。

尔笙手心里的虫子开始躁动起来，似要冲破她的肌肤跳出来。

“天哪……”尔笙失神地呢喃，“这种虫子吃了能长这么大个儿，得亏霁灵姑娘拦住了没让我吃。否则以后我与长渊睡一起，非压死他不可。”

“哦？”一个中年男子的声音自巨大的僵尸背后传出来，“这倒是奇事，你身中带蛊，却还能保持神志清醒。”

尔笙探头一看，自那巨大的僵尸身后缓缓走出一个华服男子，看年纪有四十上下，气度雍容，像是王公贵族，但那双眼睛却显得过于阴鸷。

“你是谁？”

“本王乃是南疆之主，越王。”他盯着尔笙笑了笑：“你这小丫头想必是有什么地方天赋异禀，待本王尝尝便知。”

尝尝……

“是要……吃了我的意思吗？”

对方好笑地点头，尔笙了然，心中默念长渊之前教她的防身术法口诀。

越王见尔笙不动，以为她被吓呆了，拍了拍那巨型僵尸的背，示意其上前将尔笙捉住。

还有两步、一步……尔笙抬头，道：“我喜欢吃虫子，但是不喜欢被虫子吃。”她对着僵尸的胸腔抬起手，一阵金光径直穿透僵尸的胸口，一如那天爆掉那只僵尸的脑袋一样。巨型僵尸嘶声厉吼，震得尔笙头痛，他胸腔中的虫子蠕动的速度变得极快，尔笙只觉掌心微疼，收回手一看竟是将那藏在手心里的蛊虫生生吸了出去。

她趁着僵尸还在混乱之际扔了火把，转身便向着辰渚摔入那处灌木丛中跑。

“呵呵，小丫头有点胆识。”越王一声冷笑，身形一闪，跃至尔笙身前，抱着手打量着她。

火把的橙色火焰在身后跳跃，尔笙脑子里闪过许多主意，最后她果断地将头一埋啪叽跪在地上，乖乖地磕了三个响头，抱头痛哭：“大王饶命！大王饶命！尔笙自幼孤苦身上没长几斤肉，不好吃的！而且……而且我几日都没洗澡了，最近又便秘，肚子里全是脏东西，不好吃！”

越王依旧意味不明地笑着：“不碍事，我有怪癖，就爱吃脏东西。”

尔笙浑身一颤，糊了满脸鼻涕眼泪，望着越王，他伸出手，放在尔笙的头顶：“这样的眼神倒叫本王看得舒心。”他掌心慢慢变得灼热，似要烧掉尔笙的头发，“本王最喜见着别人绝望的眼神。”

他收紧手指，那一瞬间的疼痛让尔笙以为她会就此死掉。

等到空中一道凌厉的白光划过，头顶的疼痛骤然离去，尔笙仍在恍惚。

“呵呵，无方小徒，竟如此不自量力敢坏本王大事。”越王避过远处射来的这一击，冷眼望着远处急速奔来的霁灵等人。

原来是霁灵他们发现了后面的异常，转身返回，这才将尔笙在生死关头救下。一位仙长将尔笙扶到旁边。霁灵大喝一声“列阵”，那仙长又忙加入了战局。

“哈哈！有趣有趣，想来无方山定是门内无人，竟想靠着你们这几个黄毛小儿对付本王。”越王拍了拍手，眸中的光倏地变得血腥而嗜杀，“那本王便拿着你们的尸体让那高高在上的无方仙尊哭一场好了。”

“放肆！”霁灵一声厉喝，顿生怒意，一剑便向他刺去。越王轻而易举地避过，随手一挥，指尖弹在霁灵的剑刃之上，剑身顿时巨震，霁灵险些握不住。越王一声高喝，唤醒了被尔笙攻击后便一直待在旁边的巨型僵尸。它趁众仙人不备，举拳乱挥，有两人被那僵尸击中，破了阵型。

越王狂妄一笑，浑身邪气荡出，震得在场的仙人皆不能起身，他低头看向脚下的霁灵，劈手砍下。霁灵后背受击，一口鲜血吐出，几近昏迷。

尔笙此时终于回过神来，见此变故，捡了地上的一块石头冲越王狠狠砸去：“龟孙子的混蛋！叫你欺负人！你去死！”

区区石块又如何能对他造成伤害，倒是让他眼中的血色又重了一层。

“本王将入得回龙谷，食不死仙草，将与天地齐寿，与日月同光！黄毛丫头休得胡言！”

“你将会像千年王八一样活得长长久久！像粪坑里被屎磨得发光的石头一样遗臭万年！”

此话惹怒了越王，他伸手一探，尔笙只觉脖子一紧，接着身子便不由自主地向越王飘去，任她如何挣扎脚也落不了地，没一会儿，她便因为窒息而眼前阵阵发黑。

恍惚之间，她感觉深潭上清凉的风阵阵袭来，吹醒了她混沌的大脑。

辰渚与长渊掉入的那片灌木丛中隐隐泛出一丝银白的光，在黑夜之中显得有点刺目，但却令人感到安全而温暖。

当然，这只是尔笙的感觉，对于被邪气镇压在地上的众仙人来说，现在忽然溢出的这股气息更令他们感到压抑而痛苦，如同在庄严的神殿之上，被高高在上的神明冷漠地注视着……

“欲扰龙族长眠之地者，杀无赦。”

龙族长眠之地……

越王手一松，那股无形的力量刹那间便消失了，尔笙瘫软在地，捂着脖子狠狠地咳嗽起来。

“龙？”越王盯住自那处草丛中走来的男子，笑道，“本王便是扰了又如何？不过是一群已作古的生物。”

长渊踏着细碎的草叶缓步走出，周身光芒尽敛，神色冷漠，黑眸中金光闪过，转瞬间又全无一丝情绪。

越王虽不知长渊是何身份，但是心知此人不好对付，脸上的玩笑之色也渐渐收起，挥手招来那巨型僵尸。他手一挥，僵尸便似木偶一般，飘荡出去，身形灵活得与刚才那个笨重的大汉完全不像。

长渊右手伸出，硬生生接住僵尸挥来的巨拳，如此大力的皮肉相接竟没有发出半分声响。

尔笙恢复了呼吸，略有些担忧地抬头一望，她只见长渊指尖光芒凝聚，转瞬间，那僵尸的整只胳膊便被轻易卸了下来。宛若玩具一般被长渊弃于一边。僵尸仰天长嚎，其声令人发怵。

长渊神色不变，手一挥，拍在那僵尸的喉间，惨叫声戛然而止。他收回手，僵尸颓然软倒于地。长渊冷着眸色，接着向前，他走得不徐不疾，但偏偏每一步都有令敌人胆寒的气势。

越王被慑得稍稍往后一退，又咬牙恨着长渊：“本王计划已行至今日这步，决不能断送在你这莫名其妙的人手上。”

长渊哪听他废话。若是他有往常十分之一的力量，早就将其毙于掌下。奈何他现在重伤在身，依靠尔笙捉给他的虫子才能暂时恢复一点力量。而这些虫子经过他的调息最多能支撑他一刻，若这一刻内不将其解决，在场之人活不了命不说，连回龙谷也会被这肮脏之人践踏。

他怎能容许……

长渊探手为爪，直取越王喉间，越王闪身躲过，长渊步步紧逼，招招皆是致命的杀招，越王提气与之抗衡，渐渐不敌。

越王瞳色渐化为血色，心道自己绝不能在这里败了，一边挡一边往那软倒在地的僵尸那里靠。

此时灌木丛中的辰渚才从打击中醒过来，睁开眼便看见自己师门一众师叔皆倒在地上，而与敌人缠斗的竟然是路都走不得的长渊，登时傻眼了。然而当他看见下一幕时，此后的三个月里愣是没有吃进半点带荤腥的东西。

那越王竟然逃至僵尸旁边，翻过僵尸的胸膛，掏出里面的黑虫，全吃进了嘴里。

"天呐！天呐！天呐！他也吃虫子！他也吃虫子！呕……这世界怎么了……呕……怎么了！"

长渊眸色微微一深，杀意更重，正欲拼力一搏，越王忽然从僵尸的体内挖出一个比寻常蛊虫大了三倍的黑虫，欣喜地笑着吞进了嘴里。他将僵尸往长渊身上一扔，挡住了长渊的视野，等长渊将那僵尸炼化成粉末，越王头顶上竟然生出了一条条黑色的经脉，看起来十分骇人。

他狂妄地仰天长啸："无人能碍本王大事！本王要寿与天齐！"神色中的邪气竟比方才更为浓重。

长渊心道不妙，身形一跃。那越王竟像疯了一般，半点不守，径直向长渊冲去，也探出手，做得竟是要取长渊心脉的打算！

辰渚大叫："小心！"

尔笙惊骇："长渊！"

长渊眉头一皱，终是闪身避开，越王换了一副不要命的打法，不管不顾地往长渊身上招呼。长渊往后一退，恰好踩住趴在地上的霁灵的手。长渊心知，若是他再退，以此时这人拼命的打法，后面这一众仙人和尔笙定是会被殃及。

黑眸一凛，瞳孔深处的金光再起，长渊定住身形，接了越王两招，化守为攻，击得越王又往后退了三步。

长渊正欲追击，却猛然觉得腹内一空，身上的伤口传来撕裂般的疼痛。

糟糕，长渊暗道，那虫子炼化出的神力没了……

不待他想出应对之策，对方的杀招已逼至身前，避无可避，长渊唯有稍稍侧过身子，躲开了越王直逼心脉的攻击。

对方的指尖穿透他的肩胛骨，越王扬声大笑，然后狠狠地将长渊甩了出去。长渊的背划过深潭边上的尖石，终是在即将滑入潭水之前时停了下来。

长渊瘫软在地，身上的筋骨犹如被扯断了一般疼痛，他越想撑起身便越是疼痛。

越王迈着胜利者的步伐，走到长渊面前，似炫耀自己战果一般舔了舔指尖上长渊的血："你身体里的力量也甚好，干脆也让我尝尝吧。"

辰渚在后面听得这话，浑身发抖，半是生气，半是害怕，他气愤地捶了捶自己的双腿，爬不起来，在如此强大的邪气之下，他爬不起来！半分忙也帮不上！抬头一看，众仙长也皆是一副愤恨的表情。

愤恨着自己的无力。

适时，一道人影冲了过去，娇小的女孩用瘦弱的肩膀挡在了长渊身前，怒瞪着越王，红了一双眼，她吼："我让你吃！随便尝！但你不准欺负长渊！"

尔笙的举动无疑让众人都吃了一惊。

众仙人尚且无法抵御的邪气，她到底是如何不受其影响的？

越王血红的眼眸盯住尔笙："呵呵，这世上竟还有蠢得自己来送死的。"尔笙狠狠地瞪着他，眼眸中全是厌恶与仇恨，越王心中怒火大盛，"既然你存心求死，本王便遂了你的心愿。"

他慢慢走近。

长渊动了动指尖，想把尔笙拉到自己身后，奈何身体已经痛得麻木，全然不听他使唤。

何曾狼狈至如此，长渊心里苦笑，连一个凡人也敌不过。他从未觉得上古神龙的力量有何稀罕之处，但现在，当他失去了那股力量，他才知道为何世人皆对强大的力量趋之若鹜。

只有足够强大，才能护着想护着的……

"小丫头。"越王已行至尔笙面前，一手挑起了她的下巴，"你说，从哪里开始吃呢？"

话音未落，空中突然砸下一道惊雷，径直劈在越王的背上，灼烧了他华贵的衣袍。越王一声痛呼，甩开尔笙，连忙往后跃开。

"谁！"越王怒喝，"何人胆敢扰本王大事！"

夜空之中幽蓝的光芒划过，尔笙略微失神地抬头一望，只见白芒如箭一般纷纷落下，皆直直扎向越王所在之处。在那些耀眼的光芒之后，踏着凉夜清风而来的是一个穿着蓝色立领大袍的男子。

神色肃穆胜似天人，只是眉心印着的浅色火焰过于妖异，在这样一张沉静的脸上显得十分不协调。

"长渊。"尔笙低声呢喃，"又有神仙来救我们了！"

长渊吃力地看了那人一眼，随即无奈的神色更甚。他虽在万天之墟待了千万年，这人世已有许多是他所陌生的，但是他还是知道那人眉间的印记是代表着什么的，毕竟天罚的印记永生也不会变。

长渊道：“尔笙，此人乃堕仙，世人皆称其为魔。”

魔？什么是魔？尔笙茫茫然地盯着那人。

他全然无视周遭的一切，只盯着越王道：“你犯下的重罪已足以让我送你去荒城。”声音清冷，仿似他已是在对一个死人说话。

“是你！”越王突然有些惊慌，“你到底是谁！”

“长安，乃是我的名。”

长安……尔笙想，听起来如此平和安稳的名字，为何却是这个样子？

地上的霁灵等人听得此名却是浑身一震，极力地抬头想去看清那人的相貌，但是终是败于强大的邪气之下。唯有辰渚，直勾勾地盯着那人的面容看得呆了去，他轻声呢喃：“堕仙长安……古仙门流波的最后一名弟子……”

越王听得此名，吃惊得往后退了两步：“你既已告诉本王不死仙草的传说，为何此刻还要阻挠我？”

长安浅浅一笑：“不过是想快些送你去荒城罢了。”

三界外，上有万天之墟，下有无极荒城。皆是无日月、无生灵的死寂之地。无极荒城中囚禁的皆是罪大恶极永世不得超生之徒。与永世封印的万天之墟不同，无极荒城在送罪犯入城之时，是会开启城门的，待罪犯入内，城门合上，不管是天庭人间抑或冥府皆看不见其入口。

里面的人出不来，外面的人进不去。

世人皆知，堕仙长安最喜送罪犯入荒城。

越王惊慌起来：“本王就要拿到不死仙草，马上就能习得长生之术了！什么无极荒城，本王才不去那种鬼地方！”

“由不得你。”

光芒闪过，众人只听越王一声惨叫，接着空气中的邪气尽褪。越王眨眼间便被长安斩首，他将越王的魂魄束缚入一个小瓶子里，贴身收好，刚欲离去，忽然瞧见深潭边上尔笙、长渊两人。

“哦。”他有些惊讶地挑了挑眉，“上古神龙。”接着他目光一转，落在尔笙身上，打量了许久，“司命……”

突然，空气中杀气暴涨，长安眉间浅色的堕仙印记倏地变得如血般艳红，黑眸之中杀气毕现。挥手间一记光刃便直射尔笙而去。

众人皆不料他此时会突然动手，欲救已来不及。

尔笙只见眼前一花，有身影挡在了她的身前，温热的鲜血溅在她的脸上。接着“扑通”一声响，周遭顿时没了声音。等她稍稍回过神来，转头一看，长渊已经不在自己身后，而深潭之中一袭黑色的衣裳沉浮了两番终于沉了下去。

“长渊……”尔笙声音颤抖，在众人都尚未反应过来之时，她已一头扎了进去。

她下水下得毫不犹豫，没人会知道此时的尔笙尚不会水。

霁灵等人没了邪气的压制纷纷站起身来，有几位会水的仙人欲下去将两人带上来。

长安伸手一挥，在地上画出一道深深的痕迹，他道：“谁敢救我想杀的人？”

众人皆沉默，无人敢上前。霁灵重伤在身，被人扶起来后咬牙切齿地望着长安，还没说话，忽然金光一闪，竟是从那潭中泛出来的。

长安向身后一望，见潭中投出龙游动的影子，金光映入他的眼眸，带着几许光芒流转，片刻后又慢慢熄了下去。

众仙人惊疑不定，长安独自呢喃道：“龙冢果真在此地……运气倒好，此次未杀得了你。”他想，定是龙的血液打开了龙冢的封印，让两人得已自深潭下逃入回龙谷之中。

不过既然得知司命已投生为人，那么他定是要在世间将她杀一次才行的。尽管长安自己也清楚，死，对于司命来说无非就是回天归位，没什么大不了。但她若不在自己手上死一次，长安想，此生他是无论如何也不会安心的。

他此生的宿命，所遭遇的一切，全都凭着司命星君所写的那一纸命格……这样的命，要他如何不恨。

长安望了一眼身边面带怒色，却又碍于他的力量不敢贸然攻上来的众仙人，道：“无方弟子道术不精，此次僵尸之难算是给你们敲个警钟。”沉默了片刻他又道，“让你们无方仙尊别睡得太安稳，世道安稳不了多久了。”

司命星君主天下命格，若她下界，这人世必会受其影响。

自然，这些话他是断然不会与无方山的小辈们说的。他摸了摸怀中的小瓶子，腾云而去。

翌日，所有中了蛊虫的人皆不治而愈。自此僵尸之祸算是彻底结束，只是那些死掉的人再也不会回来了。无方山的仙长在天亮之后曾下得深潭去寻尔笙与长渊，但是遍寻无果，只得作罢。众人齐齐随赶来的无方仙尊回了无方山。

尔笙醒来的时候耳边是潺潺的流水声。

她恍恍惚惚地睁开眼睛，看见日光倾斜而下，刺得她眼睛微痛。尔笙坐起身来，觉得自己浑身酸痛不已。她捂着脑袋静静坐了一会儿，倏地蹦了起来大声唤道："长渊！长渊！"

此时尔笙方才瞧见了自己所在的环境——

一汪清泉自脚下流过，远处是一望无际的草原，草原之上点缀着零星的野花。尔笙抬头望向蔚蓝的天，洁白的云，却奇怪地发现此处没有鸟儿或是蝴蝶，甚至没有虫鸣，全世界只剩下这泉水叮咚的声音。

"呼……"

正在尔笙疑惑之际，一声粗大的呼吸声将她吓了一跳，不对，还有别的生物。尔笙想，听这个声音应当是个大家伙。

她壮着胆子爬上了身后的一个草坡，看见坡下的物体时，尔笙浑身一震，又吓得从草坡上滚了下去。

是蛇妖！是那只巨大的黑色蛇妖！

要趁它睡着之时赶快逃，尔笙想，不然这次真的会被吃得连骨头也不剩！

等等，长渊呢……

尔笙脑中突然闪过一个可怕的想法，浑身慢慢变得冰凉。她抖着手抖着脚再次爬上草坡，小心地探出脑袋往下望，仔仔细细地将那蛇妖打量了一遍。

它好似受了很重的伤，浑身皆是鲜血，呼吸粗重，双眼紧闭，染了一地的血，尾巴还浸在小河当中，有丝丝猩红的血液顺着水流慢慢远去。

它这个样子就像是尔笙第一次见到的长渊那样，虚弱且戒备。

尔笙没有看见长渊的身影，脑海里面的那个念头慢慢扩大，她的脸色迅速苍白了下去。但她仍抱着一丝希望，敛声屏气、小心翼翼地走到蛇妖身边，一路找上去，就怕长渊被压在了蛇妖的身下，最后走到了蛇妖巨大的嘴边。

它的嘴闭得很紧，仍有带着腥气的呼吸喷到尔笙手上。尔笙吓得抖了好久，最后双眼一闭，近乎不要命地将手放到蛇妖的嘴上，将它的唇往下掰开，看见它森白的牙齿上缠绕着鲜红的血丝。

长渊……尔笙快哭了，她没看见大蛇的牙齿上有任何残留的长渊的信息，哪怕连一块衣服的破布也不曾留下，就只有一些血，也不知是长渊的还是蛇妖自己的。

适时，蛇妖紧闭的双眼倏地睁开，杀气弥漫，嘴里粗重的气息喷了尔笙满脸。尔笙骇得摔坐于地，呆呆地看着清醒过来的大蛇。

看清尔笙的身影，它金色眼眸中的杀气慢慢散开。蛇妖探过头来，像是安慰一般，用鼻子蹭了蹭她的脸。

而尔笙只闻到了血腥气，她极力地忍耐害怕与颤抖，最后还是没有忍住“哇”的一声大哭起来，一边哭一边嘟囔着：“混蛋蛇妖！你吃了长渊！整个儿吞了……你连块渣也不给我留下。你还要吃了我……”

大蛇的金眸中闪过一丝茫然，见尔笙哭得厉害，它又凑了过来想去安慰她。

尔笙却怒了，一把推开它的脸，红着一双眼睛冲着它吼：“嗅什么嗅！我又不臭！你要吃就吃，不许把我嚼碎了！我要和长渊待在一块儿！”

蛇妖不动了，耷拉着脑袋乖乖躺在地上。盯着尔笙的眼中带着三分好笑七分无奈。

尔笙又哭了一会儿，将心里的恐惧发泄得差不多了，终于慢慢安静下来，哽咽着转过头去看大蛇。它依旧趴在那里，一动不动地盯着她。尔笙愣了愣：“你不吃我吗？”

大蛇哼哧着吐了一口气。

尔笙自顾自地点了点头：“我懂了，你定是方才吃了长渊填饱了肚子，所以打算把我留着下一顿吃。”

对于尔笙这么理解它的意思，大蛇表示反对的哼哧了一声，尔笙却突然蹦起来，冲过去抱着大蛇就把自己的脑袋往蛇嘴里塞：“不行不行，待会儿长渊在你肚子里就不见了！变成便便出来该怎么办！你现在就吃了我吧。”

见尔笙这般动作，蛇妖忙转了头，怕一个不小心，锋利的牙齿真把她弄伤了。它的尾巴绕过来轻轻卷住尔笙的腰，将她拉开。

尔笙拼命地挣扎，但是她那点力气哪里敌得过蛇妖，她越是挣扎就越是觉得无力，到最后只有认命地耷拉着脑袋，一遍一遍地唤着长渊的名字。看起来十分可怜。

大蛇似乎叹了一口气，转过头去，又用鼻子在尔笙脸上碰了碰，显得很温柔。

就像长渊在说：“尔笙，不怕。”

第三章 回龙谷

敌我差距明显，尔笙识趣地选择了不再挣扎，只是情绪一直很低落。

大蛇把她卷起来，让她坐在自己的鳞甲之上，长长的身体一圈一圈将她松松地围着，就像在她的身边铸成了一道坚硬的围墙。它闭上眼静静养神。

尔笙坐了一会儿，见它确实没有做出伤害她的事，她仔细一想，好像这蛇妖根本就没对她表现出恶意。她大着胆子站起身来，伸手戳了戳它的爪子。

大蛇回头，睁开一只眼睛淡淡地瞅了她一眼，见她只是闲得无聊在戳着它玩，于是头一搭，闭上眼继续睡。

尔笙见它没有表示不满，胆子更大了起来，伸手摸了摸它身上的黑甲，薄而坚韧。她得寸进尺地爬上大蛇的脊背，触摸着它的背鳍，心中越发奇怪，这到底是个什么怪物，头上的角像鹿，背上的鳍像鱼，还有爪子，简直……简直像夫子形容的传说中的龙。

尔笙顺着它的背鳍看下去，忽然瞧见它背上有块皮肉翻飞的地方，鳞甲像是被什么利刃切开，鲜血不断地流出。尔笙好奇地伸手碰了碰那块翻起来的黑鳞，忽然蛇身狠狠一颤，几乎把尔笙从它背上颠下去。

尾巴卷过来，将尔笙带到它面前，一双金色的眼眸盯着她，让尔笙产生了一股莫名的罪恶感："很……很痛吗？"

大蛇虽没说话，眼眸中也没流露出什么情绪，但是尔笙知道，刚才那么一碰确实让它不好受，她道："如果……如果你现在把长渊吐出来，或是把我吃进去，我就帮你吹吹。"

对于尔笙的执着大蛇似乎有些无奈，想了一会儿，它用爪子在地上刨出几个字。尔笙盯着它爪子划过的地面看了许久："你在画什么？"

尔笙不识字。她是个女孩，又是个孤儿，村里的夫子根本就没有收她为学徒。有时夫子讲课时，她会蹭去听听，但是学文习字要书，她没有办法。所以到现在除了一二三，别的字她一个也不认识。

大蛇这次是真的没办法了，唯有定定地将她盯着，眨巴着两只和尔笙脑袋一样大的眼睛等了许久，尔笙终于开口问道："你真不吃我？"

它点了点头。

"那你为什么要吃了长渊？"

他哼哧着吐了口气，摇头。

"你没吃？"尔笙呆了呆，"你没吃长渊，但是长渊不见了……所以是长渊、长渊不要我了……"

面前的大蛇，也就是长渊，他突然发现，他终于解释清楚了一个误会，但是又深深地陷入了另外一个误会里。他望着表情逐渐变得绝望的尔笙，头一次产生了深深的无力感。

无奈他现在实在伤得很重，直接被打回了原形，无法恢复人身，也无法运用神力使自己口吐人言。他只好卷着尾巴，用尾端柔软的鳍轻轻拍了拍尔笙的头以示安慰。

尔笙盯着自己的脚尖看了一阵，忽然斗志昂扬的奋起："不对！长渊答应了不会丢下我的。他一定是被坏人劫走了！他一定在等着我去救他！我得去救他！"说完随便找了个方向就要往前冲。

长渊心里因为尔笙的在意而微微一软。见她急匆匆的模样忙用尾巴将她卷住，往自己身体这边一揽，让她乖乖地靠着自己站好。回龙谷里四处皆是沼泽，可不能由着她乱跑。

"大黑，你干吗拦着我？"

听到这样的称呼，长渊的尾巴微微一紧。尔笙奇怪地看他，过了好久她似乎突然明白了什么似的，眼眸一亮：

“大黑，你知道长渊在哪里对吗？”

长渊唯有点头，尔笙眸中射出来的光几乎耀眼：“那你可以带我去找他吗？”

长渊回头望了望自己背脊上血肉翻飞的伤口，又默默无言地盯着尔笙。尔笙立即明了他的意思，眼中的光慢慢散去，然后又心疼地摸了摸长渊的鳞甲：“我忘了你受了这么重的伤，那我帮你把伤养好了，咱们就去找长渊好吗？”

哪能说不好，长渊想，等他伤好了一点点，就立刻恢复人身，绝对片刻不耽误！

尔笙的性子单纯，说放下倒就真的放下了。自然，她说要帮大黑养伤，自然也是要落实到行动上来的。她撕下自己裤脚上的一块布，拿到小河边搓洗干净了，跑到长渊面前道：“你身上流这么多血，肯定粘乎乎的不舒服，我帮你擦擦身上。你放心，我会避开你的伤口的。”

长渊点了点头算是答应，他以为擦擦就是随便擦擦……

尔笙得到同意，立刻忙起来了。对于她来说，这条“蛇”大得过分，爬上爬下地擦拭费了她不少力气。但是这是能带她找到长渊的家伙，尔笙想，绝对不能敷衍了。

于是她擦得相当仔细。但她若再细心一点的话应当能发现，当她仔细地擦洗某些部位时，那漂亮的金色眼眸里不断飘过丝丝尴尬与赧然。长渊坚硬的鳞甲里那颗许久不曾激动过的心，被拨弄得活跃地蹦跶了许多次。

在被关入万天之墟时，长渊只能算是一条幼龙，对龙族生育之事虽有了解却没有实践。知晓龙族被灭族以后，他从此就绝了生育后代的念头，毕竟他一条公龙要做这种事也是心有余而力不足的。之后千万年里，他一直独守万天之墟，再然后司命来了，司命豪迈得不像一个雌性，但是她好歹也是个雌性，司命虽喜欢在他身上蹭来蹭去地戏弄他，但是她仍然知道长渊身上哪些地方要少碰，哪些地方尽量不要碰，哪些地方根本不能碰。一龙一人相处，司命把分寸拿捏得相当好，长渊自然也没什么别的念头。

但是尔笙不一样。她没了司命的记忆，对龙这种生物半点不了解，连他逆鳞处的伤口也敢伸手去摸一摸。擦到那种地方……那么仔细地擦……

长渊忍得浑身颤抖，然而她却浑然不知，长渊又怪不得她，只好自己咬碎牙齿和血吞，把被尔笙撩拨起来的战栗感死死地压抑下去。

偏偏尔笙的好奇心还该死的强……

“咦？”尔笙奇怪道，“大黑，你这里只长了一条腿，还没爪子，是被谁砍掉的吗？为什么没流血？”不等他做出什么反应，尔笙用手戳了戳‘那条腿’，“痛吗？”

长渊转过头，金色眼眸中有了点近乎可怜兮兮的湿意和一些莫名的光，他的呼吸也变得沉重了许多。尔笙立即意识到，他定然是痛极了：“对不起，我不知道你这里也受伤了，我会避开的，不会碰到了。”

长渊把头放在地上，瞟了尔笙一眼，然后又拖着脑袋望向远方。

尔笙想了想，他刚才那个眼神，有点类似于……那个什么词来着？

哀怨？

忙了几个时辰才终于将他全身都擦拭干净。尔笙很高兴地蹭到长渊的头旁边，摸了摸他的龙须：“大黑，你一定要快点好啊！”

才经过一番‘搏斗’的长渊似乎有点没精神，“哼哧”了一声，算是回应了尔笙。

尔笙忙活了半天，身体有些疲倦了，倚着长渊的嘴边坐下，这下倒是全然不担心他会将她吃掉了。坐了一会儿，睡意来袭，她脑袋点着点着眼睛就闭了起来，不一会儿舒缓的呼吸均匀的响起，彻底睡着了。

长渊用尾巴将尔笙小心翼翼地卷起来，然后团起身子，将她放在中间，细细的把她的睡颜打量了一会儿，头倚着自己的身体，也闭上了眼睛，静心调养。

回龙谷虽然是被封印之地，但是仍有昼夜之分。半夜的时候，月明星稀，凉风徐徐，尔笙半是冷半是饿，难受得醒了过来。

长渊的身上全是黑色的坚硬鳞甲，哪能取暖。她又整整一天没吃饭，还折腾了那么久，此时腹中空空，更是冷得难受。尔笙借着月色，爬出了长渊团起来的那个圈，刚往前走了两步，忽觉有温热的气息喷到她的后颈之上，她还没来得及看清，衣领便被长渊咬住，被拖了回去。

“大黑。”尔笙也没挣扎，任由他将她拖回去，她站稳身子，转过身去望着他映着月色的金眸道：“我没有丢下你的意思，我只是肚子饿了，想去找点东西吃。”

长渊眨了眨眼睛，这才想起，现在的尔笙与以前的司命不一样，她是肉体凡胎，需要进食才能活下去。但是这回龙谷中根本就没有其他活物，唯一能吃的，或许只有这地里的草根罢了。

长渊有些愧疚，当初只记得逃命，却忘了逃进来之后怎么让一个人类活下去。

他尾巴摆了摆，将身后一处草地扫平，又示意尔笙往那边走。尔笙不明所以："这里有吃的吗？"

长渊用爪子刨出两根草根，用鼻子顶到尔笙身前。

"这个好吃吗？"尔笙捡起其中一个，借着月色看了看，奇怪道，"这个草的根怎么长得像萝卜？看起来挺好吃的，我去洗个尝尝。"

尔笙抱着'萝卜'啃了一口，只听"嘣"的一声，她脸色瞬间变了。长渊凑过脑袋去看，尔笙捂着嘴哭丧着脸。

长渊不明所以，心道，难不成这草根有毒？不等他多想，尔笙的手从嘴边拿了下来，一颗断牙混着血水躺在手心里。

长渊一怔。

尔笙恍然失神："门牙……又磕掉了……没有了。"

这下可好，两颗白白的大门牙在这两三天内都磕没了，尔笙气得将草根扔在地上，狠狠地用脚踩了踩。可是那草根仍旧分毫未损。报仇无果，尔笙伤心地扑到长渊面前，趴在他脸上，抱着他的鼻子狠狠地哭了一阵，一边哭一边嘟囔："没有门牙，啃不了罗铺……唔等找熬长渊我嗅饿死了！"

"没有门牙，啃不了萝卜，不等找到长渊她就要饿死了。"长渊将她漏了风发音不准的话听了个明白，他这次已经知道没有门牙是死不了人的事，但听到尔笙这般哭诉，他仍旧相信这是一件非常严重的事情。

司命常说：失节事小，饿死事大。在回龙谷中，尔笙只有草根可以吃，而这草根似乎又超过了凡人所能咀嚼的硬度……

长渊想了想，忽然动爪子刨出了许多草根，然后用尾巴把尔笙卷到一旁。他一口咬衔起几个圆滚滚的草根，锋利的牙齿稍稍一用力，草根应声而碎，根中的汁液流出，闻起来甚为芬芳。长渊没急着把破开的根给尔笙吃，而是自己先吞了进去。隔了一会儿，没觉得有什么不对的地方，这才如法炮制，咬碎了几个草根坚硬的外壳，放在地上。

尔笙看了看几个破开了壳的草根，又将长渊的牙齿翻出来看了看，最后终于承认，这个世道是不公平的。

草根的内部比起外壳来十分的柔软，尔笙轻轻一吸，像喝粥一样，将里面的汁液吞进了肚子里：“咦？”她奇怪地打量了一眼满地的草，又喝了一口汁液，“这个……怎么有虫子的味道？”

她这样一说，长渊忽然感觉腹内慢慢升腾出一股热气，就跟吃了尔笙找来的那些虫子一样的感觉。

他静下心来，慢慢凝聚体内渐渐生出的内息，然后欣喜地发现，这些草根疗伤的作用比林中的虫子更为有效。

长渊不知，回龙谷中数千年无外人踏足，龙冢之中散发出来的残留气息令这片被封印的土地之中灵气氤氲，地里长出的花草千百年不败，其根更是将这千年灵气都蕴藏其中。尔笙居住的村后树林中的那潭水便是与回龙谷的水相通所以才常年清澈，树林中的草木皆受此水恩泽，自然也常盛不败，而林中的虫子以林中草木为食，体内积聚了灵气，也就成了疗伤圣药。

如今这草根生长在回龙谷之中，自然是能比外界的虫子更有效地治疗长渊的伤。

尔笙吃得不多，但是足以饱腹，身子也暖和了起来。她主动偎到长渊的脖子处，那里有一圈蓬松的长毛，正好可以用来御寒。她道：“大黑，我睡啦，你别再把我卷过去卷过来的，我就睡这儿，暖和。”

长渊凝神调息，没有搭理她，但是脑袋却轻轻地往尔笙那处偏了偏，远远看去，倒像是一龙一人，互相依偎着的模样。

如此在回龙谷过了三天，尔笙眼瞅着长渊脊背上的伤口慢慢愈合了，心中欣喜。可是等到第四天早上，她睁眼一看，却发现自己睡在草堆之上，而大黑已不见了踪影。

尔笙登时惊醒，站起身来四处张望，寻找着大黑的身影。

今日回龙谷起了雾，笼罩了天地的大雾阻碍了尔笙的视线，她唤了两声大黑，声音消失在茫茫雾色之中，连回音也不曾有。

尔笙有点心慌，这样的感觉就像是天地间只有她一人一样。

忽然，不远处传来轻细的脚步声，在寂静的雾色里显得尤为突兀，尔笙凝神细听，发现声音越来越靠近她了。她心中起了一丝戒备，而更多的却是一分期待。

那人的身影在雾气中影影绰绰的显出来，尔笙渐渐瞪大了眼睛，没等完全看清那人的面容，她便箭一般地冲了出去，扑在那人的身上一阵摇头晃脑地猛蹭："长渊！长渊！"

这一身黑衣打扮的正是恢复了人身的长渊。

见尔笙这般在他身上磨蹭，长渊微微僵了一下。经过上次的"擦身"事件之后，他对尔笙的亲昵难免显得有些不自然。然而感觉到尔笙微微颤抖的身体，他犹豫了一下，最终还是将手放在了她的头上，轻轻拍了拍，似安慰，又似亲昵的抚摸。

"你去哪儿了？我一醒来就在这里，旁边睡了一条大黑蛇，我还以为你被它吃掉了。"磨蹭了好一会儿，尔笙才抬起头来望着长渊，这话说得无比委屈。缺了两颗门牙的嘴看起来不太雅观，一说话不仅漏风，还四处溅唾沫。但是长渊不在意，尔笙也没有觉得不好意思。

"那不是蛇。"长渊纠正尔笙的错误，"是龙。"

"龙？"尔笙呆了呆，脸上突然浮现出一丝为难的神色，"可是龙……怎么那么猥琐……"

猥琐……

宛如一道惊雷划过长渊的脑海，砸得他有些措手不及，他愣怔了好一会儿："是……是猥琐吗？"

"它一直蜷缩着，看起来很不精神。"

"或许是因为受伤。"即便是面对司命，长渊也不曾如此着急地想解释清楚一件事情。

尔笙点了点头："是啊，他受了很重的伤，看起来一点也不精神，十分猥琐。"

长渊又是一怔，心道，难不成，在她心里所有生物受伤之后就会变得很猥琐么？这、这……

脑海中隐隐划过一道光，长渊忽然想到尔笙素日用词不当这个毛病，琢磨了一会儿带着些许小心地问道："你说的应当是萎靡吧。"

"咦？"尔笙一愣，恍然大悟，"啊，那个词叫萎靡么，我就说说起来怎么不大顺口。"

长渊沉默，他愈发深刻地认识到，或许在教尔笙法术之前，他应当教教她写字。

"对了，说到大黑，刚才我就没看见它了。跑哪里去了？"尔笙在长渊怀里探出头四处张望。

长渊摸了摸尔笙的头，蹲下身来，望着她的眼睛道："尔笙你知道我并非人类。"

"嗯，知道。"

"大黑……你前几日看见的那条龙，其实是我的原身。"长渊怕她听不懂，又直白地加了一句，"尔笙，我是龙。"

尔笙盯着长渊眨巴了下眼睛，透亮的黑眸越发闪亮起来："我家相公人长得漂亮对我又好，还会法术，还能变成大黑……龙！"她围着长渊转了两圈，"我的眼光太好了！"这语气中透露着的骄傲，好像她自己也能变成龙一样。

看着尔笙现在闪闪发亮的目光，长渊忽然有一种哭笑不得的感觉。

忽然，尔笙脸色微微一变，慢慢升起一股潮红："那么说……那么说，那天我是在帮长渊擦身，光秃秃的……"

提到这个话题，长渊清咳两声，目光瞟向远处，脸色也渐渐变红了。

"哎呀！"尔笙捂脸叫道，"好丢人！"虽然她是这样叫着，可是还是硬生生地冲进了长渊的怀抱里紧紧将他搂住，因为长渊此时蹲着，尔笙便把脑袋放在他的颈窝处乱蹭。蹭了许久，尔笙突然抬脸来，在长渊耳边小声道，"虽然给大黑擦身很累，但是如果你喜欢的话以后……以后你还要擦擦，我也可以帮忙。"

"尔笙……不可如此。"长渊拉开她。

"咦……这是怎么了！"尔笙惊呼，"怎么流了这么多鼻血？"她慌乱地用手去捂长渊的鼻子。

"嗯，无妨。"长渊淡定地擦了擦脸上的血迹，强迫着自己念了许多遍静心咒，才总算定下神来。

"真的没事？你背上不是有伤么？是不是伤口裂开了？"

背上伤口裂开了，血会从鼻子里面流出来么？长渊沉默了片刻，没有问出口。他说道："伤势已稳定了不少，只是要打开回龙谷的结界到外面去，我身上这点神力还是不够。"

"那咱们就在这里待着吧，有长渊陪着，没什么不好。"

长渊摇了摇头，望了望蒙了雾的天空，明明什么也没有，只是雾蒙蒙的一片，尔笙却见他眼中生出了许多向往："以前我常年被幽禁于万天之墟，不知生为何物，亦不知死有何惧，空修了万年的神力，但却不知自己活着到底是为了什么，后来……有人告诉我外面的天地浩大，世事变幻无常，我便想着要出去走走，看一看这苍茫大地，是否真如故人所说的那样美好。”

“看到了吗？”

“诚如故人所说，人世沧桑，有喜有悲，可是这一点还不够。”长渊道，“我想亲自用脚丈量这片先祖生活过的土地，彼时，每一步皆是修行。”

尔笙点了点头：“那我就陪着长渊好了，你想去哪里，我们一起。”

长渊拍了拍尔笙的头，没有说话。他知道，尔笙是司命的转世，她不是下界渡劫便是在上界出了什么事，躲到下界来的。她此生注定不得安乐，也必定不能一直陪着他。

但是，既然她想，他就会护着她。

“长渊。”尔笙忽然问，“你以前为什么会被幽禁起来呢？你做错事了吗？”

长渊一怔，眼底深处掠过一丝极冷的讥笑，而面色却依然平静：“没有，只是无能之人皆相信所谓天意。”

尔笙不大懂这话的意思，但是听长渊这个口气，她便识趣地换了话题：“那我们现在怎么办？在这里待着，等你伤完全好了咱们再出去吗？”

“嗯。”长渊牵起尔笙的手，“不过我们要换个地方住，这里湿气太重，对你不好。”

尔笙乖乖地由他牵着，亦步亦趋地跟着他的步伐慢慢向前走，即便她根本就不知道长渊要带着她在茫茫雾色之中去哪里。

回龙谷中多沼泽，即便是长渊牵着尔笙，尔笙依旧走得有些踉跄。

不一会儿长渊便停下脚步，蹲下身子，轻声道：“尔笙上来。”

尔笙迟疑了一番：“可是……你背上有伤。”

“无妨。”

尔笙这才敢伸出手，小心翼翼地越过他的肩，抱住他的脖子。长渊背着她，一步一步走得平稳。尔笙刚开始还有些紧张，怕自己压着了他的伤口，慢慢地见长渊确实走得轻松，才放心地把脑袋搭在他肩上。

出神地看着两人慢慢纠缠在一起的发丝，尔笙道：“长渊，为什么对我这么好？”

“因为你对我很好。”他很自然地答了话之后自己也有点困惑，“你又是为何？”

“我喜欢你。”尔笙抱着长渊脖子的手紧了紧：“一看见就喜欢。”

“喜欢？”长渊看着前方被大雾笼罩了的路，神色间有些迷茫，喃喃道：“或许……我也是。”

尔笙听了这话心里一时激动起来，只想着要把自己的这份喜悦传递出去，正好她又趴在长渊肩上，“啪”的一口便啃在长渊的脸上，力道大得几乎要在他脸上印出个缺了两瓣门牙的印子。

长渊顿住。

尔笙咧着嘴笑得正开心，见长渊看她，她犹豫了一下，问：“咬得很痛吗？”没等长渊答话，她便把自己的脸伸了出去：“好吧，为了公平，你也可以咬我一下。不可以太重！”

“咬？”

“以前隔壁的朱家嫂子和我说过，和喜欢的人可以互相咬一咬。”

“还有这样的规矩。司……没与我说过。”

司命自然没有与他说过，司命与他说的叫“办事”“交配”“准备生孩子”！人类的伟大之处就在于，他们总是能把一件事变化出好多种说法。

尔笙将脸伸出去半天，没见长渊动作，刚想安分下来，长渊忽然探过头来，一口咬在尔笙的唇上。尔笙只觉唇上一麻，身体忽地变得酥软，还没等她产生更多的感觉，长渊便放开了她的唇。尽管连尔笙也感觉出来了，他放得很艰难，或者说是……意犹未尽。

“为什么咬我嘴巴？”尔笙愣愣地问。

“找不到别的地方下口。”长渊答得自然。

尔笙还在怔然，却见长渊抿了抿嘴唇，神色有点奇怪：“为何……有点不对。”

“是不对……”尔笙摸了摸自己的嘴巴，“长渊，你使的什么法术？为什么……为什么我被你咬了却觉得很舒服？”

长渊同样困惑地看了尔笙一眼：“兴许是你身体里残留的法术吧。”这话他没说完，后半句是——我也觉得很舒服。

欺负尔笙，会有种奇怪的愉悦感。长渊有点被自己的这种喜好吓到，心底又是几遍静心咒低语而过。

接下来，两人各怀心事，缄默无言。一路上只有长渊轻细的脚步声。

不知走了多久，四周的雾气渐渐散开，尔笙看见不远处有一座巨大的石碑，像是擎天之柱，直插云霄之中。碑上隐隐约约刻有一些图纹，待慢慢走近，尔笙才看见，在这石碑之上刻的竟全是龙的图案。

石碑上的龙被刻画得栩栩如生，鲜活无比，他们皆仰首向上，仿似要跳出这巨大的石碑重新遨游于天地之间。就这样静止不动，也让人心生敬畏之感。

长渊放下尔笙，由着她像被迷惑了一般呆呆地注视着直耸入天际的石碑。“这龙刻得真好。”尔笙惊叹。

“这些并非刻上去的。”长渊的声音微冷，“此碑之中皆是上古龙的残骸。他们被永世埋葬于此。”

“为什么？”尔笙大惊，“大龙们做错事了吗？”

“天罚，无错也得受着。”

尔笙沉默了，回头看见长渊眼中的神色，心里莫名生出一股酸涩的感觉。她站在长渊面前，费力地踮起脚尖，将自己的手往他头上放，好不容易才摸到了他额前的青丝：“没错就罚人，是老天爷错了。咱们有气度，不和它计较。”

长渊被这句安慰的话说得一怔，任由尔笙奋力地踮着脚尖安慰了自己一会儿，然后他低下头，近乎柔顺地让尔笙抚摸他的头发。听着她软软的声音，心中灼烧得疼痛的怒火慢慢熄了下去。

过了一会儿，长渊问：“尔笙在此处可有觉得不适？”

“没有。”尔笙不知，此处上古神龙的浩然之气十分的慑人，若是寻常人到此，怕是早已吓得口吐白沫、精神失常了。而尔笙尚能如往常一般实在是因为许多巧合。她胆大心粗，感觉迟钝是其一；自幼吃的虫子便是这回龙谷之水养大的，她对这样的气息已十分熟悉是其二；最重要的是前不久长渊才教会了她一些龙族的法术，所以她才能在这浩荡的龙气之中过得悠然自得。

长渊点了点头，在地上挖出几根草根，将其破开，放到尔笙面前：“我要去祭拜先祖，你先在此等等。或许我要明日或是后日才能回来。”

尔笙有些不舍：“要离开两天吗？”见长渊点头，她还是懂事地放了手，“那你尽量早点回来哦……等等！”尔笙想起更重要的一件事，“给我多开两个萝卜！”

尔笙守着一堆破开的萝卜目送长渊的身影消失在巨大的石碑之中。

她喝了点萝卜的汁，又百无聊赖地拔了几根草，最后还是趴在草地上慢慢睡着了。

回龙谷中起了一阵风，刮过尔笙的鬓发，一句话若有似无地穿过她的脑海：“司命，不司己命，不逆天命。”

她不理解这句话的意思，脑海里像有一块铁石，拽着她慢慢沉入了梦境。

“你不该私入万天之墟。”一个男人在严厉地指责，“你竟还想放他出来。”

“为何不能。”女子清脆的声音与他针锋相对，“他不曾害过谁，他也该掌握自己的命运。天界没有权力因为一个上古预言囚禁着他，他渴望自由，并且应该得到自由。”

“司命，看清楚你的职责。你司万物命格，你应当知晓，主宰命运的，只有上天。”

“哼，天地不仁，那我便要逆了这天。”

“放肆！”

“帝君。”女子的声音带着点自嘲，“我喜欢你，你可以弃之如敝屣，但是你阻止不了我喜欢你。就如同现在，我要去放他，你可以让我失败，但是我必须要去做。”

“你……”

“尔笙？”有人在轻唤她的名字，耳边嘈杂的声音慢慢散去，她睁开了眼睛，蓝天白云，长渊正盯着她，“做噩梦了？”

尔笙揉了揉眼睛，奇怪地道，“你不是说要去一两天么？怎么这么快就回来了？”

长渊一怔：“我确实去了两天。”他望了一眼尔笙身后几乎没有动过的草根，说道，“你睡了两天。”

“咦……这么久，我就只是做了个梦而已。”

长渊摸了摸尔笙的头，眼神中漏出点心疼：“一定是这些日子累着了。”他将尔笙扶起来，先递给尔笙一柄威风帅气的黑色长剑。剑身与剑柄乃是一体，剑锋尚未开封而寒光已露，乃是一把稀有的好剑。

尔笙不解：“这是什么？”

“我见你平时没有防身的武器，便给你做了一把。”

听了这话，尔笙忙欣喜地接过，一阵仔细地打量："真漂亮，真漂亮，长渊这是你打的？叫什么名字？"

"名字……"长渊犹豫了一下，"就叫它一片鳞剑好了。"

"一片鳞？是用你的鳞做的吗？难怪是黑色的，可是'一片鳞'这个名字……"

被不识字的尔笙鄙视了名字，长渊有些难堪，立马正色道："它叫一鳞剑，方才你听错了。"

这个名字虽然也不大好听，但是比刚才那个不伦不类的名字总算是好出不少，尔笙爱不释手地拿着它看了又看，摸了又摸，忽然想到："长渊，这个是用你的鳞做的，拔鳞下来的时候痛么？流血了吗？拔的哪儿的鳞？"

"无妨，不过是一片鳞甲。"不过一片鳞甲，却是护心的那一块。长渊从衣袖里又摸出两块白色的小方块，"你看看，这个大小与你的门牙可合适？"

尔笙往自己缺了两块门牙的地方比画了一番："刚刚好。长渊……你，你这是拔了多少鳞啊。"

"铸剑剩下的边角料做的牙，没有多拔鳞。"他动手将鳞片做的假牙往尔笙嘴上摁，用法力稍稍一凝，假牙便固定在了尔笙的牙槽上，宛如长出来的一般。"此剑与牙皆是同一片鳞甲所铸，以后你带着牙，剑便是你的，没有谁能拿得走。你若是出了事，我也能第一个知道。"

"长渊……"尔笙拽住长渊的衣角，"你现在对我这么好，以后、以后我肯定是不让你纳小妾的。"

"好，不纳。"

自从尔笙拿到长渊给她做的那柄剑之后，每日拿在手上，不管有事没事都喜欢摸两下。

长渊见她喜欢得紧，索性就在自己调息内伤之余教了她一些剑法。让她平时也不至于无聊得老是瞅着他看。尔笙是个好动的性子，这些天早把她憋坏了，有了一个可以玩的把式，她自是玩得不亦乐乎。上蹿下跳地舞着剑蹦跶。

若是无方山的仙长们还在这里，他们一定会惊讶于尔笙自身修为的神速进展。但是尔笙并不知道自己的身体里面有什么样的变化，她现在学剑只是因为长渊没有太多的时间搭理她，她得自己玩着打发时间。

这片地方玩熟了，她就大着胆子到龙冢之下去转转，长渊也不阻止。渐渐的，她倒是有了胆量摸摸那些栩栩如生的龙。

一日长渊还在调息，尔笙拿着剑在地上比画。长渊睁眼看了看她比画的内容，怔了一瞬道："你这个字是从哪里学来的？"

"字？"尔笙疑惑地反问，"这是字吗？是什么字？"

"怨，怨恨的怨。"

尔笙嘴里嘀咕了几遍，手下又跟着比画了几道，企图将这个字记住。

"尔笙想学字？"长渊道，"若想学，我可以教你。"

"想学！"尔笙眸光一亮，"长渊好厉害，什么都会！我挑相公的眼光怎么能这么好……"

长渊勾唇笑了，这些天，他的表情已经不似最初那般僵硬、麻木且带着拒人千里的冷漠，在尔笙逗趣的表情下他会不由自主地笑，多是微笑，偶尔会笑眯了眼。尔笙若是使了坏，他会皱眉，嘴会抿起来，偶尔还会动手收拾她。不过他舍不得下狠手，顶多是在自己周身布个结界，让尔笙靠近不了他。过不了多久，尔笙便知道乖乖低头认错。

尔笙凑到长渊身边，很是积极道："我要先学长渊的名字怎么写。"

长渊于是写下了他的名字，尔笙赶紧在旁边跟着画，尔笙脑袋瓜子很是机灵，这么看了一遍，便对比着一笔一画分毫不差地模仿了下来。没一会儿就记住了。

长渊又写下了尔笙的名字，尔笙如此重复了两遍，心里便将这四个字记熟了。

在很久以后尔笙想来，她恍然发现，其实长渊教给她的也就这四个字而已。但是这时的她以为长渊能把所有的字都教给她，以至于多年之后，当她能看懂许多书的时候，还是认为教自己习字的是长渊。

当然，这都是后话，现在的尔笙学会了四个字，心里高兴，学习的劲头很足，又将"怨"字写了一遍，问长渊："那这后面的那个恨字怎么写呢？"

长渊这才想起，他应当追究一下这个字的来源，问了尔笙，她指着耸入天际的龙族石碑道："是这个碑上面有的。"

长渊吃了一惊，忙起身往石碑的方向走去，围着它转了一圈之后，神色变得困惑："当初来的时候，此碑上并无字，现在竟然不知不觉出现了这么多……"

尔笙见长渊的表情严肃，心里有点慌："这是很不好的事情吗？"

长渊沉默了片刻，转眼看向尔笙："谈不上好坏，可却有蹊跷，你且在这里等我几天，我去龙冢之中再看看。"

尔笙乖乖地应了声好。

等长渊进了龙冢之中后，尔笙便坐下来一遍又一遍写着"长渊尔笙"这四个字，仿佛这样写写，心里就会舒服很多一样。坐乏了，她又舞一会儿剑，累了又坐下来写字，不知这样重复了多少次，天色渐渐黑了下来。

尔笙倚着草堆，望着石碑正在发呆，忽然耳边听见一阵清脆的铃音，丁零零，仿似从天边传来，非常悦耳。她循着声音的源头望去，忽见天边有一抹异色划过，她正定睛打量，那抹身影倏地出现在了她能看清楚的视野之中。

是一个穿着镶金边的赤袍的男子，他头发高高地束在头上，打理得一丝不乱。他踏云而来，看起来像是脚下只走了一步，其实瞬息千里，眨眼间便行至尔笙面前。

眼前这个男子看起来很是威严，尔笙心底不由生出一丝敬畏之感，除此之外竟还有点莫名的激动。但是激动什么，她也说不清楚。

来人看了她一眼，张口便唤道："司命。"

尔笙一呆，这是她第三次听见这个名字，一次是在长渊的嘴里，第二次是在那个怪人长安的嘴里，第三次便是现在。难道在他们眼里，她与那个叫司命的人如此相像吗？

"我叫尔笙。"她直视着那人褐色的瞳孔，说得很坚决。

"怎样都好。"那人行至尔笙身边，上下打量了她几眼，一声冷哼，"你倒是个言出必行的人，果真帮到他了。"

尔笙虽然听不懂他在说什么，但是心里猛地生出一种心虚的感觉，让她不由自主地想往后退："你是谁？"

"你上司，天帝。"他冷冷地说完这句话，见尔笙一片茫然的神色，又小声喃喃道，"孟婆汤着实管用……"

"我不认识你。"

"你认识。"他霸道地说完这话，解下腰间系着的一个有些残损的铃铛，尔笙方才听见的铃声便是这个东西发出来的。天帝将铃铛的绳子系在了尔笙的手腕之上，不理会尔笙是否同意，一派上位者的作风，他道，"我此行不为其他，便是知会你一声，你若要帮，我必定拦。你能助他破开万天之墟的封印，我也能再把他塞回去。”

天帝目光冷冷地扫了一眼直插云霄中的巨大石碑，眸光犀利地看见了上面凸显出来的一个个“怨”字。

“你若是执迷不悟地想让他得到什么自由，那我便会让他魂飞魄散，彻底的自由。”

尔笙听得茫然，而心中的不安与害怕的感觉随着他的话也变得越来越清晰起来。

“你说的他是谁？是长渊？你不准伤害他！谁都不许伤害长渊！”

天帝在尔笙头上微微一拂，尔笙便觉得头顿时犹如撕裂一般疼痛，她抱着脑袋滚在地上，痛得几乎不能呼吸。

天帝眼中闪过一丝不忍：“司命，你不该逆天改命。你在人界的行踪隐藏得很好，但是天网恢恢，你总是逃不过这一顿责罚的。”

尔笙此时觉得她讨厌透了眼前这个人，他除了长得好看了一点，没其他优点。说的话让人听不懂，还让她痛得快死掉了，而他还在一旁做出一副“我很想救你，但是我无能为力”的模样。

这世上怎么会有这么变态的人……

其实尔笙不知道，她是司命的转世，司命犯了事，连带着转世的她也必定要受到天庭的处罚，或一生聋哑，或身有顽疾无法治愈。但在这之前，天界并没有找到司命转世的踪影。直到今日，天帝才寻了过来。

天帝看着尔笙在地上挣扎，道：“那条龙若是真着紧你，看见你手上的铃铛自然知道该如何去做。”

“你……坏蛋。”

尔笙已经痛得神志模糊，天帝的面容在她眼前晃来晃去，一会儿变成三个，一会儿变成四个。

“我今日这些话，你定是听不懂的。不过等有朝一日你归位之后，我只希望你能放下这些执念，切莫入了魔障。”天帝转身离开，尔笙眼前阵阵发黑，她只在恍惚中听见那人走之前说了这样一句话：“我素来不喜囚人自由，但我是天帝，有此上古预言，我不敢拿苍生来赌。”

什么上古预言，什么天命，全是放屁。尔笙脑海中莫名地冒出这样一句话，头上的疼痛越发清晰起来，而她的神智也渐渐模糊，最终沉沉睡去。

尔笙再睁开眼睛时便看见了长渊。此时她正枕在长渊的腿上，他似墨染的青丝随意地垂下来，发端挠得尔笙脸颊有些痒。

“尔笙，醒了。”长渊低下头，摸了摸尔笙的头发，褐色的瞳孔似看着她，又似透过她看见了其他的东西。他沉默着没说其他的话，即便迟钝如尔笙也看出来了，此时的长渊很不对劲。

“长渊。”尔笙一把拽住他垂下来的青丝，带着三分害怕七分威胁地说，“你不准走，去哪儿都得带上我！”

长渊被拽得抬不起头，微微沉重的心思也被打乱，默默地看了尔笙一会儿，才道：“尔笙，疼。”

能不疼吗，她就拽那么十几根头发，再使点劲儿能把他的头皮给揭下来。

尔笙放了手，心里又害怕长渊跑掉，左右看看不知道该抓哪儿，索性直接坐起身来，一把揪住长渊的衣襟，将他拉到自己面前，紧紧地盯着他：“你不走我就不拽你。”

见尔笙一副要揍他的模样，长渊哭笑不得：“好，我不走。”

尔笙这才稍稍放下心来，松了手替长渊理了理被抓皱的衣襟。手腕上的铃铛丁零丁零直响。长渊的眼眸垂下，盯着尔笙腕上的铃铛，若有所思地抿了抿唇：“尔笙……”

他刚一开口，尔笙忽然抓住腕上的铃铛死命地往下拽，但这是天帝亲自套上去的东西怎会被她这点蛮力拽下，腕上的皮都磨掉一层，那铃铛仍是好好地挂在她的手上。

长渊一声叹息，握住了她的手：“不必如此。”

尔笙咬了咬唇：“那个人说你看见铃铛就会离开……”

“尔笙，你知道我曾被囚禁于一处暗无天日之地。”长渊握住尔笙的手，碰了碰她手腕上的铃铛，“那里名为万天之墟，乃是天地之间一处死寂之地。位于地之彼端，在深深的悬崖之下。此铃乃是悬于悬崖边上的神物，不管是有外人进去，抑或是里面的人出来，皆会惊动此铃，上达天听。彼时将会有天上的兵将来阻止外人进去，也阻止我出去。”

尔笙不解：“可是你已经出来了。”

“所以天上的兵将便来抓我了。”

尔笙大声道：“可是你没犯错，不该被关在那种地方。”

“我是龙。”长渊的声音带着几分自己也无法诉说的迷茫，“上古预言，这世间将会毁于神龙的利爪之下……我会毁了三界，屠了苍生。”

“长渊不会！”尔笙立即反驳道，“你虽然不爱笑，但是看起来这么呆傻、温和，怎么会做出那种事？”

长渊听完这话愣怔了好久，最后才反应过来，尔笙这是在安慰他……尽管这话听起来像是在骂人。

他微带苦涩地弯了弯唇：“本来，我也是这样认为的。”

长渊抬眸望向巨大的龙冢，眯眼一看，上面密密麻麻的‘怨’字已经慢慢沿着石碑蔓延而上。他道：“尔笙，现在连我自己都不知道自己是什么样的……东西了。”

尔笙总算是听出了长渊话里的不对劲，担忧地问：“长渊，你在那个石碑里看见什么了？你的祖先现身找你谈话了吗？”

长渊又是一愣，斟酌了一会儿，点头道：“算是……吧。”

尔笙了然，在她看来，遇见先祖的鬼魂是件大事，无怪乎长渊的眼中有些失魂落魄的狼狈意味。

她安慰似的拍了拍长渊的肩：“只要他们没有恐吓你要带你走，其他的都不算什么大事。如果他们说要带你走……唔，你就说你现在已经是我的人了，自己做不了自己的主，让他们来找我吧，我会帮你应付他们的。”

长渊被尔笙故作世故的模样逗乐了，他揉了揉尔笙额前的头发：“你说得对，生死之外无大事。担忧、焦躁什么都不能改变。”

尔笙乐呵呵地抱住了长渊的胳膊：“那就没事了，你在，我也在，你不走，我不走。”尔笙半点没问长渊在石碑之中到底看见了些什么，也不提自己在这里碰见天帝后发生的那些事，连此时脑袋里传来的隐隐的疼痛都一并忽略掉了。

没什么比孤单一个人更让她害怕，只要长渊还在，什么都是其次。

而长渊只是任由尔笙蹭着自己撒娇，听着她腕上“丁零”作响的铃声，垂了眼眸。

他想，上古预言是一回事，陪着尔笙，护着她过完此生又是一回事。现在上古预言的事可以暂时放一边，当务之急是将天界派来捉他的人解决掉。

长渊想得很简单，他想和尔笙在一起，一起去看看这世间的美好，去经历经历人情冷暖。但是他的愿望有人不准……那么只要把阻止这件事的人狠揍一顿，打得他不再出现，这事儿就指定成了。

当然，这种土匪的想法也是出自司命之口……

回龙谷久无人迹，空气中就只有他与尔笙还有那个‘追兵’的气息。长渊在空气中寻找着那人移动的痕迹，等到晚上，尔笙睡着之后，长渊便循着气息，悄悄离开了。

长渊本以为在天亮之前他便能回到尔笙的身边，他以为这不过是去对付一个小小的天界追兵。

等第二天尔笙醒来的时候，抬头一望，除了一望无际的草原，她再没看见长渊的身影。

“长渊……”

尔笙唤他的名字，一开口脑袋便撕裂一般的疼痛。然而此时心中的惊慌早已吓得她顾不得去想自己头上的疼痛是怎么回事，她来来回回地围着龙冢跑了好几圈，一声又一声地叫着长渊的名字，忍着头上愈发强烈的刺痛，最后终于认清了事实。

他走了。

长渊走了……

身子一软，尔笙摔坐在地上，愣愣地望着高大而冰冷的龙冢。上面的龙还是像她第一眼看见他们时一样，栩栩如生。

长渊……我头痛。

尔笙在回龙谷里不眠不休地等了三天三夜，等到长渊为她破开的草根已经全部吃完。尔笙将自己好好收拾了一番，握着长渊留给她的一鳞剑，戴着两颗磨白了的门牙，深一脚浅一脚地走过了回龙谷长长的沼泽一样的草原。

她记得长渊对她说过，一直往太阳升起的地方走，能碰到回龙谷的结界，一鳞剑能劈开它。

摸到了封印，出谷之前尔笙回头一望，遥遥地看见远处伫立着的巨大石碑，整个回龙谷中一片死寂……

沉默的风轻轻刮，就像在尔笙的耳边轻轻诉说着：回龙谷，再无龙回。

尔笙捂住头，那一瞬间头痛欲裂。

第四章 修仙路

两月后，临海城。

临海城靠海而建，百年前此处不过是一个小镇，但由于近些年大齐王朝与海外岛国东瀛交往越发频繁，此处作为朝廷唯一的出海港口，临海城自然也就慢慢地繁华了起来。商贾来往不断，各种货品琳琅满目，大街小巷中皆可听闻商贩叫卖的声音。整个城市显得生机盎然，热闹非常。

而今已是七月，流火时节，日头高照，街边的茶楼里坐了不少进来歇息的人。

“听说无方山的仙人们到咱们城里来招收门徒了。”一个男子兴致勃勃地说，“呵，好家伙，好多大户人家都争先恐后地把自家子女往里送。”

“可不是嘛，谁家不希望自家出个神仙尊者的，那可是长生不老的好事，谁不想分一杯羹。”

“唉，只可惜，这无方山收徒还要香火钱，整整一两黄金啊，我要是有这个钱，也送我女儿去。”

“嘿，光送你女儿去？你儿子呢？”

“儿子留在家里继承香火，给我养老送终啊，女儿嘛，反正是人家的，让她去做个神仙岂不逍遥？”

茶楼里的座客们发出哈哈的笑声，路过门口的老乞丐听到这话，一声怪笑，牵着旁边一个小乞丐继续往前面走，一边走一边说：“我觉得这神仙也没什么好的，清心寡欲一辈子，哪有咱们自在？”

小乞丐好奇地往茶楼里打量了一眼，转过身来问：“那为什么他们都想把自己的孩子送去？”

“神仙有上天入地的大本事，凡人谁不仰慕。”

“上天……入地。”小乞丐喃喃自语，灵动的黑眸里闪过阵阵晶亮的光，“这样，找起人来，肯定更方便。”

老乞丐找了个角落坐下，将破碗往跟前一放，望着小乞丐道：“你也想去？可是老乞儿我卖了自己也值不了一两黄金，你还是打消这个念头吧。”

这小乞丐正是尔笙。话说两月之前，她从回龙谷中出来，穿过一片山林好不容易走到了一个无名小镇上，她身无分文，又因为自小生活在闭塞的乡村里，没学到什么求生的本事，一个人在路上几乎饿死。还是沿路乞讨的老乞丐心善，见尔笙生得可怜，便施舍了她一个捡来的馒头。从此尔笙便跟着老乞丐一路行乞，来到了这临海城。

尔笙听到老乞丐这话，嘟囔道：“乞爷爷是我的恩人，我不会卖了你的。”她眼珠子一转，拍掌道，“对了，我可以卖了我自己！”

见她为能把自己卖了而开心，老乞丐皱着一脸的皱纹笑了会儿，转而又想了想，点头道：“这主意确实不错，反正老乞丐我也活不了多久了，你一个女娃娃卖去了无方山总比卖去花街来得好。”

尔笙知道花街是什么地方。她和老乞丐一起走了两个月，途经不少城镇村庄，也见过许多这人世最底层的人生活的痛苦，尔笙渐渐明了许多此前她不明白的事，也庆幸之前自己生活的地方是那么的平和安乐。

尔笙与老乞丐在街边乞讨了一天，第二天她便打听清楚了无方山来收人的地方，老乞丐将自己身上所有的铜板都摸给了尔笙，拍着她的头顶道：“好好去与仙人们说说，光是收个打杂的，他们应当不会为难你。”

“乞爷爷放心，仙人们很心善，都是好人。”

“说得像你认识他们一样。”老乞儿摆了摆手道，“去吧，要实在不行就回来找我，老乞丐还在昨日那个墙角等你。”

尔笙听得心酸，她依依不舍地对老乞丐挥了挥手：“我以后会来看你的。”

无方收徒的地方在一处大港口，一艘巨大的海船停泊在港外，港口处摆了两张桌子，有人在收钱，缴了一两金子后便有人接那些公子、小姐去检查身体。身体好的就直接带上船去，体弱多病的便被带回给父母，说什么也不让上船。

许是此次收徒已经接近尾声，岸边来的人没有多少，尔笙很快便找到了无方的仙人们，他们都穿着白底青花的袍子，正闲得聊天。看见这样的衣服，尔笙便想起了那段与长渊在一起的日子，鼻头一酸，又忙压了下去。

“仙人大哥！”尔笙小步跑到木桌前，堆着笑，望着桌后的两人。

那两人眉头一皱，其中一个立即站起身来，挥手赶尔笙：“哪来的小乞丐？这儿可不是你行乞的地方，去去去！”

“仙人大哥！你听我说，你听我说！”尔笙绕开那人的手，“我知道你们收徒要钱，我没有，可是我可以上船给你们打杂。”尔笙想，做不了无方的弟子，做个打杂的小工也好，闲来也能偷学得两个法术。她不用多学，只要能寻人气息，能御剑而飞就行了。

另一个坐着的人怪笑道：“咱们无方可是仙山，一个法术什么搞不定，要打杂的做甚！”

尔笙听了这话，愣了愣，她挠着头想了许久：“不然我去伺候仙人们好了。”端茶送水，捏背捶腿，她学学应当能做得像模像样的。

那两位仙人对视一眼，倏地哈哈大笑起来：“小乞丐，你这是要乱了我们的清规啊！”站在桌后的那人蹙眉打量了尔笙一阵：“这仔细一看才发现是个小姑娘，眉眼倒是长得不错。”

尔笙本能的厌恶那人上下打量她的眼光，侧身躲了躲。这么一躲就让那人看见了尔笙背上背着的剑，他一声大喝：“你背的是什么？”

他这么紧张的一吼将尔笙吓了一跳，她赶紧将背上的一鳞剑抱在怀里，警惕地看着那个表情忽然变得凶狠的男子：“你吼什么！这是我夫君给我的定情物！”

定情物，尔笙是这样给这柄灵气四溢的剑定位的。

“你这个年纪哪来什么夫君！”旁边坐着的那人也站了起来，神色同样变得凶狠起来，紧紧地盯着尔笙，那模样似在防备什么。

尔笙只觉得奇怪，她之前见过的无方仙人可没有一个像这两个人一样！她被这两个人凶恶的模样吓出了一股狠劲儿，对他们吼道：“你们根本就不是无方的仙人！仙人才不是你们这副德行！”

她话音未落，那两人脸色微变，他们对视一眼，杀气同时自两人眸中露出。

尔笙感觉到危险，转身便跑。但她的速度怎及得对方快，才走开两步，衣领一紧，她便被一人抓住后领，另外一人抢上前来，指甲暴涨直取尔笙的双眼，竟是想将她戳瞎。

尔笙吓得浑身冷汗直流，抱着一鳞剑一挡，她只听一声惨叫，再睁开眼时那两人已不知被什么力量弹开，一前一后地摔在地上，嘴里的鲜血像不要钱一样直往外吐。

尔笙惊而又惊，骇然地看着怀抱中的一鳞剑：“长……长渊这是给我留的什么宝贝？我不想杀人啊！”

“嘻。你这姑娘倒有意思。”

背后一道阴风吹过尔笙的耳畔，仿似有幽魂在她耳边低叹。她惊魂未定地转身，十步开外，一个穿着艳丽的男子握着金折扇一摇一摇地打量着尔笙，斜飞入鬓的长眉，一双勾魂的丹凤眼。与他这袭艳丽的打扮不衬的是他过于苍白的脸色，如一张斑斓的纸空出了一片惨白，看起来触目惊心。

像妖女一样的男子。

这是尔笙对他的第一印象。

那男子打量了尔笙几眼，点头道：“眉目清明，灵气四溢，是根好苗子。只可惜年龄大了些。”他顿了顿又道，“这剑……不似凡品，小乞丐你是怎么得到的？”

“我说了，这是夫君给我的定情物！”对于别人没记住她和长渊的关系，尔笙很气愤，“你又是谁？”

男子挑了挑眉，似是在讶异有人敢这么跟他说话。其实尔笙稍微细心一点便能察觉到，自这个男子出现开始，周围的气氛便变得很是奇怪，受了重伤躺在地上呻吟的两人甚至都没了声响。

尔笙不知道，旁人在面对这个男子之时都会感到莫名的压抑，一如辰渚初见长渊时一样。

男子小小地惊讶了一下，随即便笑道：“我姓孔，名……美人。”

尔笙第一次听见这么难听的名字。她认为以前村里的刘鼻涕虫、王小胖子名字虽然不雅，但是却勉勉强强能叫出口，比这个顾影自怜的孔美人什么的好听多了。于是她直白地说："你确实是美人，但是一个男人取这个名字太难听了。"

"哦？依你看该如何是好？"

"该霸气一点，叫孔大男人就不错。"

美人瞬间露出了无比嫌弃的表情："小乞儿，你眉眼长得挺乖巧，怎生这样鲁莽，名字取得比我还难听。罢了，看在你我初见的份上，这次惊吓便不算你冒犯了我。"

尔笙还没将他这话听明白，他又兴起道："你是想去无方修道？"

"我想学法术。"

"法术。"美人想了一会儿，"我也可以教你，看在你天生异能的本事上，我可以收你为徒，来，拜师吧。"说着，便摆出了一副想让尔笙磕头拜师的架势。

尔笙却挠着头道："我没有异能。"

"看见我不怕，便是天大的异能。"

"乞爷爷和我说过，这世间太丑的可怕，太美的也可怕。但是要说丑，你没有妖怪丑，要说漂亮，你也没有我夫君漂亮，我为何要怕你？"

"没你夫君漂亮？"美人将这刺耳的几个字挑出来又说了一遍，语调转了几转，神色间竟起了怒色，"乞儿，你倒是第一个敢说有人比我美的。"他身形一闪，瞬间便飘到了尔笙身边，一根葱白的手指挑起尔笙的下巴，道，"且叫你夫君出来，让他与我比上一比。"

尔笙一愣："我找不到他。"

美人此时怒火上头，抓住尔笙的衣领便往大船上走："你夫君既然有本事送你这把剑，肯定也有本事来救你，我倒要看看什么人敢与我比美！"

虽然没听见他们在说什么话，但是普通的百姓见无方仙人对一个小乞丐动手，且还有两名仙人被乞儿所伤，带着孩子来的父母顿时有些犹豫，远远地围了一圈，碍于美人的气势都没靠近，也没人敢说话，但此时人群中躁动的气氛已经很明显。

美人眼一冷，扬声道："不过是捉了只变幻为人类的妖怪，你们怕什么？且看我将她收了。"

尔笙瞪他："我不是妖怪！"

美人一笑，一股阴气散开："我说是，你就是。"

“你……你不是无方的仙人！你们都不是！”尔笙终于意识到哪里不对劲了，上次她见到的无方仙人们虽各自的脾气不一样，但每个人皆正气凛然，有一股傲气，绝不会指鹿为马，胡乱发脾气忽悠人。

“是与不是又如何，你知道得晚了点。”美人笑得邪恶。

尔笙知道自己被骗，怒火一起，她想起之前长渊教她运用灵力护身的方法，指尖凝出一道金光正要往美人身上拍去，忽然捉这她衣领的手一冷，寒气顺着脊背溜遍全身，尔笙指尖的金光散开，也再无力凝聚。

孔美人面不改色道：“你这些小把戏还敢在本……公子面前晃，实在是找死。念在你初犯，不罚你了。”

尔笙这才知道，自己惹了个不得了的麻烦。

孔美人将尔笙捉上了船，把她扔进了一间黑漆漆的舱房，十分任性地说：“等你夫君来救你，我与他比了美之后再放你出来，到时你再来拜我为师。”

言辞间没有半分商量的意思，已经完全替尔笙做好了主。

可是这可急坏了尔笙，长渊若是能来救她，早就来了。这两个月以来，她在路上不止一次遇见危及性命的时候，每一次都靠着自己，半是运气半是惊险地度过。

尔笙始终相信长渊不会无缘无故地抛下她，他肯定是遇见了什么事！她想的便是得快些将法术学好，然后找到长渊去帮他。

可是现在，她被这个不知什么身份的人给抓住，天知道会耽误到什么年月！

正着急地想着逃脱的办法，忽然一阵窸窸窣窣的声音从背后响起，尔笙往后面一看，借着舱外透过窗户的光，尔笙看见在一堆木箱中有一个麻布口袋在不停地动。

尔笙眨巴着眼看了它一会儿，好奇终是战胜了害怕。她走上前，一下子解开了麻布口袋上系着的绳索。

“啊……”尔笙瞪眼，“是你！”

辰渚，无方弟子。

他此时被绑得像条毛毛虫般对尔笙死命地挤眉弄眼。尔笙刚拉下封住他嘴的布条，辰渚便压低了嗓音急道：“这船上都是妖怪！快逃！”

尔笙眨巴着眼看了他许久，很是无奈地叹气道：“要是你在我上船之前说这话多好。”

辰渚一怔：“你……你也是被抓来的？”

尔笙挠了挠头：“算是吧……你不是修仙的吗？为什么也被抓了？”

这话问得辰渚脸色一阵青白，他嘟囔了许久才道：“你身边不是有个厉害的家伙么，你不也被抓了！没用！”这话的语气颇为不屑，尔笙本来就不是个善茬，之前在长渊面前表现得那么乖只是因为那是长渊，而现在长渊不在，对仙人们十分尊重也因为人家救了她的命。在现在的情况下，尔笙心里本就堆了许多委屈，被辰渚这么一吼，自然不会忍气吞声。她狠狠地拽了一把辰渚的头发道：“长渊在的话早把这些家伙收拾了！”

辰渚被拽得哀哀叫了几声，碍于被捆绑着没法反抗，唯有恨恨地瞪着尔笙：“臭丫头！想死了？”

“你还凶！”尔笙放开了辰渚的头发，手指拈住了他一小撮眉毛。

“你干吗你干吗……”辰渚急急地往后躲，尔笙一抿唇，阴笑着把他的眉毛给拔了一撮下来，随即当着辰渚的面将那几根毛发吹散了。辰渚不敢置信地看着自己的眉毛在风中零落，“啊……死丫头，你……你竟敢……”

“我在路上听人家说拔毛的凤凰不如鸡，今天我要看看拔毛的臭小子比不比得过丫头。”尔笙笑得十分开心，“你多放几句狠话也没关系，反正你身上的毛还多。”

辰渚恨得咬牙切齿，不过倒是真的没再放狠话：“你帮我把绳子解开，我们找个时机逃出去。”

“你不准打我。”

“我才懒得和你一个丫头计较！”听到这句保证，尔笙才动手帮他解绳子，捣弄了半晌也没解开，辰渚有些憋不住气道，“快点！”

“我解不开啊！”尔笙也急得满头大汗，“这绳子没有结，我找不到在哪儿解开。”

辰渚听到这话，叹了口气：“算了算了，我还以为你会点法术。”

“不，你别动，我能帮你解开。”尔笙卯上了劲儿，转手抽出一鳞剑，漆黑的剑身带着寒气划过辰渚的脸颊，辰渚只觉浑身一松，绑着他的绳子尽数被斩断在地。

他呆呆地看着尔笙手中的剑，有些后怕地摸了摸自己的脖子：“这是……什么？”

“长渊送我的定情物！”尔笙非常骄傲地宣布。

“你们夫妻的喜好……真别致。”

尔笙在屋子里转了两圈，又透过船舱的窗户往外看了看，问：“这船上的都是些什么妖怪，他们为什么要打着无方的旗号来收徒？”

“收徒？”辰渚一声冷笑，“妖怪会有那么好心？他们不过是想把这些人召集起来，送给海上的一个大妖怪做祭祀品。”

“祭祀品……会被吃掉吗？”

“废话，连骨头都不给吐出来。”

尔笙一怔：“辰渚，咱们快逃吧。”

“有那么容易我早跑了！”辰渚皱眉道，“其他妖怪都不是问题，最主要的是那个长相最妖孽的妖怪！他的妖力深不可测。”

其实辰渚下山只是为了打探消息。近日来老是有人打着无方的名号收徒，事关门派清誉，仙尊自是十分看重，这才遣了辰渚下山探查。哪想对方竟是这么不好对付的人，他才探出点名堂，便被人察觉了。辰渚只记得自己看了那个长得极美的妖怪一眼，接着醒来便被捆了装在麻袋里了。

“那怎么办？”尔笙愁眉不展地坐在地上，“如果要被吃掉，我还不如去做那妖怪的徒弟呢。”

“徒弟？”辰渚瞅了尔笙一眼，“你到这里来，莫不是也存了到无方拜师的心？”

“不行吗？”

“别想了，无方不会收你的。”辰渚凉凉地说，“一来你年龄大了，二来你已经成过亲，第三嘛，经过上次僵尸之难后，仙尊可好好地将我们教训了一顿，下令无方十年不再收徒，让师父们尽心教导现今入了门的弟子。所以，你别奢望了。”

尔笙听完这话，安静了许久，辰渚看见尔笙嘴唇动了动，他仔细一听，才隐约听见她在说：“那长渊怎么办。”

辰渚不知这两人落入那深潭之后发生了什么，也没兴趣知道，他现在最关心的唯有找个机会从这船上溜走，然后想办法把师父找来，救了这一船的孩子。

两人在船舱里相对无言地坐了许久，小窗口里透进来的光从亮至暗，最后变成一片冰凉的月白色。眼瞅着已经到了夜晚，辰渚心里正想着要跑只有趁现在了，忽然船舱猛然一抖，辰渚微惊，立即站起来走到窗边，探头一看，惊道：“不好，他们开船了！等到了海上，我们想跑也跑不了了！”

辰渚来回踱步，思绪一片混乱，现在跑吗？赌一下运气，运气好便能逃出升天，但是若被抓住了呢……会直接被杀掉吧。

他还在琢磨，忽听“哐啷”一声巨响，只见尔笙像个疯子一般一脚踹烂了舱门，直挺挺地走了出去。辰渚惊讶地看着她，忙去拉她：“你疯了……”他转头往舱外一看，甲板上的水手们也同样惊讶地望着尔笙。

她手中那把漆黑的剑在月色下微微泛着幽蓝的光，凛凛寒气逼得人不敢靠近。

“我要见孔美人。”

她如是说。

彼时船已经开始慢慢向无际的大海行驶，孔美人穿着一身色彩斑斓的衣裳倚坐在主厅之上，下方站了百来名孩子，手下的人代他将话训完，他便挥了挥手让这些孩子都回各自的房间去休息。

他一声长叹：“无趣，实在无趣。”

“公子！”一个瘦削的男子脚步匆忙地进了大厅，草草对他行了个礼道，“那个小丫头带着那个无方的小子嚷嚷着要见您。”

“唔。”美人挑了挑眉，“一个小丫头说要见我，你便来通报？你把本……公子也想得太廉价了。”

“公子恕罪！实在是那小丫头手中的剑……气势太过骇人了，小人，小人这不是没办法么……”

美人琢磨了一下，又问：“可有什么美男子找来？”

“没有……”

“那去把小丫头带过来吧。”美人一边挥手让那人退下一边自椅子背后摸了面镜子出来，摸着自己的脸道，“明明送了如此厉害的一把剑，却这么久也不见人找上门来……她说这世间有比我还漂亮的人莫不是骗我的？”美人又对着镜子瞅了一会儿，皱眉深思，“确实，这话一听便是谎言。”

不一会儿，瘦削的男子便把尔笙与辰渚带来了。

见到孔美人，辰渚眉头皱得紧紧的，浑身肌肉不自觉地紧绷起来，戒备的意味一眼便看出来了。

反倒是尔笙上上下下打量了他几眼道：“你说要收我做徒弟的话还算不

算数？”

此言一出，大厅中的人皆是一惊。辰渚更是不敢置信地瞪着尔笙：“徒弟？你要做这妖物的徒弟？”

孔美人状似无意地一挥手，辰渚只觉膝盖一软，“扑通”一声便跪下去，任他如何挣扎也站不起来。美人这才笑望尔笙：“我素来是个言出必行的人，只是我已说过，与你夫君比了美之后我才收你为徒。”

辰渚大喝：“你拜妖物为师无异于认贼作父！你我今日便是命丧于此也绝不该做如此失格之事！”

美人眼微微一眯：“真吵。”

杀气顿时弥漫了整个大厅，感觉迟钝如尔笙也知道不妙，她往辰渚面前跨了一步，挡住他，慌忙之中信口捏了个借口来：“我……我夫君近来寻花问柳去了！他大概没空来与你比美。”

长渊若是在此，听罢这话，他大概会觉得自己冤枉死。

但此时没有人用谴责的眼神哀怨而沉默地望着尔笙，尔笙自然也就撒谎撒了个痛快。

美人斜倚着靠背，颇感兴趣地摸了摸自己的下巴：“你倒是大度。”

“我相信他。”

相信他能给你带十七八房小妾回来么？美人沉默不语。

尔笙眼珠子转了转，心里又生出一计：“我夫君此去不知归期，对于修道来说我年纪也不小了，如果你想早点收我为徒……不如去寻一寻他吧。我大概能给你提供一点线索。”

“嘻嘻，小丫头，想诓我帮你去寻人？”美人想了一会儿道，“也行，我也好奇你那夫君到底是个什么样的人。”

尔笙眼眸一亮：“那我们现在便去吧。”

“寻人不急在一时，但是这船却是要准时到达目的地的。”美人摆了摆手，“若你来找我只是为了这点事，便可以退下去了。小丫头，你那点心机还不够看。”

旁边的人正要上前将尔笙他们带下去，尔笙突然握剑大喝：“等等！还有更重要的事！”

旁边的人被一鳞剑吓得一抖，有些手足无措地望向孔美人，美人挑了挑眉：“说。”

"我，饿了……"尔笙揉了揉自己的肚子，神色有点局促，待看见四周的人错愕的目光之后，她又凶狠起来，"不要以为我没看穿你们的阴谋！你们是想把我饿得连路都走不动，然后就不用担心我跑了！你们太阴险了！"

辰渚趴在地上装死。孔美人愣怔之后哈哈大笑。

尔笙恼羞成怒："我都乖乖地待在小黑屋里等了一天！你们居然连个馒头也不给我塞进来！"

"馒头……"美人大笑不止，"去给她拿一筐馒头送到她的小黑屋里去。"

被送回船舱，尔笙抱着一筐大白馒头吃得几乎要噎死。辰渚盘腿坐在一边，那种几欲羞愤而死的目光照在尔笙脸上，似乎恨不得能将她脑袋戳个洞出来。

"你知道羞耻两字是怎么写的么！"

"不知……"尔笙说的是实话，辰渚却气得吐血。

"你像个英雄一样踹了门出去，却像个狗熊一样要了一筐馒头回来！出息！你出息！"辰渚指着被卸掉的舱门气得发抖，他怒道，"你看你干的好事！船也开了，门也踹了，咱俩就像两块腊肉等着被海风吹干吧！"

尔笙抹了一把嘴，无奈地摊手："这也不是我能阻止得了的啊！"

"臭丫头你看我今天不收拾你！"辰渚终是按捺不住心中的冲动，扑上前去便抓住了尔笙的衣领。尔笙哪里是个任人欺负的角色，当即先喷了他满脸的馒头屑，辰渚怒火大盛，动手便去扭尔笙的胳膊。

这要换作是以前的尔笙肯定早被他打趴下了，但是好歹尔笙也在长渊那里学了不少招数，对付不了孔美人这样等级高的，但应付辰渚这种半吊子还马马虎虎。当下她身子一转，躲过了辰渚抓过来的手，往下一探，直取他的下盘，辰渚一跃而起一脚踹上尔笙的脑袋，却恍惚记起这个丫头似乎水平不咋的，这一踹搞不好就得踹出事来。

可是没等他收招，尔笙却毫不留情地一掌拍开他的腿，另一只手直取辰渚的胸口。辰渚急忙往后退了两步，眼瞅着要硬生生地挨上一掌，他赶紧侧过身子躲开，尔笙却收不住势地扑了上去，一爪子拉开辰渚的胸襟，白白的胸膛"刺溜"一声便露了出来。

"哎呀。"尔笙收招，挠了挠脑袋，颇为不好意思地道，"以前娘亲告诉我，男生的衣服不能随便扒的。抱歉，我没想到你这么不经打。"

"你……你……"辰渚气得一张脸青了又白，哪还有初见时那逍遥少年的模样。

“咦，辰渚，你胸口上……”

“你还敢看！”

“呃……”尔笙挪开了视线，“可是你胸口上有……”

“我有什么与你何干！”

“可是那个好像是……”

“啊！”辰渚看见自己胸口上的印记，一惊，“仙尊给我留的印……”

“有救了？”

辰渚在胸口的那个符咒上悄悄点了两滴血后便老实了下来。

辰渚不骂尔笙，尔笙自然也不会主动去找碴，于是两人每日在破了门的船舱里老老实实地蹲着。尔笙满足地吃了几日的大白馒头，把脸都笑皱了。以辰渚的修为早不用日日吃五谷杂粮，每当他看见尔笙那副满足的表情都会嫌弃地哼哼上几声。

这种在胆战心惊中夹杂着些许平淡的日子终归有打破的一天。

那日正午，天气晴得好，忽然海天相接处便卷起了一股黑气，慢慢弥漫了整个天空。

尔笙在船舱门口看见了远处的景色，招呼了辰渚过来：“是不是你仙尊他们来救我们了？”

辰渚往远方一望，神色凝重下来：“邪气冲天，怎会是我仙尊来了。想来是这船的目的地要到了。”

目的地？传说中那个会吃小孩的海妖那里？尔笙想到这个不由有点胆寒，忙把一鳞剑紧紧抱在怀里：“那我们怎么办？”

“等。”其实辰渚心里也是害怕的，听见船上传来越来越多小孩的哭声，他的侠义之心容不得他退缩。辰渚心道，若是等不来仙尊，他身为在场唯一一名修仙者也决计要与这些妖孽斗上一斗，哪怕是战死也好过苟且偷生。这也是他近些日子来看不惯尔笙的原因，在他看来，尔笙特意跑去与那什么孔美人搭腔，要他应允收她为徒就是一种认贼作父的怕死行为。

尔笙看了辰渚一眼，还真就老老实实地抱着一鳞剑坐到角落去了。她低头摸着一鳞剑，不知在想些什么。

话说在那海上黑雾腾起后，有人禀报了孔美人，他这才懒懒地从床上起身，慢悠悠地洗漱，披上一件大氅，打着哈欠信步走到甲板之上。适时，船已完全驶入那片黑云之下，豆大的雨点噼噼啪啪地落在甲板上，弄得孔美人一脸嫌恶：“这死海妖摆什么排场，湿了我这身衣裳我就点把火煮了这片海。”言罢，手一挥，一个带着橙色光晕的结界撑在孔美人周围。

雨点落在结界之上均化为一股白烟，呲溜一声便消失了。

“喂。”孔美人登上船头，轻唤一声，“本……公子可没空跟你耗，出来，咱把货换了我还要去比美呢。”

话音刚落，前方黑色的海里慢慢升起一个巨大的物什，带着四周的海水激荡不断。船像要翻了一般左右摇晃。船舱里坐着的尔笙便像个球一样从左边滚到右边，又骨碌碌地滚回去。

辰渚紧紧抓住船舱门沿，眼里郑重的神色在看见那海妖的本体后忽然变得惊恐起来，但等那海妖完全露出身子时，辰渚嘴角抽了抽：“哈？”

这时，海面上的波浪慢慢小了下来，尔笙将一鳞剑插在甲板上，艰难地站稳身子，一步一步、摇摇晃晃地往门边挪。滚得有点晕乎的脑袋看见远处那个妖怪，愣了许久才惊恐地拽着辰渚的袖子叫：“那是什么！那是什么！看起来好厉害！天哪天哪！”

辰渚沉默了一下说道：“据无方藏书阁里的《海国异州志》记载，那货……应该叫海马。”

“什么马？”尔笙惊，“翻了一双死鱼眼的马！不得了不得了！”

辰渚揉了揉额角：“照理说，海马应当没有这么大的才是。而且……它是不吃人的……”

两人正说着，那巨大的海马忽然“呲”地吐了口气，夹杂着海水喷得一船都是。它对着孔美人说：“孔雀，五十个小孩，我要先验货。”

孔雀招了招手，示意下属们把小孩们带出来。大大小小的孩子都被拖到了甲板上，他们此时已经全都吓呆了，互相抱成团哭作一堆。

那海马妖点了点人数，满意地点了点头，然后用尾巴从海里托出一颗黑黝黝的珠子，一时邪气四溢。

辰渚见了那颗珠子浑身一震：“邪灵珠！”

尔笙又是一呆：“什么猪？”

辰渚神色更为凝重：“集天地邪气而成的魔珠，自天地起始时便存在了，它的邪气能魅惑人心，控制人心神，令其失去人性。”

尔笙点头感叹：“好厉害的猪。”

"我听我仙尊提过，数百年前此物曾大乱世间，堕仙长安一怒之下将此物掷于茫茫大海之中。从此它便再没出现过，没想到……"辰渚皱眉深思，"这些妖怪用五十个孩子来交换此物到底意欲何为……"

孔美人高傲地仰头望向海马道："珠子给我，我便把这些孩子投进海里。"

海马卷起尾巴，刚要把珠子送到孔美人手里，忽然，一股杀气蓦地传来，海马一惊，却见一个少年腾空而来，手中迅速结了个印径直拍在它的尾巴上。海马吃痛而惊呼起来，尾巴一伸，那珠子险些落入了海里。

辰渚见突袭未成功，灵力猛的爆出，意欲斩断了那海马的尾巴。

忽然间，斜里甩出来的一根长鞭卷住了他的脖子，将他狠狠拉回扔在甲板上。孔美人笑得冰凉："找死？本公子成全你。"言罢，手轻轻用力，那黑色的长鞭竟然自根部慢慢长出了尖刺，眼瞅着就要长到卷住辰渚脖子的那部分。如此长的刺刺入脖子中，辰渚必死无疑。

孔美人正闲闲冷笑，一柄漆黑的剑猛地向他掷来。孔美人冷哼，抬手便用鞭子去挡，哪想那剑锋利得出乎意料，瞬间便斩断了他的鞭子直直插入甲板之中。

辰渚忙拽开了几乎令自己窒息的鞭子，胸腔快速起伏。孔美人挑眉看了看手中的断鞭，而后眼神凉凉地落在了船舱口的尔笙身上："这柄剑倒是出乎意料的锋利。小丫头，我对你的夫君越发感兴趣了。"

没了一鳞剑在手，尔笙有些害怕地往后退了退。

海马此时回过神来，怒道："孔雀，你没有诚意。竟还带了修仙者。"

"这修仙的小子和那丫头都是临时抓的，怎么？难不成你想让无方的那些闲人知道咱们的交易？"

"哼，如此你便将这丫头与小子都留下，我要亲自处置他们。"

孔美人摸了摸自己的脸道："小子你可以带走，不过这丫头我要留下。"

"孔雀，邪灵珠在我手，你现在得听我的。"

一丝阴霾划过孔美人的眼眸，他眯了眯眼："海妖，你，这是在要挟我？"

不等海马再说话，孔美人手一挥，一簇烈火如刃般飞去，径直切断了它的尾巴，随即又带着邪灵珠飞回了孔美人手上。

海马痛得直叫，孔美人嫌弃地掏了掏耳朵："本公子本想守诚信好好与你做生意，奈何你实在太不讨我喜欢了。”他摆了摆手，“趁我砍你头之前快点消失在我眼前，快走快走。”

海马怒极而起：“孔雀小妖太过狂妄！”随着海马的怒火而起的是立即汹涌起来的海浪，甲板上的孩子几乎被抛进海里，尖叫声不绝于耳。

尔笙本想趁着这个机会去把一鳞剑捡回来，可是船晃得实在厉害，尔笙没走几步，便被晃趴在地上。

“死了死了。”尔笙在慌乱之中看了怒火冲天的海马一眼，心道，“长渊，我葬身大海之中，没法去找你了，但是你一定得记得，我一直是想着你的！”

在此慌乱之际，天边一抹白光倏地激射而来，径直穿透了海马的头部。

海马一声惨叫，随即四周风雨骤减，铺天盖地压下来的黑云也渐渐散开。尔笙抬头一望，一位身着无方道服的男子自天边踏云而来，看样子约莫三十来岁，眉目生的俊逸，他走得不徐不疾带着几许慵懒随意，却一步千里，眨眼间便行至船边。

男子落地之处正是辰渚趴着喘气的地方，他拍了拍辰渚的头：“好小子，勇气可嘉，可就是笨了些。”

辰渚抬头望了男子一眼，嘴角抽了抽，但是碍于对方的身份，还是恭恭敬敬地唤了声：“师叔祖。”

来人名唤沈醉，乃是如今无方仙尊的关门弟子。他天资聪颖，生来便有仙缘，奈何是一副极为懒惰的性子，对法术修行不甚上心但却嗜酒如命。至今也只收了一个徒弟，说来他的徒弟尔笙也算是认识，正是那日救她于僵尸嘴下的仙子霁灵。

沈醉的脾气导致他在无方的小辈中很不受待见，因为各家师父都喜欢在背地里说他闲话。只是他自己不在意罢了。

现在他会出现在这里，不过是因为他跑出山来四处游历，正巧走到临海城附近，听闻前几日无方收徒的事，心知不对，这才追了过来。

沈醉挠了挠头：“这可如何是好呢，偏偏让我摊上这样的事了。真不想管啊。”

孔美人对海马的死全然无动于衷，上下打量了沈醉一眼笑道：“无方闲人，你就此离开，本公子就饶你一命。”

“唔。”沈醉想了想，“好吧，我马上走。不过你手里的那颗珠子得和我一起走。”

孔美人一张绝美的脸笑得妖娆："狂妄。"

沈醉揉了揉手："我琢磨了一下，我其实是打不过你的，不过呢，你重伤在身，我拼着这身修为也不是不能将你砍了，左右我是不能让邪灵珠再现人世的，咱俩就斗一斗吧。"

辰渚瞬间觉得他家师叔祖伟大了起来，双眼湿润地望着沈醉。

孔美人依旧挑了挑眉："这一船五十个孩子，还有这小子你就不顾了？让他们陪咱俩一起死？"

沈醉故作深思状想了想，随即笑道："为了天下太平，他们会死得其所的。"

辰渚不可置信："师叔祖！"

尔笙趁两人对话之际，慢慢摸过去握住一鳞剑，试图将其从甲板里拔出来，奈何她刚才那一掷实在是过于用力，剑尖没入甲板很深，她费了半天力气，才拔了一点出来。

这时，天边又急急划过来三道银光，沈醉抬头一看："哎呀，我师兄他们怎么也到了。"他笑得顽劣，"这下我可不用和你拼命了，拼命的活交给他们就好。"

辰渚一脸无可救药地望他。

孔美人平静的面容总算开始有点僵硬起来。而船上假冒无方弟子的妖怪们此时也都乱了手脚，全都吓得现了原形。而孩子们脸上皆是欣喜而期待的表情。

唯有尔笙，她全然不管周围发生了什么，奋力拔着一鳞剑，铆足了劲儿，在那儿蹦蹦跳跳。

孔美人突然道："好吧，这珠子我不要了。"说着把邪灵珠往身后一抛。

彼时尔笙正巧使了股大力，猛地将一鳞剑从甲板中拔了出来。出乎所有人的意料，孔美人扔出去的珠子恰好撞到了尔笙拔出来的剑刃上。众人只听尔笙一声蛮力十足地大喝："哈！"接着一声清脆的"咔嚓"声便传了过来。

邪灵珠，被生生斩成了两半。

辰渚瞠目结舌。沈醉吃惊地吹了声口哨。

而孔美人听得这声脆响后，僵硬地转过头去，只见地上摆了两块像普通的石头一样的半球体。他不敢置信地望向尔笙。

尔笙还在欣喜地摸着剑，突然间受到众人的关注，她只觉得浑身都不舒服。

刚想开口问什么事，孔美人的身影猛地一闪，瞬间便化作一股黑烟消失了，空中只余他近乎咬牙切齿的声音：“小丫头！你给我记住！”

尔笙眨巴着眼，半晌后再没听到后文，有些奇怪地道：“他怎么话说一半就走了，他是要让我记住什么？”

众人皆呆住。唯有沈醉哈哈大笑道：“有趣有趣！小妮子竟然斩得了邪灵珠！”

尔笙又是一惊：“我什么时候斩了猪？”

沈醉指了指地上两块石头：“这可不是斩了吗。”

尔笙的表情忽然变得奇怪：“这只猪怎么生得这副模样？”

众人听到她的话，瞬间变得无语。在一阵吵吵闹闹中，并没有人发现，化为石头的邪灵珠里有股奇怪的黑气倏地冒出，慢慢悠悠地被尔笙吸了进去。

第五章 无方山

无方师祖辈的仙人一起来了四个。船上的小妖怪吓得原形毕露，一时间山猫老鼠满船地乱窜。但四周都是大海，哪容得他们逃跑。

沈醉一喝：“全都给我抱团蹲着。”众妖都老老实实地团成了团，蹲坐一堆。沈醉又道，“你们原来在船上做什么现在就去做什么，把这些孩子都送回临海城去。行程走得快，就饶你们一命，走得慢了……正巧我缺了几味泡酒的材料……”不等他说完，妖怪们尽数化作人形，各司其职去了。

另外三位仙人都是无方德高望重的人，其中一个是辰渚的师祖寂悟，他在现在这几人中修为最是高深。

寂悟走到小孩们面前训了一通话，大意是让他们回去之后告知自家父母，无方从不会以收纳金银的方式收徒，且在这十年内都不会再招收弟子，让他们此后别再被骗了。

尔笙听得那话，抱着一鳞剑耷拉了脑袋。

这下可好，她心道，无方又不收徒，妖怪师父也跑了，她上哪里去学驾云寻人之术。

辰渚在那边见了尔笙的神色，笑得有些讨打，但却凑到自家师祖的身边，恭恭敬敬地说了一番话，又冲尔笙看了几眼。

那几位仙人听见了辰渚的话，都颇为讶异地冲尔笙看来。寂悟走到尔笙身边，看了看甲板上静静躺着的邪灵珠，手上运出一团灵气，将两块被斩成半圆的石头抓了起来，放在手中掂量了一会儿，又上下打量了尔笙一眼，问："你这剑是从何处得来的？灵力又如何练得？"

"剑是夫君给的，你说的这个什么力大致也是夫君教的。"

寂悟小小吃了一惊："夫君？"

尔笙点头，寂悟沉吟了一番："我见你天资聪颖，有难得的仙缘，本想将你带回无方交给师尊看看，兴许能破例让你拜入无方门下，但你既已嫁了人……"尔笙听了他前半段话，眼眸越来越亮，但是听到后面，又随之黯淡了下去。

"哎。"沈醉忽然插了话进来，他吊儿郎当地抱着手倚着围栏站着，笑望尔笙，"既然师兄不肯要这丫头，我便将她收了可好？"

寂悟一听他说话便皱了眉："她的夫君既能赠出如此一把剑，想来修为更在你我之上，又何以轮得到你我来教她？"

尔笙赶紧将话头插进去："我夫君现在已经教不了我了，他不知道去了哪里，我修仙就是为了去找他。"

沈醉摊手："看来我还是能教教她的。"

寂悟瞪了沈醉一眼："师弟不可玩笑，她既然已成了亲，怎能再拜入我无方门下。"

"为什么不行？"沈醉有个毛病，一和他一众师兄说话便犯困，他打了个哈欠道，"和尚出家前不也有成亲的吗，休了不就行了。"

寂悟微怒："你！"

"不行！"出人意料的，尔笙竟然先跳了起来，"如果要长渊休了我，我还是不拜你这个师父了！"

沈醉眨巴眨巴眼睛，散去眼里因为打哈欠挤出来的湿意，有些莫名其妙地挠了挠头："这怎么就炸毛了，我不就打个比方么。小丫头，不用你相公休了你，你可愿拜入我的门下？"

尔笙"扑通"一声跪下，叩首大拜："师父在上！受徒弟一拜！"说着砰砰砰地磕了三个十分干脆的响头。

尔笙在这之前便从老乞丐那里询问了无数拜师的礼节，怎么做，说什么话，用什么语气。所以这三个响头磕得规规矩矩全然不失礼数，而速度又快得让在场之人都没有反应过来。

等尔笙抬着头望了沈醉许久，沈醉才哈哈大笑："好徒弟好徒弟！"

站在后面的两位仙人之一站出来道："师弟，此举怕是不妥。一来此女来路不明，身上气息甚为古怪，二来师尊……"

"师父那里我自会去与他说明的。"他们还要劝，沈醉忽然摆出一脸凄凉忧伤的神色，"多年来，我门下也就只有霁灵一个徒弟，偏偏还是个半点不讨喜的冰块脸，常常摆脸色给我看不说，偶尔言语上还对我有所冒犯，各位师兄……哈啊……"他打了个哈欠继续道，"有所不知，其实阿醉我早已想再收一个徒弟，奈何无方之中对我有偏见的人实在太多，小辈都不大待见我，这个想法便一直落了空。如今，我好不容易有个中意的徒弟了，师兄你们做此举，意欲何为啊！"

三位仙长被他这番抢白气得面色青白，哼哼了好久，终是留下一句："随你。"便带着辰渚驾云而走了。

辰渚走之前尚有点失神，尔笙反应倒是快，冲着他大吼："以后记得叫我师叔啊！"因为她尚记得，辰渚唤霁灵便是唤的师叔。

沈醉也在一旁闲闲地冲他的师兄们挥手致别："我送完这些孩子便回无方。"

待空中瞧不见他们的影子了，尔笙才收回眼来，乖乖地望着沈醉。

"小丫头。"沈醉依旧望着海天相接的地方，他问，"叫什么名字？"

"尔笙。"

"唔，名字不错。"

尔笙等了会儿，见他没了下文，奇怪道："师父不给我取个法号吗？"

"法号？"沈醉好笑地看了尔笙一眼，随即道，"名字这个东西不过是个称呼，取什么都无所谓，不过你既用如此期冀的眼光望我，我便承你所愿为你取个法号吧。"他想了想，"唔，小耳朵这名不错。你以后可得乖乖听我的话才是。记住了吗？"

尔笙认真地点头："记住了！"

"可千万别学成你师姐那样啊。"沈醉若有所思地感慨道。

尔笙依旧乖乖点头。

"小耳朵。"沈醉突然正色问，"若修仙是为了寻你相公，可有朝一日你发现即便是修为高深，也依旧不能达成你所期望的事，你又待如何？”

“是说学了法术也可能找不到长渊吗？”尔笙想了想道，“那就再想其他法子找吧，反正这辈子我总是要找到他的。”

沈醉一声轻笑，带了两分嘲讽：“还真是个小孩子。人生哪会事事尽如你意。若说能全然照着自己意想所活的，怕只有那九重天上的司命星君罢了。”

尔笙侧着脑袋想了想，她怎么觉得师父这话说得大错特错呢……

船行至临海城，让孩子们各自回了家去，沈醉大手一挥将船上所有的妖怪都装进了腰间别着的酒壶里。

尔笙狠狠惊了一番：“师父不是说要放过他们吗？”

“唔，我是觉着这船开得太慢罢了。我御剑只需一天便能走个来回的路程，他们竟然走了这么久。实在令为师失望啊！”

尔笙张了张嘴，又不知道该说些什么，只叹妖怪们运气不好……

沈醉收了妖怪便抱着酒壶要去找酒喝，尔笙想去找老乞丐道别，便与沈醉约了个地方碰面后，独自找老乞丐去了。她走遍了每个老乞丐可能去乞讨的地方也没看见他，只道他兴许是见自己没有回来又独自流浪去了吧。

没找到人，尔笙其实是有点失落的，她想她现在拜了师，以后衣食不愁了，至少应当把当初老乞丐给她的那些铜板还给他……

尔笙一声叹息，转身离开，转过头的时候看见一抹熟悉的身影正站在她的背后，微眯着眼，打量着她。尔笙愣了愣，乖乖地叫了声：“师姐。”

来人正是冷面的霁灵，她的发丝微微有些凌乱，像是着急赶路过来一般，听得尔笙这样唤她，她一挑眉，带着些许不可思议和不认同的神色：“师妹？”这两个字说得还有些嘲讽的意味。

可是尔笙又怎么听得出那么多情绪，她咧嘴笑了，大声地答应：“哎！仙子师姐，咱们真是有缘，我怎么也没想到会和你拜在同一个师父门下。”

霁灵嘴角动了动，控制住表情：“我也没想到。”她顿了顿，“师父呢？”

“买酒去了。”

“带我去找他。”说这话时，神色已是一片令人寒凉的清冷。

尔笙并不傻，见霁灵这个表情，她约莫猜出来冷面仙子不喜欢自己多了一个师妹。她不知道原因，也没敢去问。乖乖答应了声，便老老实实地在前面带路。

彼时沈醉正在酒馆里美美地喝着酒，闲来抬眼望了望酒馆外面，看见尔笙来了，他挥着手招呼她过来，猛然间瞅见她身后跟着的人，登时脸色大变，左右瞅了瞅，没发现可以躲藏的地方，咬了咬牙，仰头一口将碗里的酒喝完，刚想把酒坛藏起来，一只纤长的手便横插过来，径直将坛子取走。

霁灵站着，冷眼俯视沈醉："师父。"

沈醉一声叹息，掏了掏耳朵："又来了又来了，别念叨，我可不想听。"

霁灵站了一会儿，眼眸微微一垂，凌乱的发丝让她看起来有些狼狈，沉默了一会儿，她道："徒儿有话要说。"

沈醉点了点头："我知道我知道，别喝酒，回无方，行行，这就走。把你小师妹带上，她不会御剑。"

纵使迟钝如尔笙也看出了霁灵微僵的身形，她挠了挠头，想，师姐似乎很不喜欢师妹这两字从师父的嘴里吐出来，可是明明她什么事也没做。尔笙犹记得当初见到霁灵时，她虽然也是冷着一张脸，可是却不曾如此不待见自己。

是哪里惹师姐不高兴了？

"为何要收她为徒？"尔笙还在出神，霁灵忽然质问沈醉，声色虽不严厉，但却十分凝重。

沈醉笑了笑："你师妹天赋异禀，往后前途不可估量，奈何你师伯们皆是副顽固的脾性，为师秉着惜才之心收之，可有何不妥？"轻柔的语调却暗含着逼迫。

霁灵呼吸一沉："徒儿不才，曾于僵尸之难时见过此女夫君，乃是深藏不露之人。但此女身世不明，师父何以能轻易将其带回无方。"

沈醉望向霁灵："你可是忘了，当初我也是如此将你带回无方的。"

霁灵脸色蓦然一白，没说话。她握紧手里的酒坛，指尖用力到泛白，沉默了半晌才自紧抿的唇中吐出一字："好。"言罢，转身离去。

沈醉根本不去理会她，挥手叫来跑堂的，又点了一坛酒。

尔笙看了看霁灵的背影，又回头看了眼一碗接一碗豪饮的师父，最后一咬牙，追了出去："霁灵仙子！霁灵……"

没人看见沈醉用衣袖擦了擦唇边滑落的酒，沉了一双黑眸。

"师姐！"转过一条巷陌，尔笙瞅见霁灵将手中的酒随手扔给了旁边的一个乞丐。她忙上去抓住霁灵的衣袖，才开始喘粗气。

霁灵回头看她："何事？"

"我……为什么讨厌我？"尔笙平复着呼吸，望着霁灵直截了当地问，"上次我们见面的时候你可不这样。"

在尔笙心中始终记得霁灵第一次出现在她面前的模样，把她从僵尸的嘴里救了下来，强大而骄傲，举手投足间皆是令人仰望的美，尔笙是敬佩她的，甚至带了些崇拜。以至于方才霁灵话里话外挤兑尔笙，她也闷着不搭腔。

霁灵挥开她的手："我不曾说过讨厌你。"

"那为什么不愿意让我拜师？"

霁灵张了张唇，一时无语，过了一会儿才道："我不过是担忧无方……"

"我没有来历不明。"尔笙眼眸清明，直勾勾地盯着霁灵解释，"上次你救我的那个村子是我的故乡，我一直生活在那里。"

"你夫君……"

尔笙琢磨了一会儿，点头道："长渊的来历确实成谜，但是是我要拜入无方，又不是长渊要拜入无方，这干他什么事？而且长渊现在不见了，我拜师学艺就是为了去找他，师姐你放心，我绝对不会对无方做什么坏事的。"

霁灵被这一番抢白呛得没了言语，唯有一声清咳，继续往前走，尔笙亦步亦趋的像条尾巴般在后面跟着。

走了两三步，霁灵停下来，回头看了看尔笙，尔笙也眨巴着眼看着她。霁灵转过头又往前走，身后的脚步声便贴着她一路尾随。霁灵如是回头看了尔笙几次，她都颇有耐性地跟着。

从来没被人这样粘过的霁灵一时有些不习惯，她皱了皱眉，严厉地瞪了尔笙一眼，尔笙依旧眨巴着眼看她。

又跟了几步，霁灵咽了口唾沫，终是憋不住问："你跟着我做什么？"

尔笙更是奇怪地道："师父不是让你把我带上吗？"她说得理直气壮，"我不会御剑，你背我吧。"

霁灵微妙地眯起了眼。

尔笙挠了挠头："不背么？那我回去找师父好了。"

"站住。"霁灵声音一冷，随即躬身道，"上来。"

尔笙初到无方山之时被眼前浩瀚的云海震撼了一下。

她也曾听过世人对无方的传说，立于云海之巅的仙山，清灵之气四溢，自开天辟地以来便积聚在此的灵气令其不受妖魔邪气入侵。无方的开山师祖，也就是现今的仙尊创立无方之后，至今日已收徒千余名，其中飞升成仙的也不在少数。

霁灵带着尔笙回了自家师父住着的院子里，修仙之人不图奢侈享受，院子也盖得很普通，而沈醉住的这个院子更是普通至极。左右一数一共五间屋子。一个书房，四间卧房，沈醉一间，霁灵一间。还有两间富余。

其实照理说与沈醉同辈的仙人都应当有个属于自己的山峰，可供自己潜心修炼也供弟子们修行切磋。但是沈醉在无方向来不大受待见，仙尊虽然喜爱这个关门弟子，可又从来不关心这些琐事，沈醉左右也只有一个弟子，自己也不爱闭关，对他来说有个喝酒的桌子就够了。而他唯一的徒弟霁灵脾性淡漠，更是不在意这些，所以师徒二人在此住了十几年也没觉得有什么不好。

至于新人尔笙……

“这……这整个院子都是师父的吗？都是师父的？”她两眼冒着光，在院子里跑过去又跑过来，摸了摸门，又摸了摸窗，“师父这么了不起啊！”

霁灵面无表情地推开最右边房间的门：“从今天开始，你住这里。这屋子从没人住过，你自己打理。那边有井，自己打水。收拾完了到隔壁来找我，我把被子给你。”冷漠地交代完，她便回了自己的屋，是真的打定主意一点忙都不帮。

尔笙却乐傻了一样的点头。

从今天开始，她有一个师姐，有一个师父，还有一个像家一样的院子。她站在门口，深深地吸了一口气，多好啊，要是长渊也在，那就完美了。

花了一整天的时间，尔笙乖乖地将屋子收拾好了，连带着将院子也收拾了一番。

在自己屋里打坐的霁灵透过窗户看见她的行动，动了动嘴唇最后什么也没说。

傍晚时，沈醉喝得歪歪斜斜地进了院子，左手还拎着一壶酒，右手却提着油纸包着的烧鸡。

“小耳朵。”他瞅见在井边打水的尔笙道，“师父给你带了吃食回来，吃了这顿，明天我便要教你辟谷之术了，可就不能再吃东西喽。”

尔笙听得这话，手一松，刚提起来的水桶便又落进了井里，随即白了一张脸道：“师父……是想饿死我。”她自言自语道，“确实，饿死了是会成仙的没错……”

“蠢。”沈醉赏了她一个字，把烧鸡扔进她怀里，换了种通俗的说法，“明天教你不吃饭也不会饿死的仙术，要不要学？”

尔笙这才放下心来，一边大口啃着烧鸡，一边含糊地说：“师父教什么都学！”

沈醉笑眯了眼：“好好，那师父教你喝酒吧，酒这个东西呢……”

霁灵轻轻推开房门，冷眼看着沈醉。沈醉摸了摸后脑勺，哈哈笑道：“唔，酒这个东西呢，果然还是独自喝比较美味啊！”说着，摇摇晃晃地回了自己房间。

霁灵提着剑便往外走，尔笙忙唤住她：“师姐这么晚出去吗？你要不要也吃点烧鸡？”

霁灵本不打算理她，但是像是忽然又想到什么似的，转过头来凉凉道：“你要是敢在这里喝酒试试。”威胁完，便转身离开了。尔笙叼着鸡腿望着霁灵的背影颇为为难地想，应该听师姐的话，可是如果师父叫她喝，她也该听师父的话，那到时候她该怎么做……

晚上，钻进暖暖的被窝，尔笙把一鳞剑放在枕边，自言自语道：“长渊，我学了仙术就去找你，你可一定得等我啊！”

尔笙在无方的第一天生活就如此过去了。

而后沈醉每日都会抽出时间来教教尔笙修习法术，他教得不大认真，但是尔笙却学得飞快，一来她体内本来就有灵力，减少积累的过程，二来长渊也教过她一些术法，她的底子早不知比别人高出了多少。

于是在沈醉教了她一个月之后，便摆了摆手说休息两个月，让她自己去练习。

这时，尔笙刚刚学会御剑术，能飞得起来了，就是动作丑得难看。

她整日便念叨着，以后去救长渊的时候一定用像仙子一样的姿态飞到他的面前，然后美丽地落到他怀里……去蹭一蹭。

这日，尔笙御着一鳞剑，才在剑身上站稳，念出了御剑的口诀，一鳞剑却忽然像疯了一样腾空而起，带着尔笙径直往无方后山飞去。

尔笙登时慌了，可是怎么也能让一鳞剑停下来。她听沈醉念叨过好多次，后山是禁地，无趣又危险，回来之后还会被打板子。所以尔笙即便是对那个禁地很好奇，也没敢跑去遛一遛。

她自空中一路惊慌地飞过，在无方云海之中拉过一条优美的曲线直直地扎向无方后山。下方的无方弟子不知那是何物，但都看出来那是冲着后山禁地而去的，一时有些慌乱。许多修为较高的弟子跟着追去，奈何那速度太快，眨眼间便消失了踪影，不知落到了后山哪里。

尔笙自然不知道她引起了多大的骚乱，现在她全部的注意力都在一鳞剑上，嘴里一遍又一遍念着御剑口诀，等她感觉一鳞剑的速度逐渐慢了下来，睁眼一看，眼前已是满是黄泥的地面。

“啊！”一鳞剑狠狠插入地里，尔笙径直往前摔去，啃了一嘴的泥。在地上滚了许多圈终于停了下来。

歇了许久，她才堪堪挣扎着爬起来，站起来的第一件事便是去摸自己的门牙，感觉它还好好地长着，她才松了一口气。揉了揉摔得酸痛的手腕，一步一步往回走。

这下回去铁定得挨板子了。尔笙想，不仅跑到后山来了，还弄脏了一身漂亮的道袍。

一鳞剑深深地没入土中，只留了一个剑柄在外。尔笙还在头疼要怎么将剑拔出来，忽闻头顶上的树叶在沙沙作响，尔笙下意识地抬头一看，一个漆黑的东西砸到了她的脸上。

尔笙不知那是何物，一声惊呼连连退了两步，定睛一看，才发现那竟是一个漆黑的团作一团的条状物体。粗细和人的拇指一样，长短只有手臂那么长。

尔笙盯着它琢磨了许久，终于确定了它的身份：“蛇？”

地上的黑蛇听到这个称呼，抬起了头，金色的眼睛里带着点万分欣喜的感觉，急急地向尔笙脚边爬了过来。

“呔！”尔笙指着它一声大喝，当即便把小黑蛇吓得怔住，“小东西竟妄想吃我，看我不收拾你！”随即捡了根粗木棍，准确地砸在蛇头之上，径直把它的脑袋砸在土里，压得死紧，任它身子使尽万般能耐地扭动，也没能将头上的木头给顶开。

挣扎了一会儿，它像是绝望了，瘫软了身子，趴在那处一动不动。

尔笙另外捡了根细树枝，上前挑了挑它软软的尾巴，见它没动，估摸着是被自己砸死了。她开心地拿开了木棍，心道待会儿可以在此处烤蛇肉来吃，虽然现在她不吃东西也不会饿，但是有得便宜吃总是好的。

待尔笙捏着蛇头将它拉起来时，却见着那双金色的眼依旧精神地睁着，很是哀怨地望着她。

尔笙吓了一跳，但见这条蛇并没有对她表现出攻击的样子，便忍住扔开它的冲动，摸着它上下打量："这仙山上的蛇与下面的蛇都不一样，如此经得打。"

小黑蛇耷拉着脑袋，很是沮丧。

尔笙摸了一阵，微微蹙了眉，"仔细看来，你倒是不大像普通的蛇。"

听闻这话，小黑蛇又重新仰起脑袋，扭着身子，缠上尔笙的手腕，很是殷勤地蹭了蹭她腕间那串取不下来的铃铛。

铃声"丁零丁零"地响了起来。

尔笙惊讶地瞪大了眼，这个铃铛被那个叫作'添弟'的怪人扣上之后就再也没法取下来。长渊离开之后，任尔笙如何蹦跶，它也不曾发出过什么声响，以至于尔笙都快忘了它的存在，而今日却被一条蛇碰出了动静……她粗鲁地捏着小黑蛇的头："说！你是不是和那个啥'添弟'有什么关系？你是不是他哥哥！"

黑蛇闻言，呆住了好一阵。

"不对，'添弟'看起来挺厉害的，怎么会有个连我都打不过的亲戚。"尔笙又眯着眼打量了它一阵，"难道，你是长渊的亲戚？唔，看模样着实像，但怎生如此没用？"

小黑蛇垂着脑袋，默不作声地沿着尔笙的手臂往她袖子里爬，一番不想让她看见自己脸的动作。

尔笙却被它的行为吓了一跳，拈着它的尾巴，又将它拖了出来："小黑，虽说你像是长渊的亲戚，按理我该替夫君照看着你。但你与长渊相去太远，指不定哪天兽性大发咬我一口，那该如何是好，我今日还是先将你的牙给卸了。"

说着便掰开了它的嘴，将灵力凝于指尖，尔笙道："小黑，忍忍就好。"

黑蛇眼中的哀怨之色愈发重了，看见逐步逼近自己的手指，它半点也没挣扎，近乎无望地盯着尔笙。

然而，到了最后，尔笙却还是收了手，她松开蛇头，叹息道："我琢磨着这样卸了你的牙似乎不大道德，没牙齿的苦我也吃过，左右你现在又没有咬人……我还是不拔了。"

小黑蛇无声无息地爬进了尔笙的衣袖里，乖乖地缠着她的手臂，不动了。

尔笙颇为沧桑地感慨："我这么心善，以后若独自一人行走江湖该如何是好。"

"你这么让人操心，以后要怎么独自一人行走江湖啊。"身后响起一个更为感慨的声音，尔笙回头一望，见沈醉驾着云，轻飘飘地落到自己身边，她这才恍然大悟起自己所在的地方，乖乖垂头认错：

"师父，我真不是有意跑这里来的。"

"唔，摔成这副德行，我瞅着也不像是你自己要来的。"沈醉看了看插在地上的一鳞剑，很是无奈地叹了声气，"为师虽是这样说，但你的师伯们可不会便宜了你。你可知自己引起了多大的麻烦？"

"会……会挨板子吗？"

"少不了了。"沈醉道，"快多抹几把泥到脸上，把自己弄得狼狈可怜一些，等会儿到了殿上受审，你师伯们说什么就是什么，骨气什么的暂时先放一放，乖乖跪着哭一场认认错，他们训得高兴了，兴许你便能少挨十几个板子。"

尔笙听话地点头，一边往自己脸上敷泥，一边问："师父你似乎很了解流程？"

沈醉放眼远望着天空："为师也曾年轻过。"

见尔笙把自己打理得差不多了，沈醉抓了她要走，尔笙却又挣扎着跑过去拔一鳞剑，折腾了一会儿，才将剑拔出来。沈醉瞅了一眼一鳞剑，心中只觉得今天这剑的气势似乎比往日更骇人了些，他没多想什么，提了尔笙，便往无方的言归殿而去。

在尔笙被抓去受罚之时，茫茫苍穹的九重天上，正乱作一团。

天帝重伤归来，胸膛被不知什么妖物的爪子穿了个透心凉，若是寻常神仙早已入冥府转世去了。天帝虽保住了命，可是却昏迷不醒，也许几月都要躺在床上调养而过。

众神皆是惶然，不知是何等妖物如此厉害。连着召开了几次会议，共商妖物犯上的应对之法。

战神陌溪自是此等会议中必不可少的角色，但是会议开了两次，众神再来请他，他说什么也不去了。

“除了破开万天之墟的那条龙，谁还能将他伤成那样。”陌溪抿了口茶，任由妻子三生在他身上蹭过去蹭过来地摆姿势翻看话本子，“不过恪守纪律的天帝竟会私自下界，我倒是没料到。”

“唔。”三生翻过一页，心不在焉地应了一声。像是想到了什么，三生忽然坐正身子，“这龙才逃了没有多久，天帝便不守纪律地屁颠屁颠地追了过去，莫不是……他俩在遥远的上古有过什么难以言喻的……感情？”

陌溪笑道：“这我可不知，不过那神龙被关入万天之墟时，天帝还没降生于世，这我倒是清楚的。”

三生可惜的一声长叹：“若不是在位神仙的命格由天定，我真想帮天帝改上几笔，陌溪，你瞅瞅他是不是活得太正经、太无趣了。”

“你不是已经帮他改了吗？”

“什么时候？”

“司命。”

“司命？”

“依着你方才的逻辑，我觉着天帝与其说是为了捉那条黑龙而私下凡界，不如说是为了司命。”陌溪淡淡地道，“说到此事，三生，你且道与我听听，司命下界后的命格，你打算如何安排？”

三生愣怔了好一会儿：“司命下界了？她不是前不久才醉醒过来吗？”

陌溪也有些怔然：“你不知？”

“不知，我从未写过司命的命格。”夫妻俩无言地对望了一会儿，三生问，“没人批命格，神仙不能转世为人，她是怎么转世的？”

陌溪苦笑：“我也想问这个问题。”

无方，言归殿。

望了眼在台上站了一排的师伯，又瞅了眼在殿两旁列了几行的无方弟子，尔笙有些心虚。

她无助地抬头向身边的沈醉求救，然而沈醉只是向他的师兄们点了个头，便也走上了那方高台，站在了尔笙的对面。见没人帮得了自己，她便老老实实地垂了脑袋。

“跪下！”主持这场训诫的正是上次在海上见过的辰渚的师祖寂悟，他冷着一张脸，严厉地俯视着尔笙。

师父说，师伯们说什么就是什么，骨气先放在一边。尔笙想着沈醉的话，扑通一声，干脆利落地跪了下去，她仍旧老老实实地垂着头，但是缠在她手臂上的小黑蛇却有些躁动起来。尔笙忙抖了抖手臂，清脆的铃音响了两声，黑蛇像是通晓她的心意一般，便也安静下来。

寂悟冷声询问："何以私自闯入禁地？"

尔笙这才抬起花猫一样的脸，可怜兮兮地望着寂悟："我……弟子修习御剑术的时候，未能将剑控制好……"

"御剑术？"寂悟蹙眉，"你才入门不到两月，何以能修御剑之术？"

尔笙无奈地叹气，嘟囔："所以才没修好啊……"

在场的都是什么人，哪里会听不到她这声叹息。沈醉刚勾了唇角想笑，寂悟便神色严厉地训斥："沈醉，基础不牢，你为何要教授她御剑术？"

沈醉不由暗自打了个哈欠，见自家师兄动了真怒，才忙清咳一声，正色道："师兄有所不知，尔笙天赋异禀，领悟能力极强，且在拜入我门下之前便已有了相当可观的灵力积累，阿醉在教授了她基础的辟谷与吐息之法后，见她领悟得好，这才教了御剑术。"

"领悟得好？"寂悟一声冷笑，"着实领悟得好，御剑一飞，便径直闯入了禁地之中，寻常弟子若要进去，恐怕不是那么容易的。"

沈醉撇了撇嘴，没有搭腔。

"尔笙。"寂悟沉声唤她，"你拜入我无方，至今身份不明，而又身怀古怪灵力，现今私闯无方禁地，我若驱逐你，你可有话说？"

"师兄……"沈醉刚开口，便被寂悟止住。

尔笙瞪大眼睛看寂悟一会儿，随即挠了挠头，一脸老实地说："听起来，我像是不该有什么话说。"

沈醉抚额。

寂悟点了点头："念在你并无恶念，且确实天资聪慧，无方便暂不逐你出门。"尔笙脸上灿烂的笑还没来得及展开，寂悟话锋一转，"但是，你随身携带的那柄剑却要交予无方陈兵阁保管。此物灵气过重，你初入修仙之道，尚不能驾驭此剑，此时拿着它，于你有害无利。想必此次犯的错便是你不能驾驭此剑造成的……"

"要拿走一鳞剑吗？"尔笙打断寂悟的话，盯着他问。

寂悟被她的态度刺得眉目一皱，但仍是耐着性子道："并非拿走，而是暂为保管。”

“不给。”

大殿内一时有些躁动，众人皆抬眼打量尔笙，不知她的态度为何突然强硬起来。

寂悟脸色一沉，唬道：“若是如此，你便下山去吧。无方供不起你。”

见少挨板子的事似乎谈崩了，尔笙拍了拍膝盖，自顾自地站了起来，不卑不亢地望着寂悟。于她而言，她只是用平等的眼神在看寂悟，然而于此时的众修仙者而言，尔笙直望寂悟的眼神便是一种隐形的挑衅，大逆不道……

“胆肥了……”沈醉如是想。

尔笙挺直背脊道：“我师父不是你，为什么你要赶我下山？”

寂悟气得一脸青白：“沈醉，你来说，你说我能不能把这孽障赶下山？”

沈醉揉了揉额头：“师兄，那剑是我那徒儿失踪的丈夫留给她的信物，于她而言，意义自然不一般。想来此时她定是不曾领会到你话里的意思，且让我去劝她一劝。”

尔笙听了这话，脸色大变：“师父！你是叛徒！”

众人一片哗然。沈醉危险地眯了眯眼，咬牙道：“小耳朵？”

“没得商量！”尔笙大声道，“什么事都可以听师父的，就是这事不行！我学仙术只是为了找我夫君，如果你们非要拿走我的一鳞剑，我情愿自己离开无方，不拜你们这个师了！”

此时都情绪都很激动的众人，没有谁听见了尔笙手腕上轻响不停的铃声。

寂悟扯着嘴角皮笑肉不笑道：“看看你招回来的好徒弟！”

沈醉很是头痛，忽然有种养了孩子才知道小时候的自己有多可恶的感觉……

尔笙大声说完这话，心道，反正她现在御剑的心法也学了，以后再抽时间自己练练就好，实在没有必要再待在无方。此念一起，她拔了腿便往门外跑。

没人料到她说走还就真的走了。

寂悟气得浑身颤抖，沈醉也怒上心头，淡定了这么多年，倒还是第一次有人把他气得面红脖子粗，全然失了分寸：“你给我站住！”

尔笙虽不情愿，仍还是听了话，站在了门边，梗着脖子嘬着嘴，半是委屈半是气愤地看了沈醉一眼。

"无方是你说走就走说来就来的地方？师父是你说拜就拜说甩就甩的衣裳？"沈醉怒道，"今天冲着你方才那句话，我便要赏你十个板子！责杖拿来，我亲自打！"

尔笙见沈醉真生了气，没出息地一哆嗦，一时软了腿。

她抱紧了一鳞剑，颇为委屈道："我怎么错了？你们要抢我东西，我还双手奉上不成？你们说要赶我走，我自己走还不行么？凭什么现在还要揍我？"

"对，你不该挨板子。"尔笙说完那句话，心里突然冒出一个从未听见过的声音，其声阴沉，听不出男女，让尔笙心头一阵发毛，那声音又道："一群道貌岸然的修仙者，他们有什么资格指责你？"

尔笙一惊，往后退了两步。

而在台上拿了责杖的沈醉以为尔笙吓得要跑，一个闪身便拦住了她。

"把她给我抬到凳子上去。"沈醉如此吩咐，旁边立时有两个人要来捉住尔笙。一左一右，尔笙心中想躲，但不知为何却突然出手一掌拍在了其中一个人的肩头，力道不大，但足以让那人摔在地上，半天也没起得来。

尔笙惊骇地看着自己的手掌，有些慌乱地望着被自己打了的人："对不起……我不知道自己怎么出的手……"

然而她解释的声音却淹没在了一片片指责的声音中，四周的修仙弟子们都蹙眉盯着她，台上的师伯们都是一副愤慨的模样，不少人在骂她孽障。沈醉见她出手伤人，一时也动了大怒，冷了脸色道："我教你法术，竟是让你来打伤同门的吗？"

尔笙不知该如何解释，正无措之时，一鳞剑忽然微微闪出一抹蓝色的光，她心里的不安与躁动一时也慢慢平静了下来。

小黑蛇自尔笙的衣袖里悄悄探出了头，金色的眼眸静静看了她一眼。像是得到安慰一般，知道还有人与自己是站在一起的，尔笙舒了一口气。再看周围的仙人们，她忽然觉得此时的他们都有些反应过度了。素日里，她从不曾见过哪个修仙者气青了一张脸与谁说话，而今日，在这大殿之中，众人的表现竟浮躁得像是江湖上的莽汉，或是整日与人掐架不够的泼妇。

躁动……

尔笙正想着，忽觉浑身一紧，低头一看，才发现自己已被一条金色的绳子捆了个结实。

寂悟在台上轻言道：“此等孽徒，心术不正，不听教诲反而出手伤人，今日，我便代无方施以惩治。”绑住尔笙的绳子寸寸缩紧，像是要就此压碎她的骨头。

尔笙忍不住难受地痛呼出声。

沈醉仿似恍然惊醒，脸色大变：“师兄不可……”

话音未落，一鳞剑却仿似活了一般，蓝光大盛，“刷”的一声轻响，将缚住尔笙的金色绳索尽数斩断。尔笙有些脱力地摔在地上，呆呆地看着自己漂浮起来的一鳞剑。

它立在尔笙身前，随后慢慢抬起剑尖直指台上的寂悟，此等姿态，对尔笙来说保护的意味十足，而对寂悟来说便是十分的蔑视与挑衅。

殿中嘈杂之声更甚，众人皆道此剑妖异。寂悟眯起眼，杀气顿时弥漫，一人一剑竟形成剑拔弩张之势。

适时，一道清明之气自殿外荡进，言归殿的大门“吱呀”一声被缓缓推开，屋外炙白的日光洒进，隐隐映出一个广袖大袍的人影。沈醉微微一怔，随即单膝跪下，恭敬地唤道：“师尊。”

随着他这一声，殿中的无方弟子尽数跪下，台上的众长老也都是一怔，接着全走下高台，恭敬地跪地行礼：“师尊。”

来者正是无方仙尊，他广袖一挥，殿中的浊气登时飞散：“愧修仙道，区区邪气竟能扰了尔等清明之心。”

众人皆愣，回神一省才发现自己方才的举动确有异样，忙低头吟诵静心咒以驱逐潜伏入心的混浊之气。唯有尔笙依旧坐在地上，呆呆地将无方仙尊望着。她想，大家都仙尊仙尊地唤着，都做仙尊的人了应当一大把年纪了才是，怎么看起来竟比师父还要年轻一些呢？

一鳞剑悄然落下，乖乖地贴回尔笙手边。

银白的长发如瀑，拖曳在地，尔笙摸了摸自己的脑袋，务实地想，这么长的头发，不重么？还穿这么长的衣服，看起来漂亮又飘逸没错，可是要是踩到了衣角，那得摔得多难看啊。

仙尊面色清冷地扫了尔笙一眼，尔笙吓了一跳，忙捂住自己的嘴，以为是自己不小心将心里面想的都说出去了。

他缓步走过尔笙身边，站到那方高台之上。众人皆站起身来，尔笙依旧坐在地上。沈醉上前恨铁不成钢地拍了一下她的脑袋，尔笙一惊，这才连忙爬了起来，一身灰色的衣裳搭着一张脏兮兮的脸，在大殿中显得无比可怜。

“小徒尔笙。”仙尊轻唤。

尔笙直直地望着仙尊，一脸无辜地说：“方才寂悟师伯说要驱逐了我，我现在还是无方弟子吗？”

没料到她此时竟会告起状来，寂悟恨恨地瞪了尔笙一眼，却又不敢发作，一个劲儿地在肚子里念着静心咒。

仙尊淡淡地看了寂悟一眼，道：“既已入我无方之门，便无轻易驱逐的道理。”

尔笙便望着寂悟，嘚瑟地笑起来。

仙尊又道：“但既是无方弟子，便要谨遵无方门规，私闯后山禁地之错你可认？”

尔笙心想，禁地虽然不是她有意要去闯的，但是确实是因为她控制不住一鳞剑所致，也算是她的错，于是她老实点头：“我认。”

“既有错，自然有责罚……”

尔笙有些着急地想澄清自己：“挨板子没有问题，我愿意受罚，但是师叔说要拿走我的剑，我这才不干的。”

仙尊稍一沉默后，又道：“此剑有灵，极为护主，寂悟此举鲁莽了。”

寂悟上前一步，鞠躬认错：“是弟子思虑不周。”

仙尊摆了摆手，又问尔笙：“邪灵珠可是你斩的？”

尔笙点头。

仙尊沉吟道：“如此，便是其间邪气入了你的身，以至影响了在场众人，才致使众弟子心浮气躁，扰了无方清明。”听罢这话，众人皆惊叹地望向尔笙。

大家都知道邪灵珠是上古邪物，数百年前曾被堕仙长安抛入无际大海之中再无踪迹。直至前月被寂悟等人带回，却已失了邪气，是一副残破的模样，而今被镇在无方玉塔之下。大家都没想到，把邪灵珠斩了的竟会是一个连御剑术都掌握不好的丫头！

尔笙关注的点可不在谁斩了邪灵珠上，她有些着急地问：“也就是说……也就是说猪……进了我的肚子里面？”

仙尊见她一副怕极了的模样，沉静道："无须害怕，此邪气尚不成熟，只有在你心生不善之念时才会出现。而今，便罚你去思过谷思过三个月，以清身中邪气。"

尔笙呆呆地摸着自己的肚子，什么反应也没有。

最后还是沈醉将她的头摁下去，道："谢师尊轻罚。"

他将尔笙到思过谷之时，尔笙才恍然大悟一般，苦着一张脸问沈醉："师父，我、猪到了肚子里……我是不是要死了？"

沈醉唇角微微一抽："你命大着呢，死不了。"

"可是……"尔笙怕得落下泪来，"可是我不记得我吃过那猪的肉啊，它活生生地跑到我肚子里……活生生的啊！多恶心……"

沈醉抚额长叹："傻徒弟啊傻徒弟。"

第六章 思过

思过谷位于无方一处偏僻的山坳之中，谷中地势极偏，难见日月，而自成一番气候，冬日无雪，春秋无风，谷中长的皆是常青树。

尔笙在此地过了四五天，才知道仙尊对她的责罚确实是极轻的。这山谷里除了没有人能与她说话，其实与在外面的差别并不大。当然，有这样的想法也是因为尔笙静下心来诚心修炼的结果。自她知道自己肚子里装了一头“活猪”之后，每天便老老实实地打坐，凝神聚气，等着三个月之后出谷，彻底将那什么邪气给排出去。

她虽然喜欢吃虫子，可是却不爱吃“生猪肉”的。

而提到她在谷中的生活，便不得不提到与她一起进入谷中的小黑蛇。

尔笙静心修炼的时候小黑蛇也在静心修炼，尔笙耐不住寂寞想要玩的时候小黑蛇仍旧在修炼。

她看得出来，这条蛇一点也不简单。尔笙心道这虽然是长渊的亲戚，但也保不住它有朝一日会突然有了想要吃掉她的念头，在这山谷中，只有她一人与这蛇相处，就算她死在这里了也没有几个人知道的。

她必须得防着它。

所以在尔笙想玩的时候，她也不让人家修炼，捡了木棍便指着黑蛇的尾巴打。直敲得黑蛇无奈地抬头望她，她才心满意足地扔了棍子，像个霸王一样命令道：“陪我玩。”

小黑蛇便带着点委屈地望着她。

尔笙将一鳞剑握在手中，又捡了根小木棍给黑蛇，让他用尾巴把木头卷着与她对招。她的本意是让黑蛇认识到两人实力的差距，令此蛇不敢轻易招惹她。

然而万万没想到的是两招过下来，尔笙手中的一鳞剑竟被蛇尾巴卷着小木棍给挑了出去，飞得老远，直直插入土中。

尔笙呆了一下，望着黑蛇，一时竟觉得此蛇眼中有刺眼的笑意。她意识到自己丢了大面子，随即怒极而起，凝气于掌便向黑蛇打去。小黑蛇尾巴一动，木棍以一个奇异的角度飞了出去，径直击打在尔笙的脚踝处。她只觉脚踝微微一麻，双腿立马软了，一头摔在地上，跌了满脸的泥。

黑蛇在原地颇为得意地摇了摇尾巴，但见尔笙久久地趴在那处没动，以为自己是没拿捏稳力道，真的伤了她，这才慢慢行至尔笙脑袋前面。

“哎……丢死人了，修了这么久的法术却连条蛇也打不过。”

他听到尔笙如此埋头长叹，心道，你才修了这么点时间，打不过我是应该的，若是打得过了，我便是真真丢人了。

尔笙接着埋头抱怨自己：“这样怎么去救长渊呐！”

黑蛇一时便心软了，将尔笙的头顶看了好一阵，才探出头，用嘴碰了碰她的脑袋。尔笙一脸颓然地抬起头来，黑蛇又蹭了蹭尔笙的额头，像是在安慰，又像是在撒娇。

“你干吗？”尔笙奇怪的一巴掌拍开它的脑袋。

小黑蛇也不介意她粗鲁的举动，转过头来，依旧定定地望着她。尔笙的黑眸清澈无半分尘埃沾染，小黑蛇的尾巴忍不住微微一翘，像是忍不住心痒，它猛地一口咬在尔笙的嘴上。

这出其不意的一下将尔笙咬得呆住，她双眼睁得极大，半天才反应过来：“靠！”她一手拉住蛇身，硬生生地将其从自己嘴上拖了下来。黑蛇本咬着她的嘴不想放，最后是怕真的咬伤了尔笙才不满足地松了嘴。

尔笙摸着自己的嘴，已经被咬得渗出了血丝。她怒视着黑蛇，而黑蛇却像是很羞涩一般扫了尔笙一眼，迅速地扭开脑袋，却憋不住想看她的念头，又悄悄地转过头来。

尔笙气得将它狠狠扔在地上，骂道："小黑！你果然是个居心叵测的坏蛇！我就知道，你是想吃了我的！"小黑忙摇头想表明自己的清白，尔笙气道，"你别以为你不认账我就不知道你的心思。"见尔笙声色俱厉，小黑越发想澄清自己，然而尔笙既然认定了它是居心叵测的，哪还会让靠近自己。她一边往后退，一边大叫，"不准过来！你别靠近我！"

小黑跟着追了两步，见尔笙躲得厉害，有些伤心地垂了脑袋，他想她明明说过"和喜欢的人可以互相咬一咬"这样的话的，明明这样说过……

是因为不喜欢了吗……

尔笙警惕地望着一动不动的小黑，躲到一块石头背后，想了想又捡了块石头捏在手里："你再敢咬我，我就揍你！走远点！"

小黑没看尔笙，听了这话耷拉着脑袋，还真就转身慢慢爬远了，窸窸窣窣地进了草丛中没再出来。

接下来的几个月，尔笙便真的没再见着小黑的身影。她也想过是不是自己做得过分了一点，再如何说，那也算是长渊的亲戚……可自己的命横竖也就一条，可不能用这个来赌，过分就过分一点吧。

在思过谷独自思过的时间便如此平静无波地度过了。

霁灵来接尔笙时小小的诧异了一番，一是讶异于尔笙迅速增长的灵力，二是惊叹于尔笙的精神头儿……

"师姐，师姐！"尔笙蹦蹦跳跳地跑到她身边，"来接我回家吗？"

'家'这个字眼有点小小的刺激到霁灵，她眉头微微一皱，扫了尔笙一眼，淡漠道："思过三个月，竟未有半分悔改之意。"

"我改了啊，我知道以后不能乱杀猪，也不能御剑乱飞了，师姐，我们回家吧。"

霁灵的眉头又皱了一皱，却也不知该如何挑刺，一挥衣袖，冷冷地道："自行御剑。"三个月时间哪里足够让人熟练掌握御剑之术，霁灵本意是想看尔笙出出丑，随后可怜兮兮地来求她。但没想到尔笙听了她这话高兴地答应了一声，便爬上了一鳞剑。

出乎意料的是，她姿势虽然难看，但剑却驾驭得极为稳当。

"师姐，走吧。"

霁灵挑了挑眉，不由小声地半是酸半是感慨地赞道："确有天资。"

尔笙在谷中待了这么久，日日防备着黑蛇的偷袭，耳目早已练得灵敏，听得霁灵这声叹息，立即大笑道："那是，也不看看我是谁的师妹！"言罢，御剑一飞，直上云霄。

霁灵望着尔笙的背影，轻轻一声冷哼，嘴角却不由自主地扬起来："拍马屁。"随即身形一转，微风腾起，霁灵眨眼便倏地消失在原地。

两人走后，思过谷中寂静一片，不一会儿丛生的树林深草之中窸窸窣窣一阵响，但很快山谷又归于沉静……

回到久别的小院子，尔笙高兴得四处打量。

今日沈醉出了门不在，尔笙便一边收拾自己的屋子，一边左一个师姐今天天气好，右一个师姐暖风吹得好舒服。直念叨得霁灵不耐烦透了，一个咒语一念，径直将整个院子都打扫了干净，喝道："安心修炼，休要多言。"

尔笙惊叹地望着瞬间被打扫干净的屋子，又厚着脸皮上前拽着霁灵缠着要学这个法术。霁灵不理会她，她便像条尾巴一样跟着。

霁灵是个冷淡的性子，素日里为人又严肃，别说低一辈的弟子，就是她的师兄师姐看见她心里也是有些畏惧的，哪有人会像尔笙一样全然不要脸皮的缠着她。

被尔笙搅和得完全没法静下心来修炼，霁灵索性将法术口诀写在纸上，扔给尔笙让她自己去练习。

哪想尔笙拿着那张纸瞅了半天，又屁颠屁颠地跑回来一个字一个字地问。霁灵无奈，嫌弃道："生得一副聪明的样子，怎么大字不识一个？"

"我识字！"尔笙澄清自己，拿起霁灵桌上的笔便认认真真地将长渊尔笙四字写下，"看，我还会写。"

霁灵叹息："就会四个字有什么好炫耀的。"脑中突然转过一个念头，霁灵轻咳一声道，"无方有专供年纪小的弟子学字读书的书院，你可想去？"

尔笙眼睛一亮："我可以去吗？"

"自是可以，不过去了就得一整天待在那处，夫子是很严厉的。"

"我想去。"

"嗯，如此我便帮你打点一下，明日你便去书院读书吧。"

尔笙高兴地跳了起来，扑上前去抱着霁灵的手臂一边撒娇地蹭一边夸道："师姐真好！师姐真好！"

霁灵十分不习惯与别人这样亲密的身体接触，侧过身子推开了尔笙的手:“我要静心打会儿坐，你别闹。”

尔笙乖乖答应了，她走后，霁灵轻轻闭上的双眼反而睁开，摸着自己被尔笙贴着蹭过的手臂微微有些脸红，她一声轻嗤:“会撒娇的小东西……谁对你好了。”

这夜，明月朗朗。

尔笙挂着甜甜的笑脸睡熟的时候，一条细长的黑影悄悄潜入了尔笙的房间。

他悄无声息地攀爬上床沿，立在尔笙的床头之上。一双金色的眼眸细细探看着尔笙的睡颜，见她笑，黑蛇的眼睛便也眯了眯，见她嘟嘴，蛇尾巴便跟着翘了翘，尔笙扭了扭身子，他的脑袋便跟着偏了偏。

尔笙在梦里嘟囔着长渊的名字，他便在一边轻轻点头，她唤一声，他便应一下，就算知道她根本就看不见。

第二天早上，尔笙起来之时，黑蛇早就不见了。

沈醉醉醺醺地回来之时正巧碰见霁灵要送尔笙去书院，他挥了挥手道:“学点文化还是好的，不过书院有人若是欺负你，你只管打回去，回来师父给你顶着。”

霁灵眯眼望了沈醉一眼，提了尔笙便走，快到书院的时候才冷着脸淡淡交代:“若是有人欺负你，让一次，忍两次，他再得寸进尺便听你师父的话。回去有他给你顶着。”

尔笙严肃地点头。

然而在书院的生活并没有他们想象中的那么糟糕。

在一群小孩子中，尔笙算是一个大孩子，大家都聪明地不敢去招惹她。尔笙虽然在书院不受待见了一些，但至少书是读得安稳的，她本就聪明，学起来相当得快，用了不到半年的时间，她自己就能编写出一两个小故事来。私下里分发给同窗们看，一群小孩被尔笙的故事唬得一愣一愣的，这才开始慢慢接受起她来。

在仙山的生活越来越顺利，尔笙甚至已经习惯了这样闲适的生活，每日修行一会儿法术，读读书，练练字，闲来再幻想出几个小故事与同窗共赏。只是尔笙编的每个故事里都有一个叫长渊的人，他很漂亮很强大，他在这世上的某一个角落过得很好。

时光荏苒，仙山的时间总是过得比凡间快几分一样，尔笙不曾想她在这书院里读书一读便读了三年，眨眼间已满十七岁了。

从十六岁起，尔笙便会与霁灵一道出山除魔卫道，顺道四处打听长渊的消息，一旦听到哪一处有龙出没的迹象，不管真假，她都会跑去看一看，然而每次都失望而归。

久而久之，修仙找长渊似乎只成了一种单纯的念想，一股执着的期望。

与尔笙现在的生活息息相关的是各种术法的修炼，灵气的积攒与运用，更好的驾驭一鳞剑还有与师姐一道出去除妖。

她以为这样的生活会一直持续下去，然而，这世上没有什么事会一直持续下去。

这次尔笙又与霁灵一道出山除妖，此妖名为骨螨，道行不深，但却生性狡猾，最善诱惑人心，以人心恶念为食。霁灵在树林中捉住了它，但是双手却被骨螨的多只触手缠住。

以霁灵的修为，本不至于被此等妖物所伤，但是在缠斗之际，骨螨却窃窃一阵偷笑："愧为仙门子弟，你居然对自己的师父有如此大逆不道的想法。"

霁灵心神大乱，一时没反应过来，被骨螨钻了空子，其中一只粘腻恶心的触手直取霁灵的心房："没错，没错，你的感情是不被认可的，一旦有人知道，你们就完了，连师徒也做不了了……"他难看地笑着，眼瞅着便要刺穿霁灵的心口。

适时，尔笙找了过来，见此情景一声大喝："师姐！"顿时唤醒了霁灵的神智。

霁灵侧身一躲，避开了要害，却始终没躲得过，被他的触手戳穿了肩膀。尔笙大怒："你个满身长舌头的丑妖怪简直是活腻了！"言罢，提气纵身，一跃而至骨螨头顶。

霁灵大骇："不可。"

尔笙哪还听得进她的招呼，手起剑落，一剑直刺骨螨的头部，骨螨一声哀号，鲜血喷溅而出，洒了尔笙满脸。刺进霁灵肩膀的触手随即消失不见，霁灵捂住肩头，颓然摔在地上。

而一鳞剑下是一颗类似于内丹的白色珠子，尔笙对这样的物品有阴影，犹豫了许久也没有使力将它弄碎，只问霁灵道："师姐，要弄碎它吗？"

霁灵却没有回答尔笙的问题，有些焦急地望着她问："可有觉得心烦意乱，或是不安？”

尔笙奇怪地摇头：“没有啊，倒是师姐，你的伤需要快点治疗才行，这个珠子咱们怎么处置？”

霁灵看了看尔笙手里的剑，叹道：“我是低估了这剑上的灵力吧，骨螨此物的血能魅惑人心，使人心生恶念。寻常人是万万不能碰的。没想到你这剑竟还能驱散邪气……”

“师姐……”尔笙苦恼，“你还是没说这个珠子怎么办，咱们得快些回去，你流了好多血。”

霁灵用还能动的手掐了一个诀，用结界将珠子封住，随即放进了衣服之中，“此物须得交给仙尊净化。”

简单地处理完战场，掩埋了地上骨螨的血迹，尔笙乖乖地背上霁灵，御剑直飞回无方，全然没发现在她们走后，林间的风微微一吹，枯叶翻开，里面染血的泥土又露了一些出来。

一双穿着华贵鞋子的脚静静站在泥土边，颇为感兴趣地踢了踢湿润的泥土。

“唔，可让我找到了。”

尔笙扶着霁灵回到小院子的时候，沈醉正在院里的石桌上躺着晒太阳，身边摆了两个空酒坛，手里还抱着一个。

彼时霁灵已经晕了过去，脸色白得跟纸一样，尔笙哪有工夫去看沈醉，扶着霁灵便急急往屋里赶。无方没有大夫，修仙者多是受的内伤，得靠自我调息，即便是受了皮肉伤，自身用灵力调息也才是最好的办法。

而此次却不一样，骨螨的邪气侵入霁灵身体之中，若无外人助她清除邪气，她是无法自行调息的。

在尔笙眼中师姐一直是强大的，与她一同外出除妖以来，师姐从来没有受过这么重的伤，她从没想过，师姐也会流这么多血……

尔笙在霁灵屋里四处翻找着绷带和剪刀，正在慌乱之际，忽见门口光线一暗，沈醉神色晦暗地站在那里，目光冰凉，他看着霁灵肩膀处的伤口，沉声问：“谁干的？”

声音中竟有从未听过的冷意。

尔笙微微有些愣怔。

沈醉心中似有一团火在燃烧，怎么也平息不下来：“我问你，是谁，伤了她？”

一向吊儿郎当没个正经的师父突然正经起来了，尔笙很是不习惯，隔了许久才老实交代道：“是个叫骨螨的妖怪，已经被杀掉了。”

沈醉的拳握紧至泛白，他冷冷地勾唇：“真是……便宜他了。”

尔笙翻出了绷带和剪刀，跑回床边，刚想将霁灵的衣服直接扒下来，但是又突然想到沈醉还在后面，道：“师父，你先出去，我要脱师姐的衣服了，夫子说男女授受不亲。”

沈醉冷笑：“一把屎一把尿拉扯大的小屁孩还跟我计较。你就当夫子那话是在放屁。”一边说着一边进了屋来，他手一揽，轻轻地将霁灵抱了起来，“她这伤口太深，躺着根本弄不了，我扶着，你把里面的烂肉挖出来，再撒点药包好。”

听见要动手把伤口里面的烂肉挖掉，尔笙立即扔了剪刀和绷带：“做不来做不来，这是师姐，又不是妖怪和肉虫，活生生的师姐……我下不了手。”

沈醉眉头一皱：“小丫头越来越没用。”

尔笙被鄙视之后本来鼓起了那么一些勇气，但扫了一眼师姐血肉模糊的肩头，又立即直摇脑袋：“不行不行，师父咱们还是换着来，我扶着师姐，你来给她挖。”

沈醉轻哼一声，手中蓝光一凝，积聚出一把幽蓝色匕首的模样。

尔笙赶紧与沈醉调换了位置。

然而，当沈醉的手指触碰到霁灵的衣领之时却不由自主地顿住了。

男女有别……即便是自己一把屎一把尿拉扯大的小屁孩，现在也是男女有别……

好不容易忍下胸中涌出的异样躁动，沈醉转手用蓝色的匕首轻挑，将霁灵的衣领拨开，看见被血染过的锁骨，沈醉手微微一抖，又立即稳住。

“师父，你磨蹭什么？”尔笙奇怪。

沈醉此时也懒得去数落她，心一狠，揭开几乎与皮肤粘在一起的衣物，霁灵被疼得清醒了许多，她眯着眼看了看眼前的人，难得虚弱地轻声道：“师父，疼……”

自霁灵长大之后几时还听过她这般呼唤，沈醉的目光不由自主软了下来，哄道：“忍忍。”转眼看着她早已血肉模糊的肩上，沈醉握着匕首的手有些颤抖，他低声嘱咐尔笙，“把你师姐扶好，别让她乱动。”

尔笙应了，忙念了一个定身诀，让霁灵无法动弹。

匕首扎进伤口时，霁灵似是痛极，牙关紧咬，额上冷汗涔涔。沈醉脸色也有些苍白，但是手上的动作却十分利索，一块块腐坏的血肉被挖出来扔在地上。尔笙转过头去不忍再看。

不知过了多久，沈醉终于沉声吩咐："小耳朵，帮你师姐把伤口包好。"

尔笙转过头来一看，这才发现师父连药粉也撒好了。她忙取过绷带，作势要给霁灵包扎伤口，沈醉起身让开，却不料霁灵扔拽着他的衣袖不肯放手。

她双眼紧闭，俨然已经疼晕了过去，手却是下意识地紧紧握着，不肯放松半点。

尔笙是个不大会琢磨其间细腻情感的人，撸了袖子便要去将霁灵的手指头一根一根掰开，幸而沈醉终是看不下去地出声制止了："小耳朵……还是我来吧，你先出去。"

尔笙眨巴着眼睛想，包扎伤口可不像挖肉，这衣服可是得褪下一大半的……

不过既然是师父要求的……

"那我先去烧点热水，等会儿给师姐擦身。"

"嗯。"

尔笙乖乖地走了出去，掩上门之时听见霁灵迷迷糊糊地一遍遍唤着"师父"二字，沈醉的手停留在霁灵的肩头，半天也没动弹一下。

为什么明明是同样的两个字，听起来却如此不同呢？尔笙的师父和霁灵的师父，到底哪里不一样……

忙碌了一天，终于能倒在自己的床上休息了，尔笙依旧把一鳞剑摆在自己的床边，轻轻摸着剑身，喃喃道："今晚师父都守在师姐身边，我要不要也过去看看，在师姐房里守一夜好了，不然明天师姐醒了会说我没良心的。"

尔笙犹豫了一会儿又道："但是今天我也帮了这么多忙，胳膊腿都跑细了，唔，我还是别过去好了，反正有师父，师姐的房里又没个能躺着睡觉的地方……而且就往常来看，师姐好像更喜欢和师父单独待在一起。"

在尔笙看不见的暗处，月光透过窗户照进来，在地上投射出一个小小的蛇身。听了尔笙的喃喃自语，小蛇的脑袋郑重其事地点了点，像是很赞同她后面这话。

“我还是安心睡自己的觉好了。”尔笙说服了自己，脱了衣服便钻进了被窝里。

临睡之前，尔笙望着一鳞剑出神道：“长渊长渊，今天我救了师姐，以后我也一定救得了你的，我现在已经很厉害了……”

这样的话，已成了尔笙入睡前必定会说的，像是一个信仰，又像是一句誓言。

房间安静下来，银白的月色投入屋内洒了一地光芒，隐藏在屋子暗处中的黑蛇微微探出脑袋，沐浴着银色月光，金眸闪得发亮。他看了看已经沉入睡梦中的尔笙，又望了望空中大得诡异的月亮。

今晚的无方山，邪气过重……

无人知晓，在尔笙隔壁的屋子，重伤的霁灵尚在沉睡，沈醉静静地坐在她的身边，眸中神色复杂得令人难以揣度。而在霁灵被窝中，她衣服里尚揣着的骨螨内丹正散出一丝丝奇异的光，一如窗外月色。

只是霁灵不知，沈醉不知，尔笙更是不知。

这夜尔笙做了个奇怪的梦，初始，在梦中除了一片黑暗什么都没有，她只觉自己在不断地下坠，像是掉入了一个无底的洞中。

四周除了一片虚无的黑暗什么都没有。渐渐的，在混沌之中，出现了一个白衣女子的身影，在她身旁还有一团模模糊糊的巨大黑影，画面渐渐清晰，白衣女子静静倚坐在巨大黑龙的犄角之间，她伸手摸了摸黑龙的角，道：“长渊，听我讲了如此多的红尘俗事，你可是觉得厌烦？”

“依着司命所说，世事烦琐皆自成一趣。若有机会，我倒想亲自去走一遭。”

司命默了默：“你可是想要自由？”

“想。”

司命轻轻地笑了：“我帮你可好？”

“逆天改命必不得轻饶，司命，为了长渊犯此大罪，不值。”

“长渊，你并不该无故受此责罚，所谓天命，又有谁见真的见过呢？我任司命星君一职，最不信的莫过于命运。挚友，若说为上古预言而受此囚禁，这几万年，足矣。”

长渊沉默，继而长叹：“司命，逆了天命，那人又怎么会饶得了你……”

司命冷笑："干他何事，左右不过是改改批错了的上古预言。若是如此上天还要降罚……既然这天地不仁，我便是逆了又何妨。"

天地不仁，我便是逆了……又何妨。

此一言像是一句魔咒，在尔笙的脑海里扎了根，一直盘旋不去，直至翌日她神情恍惚地醒来，脑袋炸裂一般难受。她迷迷糊糊地打了水，洗漱完了便坐在院里的石桌旁发呆。

适时，沈醉自霁灵的房间里出来，铁青着一张脸，见尔笙一脸迷茫地傻坐着，皱眉问："你昨夜莫不是趴在门前听了一夜的墙角？"

"天地不仁……"尔笙喃喃自语了几句，才看见沈醉，恍然回过神来，有些困惑地问，"师父，你说真的会有前世今生这一说吗？"

"死一次约莫就清楚了。"沈醉心情不好地答完，转身便出了院门，估计又是去买酒喝了。

尔笙想，一定是师姐醒了又给师父吃瘪了。她一声叹息："都这么大的人了，怎么就不知道让着徒弟一下呢，真是个幼稚的师父。"言罢，她到井边打了一盆水，又烧了一会儿，才端到霁灵门前敲了敲房门："师姐，我来送水给你洗漱。"

不料尔笙刚把门推开，忽然一阵阴风刮过，一颗黑色的珠子以迅雷不及掩耳之势急速擦过尔笙的脸颊，"刷"的一声直直冲向天际。

尔笙还在发呆，霁灵动弹不得地躺在床上，狠狠地瞪着尔笙："定身术为何没给我解了？"

"昨天……就忘了。"尔笙呆呆地回答。

霁灵气道："那是骨螭的内丹，尚未净化，如此为祸人间的妖物跑了，你还不去追！"

尔笙被骂得一个激灵，立即答了声好，回屋提了一鳞剑便御剑追去。

天地浩大，区区一颗黑珠子哪里是那么容易找的。

尔笙在空中御剑寻了许久也没有效果，在几乎快要绝望之时忽觉无方后山传来一丝诡异的气息，她犹豫了一番，最终还是决定寻着跟了过去。

初入无方时的那场闹剧让尔笙对这个禁地彻底没了心思，平日里是连绕道也不大愿意走这个方向的。今日为了那颗或许会祸害人间的珠子，尔笙咬了咬牙，愣是逼着自己在禁地上空转了一圈，确实没见着可疑的地方，便起了打道回府的心思，身后却忽地吹过一阵诡异的气息。

好歹也跟着霁灵走南闯北地收了许多妖怪，尔笙灵敏地判断出这风中的气味带着妖异，还有浓重的杀气！

有妖怪潜入无方了……

尔笙刚意识到这一点，忽然之间一记光刃不知从何处而起，快速向她砍去。尔笙目光一凛，立即驱动一鳞剑躲避开，但那光刃仿似活了一般，一击不中竟转了方向继续对尔笙攻击而来。尔笙招架不及，被打得连连后退，好不难堪。

而那光刃像在逗弄一个玩具一般，看似危险，却又都在危急关头堪堪停住，让尔笙得以逃开。

初时尔笙尚未察觉对方的意图，但是躲着躲着她慢慢也感知到对方只是在戏弄自己。自尊心受了极大的侮辱，尔笙蹿来蹿去地避了几个来回，见对方越玩越来劲儿，尔笙彻底被激怒了，停住一鳞剑，大胆地转身回头，将这些年夫子教给她的礼仪尽数扔还回去："哪个龟孙子在搞鬼！给姑奶奶滚出来！"

话音一落，光刃在尔笙面前猛地顿住，不一会儿风中的杀气尽消，一道魅人的嗓音仿似自天际飘来："啧啧，看来这无方教徒也不甚严谨。"

尔笙顺着声音定睛一看，一个长相妖孽的男子身着一袭极其艳丽的服装歪歪地立在云头。他手中把玩着尔笙久寻不到的那颗骨螨的内丹，此时的内丹已全然变作了黑色，男子歪着脑袋颇感兴趣地望着她："瞧这话说得多符合本公子的胃口，这脾气若是做了本公子的徒弟该有多好。"

尔笙打量了来人许久："你是谁？"

孔美人险些从云头上跌落，他危险地眯了眯眼："本公子如此美丽的容貌都会忘记，小丫头莫不是被无方的闲人们教傻了？"

尔笙又寻思了许久，终是在脑海里现出了一个模糊的身影："美人？想做我师父的妖怪？"

"小丫头无礼，念在你我师徒二人分别三载的份上，便饶了你这次。且与为师走吧。"孔美人说着对尔笙伸出了漂亮的手指勾了一勾，示意她上前。

尔笙握着一鳞剑横在胸前，戒备地往后一退："我是无方弟子，什么时候拜过你这妖怪为师。"

孔美人这才慢慢在云头上立起身子，叹道："这些闲人最无聊的便是喜欢以天下大义来给人洗脑，吾徒不可听信他们的话。修道不过只为了求一身强大法力，无方众人能教得了你的，我也能教，他们教不了的，我还能教。且在这无方还要空守什么规诫，本公子向来不屑于什么天道大义，想做什么便做什么，我家徒弟自然也是想做什么便做什么，如此逍遥快活你还不愿与我走，可是想得清楚了？”

尔笙不是个礼义廉耻坚立于心的姑娘，听罢这些诱惑她可耻的动摇了一下，但是想到师父和师姐，尔笙摇了摇头道：“哼，这些条件……再加五十只鸡腿我也不去。”

孔美人眯了眯眼：“本公子加你一百只鸡腿如何？”

“再加十件漂亮的衣裳也不去。”

“二十件。”

尔笙可耻地沉默了，好半晌后才道：“帮我找到长渊……”

孔美人挑了挑眉：“寻人本公子不大擅长，不过公子我认真寻起来倒是没有谁会找不到。”

尔笙看着一鳞剑沉默不语。

孔美人招了招手依旧十分悠闲的模样：“谈妥了就快些过来，我好像瞅见一个不大好对付的家伙过来了。”

尔笙抬头望向孔美人那只手：“我们谈妥什么了？”她奇怪道，“你帮我找到长渊我也不去。”言罢挥了挥衣袖，驾了一鳞剑转身便走。

孔美人脸色难得青了一青，随即笑了：“我素来不喜别人在我认真的时候开玩笑。”

尔笙心知不妙，驾了一鳞剑眨眼间便飞出去老远，但是尔笙再快又怎能快得过孔美人。前一刻还立于云头上的身影一闪，眨眼间尔笙便被捂住了嘴，轻而易举地被孔美人捉进了怀里。

孔美人凉凉道：“小丫头，有的话是不能说的，比如说与本公子开玩笑；有的事是不能做的，比如说惹了本公子生气；有些人是不能得罪的，比如说……”尔笙哪有心情听他废话，只知自己现在受制于人，搞不好连命都会丢掉，情急之下全然不顾章法，张嘴便开咬，闪亮亮的门牙直接啃在孔美人的虎口之上。

谁会想到一个十七岁的修过仙的姑娘居然还会用小孩打架的招数。孔美人一下便懵了，手一松，那颗黑色珠子便落了下去。

为祸人间的珠子……

尔笙不知从哪里来的大力，狠狠地将孔美人一推，追着珠子而去。

孔美人反应过来，看着口水滴答的手，天生洁癖被勾起，他勃然大怒，一记杀气凛凛的妖气也跟着尔笙杀去。

眼瞅着那珠子便要抓到了，孔美人在身后蓦地出手，让尔笙不得不回身防守，这么一挡，珠子又没抓到。尔笙也生了气，待孔美人再度出手时，尔笙握着一鳞剑，不管不顾地将自己的灵力化为剑刃直向孔美人劈砍而去。

趁着孔美人被打了个措手不及，尔笙一声低喝，总算追上了骨螭的内丹，还没有来得及欣喜，衣领猛地一紧，尔笙惊骇地转头，看见孔美人目光灼灼地盯着尔笙，沉声道："邪灵珠藏在你体内？"

尔笙茫然，孔美人一手掐住她的脖子，另一只手扣在尔笙的手腕之上，像是在细细诊断。末了孔美人微微眯起了眼，神色依旧悠然，但是那双黑眸之中流动的色彩却起了变化，几分狂喜，几分激动："我就知上古之物绝不会如此轻易地被毁掉。"

尔笙被他语气中的诡异之气吓到，更是拼了命地挣扎，可此时的孔美人与方才仿若两人，任尔笙如何动作都没有半点放松。

他劈手夺过尔笙手中的骨螭内丹道："此物虽比不得邪灵珠，但却同为可敛收邪气之物，配之你身中邪灵珠残余之气应当会产生极奇妙的变化。"孔美人笑道，"小丫头可想看看，是此物敛收了你体内的邪气，还是你体内的邪气将此物一并归化？"

尔笙全然不懂他在说什么，但见孔美人笑得极其猥琐，脑海里穷尽思绪的都在想逃跑的办法。

孔美人邪恶地一笑："我们来赌一赌吧，看看这世间是会再产生出一颗邪灵珠，还是你会被变成一个由邪气掌控的怪物。"

尔笙心中惊惧："你以大欺小，卑鄙无耻！"

"不巧，本公子最爱的便是自己这张脸。"他的语气仍是轻松，手下动作却半点不温柔，单用一只手禁锢了尔笙的动作，另一只手"啪"地卸了尔笙的下巴，让她的下颚骨脱臼，无法自己闭合。孔美人迎着尔笙惊恐的目光，将漆黑的骨螭内丹放进尔笙的嘴里，接着手微微一用力又帮尔笙把下巴接了回去，连带着逼她吞下骨螭的内丹。

尔笙只觉那圆滚滚的珠子哽在喉咙之间，吐不出来又咽不下去。

孔美人放了尔笙，抱着手在一旁闲闲地看着，似在等尔笙起反应。

不料等了半晌，尔笙仍旧伸长着脖子，拼命拍打胸口，一副努力吞咽的样子，她憋得一脸通红，竟是一副快噎死了的模样。

孔美人嫌弃：“你嗓子眼怎如此的细。”

尔笙被噎得直翻白眼，她想，若是她就此被这个珠子噎死，除了死不瞑目，她估计连嗓子眼也闭不上。

孔美人一声叹息，一巴掌拍在尔笙的背上，那颗珠子便圆润地转过尔笙的喉咙，总算滑进了食道里面，虽然依旧噎得她无比难受，却比方才要舒服多了。

这边尔笙还在喘气，不知何处又是一阵凌厉的杀气扑来，孔美人挑眉一笑：“来了个送死的？”他手一挥，本以为能轻易地将这一记明目张胆的法术给挡回去，却不料这记杀气极为蛮横霸道，一击攻上卸掉孔美人的防御，又是一击接连而来，直撞得孔美人一阵胸闷，堪堪往后退了两步。

孔美人压下胸中翻涌的血气，冷了面色：“何人扰我？”

冷风穿留过耳边，风中没有半丝对方的气息。

孔美人凝神应敌，尔笙却没心思去管那些，此时那骨螭漆黑的内丹约莫已经滑进了她肚中，像在里面上蹿下跳一般绞得尔笙腹痛难忍，一张脸苍白如纸。若不是她紧紧握着手中的一鳞剑，怕是早已跌下云头。

疼痛愈发强烈，尔笙忍受不了地躬起了身子，害怕得喃喃道：“完了……完了，这货拉不出来了，拉不出来了……”

饶是在如此场景之下，孔美人也被尔笙这话逗笑了，然而不等他唇角的笑拉开弧度，天边飞来的人又让他眉目一沉。孔美人冷笑道：“方才竟是无方仙尊亲自动的手么？我竟不知，无方何时竟修了如此霸道的内息法术。”

仙尊缓步踏云而来，对孔美人的话并无辩解，清冷的眼眸只淡淡扫了一眼尔笙，目光又在一鳞剑上停留了一会儿，最后落在孔美人身上道：“扰我无方，当诛。”

孔美人唇边的笑渐渐拉出一丝嗜血的弧度：“大话，若不是方才本……公子大意，又怎会被擦到身子。”

仙尊微微一抬手，尔笙便觉得有股莫名的力量在拉着她走，孔美人冷冷一笑，针锋相对地以法术拖住尔笙：“我要收的徒弟岂是你说也不说一声便能带走的。”

这时，一鳞剑却像活了一般，倏地抬起剑尖，直指孔美人。一道寒光轻闪，孔美人牵引着尔笙的法力如同被隔空切断一般，瞬间消失了，他面色微妙的一变。

电光火石间，仙尊手一挥，将尔笙抛至身后，迎上前去便与孔美人缠斗做一堆。

仙尊本意是想让尔笙御剑离开此地，但哪想尔笙已经痛得人事不省，仙尊如此一甩，尔笙便被甩了出去，直直地往无方后山禁地落去。

仙尊与孔美人激烈地交上了手，哪还有空去管尔笙。所以在此时没有人注意到一道黑影在空中闪过，直扑尔笙而去。

第七章 无极荒城

尔笙径直摔入后山禁地的湖中，一潭刺骨冰凉的水顿时侵占了她所有的感官。

腹中的绞痛在如此寒凉的水中似乎也减轻了许多。尔笙不会泅水，自小便不会，此时被这突如其来的变故吓得手忙脚乱，肌肉绷得死紧，然而她越是挣扎便呛了越多的水，往湖底沉得也越快。

会死掉……尔笙想，反正拉不出那东西迟早也得憋死，而今被这水淹死，倒也死得好看一点。

只是唯一的遗憾便是此生还未寻到长渊……不知长渊现在过得怎么样了，是不是还记得他有一个小媳妇，知不知道这个小媳妇一直在找他……

尔笙的意识越发模糊，但是身上的感官却越来越清楚，她清晰地听见四周水流流动的声响，感受到水流流向的逐渐变化，由最初的寂静无波，然后慢慢旋转得迅速。

"尔笙。"

谁在叫她？声调平淡而语气却是久违的温柔。

"尔笙。"

是谁……

尔笙感觉自己脊背似乎触到一块坚硬的物体，似铁似墙。忽然，这块坚硬的东西驮着她开始慢慢移动起来，顺着水流快速向上，然后冲出冰冷的湖水。

彼时孔美人正与仙尊在空中缠斗得厉害。其实若单论法力孔美人却还胜仙尊一两层，但是方才那霸道的两记袭击已伤了孔美人内息，他一运气便觉得胸腔内隐隐作痛，根本无法使全力应付仙尊。偏偏这无方仙尊又是个出了名的狠角色，对付妖魔向来不会吝惜着灵力，处处皆是狠辣的杀招，孔美人忙于招架，处处落了下风。

他正恨得牙痒，忽觉下方有股莫名的气息泛出，仔细一探，竟与方才偷袭他的那两记法力极其相似。孔美人不由心生顾忌，慌忙接了仙尊一招，往下方看去。

仙尊自然也察觉到了同样的气息，他目光淡淡往无方后山一瞥，随即眉头微皱，眨眼间手中便凝出一柄透蓝的长剑，更是气势汹汹地冲孔美人砍去，一副速战速决的模样。

孔美人被这突然的一剑砍得措手不及，狼狈躲过之后不由动了真怒："与尔等玩笑，你还真当本王是好欺负的！"言罢，口中咒语低吟，一把极为艳丽的折扇便握在手掌间，"本王且认真与你切磋切磋。"

无方的上空一时撞击出各种颜色炫目的光，下方的弟子们看得皆是惊叹，唯有后山禁地一片死寂。

尔笙一脸惨白地被拖上湖岸，发丝混乱地耷拉在脸上，显得她更是狼狈，但是此时她对周遭变化已浑然不知。

一袭黑色长袍的男子以手覆在尔笙的腹部，微微用力，尔笙便吐出一口清水，接着呛咳不断。她迷迷糊糊地睁眼看了看眼前的男子，可是还没看清容貌便又捂着肚子疼晕过去。

男子浑身也已湿透，探查到尔笙的脉搏依旧强健地跳动着，他长舒一口气，在尔笙身边坐了下来，然后用食指轻轻摸了摸尔笙紧皱的眉头，沉默了半晌，有些心疼地问："很痛吗？"

尔笙昏迷着自然不能答话，他便更是想用力地抹平尔笙皱着的眉头。

上空的激烈打斗仍在继续，法术撞击出的绚丽的光映入透亮的湖水之中，又反射过来投进男子黑色的眼眸里，澄净的瞳中一丝金光一闪而过，黑衣男子的面目逐渐冷了下来："何以……欺辱于你。"

尔笙呛咳两声，恍惚中呢喃："长渊……"

他目光渐渐柔和下来，伸手摸了摸尔笙的额头："待我且去帮你打那妖怪一顿，替你出出气，可好？"言罢，长渊起身欲走，却发现自己的衣袖被尔笙拽得死紧。

他不忍掰开尔笙的手，便也只好压了心底的邪火，好脾气地坐下来，只顾一动不动地瞅着尔笙，好似这样瞅瞅，尔笙便能很快醒来一般。

上方的斗法愈发激烈，引得无方、灵气激荡，湖水无风自动，一些树叶甚至被法术的余威削了下来。

长渊却不适时地将尔笙看呆了去，一如他这几年时常做的那样。尔笙静静打坐或者望着某个地方发呆时，他便也躲在角落悄悄望着尔笙发呆。所以等他眨巴着眼回过神来时，才发现空中那两人已斗得天上乌云遍布，仙山无方俨然一派妖山的光景。

长渊皱了皱眉，心道，此两人皆是集道法之术大成者，如此斗下去必定得伤了天地元气。无方山灵气四溢，若是山下镇守着什么上古的邪魔妖物……

他还未想完，大地猛地一震。

只见眼前的湖水一阵激荡，急速地旋转起来，湖中心仿似有一个怪物，将水全都吸了进去。待湖水尽数干涸之时，平坦的湖底露出一块不知立了多少年的石碑，上面的朱砂字仿似是才用鲜血抹上去的一样——

无极荒城。

三界外，上有万天之墟，下有无极荒城。皆是无日月、无生灵的死寂之地。有进无出。

长渊见此碑，不由肃了面容。无极荒城，永囚大凶大恶之徒的蛮荒之地，它的入口竟是在无方山……长渊想，难怪此处被无方列为禁地，这样的地方，着实不该为人所知。

"唔……"

一声呻吟自尔笙口中传出，长渊回头一看，却见尔笙的面色竟比方才更白了三分。长渊心底不由起了惊慌，伸手一探，发现尔笙的脸如冰块一般冷人。

"好痛……"尔笙全然无意识地呢喃，"肚子要爆掉了。"

长渊一听此言，白了脸色。

此时，地面又是一阵剧烈地震动，此次并不如方才那般震一下便停了，而是持续地颤动，仿似有什么巨大的怪物要破土而出一般。

上方的仙尊与孔美人二人已停下了殊死决斗，仙尊脸色铁青，而孔美人的眼里闪动着莫名的光芒，口中念念有词地说着：“无极荒城……无极荒城竟在此地。”

空中一道晴雷劈下，劈在写有无极荒城四字的石碑之上，忽然间一座硕大的城池临空出现在闪电之后，巨大的黑色城门“吱呀”一声响，对着尔笙所在的方向，缓缓开启。

一丝诡异的风自城门中卷出，仿似一只手抓住了尔笙便把她往城门中拖。

长渊下意识地抱住尔笙，与那股无名的力争相对抗。

城门越开越大，拖住尔笙的力也越来越大，长渊黑眸之中闪现的金色也越来越重。尔笙额上的冷汗如雨下，翻来覆去只会浅浅地呢喃一个字“痛、痛。”

城门大开，城里的世界被一片浓雾笼罩，什么也看不清楚，只有一点红色的影子在浓雾之中若隐若现。

仔细一看，才发现那竟是一个身着猩红色大衣的女子在浓雾之中翩然而舞：“朝思暮念，问君胡不归。”她边舞边唱，其声幽怨凄哀，仿若地狱索魂的怨鬼，令听者无不胆寒战栗。

一舞将毕，女子凄然长叹：“君不归，所为何，所为何？”

“尔笙。”女子幽幽唤道，“且回来吧。”

话音一落，长渊只觉怀中一空，尔笙已临空被夺了过去，长渊眸色微沉，想也未想，跟着便也追了过去。

巨大的城门阖上，将两人都关了进去，城池一如突然出现时那样，瞬间便在空中消失得毫无踪影，唯留下一个干涸了的湖泊和石上血字更加鲜艳的石碑……

尔笙再次醒来的时候是在一片红色的沙尘之中。她睁开眼的第一件事便是去摸一鳞剑，见它好好地握在手中之后才开始回想其他事情。

被灌了珠子，被抛进水里……其他的事尔笙便记不得了。她感觉腹中依旧在隐隐作痛，却没有开始时那么厉害了。尔笙晃了晃有些呆滞的脑袋，茫茫然地站起身来，往四周一看，皆是一片荒芜的红沙："师父。"她弱弱地唤了一声，没有得到回答，她左右看了看来回踱了两步，又唤道："师父、师姐？"

红色的沙尘弥漫，尔笙走出去两步便不知道自己方才是在哪个位置了，一转身便迷失了方向。

四周如死一般寂静，虚无得让尔笙觉得可怕。

"有谁在吗？"尔笙大喊，"师父、师姐、仙尊、孔美人！谁都好，有谁在吗？"

回答她的依旧是无止境的风吹着沙，簌簌而过的萧瑟之声。

何曾有过如此处境，以往再是可悲，身边也总是有人陪伴的，即便是无人陪伴，四周也总是有人气的。尔笙本就最怕孤独，此时留她一个人在这样的地方，没一会儿她便红了眼眶，而她又明白哭不能解决任何事情，便又只能咬着嘴唇强忍住。

左右摸不着头绪，尔笙便随便找了一个方向闷头往那边走去。她本想用御剑术飞上天去，至少能看看这里到底是个什么样的地方，但是咒语一念才发现自己内力空空，灵力竟然全数不见了。

尔笙唯有在漫天飞舞的红色风沙里吃力行走，此处的沙地极为松软，走一步便陷进去一步，一脚能没入膝盖深。尔笙几乎是手脚并用地在向前行走。

不知走了多久，尔笙已累得满头大汗，抬头一看，前方依旧只有红色的沙尘。

一时她只觉无比泄气，登时没了继续向前的想法，耷拉着脑袋，看着自己深深陷入红沙中的双腿，眼泪啪嗒啪嗒就掉了下来。她捂着隐隐作痛的肚子委屈地细声唤着："师父师姐不在，孔坏人也不在，长渊也不在……长渊不在这么久……都跑哪儿逍遥去了？"

"自是嫌你麻烦，都独自走了呗！"

一道不阴不阳的声音不知从何方响起，刺得尔笙心中更是发酸。尔笙赶紧将泪抹了干净，四处张望了一番，并没有看见人影，她戒备道："你是谁？"

"我？我不过是个幻影。"那人道，"尔笙，此生你注定是孤寡之命，没人陪着你是正常的，这都是注定了的命运。"

"孤寡之命……"尔笙呆呆地重复，"为什么注定是我？我并没有做错什么。"

“无错也得受着，这便是命运。”

“什么狗屁！”尔笙骂道，“我活着便要按着自己的心意活，什么命运，谁给我定的命运，那人又凭什么来定我的命运？脑子被屎糊过了还是吃饱了撑得慌？”

那阴阳难辨的声音一时没了动静，尔笙还在奇怪，忽听前方蓦地传来一声轻唤，是她日思夜想的声音：“尔笙。”

只一声便叫尔笙彻底呆住，忘了反应。

红沙之外隐隐透出那人的身影，尔笙不知从哪里来的力气，拔腿就跑，深一脚浅一脚地在沙地里跑得飞快，直直奔着那人而去。她心中狂叫着那人的名字，但是到了嗓子眼反而被什么东西哽住了一般，无论如何也吐不出只字半语。

前面那人的身影越来越清楚。尔笙一边跑着，眼眶像被朱砂画过一般迅速红肿起来。

“长……”

她深吸一口气，不管自己这一下吃进了多少红沙，只想这一声喊出他的名字，然后扑进他怀里抱住他再也不松手。

但是世事难料，尔笙艰难“跋涉”了如此长的路程，但是临近长渊身边的时候却过于激动，功亏一篑地软了腿，“啪叽”一声，整个人难看地扑在长渊身前，摔了满身满脸的沙。

尔笙抬起头来，一脸的泪痕混着红沙在她脸上画出了一道道诡异至极的、蜿蜒而下的红色曲线。“长渊……”尔笙叫得委屈，嗓音已沙哑得不可听闻。

黑衣男子蹲下身来，耐心地替她抹干净了满脸污渍，神色虽极是平静，但眼眸中的温柔却是尔笙在其他人眼中从来没有见到过的。

“怎仍旧如此鲁莽？”

尔笙直起身子来，老实不客气地拽了长渊的衣袖，吸了鼻涕，然后蹭到长渊脖子边，抱着他便不撒手。

“长渊……”尔笙颤抖着唤着他的名字，眼泪鼻涕顺着他的颈窝流到了衣服里去，“我找了你好久，找了你好久！”

尔笙抱着长渊哭得惨不忍睹，初始还能哽咽着说两句话，到了后面，便是‘长渊’二字也哽咽得说不出来了。

而长渊久未被尔笙如此亲近过，身子还是有些僵硬，过了许久才慢慢软了下来，犹豫了几番，终于将双手环过尔笙的背，轻轻把她揽住，任由尔笙一把鼻涕一把眼泪地哭湿了他一身的衣裳。

漫天红沙之下，尔笙跪着，长渊屈身蹲着，他们静静拥抱着，一个泪流满面浑身狼狈，一个满眼温和而动作却僵硬不已。

但同样的是，他们都不舍得放开对方。

不知过了许久，等沙尘已被风卷走，天地间终是归于彻底的寂静，尔笙才堪堪止住哭泣，肿着一双眼，可怜巴巴地望着长渊，问："你这么久、这么久……在外面，莫不是有了其他女人？不然，不然怎么会连来看我一眼也不曾？"

听罢这话，长渊哭笑不得地盯了尔笙许久，随即老实地摇头："我不曾有过其他女人。"

尔笙心里顿时觉得更委屈了，刚才止住的泪眼瞅着又要往下掉："那……那你是讨厌我了吗？很讨厌？连看一眼也不想看？所以才一言不发地走掉？"

长渊叹息："你误解人的功夫，确实是一等一的好。"长渊摸了摸尔笙的头发，"我很早以前便找到你了，只是，你不曾识得我。"

"胡说。"尔笙道，"你化成灰我也认得你。"

长渊默了默，终是没有把自己被打成一条小蛇这件极其难堪的事告诉尔笙。

他是龙，无论被囚禁了多久也有一颗上古神龙的骄傲之心，然而他却一而再再而三的被尔笙误认为是蛇，这着实是一件让长渊丢脸到家的事。他岔开了这个话题，不再继续深入探讨。

"我……此前的追兵没被我斩草除根，我想他伤好之后定然还会来找你我麻烦，索性就隐藏在暗处养伤，一直未曾现身找过你。"

尔笙呆了呆："如此说来，长渊一直在我身边吗？"

"嗯。"长渊认真地点头，唯恐尔笙不信。

尔笙兴冲冲地握了长渊的手："那我会读书写字你都看见了吧，我还学会了画画和弹琴，虽然夫子说我学这两样没有天分，但是我却觉得我做得很不错，改天我再给你画画，再给你弹琴好不好？"

长渊怎么会没见过她画的画，怎么会没听过她弹的琴。他知道夫子说尔笙在这方面没有天赋实在是夸奖了尔笙，但是丑又如何，难听又如何，都是尔笙献上来的宝，长渊断然不会拒绝的。

见长渊点头，尔笙更是开心了："我会很多法术，会驾驭一鳞剑，改天我都一一表演给你看好不好？"

长渊一味宠溺地答应她："好。"

"那前些日子辰渚向我表白，我把他收了，你说好不好？"

"好……"长渊顿了顿，手指不自觉收紧，"怎么收？"

尔笙自然而然地说道："自然是当妖怪收掉啊。我已经有长渊了，要他干吗。他现在只是对我表了个白，我已经明确拒绝了。若是下次他再来扰我，我们便一起把他像妖怪一样打发掉，好不好？"

长渊郑重点头："甚好。"

有了长渊的陪伴，这无日月、无生灵的荒芜之地似乎也没那么可怕。

尔笙一直兴致勃勃地说着自己这三年生活的点点滴滴：第一次和师姐出去除妖，第一次看见师父和师姐吵架，第一次与别的孩子一同在学堂上念书写字，第一次写小话本子拿去给同学传阅，然后不慎被夫子收掉了。事无巨细，不管长渊知道不知道，都一一讲给他听。还蛮横而霸道的要长渊分享自己这几年生活的点点滴滴。

尽管尔笙与长渊讲的这些事长渊大都亲眼见过，但是他依旧听得十分认真，那些平凡无奇的事放到尔笙嘴里就忽然变得有意思了。尔笙似乎很有给人讲故事的天赋，一如在万天之墟里给他讲故事的司命一样，每一件细小的琐事，放到她的嘴里永远都会变得无比有趣。

在荒城之中是不知外面天日几何的，所以当尔笙讲得口干舌燥仍未见天黑时终于提出了疑问："长渊，你知道现在什么时辰吗？"

长渊摇头。

尔笙一愣："那我们还是先回去吧，出来太久师父和师姐会担心的。"

"要从此处出去怕是不那么容易。"长渊道，"至今，我尚未听过有谁从这里出去过。"

尔笙举目四望，只见四周除了一片无际的沙漠什么都看不见，终于想起了问一个最重要的问题："长渊，这是哪里？我们怎么到这里来的？"

待长渊将此间事端都讲给尔笙听了，尔笙才惊觉如今她与长渊的处境是十分危险的，一来，这里什么东西都没有，除了偶尔刮过的沙尘暴，甚至连雨也不下一滴。二来，此处囚禁的皆是罪大恶极之徒，他们在被关入无极荒城之前应当都曾是一方霸主或说都是有大本事的人。这种人大都脾气不好，被关进荒城以后，没了管制，对外面的世界确实没了威胁，但是在荒城里就成了横行霸道无人收管之徒。

现在没碰到还好，若是以后碰到了，她与长渊又要怎么和别人去相处……

一直与人打架么？

尔笙很是忧虑，但长渊却表现得很是淡定，他平静道："若是以武力取胜，便无须畏惧。"

尔笙已不是小时候什么事都傻傻相信长渊的尔笙了，她好歹也知道分析事情的利害。她知长渊厉害得应付一两个或者十来个对手不是问题，但对方若有成千上万人呢，彼时长渊双拳难敌四手，若是就此被人暗算了又该如何是好？

正在尔笙愁眉不展之际，一队穿着铠甲的士兵找到了沙漠之中的尔笙和长渊两人。初时尔笙还以为对方要做什么图谋不轨的事，拉着长渊便要逃跑，等那一队士兵在他们身后追了长长的一段路，尔笙才弄清楚了，这些士兵是荒城城主派来的。

荒城城主……

尔笙望着长渊，用眼神问，这么一座关犯人的城居然还会有城主吗？

长渊也以眼神回答了她：去看看便知。

此行若是只有尔笙一人，她是无论如何打死也不去的，但是瞅了瞅长渊与她紧紧交握的右手，又捏紧了左手的一鳞剑，尔笙这才稍稍安心地随着这一队士兵去了传说中荒城城主的城楼之中。

城主住的地方便是无极荒城的城门之上的阁楼，日夜守着荒城城门。

无极荒城只有此一门，只进不出。但凡有想偷偷溜出去的人，无非就是两个下场，一是被士兵们手中的铁戟绞得粉身碎骨，二是被荒城外的结界绞得粉身碎骨。所以，但凡长了脑子的人都是不愿意去冒这样的险的。

尔笙与长渊被士兵带到到城门阁楼之上，在厅中等了一会儿，侧厅里有个人影才姗姗来迟。

长渊看着城主，微微一挑眉，尔笙也吓了一跳："这是城主？"

"是女的？"

"可是有何意见？"艳红色的长袍摇曳着拖在地上，女子缓步踏上台阶之上，随即坐于最高的椅子上。她面色苍白，眼下青影深沉，目光阴森森地望着尔笙，连向来胆大迟钝的尔笙也吓得腿一软。

怨气好重的女人……

还是，她根本就不是人？

尔笙想起每次除妖霁灵都告诉她不要露怯，她刚挺直了背脊忽然又想到现在她已经找到长渊了，全然没必要再表现得如此无畏无惧，理当给久别的相公一个表现的机会才是。

于是尔笙娇羞地一掩面，退到长渊身后，拽住他的衣袖，假惺惺地捏着鼻子道："长渊，我好怕。"

大厅里握着兵器凶神恶煞的护卫们都被这声撒娇刺激得虎躯一震，默默地撇开脑袋。

长渊浑然不觉尔笙的做作，拍了拍她的手，轻言安抚："莫怕，没有杀气。"

高高在上的女子昂头看着他们，见长渊如此对待尔笙，黑眼圈积了一层又一层的眼睛微妙地眯了起来，她默不作声地一挥衣袖，一记阴柔至极的杀气便荡了出去。

装柔弱是一回事，真被欺负了是另一回事。尔笙勇猛地把长渊往身后一揽，一撸袖子，蹿上前去便用一鳞剑将这记杀气劈砍开，指着红衣女子便开口吼道："谁敢欺负长渊！"

全场没有人吭声，只有长渊摸了摸尔笙的头发，老实答了："他们都不敢。"

红衣女子对尔笙的无礼却没有生气，只是弹了弹指甲，倚在椅背上，幽幽地说："我不想动手，但是别让我看见情侣间的亲密，我会嫉妒，控制不住的嫉妒。"她神色淡淡的，一如一个会开口的死人，语调没有半分起伏。

尔笙狐疑地打量了她一阵，见她真的没有再继续攻击他们的打算，方才将一鳞剑收了起来。这时，她又忽然想起自己抢了相公的风头，忙又屁颠屁颠地躲回长渊的身后，指使道："长渊！保护我！"

"嗯，好。"

又是一记杀气砸来，长渊挥手挡下，这次两股力量碰撞而出的冲击力将整个大厅都震得抖了抖。

尔笙怒道："见不得人好，这是什么毛病！"

"不好意思，我嫉妒。"女子将手藏在衣袖中，依旧死气沉沉地开口，"忍不住又动手了。"

尔笙嘴角抽了抽，长渊却理解道："怪不得她，此乃怨气凝聚而成的妖怪，生性里充满了嫉妒和怨恨。"

女子挑了挑眉，似乎颇为讶异长渊知道这些事情，然而惊讶只有一瞬，立即她便又没了表情，只机械地点头赞同道："我名叫女怨，乃是集女子怨气而成。暂代此荒城城主之位。"

集女子怨气而成，尔笙想，原来世间女子的怨气便是见不得人好吗？

在无极荒城这么一个积聚天下罪大恶极之徒的地方，坐上城主宝座必定靠的是真本事，也就是说这个女怨打遍了荒城之中所有的人，最后强势上位……

尔笙懂了，原来女人的怨气才是世间最可怕之物。

"我最不喜见人成双成对，无论如何也控制不住攻击的欲望。所以两位请见谅。"

尔笙撇着嘴没说话，长渊道："无妨，反正伤不了我们。"

对荒城城主说这么一句话委实有点不敬，毕竟是在人家的地盘上，女怨作为荒城最强大的存在，其实是被这些以武力服人的恶人们十分尊崇的，长渊说的是实话，但是听在人家耳朵里便是极为藐视。

一时，大厅之中嘈杂起来。

尔笙最听不得别人说长渊哪里不好，此时看见这些人窃窃私语，登时便火了，抽出一鳞剑要杀人，女怨突然道："是句实话。"

厅中的护卫们皆是一怔，连尔笙也不解地看向女怨。

她道："早在公子入城之前我便感到了，你我身上皆有同样的气息。"

长渊望着女怨，一言不发，静待下文。

女怨微微一眯眼，道："公子何以有此大怨？深入骨髓……"

此言一出，长渊垂头，沉默无语。尔笙呆呆地看着长渊："大怨？长渊你怨什么？"

长渊扭头望着尔笙，又摸了摸她的头发，微微有些叹息："此怨，并非我所愿。"

尔笙忽然想起很久以前，她与长渊一同待在回龙谷里的时候，那高耸入天际的巨大龙柱上遍布的怨字，密密麻麻的仿似一股不甘之气化作的利剑，直指苍穹。

“因你有此冲天之怨，我才不慎误以为公子乃大恶之人，招入了荒城之中。”女怨道，“荒城不收无罪之人，待时机允许之日我便打开荒城城门，送你出去。”

尔笙一听见不日便能从这蛮荒的地方中出去，霎时乐开了眼，也将长渊心中怀有怨气这事给忘了。刚拽了长渊的手呵呵地笑便听见长渊微冷着嗓音道：“尔笙呢？”

尔笙一呆，这才反应过来方才女怨说的话，放长渊出去，而不是放长渊和她一起出去。

“她乃罪人，不可释放。”女怨神色淡然，言语却阴森森的，“邪灵珠蕴藏体内，她迟早会犯下滔天大罪。”

“我为什么是罪人？”尔笙不满地反驳，“那个什么珠又不是我想吃的，我现在爱花爱草爱百姓，爱师父师姐，爱仙尊爱无方，最爱的长渊也找到了，我为什么要犯下滔天大罪？我又不傻。”

殿内的士兵们都被尔笙这番抢白逗乐了，唯有长渊严肃着一张脸认真点头道：“尔笙确实聪慧。”

女怨依旧是一副死气沉沉的表情：“无论你怎么说，荒城大门绝不会再为你而开。”

尔笙气急：“我又没做错事。”

“你身上带有天罚印记，乃是上位者打下的，若非已犯下大错，天庭为何要降罚？”

长渊眸色一冷，执起尔笙的手，静静地探着她的脉搏，问：“何时被天庭责罚的？”

尔笙茫然：“什么责罚，什么天庭，我自己怎么都不知道？”

女怨道：“荒城乃是极罪之地，我乃荒城之主，自然熟知天上地下各种责罚，若我没看错，此罪印乃是天帝亲自降罚。天帝既已降罚，你便是迟早要入荒城之人，不能出去了。”

听闻“天帝”二字，长渊眸色微微一沉。他探不出天帝给尔笙下了什么罚，害怕尔笙受苦，起了担心。

尔笙恍然大悟道：“原来是他搞的鬼！”她拽着长渊的手，怒气冲冲地道，“当初就是这个叫作天帝的家伙追到回龙谷去的！他给我套上了这个再也取不下来的圈子，又说了一些莫名其妙的话，最后竟然断言长渊你会弃我而去……”尔笙眼眶一红，压抑多年的委屈涌上心头，她有些埋怨，“我还骂他来着，但是……没想到你还真就弃我而去了！”

长渊听了尔笙前面的话本来心情沉重，而后又见尔笙红了眼眶，一时有些慌乱起来，呆愣地眨了一会儿眼睛才想起自己应该要哄她一哄，忙道：“呃……我并未想过会离开这么久，我……”

上古神龙何时干过安慰人这种差事，以前的司命气急了会直接拿雷轰他，从不曾红着一双眼睛哀怨的埋怨。长渊情急之下只有摸着尔笙的脑袋，一遍一遍地道歉：“我不曾料到那人竟会是天帝，也不曾想过对方会那般难缠，回来晚了，是我的错，尔笙别气。”

长渊与那人交手时就奇怪为何这么一个小小追兵就如此厉害，他还怀疑是自己道法不精，原来那人竟是天帝……若是早知道那人是天帝，长渊只怕拼了命也还会再补上一爪子——

让司命那么好的姑娘心神俱伤，他定不是什么好东西。

“是长渊的错。”尔笙不知长渊在想些什么，只顾自己抱怨，泪意已经泛到眼睛里。

“对！是长渊的错！”他连忙应声附和。

被心中的伤疤被揭开，尔笙也不管方才是在讨论什么话题，也不管现在是在什么地方，抹了一把辛酸泪，絮絮叨叨地念叨，仿似要把这几年自己独自说过的话，有过的伤心气馁全都告诉长渊：

“你都不知道我在怎么找你。”

长渊小声为自己辩解：“我知道的……”

“你不知道。”

“好，我不知道。”长渊小心翼翼地揉了揉尔笙额前的碎发，“尔笙说的都对，别哭了。”

台上的女怨眯起眼，手指已经蜷了起来，浓郁的怨气慢慢凝聚，眼瞅着便是一记杀招准备就绪。但是，忽见长渊亲了亲尔笙的额头，那全然是一个下意识的动作，在嘴笨的人不知怎么用言语表达自己感情的情况下，借由肢体的触碰传给她安抚。

长渊自己不察觉，尔笙也只顾着埋怨，没有发现。

额头上轻轻一碰，满是珍惜和心疼。

那个男子神色温和得仿似春日的阳光，夏日的微风，丝丝皆是体贴，皆是真心。

女怨不由看痴了去，脑海中莫名地浮现出那年花前月下，流波仙山外爬满缠藤的十里亭中，飞絮漫天，男子唇瓣微凉，眸光却带着炙热……

那般奇妙的月夜，此生必定不会再有了。

心中妒意澎湃而出，指尖已渐消散的怨气再度凝聚而起，蓦然砸向殿中相拥的二人。

这记杀招来势汹汹，长渊不由放开尔笙，回身抵挡。长渊性子并不暴烈，甚至可以说是有些淡漠迟钝，但是他的招式却并不如他人一般温暾，而且继承了龙的血性，向来便喜欢硬碰硬，毫无技巧，光凭灵力便压得对方抬不起头。

是以女怨这一记怨气若是换了个人，定会想法子将它化解了，但长渊却眯了眼，一掌迎了上去。

硬碰硬的后果很明显，没人知道历史的无极荒城城楼的屋顶被无情的掀开，碎成了沙子，随风散走了。一屋子的人皆暴露在荒城没日没夜吹着的干燥热风之中，夹着沙子，糊满了一张脸。

女怨面无表情，长渊也神色淡漠，众守卫一阵哀嚎，尔笙刚才哭过，沙尘粘在她泪迹斑斑的脸上，让她无比难受，一边吐着沙子，一边擦脸。

“不怪我。”女怨道，“我警告过他们的。”

“城主！”有守卫不满地吼道，“这已经是第十九次盖屋顶了！十九次了！”

“唔。”女怨点头，“下次正好凑个整数。”

掀了屋顶，众人无奈之下只好到城楼之下的院中去。此行院乃是女怨素日住的地方，高大的城墙挡住风沙，在荒城之中是个难得的阴凉之地。

守卫们各自去寻找砖石搭建屋顶，女怨看着长渊道：“公子且在我行院中住些日子，待时机到时，我自会护你离开。”

“我与尔笙一同走。”

女怨淡淡地点头：“如此，等到她死便可。”这话说得理所当然，并非嘲弄，而是好心的提议。

长渊皱眉。他的寿命漫长，在荒城里耗几十年不算什么大事，但对于尔笙来说这便是她的一生，即便这一生只是司命历的劫数，他也无法眼睁睁地看着鲜活的尔笙在这种地方被囚禁至死。

长渊心里正在琢磨，忽听尔笙正经道："我没有犯错，你不该关我，就算有那个什么天帝降罚也不行。"尔笙迎着女怨怨气重重的目光道，没有丝毫闪躲，"无极荒城是关犯罪了的人的地方，如果你真的笃定我以后会犯错，为何不等我犯了错再来抓我？那时候我定心甘情愿地与你进来，现在你擅自判了我莫须有的罪，既于理不合，也不足以服人。"

女怨打量了尔笙一会儿："你说的在理，且容我回去琢磨琢磨。"她给尔笙和长渊各自安排了住所便回了自己的屋子。

目送女怨离开，尔笙拽了长渊的衣袖得意地笑道："师姐平日就是这么与我说话的。我怕师姐，这个女怨果然也怕。"

长渊摸了摸尔笙的脑袋，淡淡地微笑，在他看来，尔笙方才那模样，与其说是像霁灵，不如说是像司命，几分正经，几分无所畏惧。长渊想，即便转世轮回，神的灵识仍在，尔笙总是不同于寻常人的。

"谁要在这种地方待一辈子。"尔笙嘟囔了几句，又望着长渊灿烂地笑了，"我答应过长渊，要陪你看尽世间百态，和你一起走遍名山大川，体验人情冷暖，品尝人生百味。我现在会法术也会飞，可以一直陪着你！"

心跳莫名地乱了一个节拍，看见尔笙如此认真的神色，长渊不由更软了心肠。他知道，世间何其的大，尔笙即便穷其此生也无法与他一起走遍，他也知道于自己而言，尔笙的这句"一直"短得仿佛一瞬，但是，她这么信誓旦旦的许诺，令他情不自禁地想要相信。

心中无数感慨划过，最后让尔笙听见的，就只有一个淡淡的"好"字。

也就这一个好字，让尔笙傻傻地咧嘴笑了许久，直笑得他耳根烧出了一抹羞红，长渊盯着尔笙清澈的眼眸，忽然略带小心地问："尔笙，我……"

"嗯？"

"可以咬你一下吗？"他顿了顿，"就轻轻一下……"

尔笙怔了怔。

长渊紧张地看了她一会儿，一声叹息，声色中竟藏了些许委屈："我是真的忍不住了。"言罢，埋头在尔笙唇上轻轻一啄，然后咬住她的唇瓣……就一直这样咬住了。

一直咬着……

半晌后终是不舍地松了嘴，眼中湿润润地瞅着尔笙："能别打我吗？"

尔笙哪会打他，呆了好一会儿，蓦地霸气道：“不再来一口？”此话一出，长渊一怔，尔笙直想给自己一个耳刮子。她尚记得夫子教过，女子应当矜持，她抹了一把脸，娇羞地嗔唤道：“夫君说哪里的话，尔笙……尔笙早就任凭处置了。”

长渊盯了尔笙好一会儿，眉眼皆笑，他又埋下头，唇瓣再次相接。

忽然箭一般的阴气唰唰地射了过来，长渊带着尔笙侧身躲开，阴气打在地上，激起阵阵尘土翻飞。

女怨站在不远处，神色淡漠地望着他们，身上的哀怨之气把尔笙吓得僵住了，但是想到她打扰了自己和长渊的甜蜜不由得愤怒起来：“你不是走了吗！”

女怨望着远处的天空，仿似不知道刚才自己做了什么一样：“我看见了很多红色的泡泡，闻到了很甜的味道。心烦，就手滑了。”

尔笙气得牙痒，却也不知该说什么，拽了长渊便往屋里走。女怨快速地瞥了他们一眼，然后亦步亦趋地跟在两人身后，他们走，她也走，他们停，她也停。

尔笙忍无可忍地吼道：“见不得人好就算了，你这又是什么毛病！”

女怨继续望着天空：“巡城。”

有你这么巡城的吗……

尔笙嘟嘴，突然觉得以前缠着霁灵的自己居然是这般无赖的模样，难怪师姐一直对她没有好脸色……

长渊倒还大度，轻声道：“她生来特殊，女子怨气之中难免夹杂着爱恨难分，喜怨不明的成分。她这般，是在羡慕吧。”

女怨一怔，望着远方的眸子沉了下去，她冷冷地看了长渊一眼：“公子，荒城之中，还请少言。”她拂袖而去，脸上神色未有半分改变，但却是真的怒了。

尔笙看着女怨渐行渐远，忽然回过头来问长渊：“她羡慕我们什么？”

长渊被问得一愣，有一个字在他喉头上下滚动了几番，最终仍是咽了下去，他摇了摇头：“我不知道。”他回头看了看尔笙，情不自禁地摸上她的头顶，苦恼地想着，若真是那样，该如何让尔笙长出角来呢……还有鳞片，尾巴和爪子……她一样都没有啊！

第八章 女怨

荒城之中并无日夜之分，但进入荒城的人在之前再如何罪大恶极，毕竟都还是人，习惯了白天活动晚上休息的生活，所以每当到了一个固定的时辰，城墙上挂着的大钟便会被敲响，响彻整个荒漠，以示一天中时辰的变化。

女怨给尔笙和长渊安排的住所在外面看起来不过是一所普通的小屋，然而里面却与外界寻常百姓的家全然不同。屋内只有一个黑乎乎的地洞，顺着阶梯走下去，下面才是真正的起居室。荒城无夜，人们习惯在黑暗的地方睡觉，这才有了住在地底的习惯。

尔笙点亮了蜡烛，在漆黑的洞里静静坐了一会儿，发现自己实在是睡不着，便抱了被子想悄悄潜入长渊的屋里。不料她刚刚出了门，又在屋外看见了女怨。

尔笙噘嘴道："你又要干吗？"

女怨只淡淡看了她一眼："你要与他睡在一起？"

"当然。"尔笙以为她又要捣乱，忙摆出了戒备的姿势，"不要以为你一次又一次地打断我与长渊亲热就真的能分开我们，我们早就在一起睡过了！"

"你们是相互喜欢的。"女怨幽幽道，阴沉的声音听着依旧可怕，但却比往常多了一分真实，“我能感觉到……”

她垂了眼眸，转身离去，身形在风中看起来竟有些萧索。一时，尔笙仿似真的看到了长渊所说的那种心情——羡慕，她在羡慕着他们。

尔笙望着她的背影眨巴着眼道：“若想找男人了，直接动手不就是了。”

“尔笙？”长渊在屋里听见了外面的动静，开门出来，看见尔笙抱着被子站在门口，出声询问，“一个人睡觉害怕吗？”

尔笙胆子大，哪会害怕一个人睡觉，只是想与长渊待在一起罢了，她随口应道：“嗯，害怕。”随即自觉地往长渊屋里面挤，“咱们今晚睡一起吧。”

她说完这话便屁颠屁颠地跑到了地洞里面去，独留长渊一人在外面，不知他想到了什么，红晕蓦地爬上了耳根。长渊伸手捂住心口，听着越发稳不住的心跳，苦恼地皱着眉头喃喃自语：“那种事……我尚无经验……”

但事实证明长渊是想多了。

当他拘束地走进地洞，尔笙已经把自己的被子在床上铺好，乖乖地钻了进去，拍着身边的空位道：“长渊快睡吧，今天可真是累够了。”说完便自顾自地盖上被子，呼呼睡去。

长渊傻傻地站在床边，向来淡漠迟钝的他此时竟生出了苦笑的冲动。

当真只是睡一起呐……

一时间，长渊竟不知自己心里的感觉是松了口气还是莫名不满。

那一“晚”，荒城中飘荡着一个幽怨的歌声，飘飘荡荡，进入了无数人的梦境。

长渊躺在床上，斜着脑袋打量尔笙熟睡的眉眼，一如他这些年来所做的一样。无方中的仙人们都说这些年尔笙长变了许多，但是在长渊看来，尔笙与他初见时并无二般，一样直白得有些鲁莽，而眼眸从来清澈有神，个性迷糊却半点不糊涂。

若要说变，怕是他变了吧……

他看见尔笙时越来越想咬她，脸颊，嘴唇，都想咬一咬。像一口咬下去能尝到蜜一样……

翌日，城墙上的钟敲响之时，尔笙手中正握着长渊的一缕头发，像是怕他跑了般，拽得死紧。而长渊仍旧睁眼看着她。等尔笙睫毛微颤，眼瞅着要醒了，长渊才闭上了眼，假装熟睡。

尔笙在他耳边打了个大大的哈欠，然后扭了扭身子，手指仍旧拽着他的头发，拉得他有些疼。

半晌后，尔笙终于彻底清醒了过来。她看见身边的人，呆了一下，第一件事竟然是捏住了长渊的鼻子。修行到长渊这个地步，便是屏息几个月也不是什么大事，但既然尔笙想玩，长渊总是舍不得拂了她的心意，于是便装作气短地睁开了眼。

“怎么了？”长渊被捏住鼻子，声音显得有些奇怪。

尔笙怔怔地放开手，道：“我看看是不是真的长渊……还好，是活的，是热的。”

长渊听得心中一动，不知为何竟有点心痛的感觉。他摸了摸尔笙的头：“我以后都陪着你，可好？”

“你之前也说过这样的话……”

面对尔笙对自己的质疑，长渊有点应付不来，过了许久才道：“我之前没有让你看见我，一是因为身上尚有封印未解，无法恢复人身，不通人言；二是……见你在无方生活得确实快乐，如此度过一生，也未尝不好。”

“和长渊在一起才是最好的。”尔笙道，“虽然师父和师姐也都对我很好……但他们不是长渊。”

或许尔笙自己也不知道什么对她来说是最好的，只是执拗地认为长渊是她生命中最重要的人，像一种雏鸟情结，认定了便再难改变。

长渊唯有摸了摸她的头，想咬她的冲动再次冒了出来。

他起身离开床铺，快得有点仓皇：“且先……去梳洗梳洗吧。”

尔笙乖乖地下了床，跑到长渊身边，在他尚未反应过来之际踮起脚“叭”地一口亲在了他脸上，道：“反正我就是喜欢你，就要和你在一起。”说完，也不管被偷袭的那人是何表情，大摇大摆地从地底走了出去。

只点了两盏灯的洞中，长渊摸着自己的脸颊，垂眸怔了许久，倏地咧嘴傻笑了起来。

荒城中只有时刻飘散于天地间的风沙，除了人便再无其他活物了。

尔笙闲得无聊，荒城中其他的人更是闲得无聊。没过多久，尔笙便与守护荒城的守卫们混熟了。这些守卫都是在荒城待了许久的人，早没了进城来时的狠戾劲儿，一天天混着日子，直到命盘寿数尽了，便能死了。

他们喜欢从新来的人嘴里询问外面的世界，听听又出了哪些新鲜事，发现了哪些新鲜的东西。那种生命循环不息，世界生机勃勃的气息在荒城是全然没有的。

尔笙喜欢讲故事，任何一件小事在她讲来都显得趣味十足，一群人全神贯注地听，情绪都被尔笙带着走，听见她入无方又差点被赶出去，都在帮着她咒骂寂悟迂腐，听见她摔了师姐的东西被收拾了，也为她同情地叹息。

每当她在人前讲得眉飞色舞之时，长渊总会站在一群人身后，温和地看着她，脸上没有笑，只是神色出奇的温和。

这样过了几日，在尔笙与守卫们都渐渐熟悉起来的时候，女怨突然传来话说，送长渊出荒城的时机快到了，并允许尔笙一同与长渊出去。

尔笙本以为还要多与女怨磨上一阵子，不料她这么简单地答应了自己，还深感诧异了一阵。长渊却是一副意料之中的口气：“她虽是怨气凝聚而成，但心肠却不坏，同为女子，她自然知道在这里的苦，不会多为难你的。只是你今后切记不可犯下什么大错……”

长渊后面的话还未说完便被尔笙打断了，她只听了前半段，道：“荒城这么的苦，她既然可以把我们送出去，为何不把自己送出去？她喜欢这里吗？”

长渊遥遥望着荒城高大的城墙道：“兴许是有什么放不下吧。”

尔笙不解：“我听那些守卫们说，在他们来之前很久女怨就已经是城主了。有什么放不下会心甘情愿地在这种地方待上几百年？”

长渊摇头说不知，尔笙独自想了一会儿，又道：“不过如果是长渊待在这里，我也可以心甘情愿地陪着。”

长渊摸了摸尔笙的头，将那句“我也是”埋在了心里。

他不擅长说这样的话，正因为都没有说出去，反而记得更牢，也实践得更彻底。

那天他们去见了女怨，她依旧是那副死气沉沉的模样：“无极荒城每五十年可由我打开一次，特赦一人，放他出去。但每次有资格出去的人都不愿意再出去了。”

在荒城之中待了五十年，对外面的世界没有一分了解，出去又能怎样呢？他们所熟悉的，都已经不一样了。对于他们来说，那个世界或许又是一个“荒城”。

“我这里累积了许多名额没用，看在你们情况特殊的份上，分给你们两个。”女怨给了两人一人一颗红色的药丸，“此药能助你们走过荒城外的结界。明日钟响之时，城门大开。你们走出去就是，切记，不可回头。”

当“夜”尔笙辗转难眠，兴许是想到明日便要从这地方出去了，心里难免激动。她翻来覆去到半夜，忽闻外面传进来一曲阴森的吟唱，仿似在招魂，唱得人心里发毛。

尔笙更睡不着了。

她知道女怨喜欢每晚都嚎上这么两嗓子，偶尔起夜听见了也没甚在意。奈何她今晚唱得实在凄凉了一点，尔笙想起自己与长渊的那番对话，觉得女怨兴许也是个可怜的人，便披了外衣，翻身下床寻着女怨的房间而去。

长渊睡在她身边，见尔笙出去，眨巴了两下眼睛，翻了个身，将脑袋贴在尔笙方才压过的枕头上，深深吸了口气，闭上眼。

尔笙推开女怨的房门时在门口狠狠僵住。

撇开整个屋里阴森森的气氛不说，一块血红色的无字碑诡异地立于房间中央，其中的怨气把尔笙都吓得一颤。女怨便斜倚在碑旁细声吟唱。她的屋里没有地洞，没有床也没有被子，甚至连桌椅也没有。也就是说，她数百年来都在这屋里倚着块怨气深重的墓碑生活……

尔笙感到不可思议。

被尔笙打断了，女怨便不唱歌了，双目无神地盯着尔笙问：“何事？”

尔笙没回答她，反而奇怪道：“这屋里什么都没有，你平时都如何休息？”

女怨扶着红色的墓碑站了起来，一身红衣随着动作起伏飘飘荡荡，仿似地狱来的女鬼：“我生而并非人类，无须休息。”

什么东西会不需要休息，尔笙腹诽，这荒城漫天遍地的橙红色，看两天就已足够令人疲惫的了，即便身体不需要休息，心也是要歇歇的。整日待在这种环境中，根本就是自虐。但这些话尔笙也只是想想，她摸了摸脑袋道：“我想着马上便要走了，睡不着觉，又听见你唱歌比往日更忧伤，想着你是不是舍不得我们，所以便来看看你，顺便与你道个谢。”

女怨与尔笙并无多少交集，在尔笙看来，但凡认识的人离别时必定都带着不舍，然而女怨却怎么也生不出那样的情绪。她奇怪地看了尔笙好几眼，心中只道她自作多情。她想了一会儿又问道：“为何谈谢？”她已有许多年未曾听过这字。

“你帮我和长渊出了荒城，自然得谢你。”

“不用。”女怨冷声道，“他进荒城乃是我的误判，理当放出，而你现今尚未落实罪名，等到落实以后，我定再将你捉回来，囚至寿尽。”

尔笙暗自吐了吐舌头："你别说得那么笃定，我才不会傻到犯下那种大罪呢！"尔笙扫了一眼屋中的石碑，问道："这个……是什么？"

"墓碑。"女怨头也没抬地简洁回答道。

尔笙接着追问："谁的墓碑？"

女怨皱了皱眉，似有点不想回答她的问题，但是沉默了许久，仍旧老实答了："给我未亡的夫君和我自己立的碑。"

尔笙一怔："夫君？可你不是女子怨气凝聚而成的吗？"

女怨摸了摸血红色的碑面，阴沉的眼中显出一丝难得的怀念："在我变成女怨之前，我的夫君……"她没有说完，不知想到了什么，面色又沉了下来，她盯着尔笙道："你该回去准备离开了。"

尔笙眨巴眨巴眼睛，颇为失望道："可是你的故事都还没说完。"

"嗯，那又如何？"

尔笙撇了撇嘴："你的个性真不讨喜。"

女怨没再理她，背过身，只望着血色墓碑怔然出神。尔笙独自待得无趣，刚准备离开，忽听女怨幽幽问道："可听说过堕仙长安？"

尔笙一时没反应过来她说的是什么，好生待了一阵才恍然大悟道："那个，那个很厉害的，却莫名其妙的乱打人的仙人！"

尔笙对长安的印象来自幼时差点被杀掉的那一刻，若不是长渊替她挡了那一掌，她怕是早就死透了。

入无方修仙后她才知道，那时找自己麻烦的竟是堕仙长安。传闻中长安的灵力堪与神明一争高低，他三次成仙，皆为凡事所累，最终堕仙成魔。尔笙至今不明如此一个人物当时为何非要与她过不去。

女怨听罢尔笙如此形容长安，眉头微不可见地一皱，静思了半晌道："此次你去了外界，且帮我探探他的消息。等你再回荒城之日，我必不亏待你。"

"我才不会再回来。"尔笙下意识地反驳了一句后，恍然间明白了这话背后隐含的内情，她问道，"那堕仙长安可就是你的夫君？"

女怨抚摸墓碑的手指轻轻一顿，点头承认。

尔笙的脑袋迅速地转起来，猜测着他们一人堕仙为魔，一人永入无极荒城，之前到底发生了什么。可没等她思绪飘得太远，荒城的钟声响起，以示新的一天的到来。

女怨淡淡地道："且去准备准备，我随即便去为你们开门引路。"

尔笙想听故事，但更想离开，忙抓紧最后的时间来询问："你要我去探他的消息，又是探怎样的消息呢？"

"我只想知道他过得不好。"女怨道，"他不好，我便好了。"

尔笙不理解这里面的逻辑，与那人做过夫妻，应当是真的互相喜欢过，既然如此，便应该时时刻刻盼着对方好才是。就像她对长渊，就算不知道长渊在哪里，但心里总是盼着他能过得极好。

为何要他不好呢？自己明明也会难过的。

尔笙还要再问，忽听屋外传来长渊寻人的呼唤声。她忙应了，急急跑了出去。

阴森的屋中重归寂静，女怨咬破手指头，就着猩红的血在墓碑上书写着文字。一笔一画十分认真，血液顺着石碑慢慢往下滑，初时尚有几分鲜艳，而后渐渐模糊不清。她写完一字，前面那字便已消失，融入了血色的大背景中。

这块血色的墓碑，竟像是被女怨这一滴滴血长年书写出来的一样……

望着墓碑待了一会儿，她回头看向屋外。尔笙跑得急，开了门便忘了关，女怨回头恰恰看见尔笙笑着扑进长渊怀里，抱着他脖子猛蹭，像一只小狗。而长渊则微微弯着腰，以手托着尔笙的背，让她踮起脚尖的拥抱不至于那么费力。

女怨眼眸微微一沉，心中莫名的妒火又燃烧起来。指尖凝聚了怨气，刚想动手，却见长渊目光深远地望着她，没有杀气，却意含警告。

手间怨气散去，女怨拂袖关上门。她并非是不嫉妒了，而是明白，那个男子不是她能对付的。

外面的尔笙自然不知道方才长渊与女怨之间的交流，她恍惚记起什么，猛地推开长渊，力道大得让猝不及防的长渊险些摔倒。尔笙神经兮兮地左右张望了一阵，长舒了一口气："还好女怨没出来。"她伸出双手，又笑道："来吧，长渊，咱们接着抱吧。"

长渊哭笑不得地看了她一会儿，无奈道："还是先出了荒城再说。"

听闻尔笙今日要走，最舍不得的莫过于荒城的守卫们，他们许久没见过这么有趣又爱讲故事的人，面对又要重新无聊起来的生活，皆愁眉苦脸起来。有个驼背的罗圈腿甚至拽着尔笙的手好好哭了一阵。哭得尔笙也红了一双眼，望着长渊，就像在乞求："咱们再待两天吧，再待三天吧，再待几天吧……"

尔笙自幼孤独，从来没有受到过这么真挚的挽留，所以可耻的心软了，而长渊便也可耻的心软了。

他清楚地知道，尔笙只是现在想留下来，她决计不想在这种地方再留五十年。看着尔笙如此不舍，长渊也与她一起不舍起来，而他只是舍不得看尔笙难受。

他只是……想让尔笙过自己想过的生活。

然而天地运转，自有规律，即便是上古神龙也唯有遵循。

“都嚎什么。”女怨自远处缓步行来，喝退了一众凄哀的守卫。

她冷冷地扫了尔笙一眼，眉头一皱，出人意料地道：“女子的眼泪当是极珍贵的东西，不该掉得这么廉价。”

众守卫皆惊讶于城主居然会开口教育人，明明是个只会用武力发泄不满的家伙……然而让他们更为惊讶的是，竟还有人敢顶撞城主。

尔笙瞪了女怨一眼，肃容道：“我与他们相处时间虽不长，但也生了些感情，他们真诚挽留，我报以不舍，都是极珍贵的东西，哪里廉价了！”

女怨微微一怔，随即眯眼细细打量起尔笙来。这才第一次将她真正看在了眼里，而非单纯地嫉妒她所拥有的东西。

长渊摸了摸尔笙的头，又指着紧闭的城门道：“时辰约莫到了，劳烦。”

女怨收回心思，行至巨大城门的正前方，自衣袖中掏出一个拳头般大小的人头。那个小人头做得栩栩如生，肤白如瓷，黑发披散而下，竟像活的一般。女怨口中一吟咒，小人头紧闭的眼倏地睁开，在女怨手中慢慢转动起来，接着人头的嘴也跟着女怨一起唱起咒语来。

荒城中不曾消散过的风沙似乎在这一刻微微停顿下来，城门“咔”的一声裂开一条缝，然后慢慢打开，嘎吱嘎吱的声音听得人不由心慌。

城门外是一片黑雾，看不见路，更不知道通向何方。

女怨道：“进去后便一直直走，切莫回头。直到见到外面的事物为止。”

尔笙看着浓重的黑雾心中很是犹豫，长渊牵住她的手，带着她坚定地往黑雾中走去。

他步伐坚定，尔笙觉得，就算此时长渊去的地方是一片火海，那她便也跟着去了吧。

反正她是舍不得放开他温暖的手掌的。

第九章 且共从容

无方山。

禁地之上，荒城入口显露于世，数日来，各方人马齐齐注目无方山。已有一些心怀不轨的妖魔聚集在无方山之下，只是碍于无方往日威严，不敢贸然冒犯。

世人皆知，荒城之中关的都是曾犯下过大罪之人，那些人要么曾位高权重，要么曾武功高强，没有一个会是善茬。若是荒城城门大开，将其中之人全数放出，世间必将邪气四溢，这于妖魔而言自然是件高兴之事。然而对人来说，那无疑将是场天地浩劫。

所有无方弟子不得不严阵以待。

霁灵已有数日未曾合眼。她负责监督聚集在无方山东北方方向的妖魔动向，虽是一些乌合之众，但现今局势牵一发而动全身，任何一方按捺不住有了动作，对于无方来说都必将面临一场以寡敌众的苦战。

她重伤在身，这几日未曾好好休息，面色苍白得很。沈醉抱着手，闲闲地倚树站着。面无表情地盯着她忙碌的身影抿唇憋了许久，终于道：“你该回去歇歇。”

雩灵一听他依旧闲适的声音便不由得火大，她回头冷冷地瞪了沈醉一眼："师父便是不为无方忧心也该忧心忧心师妹。尔笙走失多日，师父何以不去寻找？"

雩灵实在是个面冷心热的人，几年的相处，她面上对尔笙依旧冷漠，但心里却是实打实地将她当妹妹看待。知道尔笙不见之后，她没有一天放得下心，奈何师伯指派她做了差事，她脱不了身去寻人，每天都担忧得夜不能寐。

偏偏另一个有闲心、有时间的人愣是像没了心肝一般，既不忧心无方，也不去寻尔笙，闲得发慌似的成日跟在她身后转。

沈醉掏了掏耳朵道："尔笙那丫头看着一副呆头呆脑的样子，却比你识时务得多，修仙教条什么的，该放弃的时候绝不会死抱着不放，更不会让自己吃了亏去。是以，为师认为你这一身伤还要做这些无聊之事，更令人担心一些。"

雩灵脸色一沉："如今荒城入口出现在无方，各界妖魔聚集，对无方呈合围之势，弟子们共同御敌，师父竟认为……这是无聊之事？"

沈醉面对雩灵严肃的指责，摆手笑道："凭这么些小妖怪便算得上合围无方？雩灵，你未免太小瞧师门了。你的师伯们爱夸大事实，你还就真信了？"他望了望禁地的方向，在那个方向，远远地便能感到两股强大的气息在安静地争斗，一仙一妖，互相压制着彼此。沈醉道："若是事态真如你师伯们说的那般严重，为何仙尊半点不急，还有心情与人斗法？"

雩灵顺着沈醉的目光看去。

仙尊与那名唤孔美人的孔雀妖已暗暗斗了数日，虽没有明里过招，但在暗中较劲却从没吝惜着灵力。整个无方都笼罩在强大的灵力撕扯之下。这也是数日来山下的妖魔们不敢贸然动作的缘由之一。

沈醉接着道："还是在你看来，仙尊也是个没有分寸的人？"

雩灵一怔，沉默不语。

沈醉上前揉了揉雩灵的头发，将她打理得规规矩矩的发丝弄乱，摸着她的脑门道："回去歇着，你师父再不济也还能护你平安。"

雩灵下意识地要拍开沈醉的手，但听得他这话，眼眸微垂，任由沈醉像小时候蹂躏她头发一般一阵乱揉。沈醉拍了拍她的头顶，打着哈欠往前走："不过既然你如此担心，为师便替你守着，如何？"

雩灵回头望着沈醉的背影，见他一边走一边掏出腰间的酒壶摇了摇，自言自语地说着：“正好缺了两味不阴不阳的泡酒药材，干脆捉两只小妖阉掉家伙试试……”

她伸手摸了摸自己尚还残留着他掌间余温的头发，绯红悄然爬上耳朵。唇边不经意间溜出的“师父”二字，又瞬间刺痛她的神经，让她恍然惊醒，接着白了脸色。

因为师父，便只能是师父……

霁灵在原处站了一会儿，蓦然抬手狠狠地甩了自己一巴掌，清脆的响声还没来得及回响便消失无形。霁灵转身离去，并没有看见躲在树后还未走远的身影。

沈醉仰头喝了一口酒，一声苦笑：“什么命呐，两个徒弟，一个呆，一个痴。司命星君，你玩儿我呐！”

他晃着酒壶往山下走，喃喃道：“都明说了别管修仙教条，怎就如此愚笨，如此愚笨……”

霁灵听了沈醉的话，乖乖回去休息了，但与孔美人斗着的仙尊却不能摆摆手就走人。

无方仙尊再厉害，如此没日没夜斗法也给他的身体带来相当大的负担。相较于平日，仙尊的面色已然苍白许多。

当然，孔美人也没讨得了好，他与仙尊的力量本就在伯仲之间，之前又在捉尔笙的时候被人暗算了一记，勉强斗到现在已快到极限。孔美人唇色雪白，额上冷汗涔涔，但嘴上却依旧不饶人：“仙尊，本王无牵无挂，与你斗得酣畅，输了，大不了我转身走人。然而你却还有整个无方要背负，如今你消耗了如此多的灵力，彼时另有心怀叵测之人攻上无方，你又该如何是好？荒城现世，这可是关系天下的大事，仙尊切莫与本王置气，而耽误了苍生大计。”

仙尊面色未变，只淡淡道：“荒城自有人守护，无须我无方出力。而你若输了，却断然走不出无方。”仙尊虽不知此人到底是何身份，但听他自称为‘本王’，又探出了他的妖力底子，猜想他定与妖界王族关系不浅，所以才费了如此多的周折也要将他擒下。

孔美人听得这话，微微一挑眉，唇边一抹嘲讽的笑勾起：“且不论我能否出得了无方。就说这荒城，何人会来护？无方一派坐大多年，各修仙门派明里暗里总有不满，难不成仙尊未曾察觉，而今埋伏在无方四周的皆是妖魔？”

他话音刚落，西边蓦地传来一阵吵闹，空中的结界被一阵阵妖气撞击得不断动荡，想来定是那方的妖魔按捺不住，动了手。

孔美人见状，笑得更加开心：“此变故一起，无方便真是孤立无援了。”

仙尊望向西边见一团团妖气撞在结界上，他面色依旧清冷：“不知死活。”

异变突起，天边一道白光激射而来，孔美人只见那方腾起一层浓浓的烟雾，接着妖气皆去。所有妖怪竟皆化为灰烬，随风而散。

孔美人脸色倏地一沉，眯着眼定定地望向临空踏来的那人——一袭立领蓝袍，神色肃穆。

那人静静道：“胆敢靠近无极荒城者，杀。”

此言一出，响彻整个无方，四周本还躁动的气氛迅速平静下来。孔美人慢慢将目光从那人身上挪回仙尊脸上，冷笑道：“本王竟不知，无方与堕仙成魔者尚有如此深厚的情谊。”

仙尊垂眸不语。远处的蓝袍男子在空中顿了一会儿，眼神落在了已干涸的湖上。他平静的面容微微一变，眸中杀气更甚：“何人敢扰荒城安宁？”

他这话说得奇怪，无极荒城乃是囚禁大罪大恶之人的地方，本就是罪恶之地，又何谈安宁……

正在此时，那印刻着“无极荒城”四字的石碑猛地一颤，接着大地之中隐隐传来嗡鸣之声。仙尊眉头一皱，孔美人则疑惑而兴奋地打量着下方。

蓝袍男子盯着那石碑，黑眸之中好似起了极大的波澜……

适时，尔笙与长渊刚踏入黑雾中。

他们眼前景色蓦然变幻，周遭传来巨大的轰塌声，整个世界仿佛要分崩离析。尔笙不由紧张地顿住脚步，将长渊的手又握得紧了一分。

察觉到尔笙的不安，长渊轻声安慰：“莫怕，相由心生。”

方才他们看见的黑雾便是荒城外的结界，结界中是一个天然的迷阵。即便是上古神龙也不能凭蛮力穿透这天地间自然形成的结界，长渊也只能堪堪窥破其中些许隐秘。

这里本是一片混沌，全然分不清南北，没有参照，又何以知晓自己是不是一直在向前走？

城门是女怨开的，她作为荒城城主，若是真对他们存了杀心，便绝不会放他们出来，更不会费如此的周折来坑害他们。长渊心想，女怨所说的一直直走或许不过是每个人心中的“直”罢了。只要不回头，平心静气地往前走，这个结界不久便会不攻自破。

他牵着尔笙稳步向前，每一步都踏在看似马上便要裂开的缝隙之上。

初时，尔笙越走越心惊，每落下一步便拽紧长渊一分。她抬头看了看长渊挺直的脊背，见他仿佛无比相信着自己的方向，尔笙呆呆地看了一会儿，跟随着长渊的脚步也逐渐坚定起来。

她想，长渊在，她便应该相信着长渊所相信的。

走了一小段路之后，她发现四周的景色虽然依旧破碎得让人心慌，但却并没有对他们造成实质的危害。

尔笙素来便是个得寸进尺的小人脾性，知道平安无事之后，便一蹦一跳地玩起来。她故意踩在看似极危险的裂缝上，听着它发出“咔咔”的破碎声，然后牵着长渊嘻嘻傻笑：“长渊，你看这样像不像那句话说的……嗯，谈笑共赴生与死……”

长渊安静地接过尔笙的话，唇角是淡淡的微笑：“且共从容。”

两人手牵着手一步一步向前，并不知道在他们身后，他们每走过一步便生了一朵莲花，摇曳在黑暗之中，美似幻梦。

不知走了多久，尔笙忽见头顶亮光一闪，这一点微光在漆黑的环境中显得尤为扎眼。尔笙好奇地抬头望去：“咦？”她拉了拉长渊的手，“那个光在变大……”

她话音未落，长渊面色倏地凝重了起来。他反手抽出一直带在尔笙腰间的一鳞剑，举手的一瞬，那耀目的白光便已行至眼前，另一柄寒光凛凛的剑与一鳞剑猛烈地撞在一起。刺耳的铿锵声震得尔笙胸闷欲呕。

长渊一声低喝，径直将来袭的那人弹开。

尔笙忙护住心脉，迅速调整好了内息，抬眼望去，她奇怪地道：“荒城结界中怎么会有人？”刚说完这话，那人周身的白光散去，尔笙看清他的面容，微微一呆。那眉间火红的印记如火烧一般鲜艳，尔笙怎会忘记这个一见面就对自己存了杀心的堕仙——长安。

看见长安，尔笙下意识地抱头蹲下，刚想没骨气地求饶，恍惚间想起长渊还在身边，她又颤抖着地跑到长渊身边，强撑着脊背望着长安道：“我不认识司命，更不是司命，别杀我……”她回头看了看长渊，“们！”

幼时的某些影响注定会缠绕一生。尽管现在的尔笙学会了很多仙术，长渊也没有身负重伤，与长安对敌指不定是谁吃亏，但尔笙在脑海里已经认定了堕仙长安是强悍得无人超越的存在。还未打，便先给他认了输。

长渊在尔笙身后摸了摸她的头发，张嘴准备说不用怕，尔笙便已拉住长渊的手道："长渊，没事，我会护着你的，这次不会让他再伤害你了。"尽管说这话的时候她自己都在没骨气地颤抖。

长渊听了尔笙的话，竟真的收敛了掌心的神力，摸了摸她柔顺的头发，点头答好。

长安眯眼打量了一番两人的互动，一声冷笑："上古神龙，与司命转世纠缠过深，注定不得好结果。"他这话并非诅咒，而是事实。但凡知道尔笙是司命转世的人都猜想她是下界历劫的，而历劫的神仙哪一个会有好果子吃。

尔笙茫然，想转头看长渊的表情，脑袋转了一半，又被长渊掰了回去，他轻声道："莫回头。"声音一如往日般平静。

在长渊看来，尔笙这一辈子结局如何他无法预料，唯有拼命护着她便是了。

长安没兴趣深究这两人之间的关系，他握着寒剑，冷声问："你二人闯入荒城意欲何为？"在长安看来，无方禁地湖水枯竭，荒城石碑外露，定是有人刻意为之，此时又见长渊尔笙二人出现在结界之中，心里不免起了误会。

"我们没闯。"怕长安一个脾气暴躁又动手，尔笙忙解释道，"是女怨抓错了人，又把我们放出来了。"

听闻"女怨"二字，长安的面色微微一动。他兀自发了一会儿呆，不知又突然想到了什么，眉心的堕仙印记如火烧一般闪亮起来，眸中戾气大盛，举剑便向尔笙砍来，口中喊着"司命"二字，仿佛恨不得饮其血，食其骨。

尔笙大惊，伸手去抓身后的长渊，想拖着他一起跑。而长渊已纵身一跃，握着一鳞剑与长安斗做一团。两人过招奇快，尔笙全然看不清两人的招式。

她急得跺脚骂道："这货怎生的和女怨一个脾气，说动手就动手，半点征兆也没有！"她脑海中突然闪过一道光，是了，女怨说过她与长安曾经是夫妻来着……女怨还托她打听长安的消息来着……

看着斗做一堆的两人，尔笙突然冒出了不大道德的想法。她清了清嗓子道："女怨叫我出去打探一下堕仙长安的消息。"

缠斗着的两人身影明显慢了下来。

尔笙又扬声道："她说，她只想知道你过得不好，你不好，她便好了。"

适时，长安身影一顿，一鳞剑收不住势头径直扎入长安的肩头。

尔笙见长渊赢了，尚在高兴地拍手。哪想长安连哼也没哼一声，赤红着眼，瞪着尔笙，也不管自己肩头还插着的一鳞剑，扬手便把手中的寒剑冲尔笙狠狠掷了过来。

此时弃剑无疑是弃了自己一条命，谁也不曾料到他对尔笙的恨意竟如此深重。

长安这一掷，既拼尽全力，又出其不意，尔笙哪里躲避得及，她只觉心口一凉，整个人便随着剑的力道向后仰去。彼时她还没感觉到痛，先觉得四肢无力起来，她摸了摸自己的心口，剑身已整个没入。

尔笙脸色先是被唬白的，颤抖着地吼了两声："我不要长鸡胸……"便吓得晕死过去，全然没感觉到疼痛。

而长渊听闻那声利剑刺破肉骨的声音时脑海便"嗡"的一响，再听不见其他声音。他瞳孔猛地缩紧，心脏从未跳得这般紊乱过，莫名的恐惧涌上心头。他抽出了一鳞剑，忘了对手尚在，也忘了女怨的嘱咐，将所有的顾忌都抛在脑后，只想寻找尔笙的身影。

他回头的一刹那，看见尔笙静静地躺在朵朵白莲之中，胸口处流淌出来的血慢慢晕染开来，沾染了莲花根部，让莲花美得触目惊心。

心头莫名的钝痛令长渊皱了眉头。

"尔笙……"

他缓缓向前挪了一步，四周忽然传来崩塌的声音。长渊不予理会，仍旧自顾自地向尔笙走去。他想，即便尔笙就此死了，也绝不能让她孤零零地躺在那儿。他比谁都清楚，尔笙最怕孤单。

长安捂住肩头，看着躺在那处了无生气的尔笙冷冷一笑，刚想离开，忽觉脚下一软，四周的空气变得凝滞起来，仿佛变作了沼泽，沉重得令人无法呼吸，连手脚也无法自如的活动，更有股莫名的力量拉拽着他一直往下陷。

他也懒得挣扎，任由越来越沉重的空气将他拖向未知的地方。

视线模糊前的最后一眼，他看见在尔笙的四周，莲花已尽数破碎，化为齑粉，如同在水面上漂浮着一般，一波一波的荡漾。而那条上古神龙抱着尔笙静静地坐在那里，为她拔了剑，止了血，以神力与荒城的结界对抗着，奋力为怀中之人撑出一片天地。

有什么用呢？长安想，谁斗得过天地。

果不其然，在长安的身影被荒城结界的黑暗吞噬的那一瞬，长渊用金光撑出来的一方容身之地，也慢慢被推挤，吞没。

长渊摸了摸尔笙渐渐冰凉的脸颊，淡淡地想，尔笙若是就此返回了上界，变作司命星君，以后便不能随便咬她了吧。左右这是与亲密的人才能做的事。

对于司命来说，她所期待的人应当是天帝。

真是莫名的让人有些……长渊琢磨了一会儿，终是选了这样一个词出来：妒忌。

周身金光渐渐隐没，荒城结界之中再次归于一片黑暗的死寂。

无方山。

在堕仙长安闯入荒城石碑之后，没过多久，干涸的湖中再次溢出湖水，慢悠悠地填平了湖泊，再次将无极荒城的石碑淹没于湖水之下。而进去过的人却没一个再出来。

孔美人一挑眉，不再强撑着与仙尊斗法，他一挥手，妖力径直打在湖面上，湖上光亮闪过，妖气尽数被弹开。他心知此次凭他一人之力定是无法突破荒城结界的，他嘛嘴道："罢了，知晓荒城在此地便好。以后本王再来看看就是。"

仙尊察觉到了他想逃的意图，捏了一个缚妖诀，在天空中撑出一片耀目的蓝光，光芒渐渐收拢，往孔美人身上套去。孔美人驾云躲过，吹了一声响亮的口哨。一时，无方众山间一阵躁动，数不清的鸟儿自林间飞出，争先恐后地往缚妖诀上撞，弄得那方天空黑压压的一片。

孔美人趁仙尊忙于应付突然袭来的鸟群，目光犀利地在下方寻找了一阵，丝毫没有探查到尔笙的气息。

他心中不由得气恼起来，如今那丫头身上带着邪灵珠的气息，又吃了骨螭的内丹，乃是个极佳的炼化之器，说不定还能让世间再出一颗邪灵珠……

但偏偏是个极不听话的丫头！

孔美人暗自在心中咬牙，抬眸一看，见无方仙尊已经快从鸟群的袭击中脱身，此时不走，待会儿怕是真走不成了。孔美人对仙尊笑着挥了挥手，抛了一个媚眼，才化作一股青烟消失了踪迹。

仙尊眉头狠狠一皱，当他终于从这些没头没脑的鸟儿的冲撞中解脱后，孔美人的气息早已消散于空中。他望着孔美人消失的方向静静沉思起来。

驱使动物确实是妖族的本事，但是控制如此多的动物，非魔族之力不可。

千年前，魔族犯上，战神陌溪以武力血腥镇压，率领天兵直下九幽魔都，杀得魔界血流成河。而今算来，魔族应当恢复了元气。那孔雀妖自称为本王，到底是妖界的王族还是魔界的王族？

若是魔界的人，他们寻邪灵珠，找无极荒城，到底意欲何为……

一滴水落在空洞中的轻响。她轻阖的双眸微微一颤，听见雌雄难辨的声音轻声唤道："尔笙，尔笙……"

她皱了皱眉，睁开了眼，眼前一片刺目的惨白，她眯着眼适应了许久，才敢把眼睛完全睁开。四周皆是纸般的雪白，她站起身，揉了揉自己的心口，感觉那处空荡荡的，不复往日的温热。

"尔笙。"

那道声音锲而不舍地唤着。她好奇地四处张望，好不容易在一个角落看见了一团灰蒙蒙的影子。她走上前，驻足打量："这是什么？"

"我是何物并不重要。"灰色的影子清晰的回答吓了尔笙一跳，她往后退了两步，三分戒备三分害怕更多的却是好奇。那影子似乎能看透尔笙心中所想，轻声唤道，"莫怕，我不会害你，反而现在唯有我能救你。"

"救？"尔笙奇怪，她将自己上下摸了一遍，"我好好的，不用救。"

影子嗤嗤怪笑起来："好好的？你的心被扎了一个洞，这还是好好的？"

忽听这话，尔笙一怔，倏觉自己心口猛地一凉，她低头看去，竟发现胸口处破了一个洞，冷风呼呼地灌进去，却没有流出一滴鲜血来。她不由惊骇地瞪大了眼，吸了几口冷气："这……这是什么？"

脑中混乱的片段飞花一般飘过，她恍惚记起昏迷之前发生的那一幕，寒剑直直刺入胸腔的钝痛以及长渊骇然的眼神。尔笙猛地一颤，四处张望，急忙问道："这是哪儿？长渊呢？"

"此处乃是你的心房。"影子道，"血已经流尽，过不了多久，你便会直接消失了。"

尔笙呆呆地望着影子，好像听不懂他说的话。

“尔笙，你快要死了。会失去灵识，消散于天地间……”影子的声音带着些许调笑的轻浮，“你可想死？”

对尔笙来说，他问的实在是一句废话：“你说话快点儿，也别说这些废话了，待会儿我死透了怎么办？”她直奔主题道，“你说可以救我，但要怎么才肯救？”

以物易物这种思想是沈醉教给尔笙的，想背着师父偷吃烧鸡可以，但必须给师父带壶酒回去孝敬着。

“呵呵，我就爱你这直爽的脾气。”黑影道，“只要你与我发一个血誓，我便可将你心上的洞填堵好，让你得以继续活下去。”

尔笙好歹也修了几年的仙，知道血誓这种东西不是能乱发的，弄得不好，应了誓言灰飞烟灭、万劫不复也不是不可能的。她戒备起来：“你想干吗？”

“别急。”黑影安抚道，“我要你许诺的东西并不多。你且看看这一方天地，此处乃是你的心，我只需你允我在此处随意活动便行。”

尔笙盯着他，不置可否。

“你不答应也没关系，反正你活着，我被困在这里不可挪动一分，你死了我也被困在这里，没什么区别。但于你而言却万万不同了，你活着便还能见着师父和师姐，还可以仗剑天下，恣意行侠，还可以见到长渊……你想想，你们分别三年，这才重逢多久？你若就此去了，长渊想必定是非常伤心，更甚者，与你一同入了黄泉也说不定。”

随着影子极是诱惑的声音，他所说的人或事都变为极为生动的画面浮现在尔笙的脑海里。当她想到长渊握着一鳞剑孤零零地站在一片混沌的黑暗中，顿时浑身一冷，望着黑影迟疑道：“你当真只是在这一处活动？”

“血誓的约束对你我而言是一样的，你允许我在此处活动，我便只能在此处活动。日后你活着我便不会死，所以从今往后，我必定护你安全。”他的声音中带着奇怪的笑意，雌雄难辨的声音听起来让人觉得莫名的害怕。

尔笙心中有无数疑问，你是谁，为什么在我心房中，你想干吗？然而这些问题都没来得及深究，随着空间慢慢开始轻微地震动，影子轻声道：“心房快塌了，尔笙，你快死了。”

尔笙一咬牙，道：“放血，立誓。”

影子嗤嗤笑着，缠绕在尔笙脑海中，在日后变作了挥散不去的梦魇。

长剑穿心而过，即便尔笙修过几年的仙，即便有长渊渡了神力要救她，对于尚未修得真身的人类来说，受了这样的伤定是活不了了。长渊也这样以为。

在尔笙的呼吸停止很久以后，在长渊开始盘算要将尔笙葬在何处时，被抱在怀中的人动了动，迷迷糊糊地睁开了眼。

长渊惊讶了一瞬，脑海里闪过诈尸二字，随即又淡然了下去，他摸着尔笙的头发道："别人诈尸定不如你诈得这般好看。尔笙果然与众不同。"尔笙挣扎着要坐起，长渊却将她抱得更紧了些，不让她动，"别乱跑，待会儿我挖了坑，若是找不着你了，该如何是好。"

他说得平静，尔笙却听得呆了，她痴痴地看了长渊一会儿，道："长渊莫哭，尔笙不跑。"说着笨拙地伸手去抹长渊脸上的泪迹，"我就是诈尸也一定围着你诈的。"

察觉到触碰自己脸颊的手指带着些许温度，长渊怔了怔，一手握住尔笙的手腕，感觉到她皮肤之下微弱的跳动，他望着尔笙，眼神都直了："尔笙？"

"嗯。"

听得这声答应，长渊忽觉喉头一哽，一时竟有些说不出话来："你……揍了阎王，所以才回来的吗？"问出这话，长渊自己都觉得好笑。尔笙是司命投的胎，她若死了，自然是回归本位，做回司命星君，哪会入冥府见冥王。

尔笙听了他这话，嘴角动了动，最后却是拉扯出了一个笑脸道："我舍不得长渊。"

害怕他担心，尔笙第一次对长渊有所隐瞒。

长渊此时哪有心思去琢磨其中的缘由，他埋下头，唇瓣轻轻碰在尔笙的额头上："我也舍不得……"

若尔笙此次死而复生算是天意，长渊想，那么千万年来，他从未有如此感谢过天意。

两人互相紧紧依偎着坐了一会儿，长渊摸到尔笙脉搏的跳动越发强健起来，混乱的心神这才慢慢稳定下来，开始琢磨其他的东西。比如——这是哪儿？

长渊只知道荒城结界中的黑暗吞噬了一切，但是这之后发生了什么他却没有半分印象。在他眼中只有尔笙不停涌出的鲜血和逐渐苍白的脸颊，直到现在，他举目四望，才知道他们不知到了何处。

此处遍地的白花，一团一团簇拥在一起，铺天盖地蔓延至天际。而天空灰蒙蒙的一片，分不清是将要日出还是快要日落。这景色虽美，但却美得过于单一，让人在一时的惊艳之后，难免产生些许不安。

尔笙感觉体内的气息渐渐顺畅起来，她扭扭屁股，从长渊怀里坐了起来，看见了这处景色，张嘴轻叹："这是什么地方？满地菊花啊……"

长渊信手摘了一朵身边的花，手刚一碰到花朵，娇嫩的花瓣便瞬间枯萎，化作黑色的粉末落了长渊一手。

尔笙吓了一跳，同样也伸手去摘花，也换了一手黑色粉末回来。尔笙心中很是悲伤："长渊……咱俩有毒吗？一碰这菊花，它还没死就直接化成灰了。"

"此花非菊。"长渊捻着手中的粉末放在鼻下轻嗅，随即道，"应是上古兰草。花瓣细如丝，而叶中多汁，一遇生气立死。在古时，此花本生长在没有人烟的地方，但后来因为各类生物繁衍生息，天下生气渐多，最后，此花终是消失于世间。"长渊皱了皱眉头，心中非常困惑，"此花应当在洪荒之前便已消失，因为年代久远甚至连名字也未曾传下来……而今为何会在此处出现这么多？"

尔笙被他前面的解说唬得呆住："长渊，无方藏书阁应当把你摆进去。"

长渊摸了摸尔笙的头："我以前本是不知晓这些的，都是友人告诉我的。"

尔笙沉默了许久，将长渊的手握在手中，问道："司命？"尔笙并不傻，她现在还记得她与长渊第一次相遇时，他脱口而出的"司命"二字，可见他与司命的关系匪浅，再者这天地之间能知晓如此多稀奇之事的人除了司命星君，还有谁？想到在自己不认识长渊的时候那人却已经与他关系这么好了，尔笙有些吃醋，她紧紧地盯着长渊问："你喜欢司命吗？"

长渊微微一怔，没想到尔笙竟能猜到是司命，他琢磨了一会儿，点了点头："喜欢。"

司命是长渊在万天之墟当中见到唯一的一抹颜色，她大胆得嚣张，博识而依旧有童真。对于被幽禁太久的长渊来说，很难不去喜欢这么一个有趣的人。

但司命心有所属，与长渊相处，虽然开得都是些离经叛道的玩笑，但在男女感情上司命的分寸却拿捏得极稳，绝不越雷池一步。长渊鲜少与人接触，这方面的事情哪能算计得过写了万千命格的司命星君。司命根本就没给他生出多余心思来的机会，她只想与他做朋友，所以他们便只做了很好的朋友。

而尔笙却全然与司命相反……

“喜欢？”听到长渊说这两个字，尔笙立马不乐意了，“我说过以后不会让你纳小妾的！”

长渊愣了一下，没料到她竟说出这么句话来。见尔笙说得一脸严肃，长渊便也同样严肃地应了，“我不纳。”

“可你喜欢她。”

“是喜欢……”

尔笙面色一白，眨巴着眼，带着半丝绝望地控诉：“你变心了。”

他们之间总是有那么多即便长了十张嘴也解释不清楚的误会。长渊索性闭上嘴，然后把脑袋凑到尔笙面前，正正经经地咬了她嘴唇一口，认真道：“尔笙，我不咬别人。”

长渊解释不清楚他对司命的喜欢和对尔笙的喜欢有什么区别，在他看来，好像只有咬一咬这个举动能证明两人的不同。

长渊咬得不痛，但却在她唇上印出了两个浅浅的牙印，尔笙抿了抿嘴唇，轻声道：“真想见见那个司命，你这么喜欢她，我一定也会喜欢她的……只要她不做你的小妾。”

“你见不到她……”长渊唇边的笑还未展开便收敛起来。他忽然意识到一个之前一直被忽略掉的问题，或者说这个问题他一直清楚地知道，但却从来没有认真地深思过。

尔笙与司命根本就是同一个人。

尔笙这次受了长安一剑虽然奇迹一般的活下来了，但是这样的奇迹并不会次次发生。司命下界历劫，终归有应劫的那天，或是渡劫飞升重返仙位，或是渡劫不成堕仙成魔抑或化劫为灰。但不管如何，所有的结局都是司命的，尔笙在这之前便会彻底消失。他所喜欢的人将会变为另一个女子，在那个人心中有一个挚爱的男子，与神龙长渊再无关系。

彼时，面对不再把长渊当作夫君的“尔笙”，他又该如何自处？

尔笙一边玩弄着长渊漂亮的手指，一边好奇地问：“为什么见不到？因为司命是神仙，高高在上不会下凡来吗？那我就努力修仙，到时候也成了神仙，再去见她就好了。”

长渊用另一只手摸了摸她的头发，兀自沉思，一言未发。

许是被长渊摸出了什么灵感，尔笙眼神一亮，高兴地道：“我说真的，我努力修仙，历劫飞升之后便也是神仙了，到时候和长渊双宿双飞岂不美死了。”

“无须羡慕神仙。”长渊说得淡淡的，神色中却带着几分悲悯，“尔笙如此便是极好。”

尔笙想也未想，脱口而出：“那如果有一天我死了，长渊怎么办？”

长渊手指一僵。半天未听闻长渊答话，尔笙抬眼瞅了瞅长渊，瞥见他的脸色，立刻摆手道：“不死了不死了。打死我我也不敢死的。”她捧着长渊微凉的手紧紧贴着自己温热的胸口道，“我一直陪着你，看山看水，看你想看的一切，好不好？”

尔笙这诺言许得轻浮，长渊挪开视线望着远方看不见头的白花，轻声道：“还是先探明此乃何处。离开此地再说吧。”

尔笙打量了几眼长渊的神色，乖乖应了，站了起来。她看了远处一下，长叹道：“这得怎么走啊！”

长渊在她身后沉默了许久，却问了一个与尔笙的话全然不搭边的问题：“尔笙，你是如何回来的？”寒剑穿心而过，这么短的时间里，止了血，愈合了伤口，身体好得如此快，即便是长渊也无法做到，也难怪他会好奇。

尔笙摸着头憨憨笑了笑：“我真揍了阎王。他说我太混账了，除了长渊谁也压不住我，所以就把我踢上来了。”

“甚好……”

长渊垂了眼眸，心想，现在不说便不说吧，以后把她灌醉了慢慢问就是。

两人选定了一个方向便开始寻找出路。此地像是一个从未有人到过的世外桃源，遍地的白花在两人走过之后枯萎出了一条蜿蜒的黑色小路。尔笙回头一望，便能看见自己身后越来越长的小路，这样的感觉就像是他们走出了这个世界的第一条道路。

尔笙有些兴奋地蹦了两下："长渊，我们像不像创造世界的神？"她拉着长渊的手，走一步甩一步高高地摇晃着，像在炫耀着他们现在很亲密，"我说我走过的地方要有一条路，然后路就出现了。"她一步跳到前方，被踩到的白花迅速枯萎化灰，"我说这里要有个坑，坑便出现了。"她手臂一挥，豪迈地指向天际，"我说那里有道光，然后光……"

最后这话本是想开个玩笑，但不料尔笙话音未落，她指的那个方向还真就猛地射出一道红光，直直没入天际。

尔笙吓得呆住了："出……出现了！"

长渊眼眸微微一眯，他敏锐地察觉到伴随着那道红光的出现，空气中慢慢飘散来一股莫名熟悉的感觉。尔笙在最初的惊骇之后立马反应过来，放开了长渊，左手指着右手掌心十分严肃地说："烧鸡、烤鸭、馄饨、饺子全都来！"

风撩起白色丝状花瓣飘过她掌心，接触到她的气息之后立刻化为黑色的灰尘飘散于空中。

尔笙很失望，长渊很无奈。

"为什么说吃的就不灵了？"尔笙可怜兮兮地望着长渊。

"兴许是……被上税了。"长渊想到以前司命告诉他在凡间，人们自己的东西会莫名其妙消失的理由，含含糊糊地答了一句，又正色道，"我们先去看看那道红光。"

有了目标便比胡乱地走好上许多，两人走了没多久便快到了红光发出的地方。

离得越近，长渊的眉头便皱得越紧，他明显地感觉到四周的气息在不断地遏制他体内的神力，就像千万年来在万天之墟中所感觉到的压迫一样。他见尔笙神色未变，步履依旧轻快，心中有了计较。

在万天之墟中，神力越是强大便受到越大的制约，以至于长渊在里面都无法化为人身，而当初的司命却比他好受许多。此处约莫与万天之墟中是同样的道理。

长渊神色凝重地望着射入天际的红光，在他的印象当中，除非是攸关天地命脉抑或是万天之墟这样的囚禁之地，没有哪里会布下这样的封印。万天之墟中的封印是为了防他逃出作乱，这里又是为了防什么呢？再者，此处遍布上古兰草，想来至少已有数十万年未曾有人踏足。如此隐秘，但却又小心地布下了这样的封印……

难道此处隐藏着什么可怕的惊天秘密？

“长渊？”尔笙一直往前走着，等她没听到身旁的脚步声时，才发现她已经离长渊有些远了，“快走啊，你在想什么？”

长渊把自己的想法与尔笙说了，尔笙别的没管，一个劲儿地问：“你不舒服吗？哪里不舒服？”

长渊哭笑不得地将尔笙看了一会儿，既无奈又觉得温暖：“无妨，不过是被压制了些法力。当下最麻烦的应该是，若我都猜对了，那我们若想出去，几乎是不可能的。”

尔笙一愣：“为什么？”

“此地封印之力极其霸道，我体内神力被压制了大半，若要强行闯出此地必定是不可能的，此是其一。其二，这里数十万年未曾有人发现，定是藏得极其隐秘，若我想得没错，它的入口应当在荒城结界之中，只有那样的地方才能保证此处一直不被侵扰。想必是我们不小心触动了什么，在机缘巧合之下才落入了这里。它的入口已是如此隐蔽，出口……或许根本就没有。”

尔笙将长渊的话琢磨了一番，说道：“既然这样，我们原路返回好了。咱们怎么进来的便怎么出去。”

长渊摇了摇头：“此前我们被荒城结界的黑暗拖了进去。怎样进入此地我已不知。”

“那怎么办啊……”尔笙挠着头寻思了一会儿，一拍手决定道，“如果一直出不去，咱们就在这里将就着过吧。我生孩子，你盖房子，咱们就真的做创世的神灵，在这个只有花的世界里造出活物来！”

看着尔笙灼热的目光，长渊不知想到了什么不单纯的事情，在自己的思绪中慢慢烧红了脸。

“咳，咳。”他清咳一声，扭过头望着天边的红光道，“我们还是先去那里看看，兴许会有别的收获。”

“也行。”尔笙道，“只要能和长渊一起生孩子，去哪里都行。”

尔笙大摇大摆地甩着胳膊豪迈地向前走，长渊跟在后面，认真地思考了许久，小声呢喃道：“还是在房子里的好……”

第十章 谁都不许娶！

无极荒城中依旧飞舞着漫天沙尘。

女怨目送长渊和尔笙走入荒城结界之后将举着的小人头放下。城门沉重地阖上，她孤单地站在巨大的城门之下，傻傻地望着城门上斑驳的红漆发呆，一身的红衣仿佛要融进城门之中。

旁边的守卫们唤了她几声，她也不搭理。大家都熟悉这个城主捉摸不透的怪脾气，此时自然不会计较，都摆了摆手做自己的事去了。

风沙卷过，扬起她宽大的衣摆，女怨握着小人头轻轻抚摸。口中翻来覆去地呢喃着一句话，叫还未离开的守卫们听出了些许悲伤的意味。

“生死相随，可否……”也不知是在问谁。

女怨一直站着，直到城楼上的钟鼓声响起，她眼眸终是动了动，回过神来。望了一眼永无黑夜的天空，女怨唇角一动，漏出一声浅浅叹息。她脚尖一转，正要往回走，忽闻城门之外传来“咔咔”的声响。

在荒城中生活了几百年，从未听到过城门从外面传来任何响动，女怨眼眸一厉，立刻戒备起来，竖起了耳朵，更加仔细地探听城外的声响。耳畔风声嘶吼，城门之外却再无动静，就像刚才那一声响动是女怨产生的错觉一样。

她皱了皱眉头，转身离开。

就在须臾之间，女怨刚背过身去，荒城城门蓦地发出一声巨响，被一股极大的力量猛地推开，城门之外的黑暗再次出现，风沙像逃一样奔入无尽的黑暗之中。

女怨心下错愕，吃惊地转过头去，却见一个蓝袍男子一身是血地出现在黑暗之中。他像一个浴血归来的将军，每一步走得有力而坚定。

见那人身影越走越近，女怨不敢置信地瞪大了眼，像痴了一般。

荒城守卫们听见城门的响声都急急忙忙地赶了过来，见到如此场景也都呆住。这些守卫们多是在荒城中待了许久的人，以前那些嚣张的恶霸气焰也都被消磨得差不多了，此时突经变故，不由慌张起来。

“怎会有人闯入荒城结界！外面的世界毁了吗？”

“城主！出事了！出事了！”

“城门踢坏没！坏了咱们上哪儿找木头修补！这又不是石头做的城楼！”

然而这些嘈杂只有一句传到了女怨的耳朵里——“堕仙长安！那是堕仙长安！”是被他捉进荒城来的人们惊慌的喊叫声。

堕仙长安……

“长安，长安，你的名字念着真平和，我也想要个这么平和安乐的名字。阿芜，阿芜，这名字叫起来就像什么都没有一样。”

“阿芜挺好，简洁大方，我很喜欢。”

女怨还记得，那时的长安是怎样摸着她的头顶，在和煦的阳光中笑得那样温暖。

已有多久没有回忆起这些往事了，女怨想，若是以后不再看见他，恐怕至死她也不会再想起这些事情的。因为，当时有怎样的幸福，现在便有怎样的痛苦。

踏入荒城之内，城门在他身后再次阖上。长安迎着众人惊疑不定的目光执着地向着自己要寻找的那人慢慢走去，他每向前走一步，血便顺着他的脚步滴落在地上，留下鲜红的脚印。

女怨便呆立在原地，眼睁睁地看着他走向自己，感到自己的手脚渐渐变得无力。原来长安是长这个样子的，女怨想，原来在她记忆中的长安，不知从哪一年开始已经变成了一团模糊的影子，带着阳光的温度像没有面目的火焰一样在心口灼烧。

“阿芜。”长安伸出双手，他像从血池里面捞起来的一般，没有哪一处是干净的。但偏偏这样狼狈的面孔却扬起了最开心的笑容，“我来接你了。”

女怨的目光从他苍白的双手慢慢挪到他被血糊住了的眼睛上，像听不懂他说的话一般，木然地看着他。

长安仍旧一步一步执着得近乎固执地向女怨走来，然而却在他指尖快要触碰到女怨的脸颊之时，他眼前一花，身子蓦地软了下去。在众人都以为长安会摔倒在地之时，女怨忽然向前迈了一步，堪堪接住长安软倒下去的身子，搂了一怀血腥之气。

荒城众人看得瞠目结舌，四周皆安静下来，不敢相信他们的城主竟会做出这样的举动，出现这样的表情……

“阿芜。”长安昏迷之前倚在女怨耳边轻轻说道，“我们回去。”

女怨沉默了许久，终于说出了他们再见后的第一句话：“回不去了。”

长安无力地抬起双手，只有紧紧地捏住她的衣袖，一个劲儿地重复：“我们回去……”像害怕被丢下的小孩。

“回不去了。”

这句话清晰得残忍，牵扯着曾经的伤口，让她疼得浑身颤抖起来，而长安已经在她怀中晕了过去。

在那里静静立了一会儿，女怨扶着长安站起身来，环顾四周，见众人皆是一副见了鬼的表情。她沉着脸，声音一如既往的阴气沉沉：“都愣着干吗？这是你们城主的男人，还不快来见礼。”

众人的下巴默默地掉了下去……

女怨霸气地一仰头：“备轿，把我的男人抬回去。”

与此同时，在另一个地方，开满白花的遍野之中，长渊与尔笙向着红光射出的地方前行。

爬上一个小土坡，尔笙看见坡下的另一番景象不由得吃惊地瞪大了眼睛：“这是……什么？”

一座巨大的圆形湖泊静静地躺着，湖面的模样像极了八卦中的阴阳图，一半是黑的一半是白的，黑白之中各有一个红色的圆球在不断地旋转，两个红球发出的光芒汇集在一起然后直直地射向天空。便是这直入天际的光芒将尔笙他们引了过来。

尔笙好奇地跑了下去，仔仔细细地打量着湖中的水：“这真的是水吗？”

她好奇地伸手舀了一点出来观察，见这湖水通透明亮，与寻常湖水没什么区别，心中好奇更甚，伸出舌头便要舔来尝尝。长渊自她身后走来，默默地抓住她的手："尚不清楚这是何物，莫入口。"

尔笙听话地将掌心中的水倒入湖中，刚站起身忽然瞅见湖面起了波澜。尔笙最近被接二连三的意外弄得有点疑神疑鬼，她急忙往后退了两步，摆手道："有妖怪要爬出来了？我还没喝啊！真的没喝啊！"

长渊安抚地拍了拍她的头。

湖中并未像尔笙想象的那般爬出一个妖怪来，湖面轻轻荡漾了一番，在白色的那一面投出了一片幻象。长渊眯眼仔细一打量，发现这湖水中投影出来的幻象竟是无极荒城中的景色，漫天沙尘，高大的朱红色城门。

尔笙惊奇地睁大了眼睛："这是怎么弄的？像真的一样。荒城在这湖水里面吗？"

长渊将这番景象静静看了一会儿，目光又落在依旧沉寂不动的黑色湖水上，像是想到了什么，他眸中泛起一丝奇异的波动。正在此时，尔笙忽然拍了拍长渊的手臂，指着幻象惊呼："那是长安和女怨，他……他们抱在一起了！他们当真是夫妻！"

尔笙在一旁喃喃自语地猜测着这两人之前的故事，长渊则若有所思地看着湖面。没一会儿，湖中的水又是一阵荡漾，幻象消失不见，红光也随之渐渐消失。

"哎……怎么就没了？"尔笙感到十分可惜。

长渊却忽然道："我大约找到了出去的办法。"

尔笙眸光一亮："什么办法？"

"若是我猜得没错，出去的路应当在那道红光之中。"

尔笙抬头望向天空，那里已经什么都没有了："可是光没了。"

"不急，既然这光会出现一次，那么必定会出现第二次。"

"长渊怎么知道那红光是出去的路？"

长渊解释道："那并非是路，而是阵眼。但凡迷阵必定有阵眼，阵眼便是所有阵法的弱点。无极荒城与万天之墟同属封印之阵，乃是天地自成的阵法，数万年来不曾有人知晓其阵眼所在，众人都以为这两处迷阵是没有阵眼的，皆道天地之法大妙……而现在看来，事实却不尽然。"

他望着消失天际的红光方向说道："白色湖水既然能印出荒城之中的景

象，那么其必定与荒城有所关联。此处又有与万天之墟几乎一模一样的封印之力，依我猜测，这两色湖水一是无极荒城，一是万天之墟，一黑一白，一处象征永夜，一处象征永昼。是以万天之墟中没有白日，无极荒城中没有黑夜。”

尔笙眨巴着眼看了一会儿长渊：“所以呢？和咱们出去有什么关系？”

长渊原本讲出了些许兴致，觉得自己能推断出其间的关系是件骄傲的事，但突然被尔笙这么直白的一问，他噎住了一下，清咳一声道：“也就是说，此处乃是无极荒城与万天之墟的阵眼，而方才湖水中印出荒城景象时红光出现了，但在景象消失之后光便也消失了，可见那光是此湖与外界连接的媒介，若是我们能进得了那光之中，说不定也就能出去了。”

尔笙继续望着长渊：“可是那光消失了。”

“总会再出现的……”

找到了可能出去的方法，但能让他们出去的红光却消失了，两人无奈之下只好坐在湖边遥遥望着天空，等待红光的再次出现。

暖风徐徐地吹，尔笙生出了几丝睡意，她脑袋一偏一偏地往长渊那方倒。长渊原本皱眉注视着湖中两个红色的光球，神色间带着些许沉重，一个不经意间，余光瞥见尔笙闭上了眼一歪一倒地想要睡觉，他目测了一下尔笙离他的距离，然后不动声色地往她的方向移了几分。

尔笙的脑袋搭下，刚好落在他的肩头。

柔软的黑色发丝落在他的颈间，扫得他的心绪也跟着柔软起来。长渊的脑袋也轻轻地往尔笙那偏了偏，贴着她的头顶蹭了蹭，虽然没有笑，但眼中尽是餍足，像个偷了糖的小孩，得意地享受着此刻安逸。就算飞过他们面前的白色花瓣全化成了灰，他也觉得此景甚美。

长渊想，就算走不完万里山河、看不遍大千世界，但能守住自己这一片安宁，也没什么不好……

正想着，尔笙嘟了嘟嘴发出一声模糊地呼唤：“肉……”她咂巴着嘴，像在回味着什么。

长渊默默地看了一会儿远方，然后擦了擦自己的手指，放到尔笙嘴边。尔笙噘着唇碰到了长渊的手指头，而后老实不客气的一口含了进去，像孩子一样津津有味地尝着。

长渊见她睡得踏实了，也没把自己的手抽出来，任由尔笙一会儿舔一会儿咬。

若是以后能与尔笙一直这样坐着也不错。他想，她饿了，他喂她就是。

暖风习习，不知吹了多久，湖中两个红色的光球蓦地一闪，只见两束红光自球中射出，然后与空中交汇在一起直入天际。

长渊的目光在黑色的那一半湖中停留了一会儿，像是下定了什么决心，发出一声浅浅的叹息，最后才晃了晃尔笙的脑袋将她唤醒："咱们该走了。"

尔笙迷迷糊糊地坐直身子，她揉着眼睛道："该上学堂还是出去打妖怪？"话音未落，她蓦然醒悟过来，"不对，是红光出现了吗？走走，赶紧的！待会儿又不见了！"

"不可鲁莽。"长渊拉住了尔笙，"我们尚且不知随着那光会走到何处，且容我先探探。"

尔笙挠了挠头："外面是刀山火海也得去啊！总比一直困在这个地方来得好。"

长渊无奈地摇摇头："你这莽撞的毛病却是与司命一样……"

"谁和她一样！"尔笙一听这话就"炸毛"了，拽了长渊的衣领，一副要揍他的模样，"我说了不会准她入门的！谁和她一样了！除了我，你谁也不准娶。"

长渊立马严肃地附和："谁都不娶。"

尔笙这才放开了长渊，替他理了理衣裳道："虽然以前老听见无方的女弟子们说男人都是骗子，但是我相信长渊不是一般的男人，你一定不会骗我的。"

长渊认真地点头，随即道："你先等等，我先去探一下那红光。"

"有危险吗？"

"没有。"

"那我在这里等你。"

长渊纵身一跃，直奔那柱光束而去。

尔笙乖乖地坐在湖边等长渊回来，她望了一会儿白色的湖水，见里面还没有投出荒城的景色，便把目光挪到了黑色的湖水那边。长渊说这是与万天之墟相通的湖水。

万天之墟，囚龙之地。

尔笙用力地往湖中看，但除了一片漆黑，什么都没有。尔笙想，长渊便是在这样的环境中度过了数万年吗？那得有多寂寞……

“没错，一定是十分寂寞的。”不男不女的声音再次在心中响起，尔笙吓了一跳之后马上恢复了平静，人总是会在不断地惊吓中学着习以为常。她摸了摸自己正常跳动的心口平静地道：“你说了只在我心中活动的。”

“没错。”那物答道，“尔笙，此时你听到的是你的心声。”

“心声？”

“是啊，长渊独自在万天之墟中待了数万年之久，那里一片漆黑、空无，比死还要寂静，若是寻常人怕是早就疯掉了。毕竟在那样的地方，谁还会以为自己是活着的。”

尔笙忽然想到自己小时候，父母刚去世的那段时间，她独自一人窝在屋子里面，饿着肚子望着满室清冷哭肿了眼睛。她盯着漆黑的湖面，想着长渊变成大黑龙的模样，孤单地蜷缩在黑暗之中，心中猛地一抽，她自言自语地呢喃：“他在小时候肯定也悄悄哭过……”

“仅凭一纸虚无的预言，众神便道天地将毁于神龙爪下，所以上古神龙惨遭天罚而灭族，仅剩的血脉也被永囚万天之墟。尔笙，你不替长渊感到冤枉吗？”

尔笙想到许久之前在回龙谷看见的那几欲冲入天庭的龙柱，还有长渊冷冷的言语“天罚，无错也得受着。”那样的神色尔笙如今回忆起来仍旧想抱着他摸摸头。

“幸好，长渊已经从那里出来了……”

“此言差矣。”那物怪笑道，“永囚万天之墟乃是天罚，九重天上的神仙闲得无聊了，总有一日会派人将他捉拿回去。只要长渊还是神龙，万天之墟还在，他此生便免不了坎坷，更过不安稳。”

尔笙面色一白，心中起了大怒：“可是长渊已经被关了那么多年，就算有罪也该都赎完了，更何况他根本什么错都没有！”

“长渊自然没错，错的是天命。”那雌雄难辨的声音忽然变得尖锐，过了一会儿，他怪笑了几声又道，“尔笙，若能救得了长渊，保证他日后逍遥度日，你可愿全力帮他？”

“你问的是废话。”

“嘻嘻，现在机会便来了。长渊不能改变自己神龙的身份，但若万天之墟消失了，没有地方能囚着他，你说……”

话未完，意已到。尔笙眸光一亮。那物活在尔笙心中，自然知晓她的心意，他哈哈大笑起来："此地乃无极荒城与万天之墟的阵眼，但凡迷阵，阵眼一破则迷阵必破，即便是天地自成的阵法也不例外。尔笙，这两处阵眼近在咫尺，你且看那湖中红色光球，打碎它万天之墟便不复存在。日后你与你的长渊便也能过上安稳的日子了。"

毁了它们……尔笙本还有些迟疑，但那雌雄难辨的声音一直在心中叫嚣，声色越发尖厉，不知不觉中尔笙的眸中竟生出些许戾气。没错，她想，长渊不该被囚禁在那里，他那么温柔善良的一个人被冤枉地囚禁了那么多年，现在应该获得自由。

她往前走了两步，掌中凝聚起一股灵力。

那物又道："以你现今灵力定是不足以打破阵眼的。但幸运的是你手上的铃铛乃是镇守万天之墟大门的灵物，与其气息相和，若是将灵力灌入此铃之中，以铃击之，阵眼必破。"

尔笙果然照着他的话做了，她提气纵身，跃于湖中光球之上，而后将全部的灵力都灌入铃铛之中，尖厉的声音在她胸腔里叫嚣："吾且助你一臂之力！"

话音刚落，尔笙只觉一股沉闷的气息强硬的涌入她的经脉之中，与她自身的灵力混杂在一起，随着她运的气走遍她身体里的每一条经络。胸腔处撕裂一样疼痛起来，尔笙不由闷哼出声。

那物在她脑海里怪笑不断："且想想，你这一击下去，长渊日后再不用受此囚困之苦了。"

尔笙咬牙强忍，任由胸腔中炸裂一般疼痛，她将所有力量都集中在右手之上，然后蛮横地灌入银白的铃铛之中，随着灵力的涌入，铃铛的颜色越变越深。

"打！"尔笙大喝一声，对准红色光球打去。

"嘭！"一声巨响，黑色的湖面腾起一片水雾。

须臾过后，水雾散去，天际红光依旧，湖面上的两个红色光球依旧好好地浮着，没有半分损耗，但尔笙却不见了踪影。

白色的湖中浅浅印出荒城的景色，景象流转，竟是女怨坐在长安床边细细抚摸着他的鬓发。

无极荒城之中，大地轻轻一抖，有的人感觉到了轻微的震动，但等了一会儿见没什么怪事发生，便都以为是自己的错觉，又忙自己的事去了。

对于他们来说现在最大的新闻有：一、城主救了人，那人叫长安，是个堕仙。二、堕仙长安从城外走了进来。三、城主和堕仙长安曾经是夫妻。这三条新闻任何一条对于荒城中人来说都是一个巨大的刺激，更遑论三条竟然同时发生了。

众人议论纷纷，在荒城城楼下有难得的热闹。

然而外面的热闹并不能打扰到女怨，此时她正坐在长安身边，盯着他的脸，好似在鉴定此人真假一样，仔仔细细地打量着。地面微微一抖，她恍然回神。

荒城之中根本就不会有地动，此时一抖看似普通，但却一定出了什么大事。她做城主多年，出了事第一个往前冲几乎成了她的习惯。当下她将衣裙一拂，起身便要出去，哪想手腕却被温热的手一握，躺在床上那人不知何时竟已醒了。

女怨怔住，对上他的眼，脑中便是一片空白。

"阿芜。"

她沉默了许久，说道："我叫女怨。"

"阿芜……"对于她的冷漠，长安有些难过地降了声调，这一声"阿芜"唤出去，竟像是小动物在嗷呜嗷呜地叫着，带了一些可怜的意味。

"女怨。"她抽出手，面上表情冷硬，声音中竟是不可违逆的生硬。

长安看着她。女怨垂了眼眸，推门出去。

"阿芜。"长安扬声唤道，"我是来接你的。"

跨出门槛的身影一僵，她在荒城没日没夜飘着的风沙当中扬起了衣袖。血红的衣袖，在风中颤抖着飞舞。

女怨轻声说着："第三遍，回不去了。"

话音一落，她红色的衣袖便也化作了沙，与天空中飘落下来的沙混作一堆。

长安瞳孔紧缩，他眼睁睁地看着女怨的身影在荒城苍白的光影下慢慢化沙。从衣袖到手掌，然后是整个手臂，半个身躯，都变作了沙随风而去。

仅剩一半人面的女怨侧过脸来，逆着光，她的声音是一如既往的阴冷："我乃荒城城主，城中沙便是我，我便是沙，我与城早融为一体，分割不开了。"

长安喉头一哽，听她残忍地说道："我是女怨，阿芜，早死了。"

尔笙是被长渊拖上岸的，她难看地翻着白眼吐着泡泡，长渊用力在她腹部一压，尔笙“哇”的一口吐出了积水，然后趴在一边难受地呛咳起来。

长渊粗粗喘了几口气，在此地使用神力让他备感压迫，才两招下来便已极是吃力。

待气息慢慢平稳下来，他转头打量还在咳嗽的尔笙。尔笙不会泅水，甚至可以说是怕水的，所以在落入湖中的一刹那她停止了所有反抗，几乎是本能地抱住了他的腰，就像抱着救命稻草一样死死抓住。但在之前，尔笙的反抗却让长渊结结实实的接了几招。

长渊眉头紧皱，他看着尔笙脖子上一条条黑色的线顺着她的脉络清晰骇人地布满整张脸，线条的颜色由深变浅，最后慢慢聚拢，消失于她的眉心。尔笙“嘤咛”一声，渐渐醒转。

看着尔笙捂着胸口难受地喘气，长渊眉头皱得更紧了，他沉声问：“为何突然击打湖中红球？”

长渊本在上方探寻着出去的方法，忽觉下方竟有股邪气弥漫，慌忙赶过来一看，才发现竟是尔笙在对万天之墟那半湖水发难。若不是他险险挡住了尔笙那一击，如今此地还不知会变作什么样子。

尔笙呛咳了几声，好不容易才缓过神来，像被糨糊粘住了的脑子也慢慢变得清醒，她盯着长渊严肃的脸色，挣扎着坐起身子道：“我想毁了万天之墟，这样长渊以后就不用再被追杀了。”

长渊面色一冷，神色间对尔笙是从未有过的严厉：“何人告诉你那样做可以毁了万天之墟？”

以尔笙的阅历，最多看过几本无方藏书阁中的一些凡间传说，她怎么可能知道应当如何运用阵眼破解天地迷阵，更不会知道万天之墟与其守护之铃相生相克这种事情。而且方才他阻拦尔笙的时候，长渊明显感觉到她与平时的不同，招式邪异古怪，断不是无方的招数，更不是他早期教她的龙族御敌之术。

若不是有人在背后捣鬼，尔笙怎会突然学会那么多东西。还有方才消失在尔笙眉心的黑线，若是他想得没错，那应当是邪魔之气。

长渊看着支支吾吾不敢说真话的尔笙，脸色沉重起来。

到底是哪里出了差错……

尔笙没料到长渊居然会生气，她有点委屈又有点害怕。委屈的是自己分明是为了帮他才做这事，他非但没有感动，还出手打断了她的行动，现在更是一脸兴师问罪的模样；害怕的是，如果把自己死而复生，身体里还有另外一个人的事对长渊说了，他会有多担心……

“是我自己想到的。”

“撒谎。”长渊冷冷地道，“如实说。”

尔笙被长渊强硬的态度刺出了几分脾气，她一扭头，望着湖面生硬道：“就是我自己想到的。这处既然是阵眼，当然便能有破阵的办法，我胡乱打着玩的。”

这是尔笙头一次和他这么顶嘴，长渊唇角一紧，心里难过之余又生出了几分不知所措。但这事关重大，决不能草草了事，长渊面色更冷了下来，严肃地道：“若我真信你此言便真是蠢了，你若是胡乱打着玩，何以会想到动用手上银铃？你可知方才举动实乃扰乱天地秩序之大罪！万天之墟与无极荒城相生相成，一昼一夜，一阴一阳，固守天地平衡，毁其一则令天地失衡，彼时，天下大乱，万物凋敝……”

“我只是……”尔笙忽然大声打断长渊的话，她紧紧地盯着他，眼睛红了一圈，“这些我都不知道，我只是替你觉得委屈……”

“我只是，不想你再被关着了，孤零零的很难受。”

长渊眼眸一颤，望着尔笙沉默无语。

尔笙不是司命。司命是神，心怀万物，万事以大局为重。尔笙是人，她站不到那么高，看不见天下苍生。她只看见了长渊，遇见了长渊，为他愤怒，为他不平，为他心疼。

憋了许久，尔笙终是忍不住心里的委屈，“啪嗒啪嗒”掉下泪来。长渊即便有再大的火气此时也都烟消云散，心里唯剩一层层无奈夹杂着的温暖，令他深深叹息。

“我……”长渊伸出手去碰尔笙的脸颊，却被她一巴掌拍开，长渊抿了抿嘴唇，心中无奈更甚，“我错了。”

尔笙初时还只是默默抹泪，一听长渊道歉，立马“嘤嘤”哭出了声，大有不停不休的架势。长渊待了一会儿，手足无措地想去拉她，但又害怕被打，在旁边歪着脑袋打量了尔笙一会儿又道：“真的错了……”

尔笙像是伤了心，又不知被勾起了怎样的心绪，越哭越伤心，怎么都停不下来。

“尔笙……”

“我、我停，停不下来，停不下来了。”

长渊愣了一会儿，苦笑着一声叹息。他伸出双手，将她搂进怀里轻轻圈住，像安慰孩子一样轻抚着她的后背：“我也只是怕你出事。”毁了万天之墟，致使天地失衡，那是毁天灭地的大罪。若是尔笙真做出那样的事，只怕是关入无极荒城也不足以赎罪了。

他将尔笙静静拥了一会儿，待尔笙慢慢停止了抽噎，长渊琢磨了一下，还是认为理当将其间因果问清楚。尔笙是怎么学会的那些邪气十足的招式，还有脉络里浮现的邪魔之气。

这次长渊的语气放缓了许多，讲述了自己生气的理由，末了还半是威胁半是可怜地吐出一句：“若将实情隐瞒于我，我定日日忧心，无法安睡。”

尔笙听罢这话，在长渊肩头抹了一脸的鼻涕眼泪，然后再抽抽噎噎地将所有事都老实交代了。

当初在海上碰见的邪灵珠，而后被孔美人灌下的骨螭内丹，还有帮她补了心的神秘影子。“毁了万天之墟的方法都是它告诉我的。”尔笙指着自己的心口道，“可是长渊你讲的这些事情它都没有与我说。”

长渊越听，眉头皱得越紧。他想，邪灵珠乃是上古邪物，既然它找尔笙做了宿主，哪有那么容易便被清除干净的。即便无方的仙法清神静心，也难以根除人本性中的恶念。想必当初的邪灵珠之气定是隐藏在了尔笙身体内处，当骨螭内丹被尔笙吃进去时，两个邪物相遇，合二为一，竟生出了灵识。他寄居在尔笙体内，伺机吞噬宿主，霸占这具身体。而要达成这个目的，前提便是让宿主入魔，迷失本心。

其实以长渊之力也不是不能助尔笙消除体内邪物，但如今最麻烦的是那邪物帮尔笙补了心，若是强行将其抽离而尔笙体内，怕是尔笙也不得活。

“长渊。”尔笙在他面前晃了晃手，唤回他越走越远的思绪，“你说我心里的那东西是妖怪么？很坏的妖怪？”

看着尔笙澄澈如水的眼眸，他沉默无言。这样的尔笙会入魔，变得心智全失，嗜杀成性？

“长渊？”

他摸了摸尔笙的头，温言道：“妖怪很坏，所以以后他不管说什么你都不要听信。别怕，我会找到办法让他出来的。”

尔笙沉默了许久，她叹了口气，道：“它想让我毁天灭地，肯定是个不得了的大妖怪。我怎么就让这么坏的妖怪跑出来了呢？”她顿了顿，有些不安地拽住长渊的手，“长渊，是不是因为我太贪生怕死了，所以才招来这么大的麻烦？”

长渊张了张嘴，还没说话，尔笙便摇了摇头道：“可是如果再有这么一次机会，我肯定还是狠不下心让自己死掉。我想活着，苟且偷生也要活着。”

长渊握紧了尔笙放在他手心里的手。

“我想和长渊一起快乐地生活下去。”

天际的红光仍在，长渊带着尔笙踏空而上，步入红光最下方，进去之前，尔笙回头看了看黑白两色湖面，问道：“长渊，若是毁了万天之墟而天地不会失衡，你会毁了它吗？”

长渊想也未想地答道：“不会。”

这个答案显然有点出乎尔笙的预料，她惊道：“为何？”

长渊沉默了许久，认真地看着尔笙道：“你可还记得女怨说的话？她道我与她一样，同是有大怨之人。以后……若是我变得不是我了，至少有一个地方能将我囚住。”

长渊这话说得凄凉，听得尔笙不由得心慌起来：“你被关在里边，我一定去陪你，不让你孤孤单单的一个人。”

闻言，长渊垂了眼眸，掩住心头涌上来的温暖之意，只淡淡地“嗯”了一声。

“走吧。”

长渊牵着尔笙，一步踏入红光之中，而后径直飞入天际。

离开这个开满上古兰草的封印之地时，尔笙又回头看了看下方的双色湖泊。白色的兰草花瓣纷纷扬扬的撒过湖面，白色湖水中，女怨躲在城墙的一个角落任泪水流了满面。

第十一章 易子而食

长渊是被脸上奇异的触感弄醒的。他睁眼一看，是一个一两岁的小孩正在用舔得晶亮的手指头戳他的脸。对上长渊蓦地清醒过来的眼神，小孩怔了一下，然后便“呀呀”叫起来，手指头更是一下一下狠狠地往长渊头上戳去。

长渊默默挨了几记，见小孩乐够了，便捉了他的手，自己翻身坐起来。
环视四周，只见这里是一个破破烂烂的茅屋，家里除了茅草别的什么都没有，真正的家徒四壁。长渊没看见尔笙的身影，正欲起身忽觉手指一重，竟是那一两岁的小孩滚在地上，咬住了他的手指，嘴唇嚅动，吮吸着他的指头。

长渊无言地盯了他一会儿，发现这个小孩并没有自己放开的自觉，他肃容道：“休得放肆。”

小孩哪听得懂他的话，兀自吮吸得起劲，咂巴着嘴一副极为满足的模样。

这……该如何是好？长渊觉得自己该给这个肉球一点颜色看看，但是又觉得他像泥做的，轻轻一捏便会碎掉，彼时烂了一地的肉，实在不雅……

正为难之际，门口突然“嘭”的一声碎裂的脆响引起了长渊的注意。

他回头一看，见一个衣衫褴褛、面色蜡黄的女子呆呆地望着他，愣在门口，她的脚边是一个摔裂了的陶碗。

咬住长渊手指的肉球见到来人，嘴一松，一屁股坐在地上，他也不哭闹，嗷嗷呜呜地叫了两声“姐姐”，便手脚并用着向那女子爬去。女子见孩子离自己越来越近，她下意识地往后退了两步，但又像是想到了什么，她一咬牙，顶着长渊的目光，急忙跑上前来，一把搂住小孩便往门外跑。

脚步踉跄，神色慌张。

长渊心中起了疑，也跟着走了出去，破茅屋外是一条死寂的小巷，刚走出巷口他便看见尔笙呆呆地站在街边，像木头一样失了神。

他环视四周，整条大街上一片死寂，偶尔在房屋底下会传来几声细碎地呻吟，空气中充斥着尸臭和焦煳的味道。在不远的一角，有人正架着火在焚烧着东西，散出一阵阵黑烟。

眼前这些景象一如多年前发生僵尸之乱时那般。但是长渊清楚地知道，这次并非邪魔作怪，而是瘟疫。这里没有邪气、妖气，只有人类的绝望和数不尽的压抑。

“尔笙。”

听闻熟悉的呼唤，尔笙微微一颤，她转过头来，眼中空洞一片，而眼底却隐隐压抑着惊慌：“长渊……我们真的出了荒城吗？”

“此处没有沙尘，亦无封印之力，是人界。”

长渊的记忆停留在他们踏入红光之中的那一刻，随着黑暗袭来，他的意识便没了，再醒来时已是此地。

“人界……人界……”尔笙反复呢喃着这两个字，不敢相信一般。

长渊伸手摸了摸尔笙的脑袋，他心知此情此景定让她回忆起了不好的东西，刚想安慰她两句，忽觉余光中一个女子的身影慌张跑过，他眸光一凝，牵了尔笙的手道：“且随我去看看。”

僻静的角落，两个女子手中各抱了一个小孩。两人都神色萎靡，磨磨蹭蹭了许久，尔笙正不解之际，却见她们将自己怀里的孩子交换了过去。小孩离开亲人的怀抱开始不安地哭叫起来，两个女子不约而同地失声痛哭，神色间的绝望痛苦难以言喻。最后那年长一点的女人终是背过身，狠心离去。

女人走后没多久，小孩便不依不饶地哭闹起来，抱着她的女子便也跟着一起大哭，但是没哭多久，她却将孩子放在地上，手中抱起一块石头，竟是作势要生生砸死小孩！

尔笙大惊，喝道："你要干吗！"她身形一闪，急急冲上前去，劈手打开女子手中的石块，随即抱起了地上的孩子。她骂道："这么小的孩子，你也狠得下心！"

那女子被尔笙打翻在地，她仿佛连爬起来的力气都没有了，埋头在地上哭得可怜："我，我也没办法……已经好久没吃东西了，父亲已经得病去了，家中母亲快要活活饿死，相公又染上了病。我真的没法了，真的没法了……"

尔笙听得心惊："你……竟想杀了小孩吃？你……"她猛地惊醒，"难道方才那女人与你换了孩子也是想吃掉？"

女子掩面痛哭："毕竟是亲人……我怎么下得了手，只得与别人易子而食。"

长渊眉头猛地紧蹙起来，尔笙脸色"唰"的一下白了，将怀里的孩子扔到长渊手上，扭身就跑，径直往方才那女子离开的方向追去。

女子仍旧趴在地上低声哭泣，长渊问道："何以不离开此地，另谋出路？"

"城门在疫情散播开之前便关死了，大家都出不去，没有粮食也没有药，死的人越来越多……"提到这事，女子哭得更加伤心，"听说城郊的鹿山上便有治疫病的药，只要能得到药大家都能得救。但、但那可恨的城守，他害怕疫病扩散到其他城镇，害怕以后上面追究……他不肯放任何人出去，大家都只有被圈在城里。即便没有染上病，也得被活活饿死！"

长渊听罢，沉默了许久，他把孩子放到女子身边道："照顾好这孩子，今夜来此处取药与粮食。"

女子望着长渊的背影，出神了许久，她回过头来，又紧紧盯着还在哭闹的小孩。她想，或许她的弟弟已经被别人吃掉了，或许这个人只是个骗子，城门紧闭，他又怎么出得去。丈夫与母亲生命危在旦夕，这小孩是她用弟弟换来的，她应该把他杀了吃……

她捡起眼前的一块石头，手一直在发抖。长渊知道她在做什么，但是远去的脚步却没有停下来。

小孩不断哭闹，女子高高举起的手在半空中停留了很久，最终她还是扔开石块，抱起了孩子贴着他的脸，与他一起号啕大哭。

长渊想，人这种动物，虽然有时脆弱，有时低贱，有时无耻可笑，但在偶尔，那一瞬间的选择依旧让他感觉到美好。

他找到尔笙的时候，尔笙正对着四个面黄肌瘦的人说道："今天晚上，我会把药和食物给你们送进来，你们看好小孩，不许把他吃掉！"末了她又补上一句，"你们要吃了他，到时候我就在你们面前使劲儿吃东西，或是把粮食烧掉，总之半点不分给你们！"

闻言，长渊在心底轻笑。

尔笙安抚好了那几人，转过身来便看见了长渊在后面等她。两人互相望了一会儿，尔笙不厚道地笑了："长渊，我想干坏事了。"

长渊点了点头："我也正有此意。"

"听说囤积的粮食和治病的草药都在鹿山之中。"尔笙想了想，"貌似这里的城守也正躲在那里。我觉得这样可不大好，师父曾与我说过，入了无方的门便是无方的弟子，要与无方共存亡的。我琢磨着一个门派的弟子都该有这样的节操，那么受着百姓供养的城守自然也得有这个节操才是。我们要不把城守也带回来吧，长渊觉得如何？"

见尔笙一脸正色地说出这番话，长渊眼底漾起了笑意："甚好。"

傍晚时分，安居于傲城城郊鹿山行院之中的傲城城守莫名失踪了，山上草药也被采摘了一大半，但是粮食并未囤积在城守的行院里，而是存放在一个距傲城很近的一个军营之中。理所当然的，军营也失窃了。

夜幕慢慢落了下来，一道黑色的影子划过傲城上空，洒下了粮食与药草。城中民众皆称看见了神龙踪迹，以为是天神来救自己了，忙对着天三叩九拜，感激涕零。

尔笙坐在长渊的龙角之间，看着被打晕了绑做一团的城守，笑得开心。她狠狠掐了一把城守肚子上的肥油道："这个家伙是个没血性的窝囊废，还没打他就哭着求饶了。也难怪，他这么厚一层皮，我估计就算是一鳞剑砍下去，他也只会流油流不出血了。"

金色的眼眸微微一弯算是他捧场地笑了。待到了城守府邸，长渊落下，他接了尔笙，也不管城守像肉球一般"噗"的一声摔在地上，痛得清醒了过来。长渊默不作声地拍了拍尔笙的掌心："摸着脏。"

尔笙任由长渊拍了一会儿，她问道："我摸了这个男人，你吃醋了？"

长渊一怔，随即点头道：“吃醋了。”

尔笙眼眸一亮，嘴角不受控制地咧了开来，抱着长渊一个劲儿地蹭：“长渊呐，相公呐，没想到你已经这么喜欢我了，有没有爱入骨髓？有没有刻骨铭心？”

由着尔笙腻着他蹭了许久，蹭得他心跳微微变快，他索性抱住尔笙一口咬在她嘴唇上，在她的唇边说道：“有，都有。”温热湿滑的舌头不经意间触碰到尔笙的唇瓣，他像是突然领悟到了什么一样，用舌尖舔过尔笙唇瓣的弧度，然后微微深陷进入了她的嘴里。

尔笙一惊，下意识地往后退，长渊略带强硬地摁住尔笙的后脑勺：“别动，我貌似……琢磨出了点东西……”

尔笙果然不动了，身子绷得死紧，牙关咬得更紧。

长渊努力了一番，无法继续深入下去，他终是无奈地放开了尔笙，眼眸中升腾起一股莫名的暧昧湿意。他有点委屈地唤了一声不配合的女主角：“尔笙……”

尔笙依旧死死僵硬着身子。

两人大眼瞪小眼地看了一会儿，长渊一声叹息，挂出了一丝苦笑：“慢慢来吧。”

尔笙的情绪也慢慢放松，她抿了抿唇，回忆了一番刚才的动作，认真问道：“方才我是应该张开嘴吗？”

长渊也迷茫地皱眉想了许久：“或许应该……”

“咳……咳咳！”一个声音突然打断了他们之间的探讨，肉球城守的脸憋成了猪肝红色，待发现自己笑出了声引来两人的注意后，他又吓得面色惨白：“大侠！大侠！别杀我，小官不是有意的啊！你们继续亲，小官啥都没瞅见！”

尔笙一拍脑袋：“对了，对了，长渊他还没给收拾完呢！”

长渊不悦地眯了眯眼：“我来动手吧。”

城守吓得面色如土，鼻涕眼泪横流，一个劲儿地求饶，但这两人只是把他绑在主厅的椅子上便离开了，别的什么都没做。城守兀自愣了一会儿，突然想城中疫病尚在，他如今一人被绑在这里，彼时得了病死了都没人知道。

他尿了裤子，哭道：“大侠！你们回来，小官知道那种时候不该张嘴！

小官知道后面该怎么做……小官都知道啊！你们回来！”

长渊与尔笙都自诩为有节操的人，自然不屑于去理会这无良城守的恳求，两人手牵手头也没回地走了。

找到今日白天要易子而食的两个女子以及他们的家人，将食物与草药分给他们。尔笙与长渊刚离开便听见身后重重地磕头的声音，两家人皆道长渊与尔笙是上天派来救他们的，对上苍感激涕零。

尔笙还在脸红，不大好意思接受这样的感激，长渊反而沉了脸色道：“傲城瘟疫乃是天命所归，死伤之人也皆是天命注定，尔等至亲之人的生死皆系于一本命薄之上寥寥几笔。上苍无情，天地不仁，为何还要出言感谢？”

这些人哪里想过这些，一时都被长渊问得愣住。

尔笙听罢这话也是一怔，她突然了悟，原来长渊心中一直是恨着自己被束缚的命运的，即便现在他已经出了万天之墟重获自由，但在内心深处，他始终放不开“注定”二字，始终怨恨着上天那一句薄凉的预言。

场面安静了许久，终是由尔笙打破了，她大声道：“你们且记住，救了你们的不是天地，不是上苍，更不是所谓的神仙，只是……”尔笙眼珠转了转笑道，“只是一对平凡的夫妻，妻子心地善良而且长得漂亮，容貌倾国倾城、闭月羞花、天下无双，她丈夫英俊潇洒、风流倜傥、才高八斗，世间无人出其右。”

这算……哪门子平凡的夫妻？

长渊望着尔笙，嘴角动了动，却是把这句话咽了下去。见尔笙一脸半是调皮半是骄傲的模样，长渊心头微微一痒，那些不平与愤恨都随风散去。

尔笙一口气把自己能想到的夸人的词都念了出来，唬得众人惊叹不已地望着她。她得意地一仰头，牵了长渊的手便大步走开：“咱们是低调的人，做好事不能留姓名的，赶快趁夜离开这里吧。许久没见师父和师姐了，我怪想念他们的，待我们回无方与他们道了别，我便抛开一切与长渊你一起游历山川湖海可好？”

长渊摇了摇头：“那样是好，但是此事尚未完全解决。”他遥遥望着城门的方向道，“我们劫了军营里囤积的粮草，但那些粮草只是解了燃眉之急，顶多维持城中几日口粮。数日后若城门仍旧紧闭，城中百姓只怕也得活活饿死。”

尔笙神色一凝，她琢磨了一会儿，道：“干脆卸了城门吧。”

“不可。”长渊道，“城外既有军队驻扎，可见此处乃是军事要地，此时若卸了城门，日后城中居民便难以抵御外敌入侵，此其一；其二，军队隶属于官府，城守既下令紧闭城门，定是与军队将领串通一气了的。彼时城中民众逃散出去，定会遭到军队的杀害。”

尔笙无计可施了，她挠了挠头：“那该怎么办？”

“让他们心甘情愿地开门。”

“你是说……”

“那城守尚可利用。”长渊挪开眼神遥遥地望着远处，耳根有点可疑的羞红，“顺便……也可让他把知道的事都吐出来。张、张不张嘴之类的……”

尔笙勇猛地一拍胸脯道：“这事交给我！”

胖子城守被再次利用起来。尔笙也没对他客气，把该问的都问了，该了解的都了解了，虽然听了个面红耳赤但好歹算是对某些事入了门。拷问完城守她便蒙了面，提着胖子城守去了驻扎在城外的军队，尔笙与军队的大胡子将军做了一番交易——两日后，用胖子城守换取城门大开。

尔笙心下觉得这个交易可笑得可怕，同为一国之人，区区一个城守的命便抵过了一城人的性命。同样生而为人，为什么一个就那么贵，一个就那么贱？但尔笙也知道，尽管不平，但这就是现实，这就是……命。

两日后，一队人马打开了从外面封上的傲城城门，随即进了城。尔笙便也依约放了胖子城守，看着他自个儿一步一个踉跄，屁颠屁颠地往大胡子将军那方跑。尔笙挠了挠头，正想说自己是个守诚信的人，忽觉眼角余光闪过一片橙光。她惊骇地回头一看，却见大开的城门中竟是一片火光，民房一间接一间的烧了起来！

穿着铠甲的士兵提着冰冷的刀刃，将意图逃出城去的民众砍倒在地。

她心中惊骇，也顾不得要掩饰自己修过仙，提气纵身飞向离自己最近的一个士兵，将灵力聚于掌中一掌拍在他的肩头，直让他飞出去老远。尔笙救下了一人，但奈何进入城中的士兵人数不少，四处皆是一片惨叫之声，尔笙急得双眼发红，却又不知该如何是好。

“长渊！救人！”她大喝一声，握了一鳞剑便怒气冲冲地去找大胡子将军算账。

见到大胡子将军的一刻，尔笙便一剑劈了他的胡子，黑乎乎的毛发顿时飘得一地都是。周围的士兵大惊，吼叫着保护将军，但区区普通人的武艺能奈尔笙如何，两招下来便被尔笙的灵力打得老远。她一剑直指将军的喉咙，怒红了眼："无耻！我放了肥猪城守，你却不守信用！"

那将军倒还有些风度，目光冷硬地看着尔笙道："我只答应你今日大开城门，从未承诺过其他。"

他说的却是事实，尔笙狠狠地瞪着他："军队是守护国家、保卫人民的，百姓拿钱养了你们，是让你们对他们刀剑相向吗？还不叫那些混蛋住手！"

"哼，妇人之仁，城中疫病若是扩散，死的远远不止这一城之人。此时杀了他们，连带着将疫病一同烧去，乃是为大局着想。"

"无耻！"尔笙入无方之后许久未曾说过脏话，今日却是气得什么都顾不得了，"那肥猪城守也进过城了，为何你不把他杀了？我也在城里待过，现在又和你说过话了，你怎么不见得从大局着眼，自刎了事？"

将军一声冷哼："我乃大启国镇南将军，升斗贱民，蜉蝣之命，岂能与我相比？"

城中火光慢慢蔓延，渐渐烧上了天。傲城之中人们的哭号几乎绝望得令人感到窒息。

"不能与你相比？"尔笙眼眸之中忽现一丝狠戾的邪气，她握着一鳞剑的手有些发抖，似乎在极力遏制着什么欲望，"那么我便明确地告诉你，如果傲城中的人都死了，我便要你与你的军队一同陪葬。"

一鳞剑闪着印着火光的剑刃抵上大胡子将军的喉咙，刺破了他的皮肤，一道红色的血液顺着将军的脖颈流下。看着尔笙这般神色，历经沙场多年磨砺的镇南将军也悄然流了一身冷汗，湿了后背。他不由咽了口口水，喉结的滚动让尔笙的剑尖刺得更进去了一些。

"我说到做到。"

场面一时死寂，胖子城守抱成一团缩在士兵的重重保护之中，瑟瑟发抖，他不解，为何此刻这女孩身上突然多出了那么多……杀气？让人不由心底发寒害怕。

"叫他们都住手！"尔笙再次说道，语气中是不可违抗的命令。

"大胆刁民！"有士兵在喝骂，"竟敢威胁我大启将军！"

尔笙眸色一冷，挥手间便是一记灵力杀去，力道之强，径直令那士兵飞出去十来米，口吐鲜血，晕死过去。

"为何不杀了他？愚昧迂腐的人，死不足惜。"雌雄难辨的声音再次在尔笙心中响起来，这次这声音近得便像在她耳边轻言一样，令她浑身一颤，几乎要控制不住地想一剑刺死眼前的将军。

她不该杀人，尔笙清楚地知道。这些人虽然可恨可恶，视人命为草芥，但是她不该杀了他们，她没有让人失去生命的权力。她要是那样做了，和这些人又有什么区别……

"你若不杀了他们，他们杀人便是受到朝廷的保护，受到王法的容许，他们不会受到任何处罚，并且以后的日子会过得更好，活得心安理得。"

尔笙握着一鳞剑的手颤抖得更厉害了。

"你瞧瞧他们在干什么。"脑海中突然飘过男人、女人惊恐的脸，小孩破碎的哭声，被一刀斩断的脊背和老人被砍下的头。尔笙想要大叫，但却怎么都叫不出来，她感到自己喉咙中腥甜一片，仿似怒得想要掀了这天。那声音接着道，"那些人命该如此？被屠戮，被残杀？他们做错了什么？尔笙，你感觉到他们的惊慌和绝望了吗？为何不杀了眼前这些屠夫还世间一个清静？"

闭嘴……

"尔笙，既然天理不存王法不在，你还在顾忌什么？杀便只能用杀戮来阻止。"

闭嘴。

"这世间存在的罪恶，不该毁灭吗？"

闭嘴！

尔笙捂住了头，一下又一下狠狠击打着自己的脑袋："闭嘴！闭嘴！不准再说了！"

那大胡子将军见尔笙突然收了剑，又莫名其妙地发了狂，他心中一喜，忙抓紧机会，就地一滚，逃到了一边，随即被重重士兵围了起来，将他护住。镇南将军认为自己已经安全了，他大喝一声："斩此妖女者，重重有赏！"周围的士兵得令，一拥而上，都想取尔笙的项上人头。

此时，风忽然停止了，尔笙站在那里忽然不动了。垂下的发丝遮挡了她的脸，此时没人想去看见她的表情，大家都想杀了她，然后领赏，仅此而已。

当最快的那把刀砍向尔笙之时，突然狂风大作，吹起的沙尘一时迷了众人的眼。只听得一声凄厉的惨叫，众人回过神来便看见尔笙一剑划开了一名士兵的肚子，内脏流了一地。士兵在地上凄然惨叫，翻滚许久而不得死。

腰斩……

众人齐齐惊骇地看向尔笙。

她眉心一朵黑色的火焰状的印记尤为醒目，像是要焚毁一切的狠戾之气，令人为之胆寒。

雌雄不辨的声音在尔笙脑海里嘚嘚怪笑着："该毁灭的，彻底毁灭。"

城中的士兵并不是那么好收拾，长渊要顾及着普通的百姓，不可一举将其打倒。鹿山那方传来的阵阵邪气让长渊心中忧虑，可是即便他已经尽了最大的努力，当他找到尔笙之时，仍旧慢了一步。那一处土地，已经完全被血浸湿了。

空气中弥漫着刺鼻的血腥味，难闻得令人恶心欲呕。

尔笙抱着膝盖，孤零零地坐在散乱着人类尸体的一片狼藉之中，一身被血染湿的衣裳红得触目惊心。她将头埋在膝间，看起来竟像是在哭。

长渊心中一紧，喉头一哽，一时间竟不知自己该做何举动。他在尔笙前方静静站了一会儿，终于迈开步子走到尔笙身前。他蹲下身，犹豫了一会儿，探出手去想要摸尔笙的脑袋。

尔笙仿佛感应到什么，默默偏了偏身子躲开长渊的手。

长渊指尖一僵，顿了一会儿之后，更是坚定地将手放到她的头发上，一如往常般亲昵地揉了揉。尔笙头上也凝了不少血，长渊轻轻一摸便染了一手猩红。他平静道："不怕，我在。"

尔笙依旧埋着头不愿抬起来，仿佛自己看不见，这里就什么都没发生一样。长渊将她的脑袋摁进怀里，笨拙地轻拍着尔笙的背，一遍又一遍地在她耳边呢喃："尔笙，长渊在，不怕。"

僵硬的身子在他一声声呼唤当中渐渐软了下来，尔笙极力压抑的啜泣声也慢慢泄露出来，穿过长渊的耳畔，像一只长着锋利指甲的手狠狠掐住了他的嗓子，捏住了他的心脏，随着尔笙传来的呼吸，与她一同难受。

"我……停不下来。"片刻后，尔笙总算是能勉强说出话来了，浑身剧烈地颤抖着，语无伦次道，"我回、回过神，就这样了……他们求我，那么求我……可是、可是停不住，手不听我的，我怎么都停不住。"

"不怪你。"长渊轻轻拍着她的背，努力让自己冷静地说，"是你体内邪气作怪罢了。”

尔笙脊背一僵，她伸手轻轻推了推长渊，从他怀中抬起头来，血红的眼睛呆呆地望着长渊：“我这样……也只是邪气作怪吗？”

青黑的丝线在尔笙皮肤之下蹿动，一缕一缕皆汇聚于她眉心处黑色火焰一般的印记中。

长渊一怔，有些不敢置信地触碰尔笙眉心的印记，指尖与印记相接触的那一瞬，尖锐的刺痛突然扎入长渊指尖，他放下手，表情沉重起来。这天下只有一种印记会与神力如此水火不容，互相排斥。即便长渊再如何不愿相信，事实也摆在这里了。

尔笙堕仙入魔，从此之后只怕会渐渐失了本心，变作一个只会杀戮的……怪物。

“长渊……”尔笙见长渊沉默不语，心里不由生出了怯意，她拽紧长渊的衣袖，努力压抑着声音中的颤抖和惧怕，“我知道我现在长得不好看，又脏又邋遢，也知道我做了很可怕的事，但是……”

尔笙埋下头，看着自己沾满血腥的手弄脏了长渊不论什么时候都一尘不染的衣裳，她的眼泪便啪嗒啪嗒地落了下来：“你能不能不要嫌弃我？别人都可以，但是你能不能不管我变成什么样子，都一直陪着我？”

尔笙有勇气接受一切嫌恶，胆敢面对所有的背叛和失去，因为她还有长渊。她的坚强和防备可以抵御全部的指责谩骂，不怕任何失去，只是除了长渊。

因为太过在乎过于依赖，所以，一旦他不在，她的世界就彻底分崩离析了。

不用任何攻击，便能轻易地置她于死地。

长渊静静看了她一会儿，他的手穿过尔笙的发揽住她的脖子，让她的头微微往自己这边倾了倾。接着温热的唇瓣轻轻贴上她的额头。黑色的火焰印记叫嚣着刺痛他的唇瓣，长渊却仿佛没有感觉到那刺骨的疼痛一般，轻轻呢喃道：“承君一诺，生死相随，不离不弃。”

长渊不知道自己有多喜欢尔笙，也嘴笨地从没对尔笙说过什么好听话，但是他愿用一生一世，许尔笙一世心安。

傍晚时分，两人终于决定离开这个修罗场。

随着尔笙的心情渐渐平复，她脸上的黑丝逐渐消失不见，眉心的火焰也淡得几乎看不出来，眼中的血红褪去又恢复了黑白分明的清明模样。尔笙挺直着脊背，看了看这一片自己屠出的血腥之地，默默地跪下，正正经经地叩了三个头。

“我会赎罪的。”尔笙贴着地面轻声道，“我会赎罪的。”

长渊看着她弯得卑微的身体忽然想到女怨的‘预言’，照如今这情形来看，尔笙日后定是免不了牢狱之灾，但庆幸的是，不管是万天之墟还是无极荒城，他都已去过。

尔笙不知自己跪了多久，直到长渊将她扶起，说道：“听说堕仙长安三次成仙三次堕魔，既然如此，这世间便肯定有破除魔印之法。我们去寻就是。”

尔笙想了想：“长渊，我们还是先回无方吧。无方藏书阁之中的书也有不少记录了关于长安的事情，我们先去翻翻，兴许能找到什么线索，又或者直接问问仙尊，应当比我们漫无目的的去寻找要好上许多。”

长渊自然没有异议。

两人走后，在血腥之味飘散的地面上，一堆残肢突然莫名动了动。忽然，一只手蓦地从断肢当中伸了出来，随即另一只手也探出来，用力地刨开肢体，一阵努力之后，胖子城守气喘吁吁地自尸体中爬了出来。他满身的血，但却没有受更多的伤，只是脸上的恐惧仍在，仿似魂都吓掉了一般，喃喃自语着：“无方无方……”

“无方修仙的……要谋反了。”

傲城位于无方西北方向，距离甚远，即便是御剑回去也需要一天多的时间。尔笙之前动用灵力过多，走了没多久便脸色苍白，难以继续，两人决定到城镇里落脚歇息。

一进城便觉得城中人心有些浮躁，似是兴奋，又像是惊慌。尔笙一打听才知道在她进入无极荒城的那段时间，外界居然出了那么多事。

无极荒城现世，众妖围攻无方却被堕仙长安击退，然而长安却神秘消失在无极荒城的石碑中，随着长安的失踪，荒城踪迹再次被无方后山湖水淹没。但是随着堕仙长安的失踪，本被震慑住的妖魔再次起了邪念，这次却没有明着攻击，而是暗地里捉了不少无方的小弟子逼问无方结界的破解之法，而后又将他们残忍杀害。

无方众长老大怒，请求仙尊下了屠妖令，仙尊应允。此时无方山那处正杀得惨烈。

然而就在前两日，一个名唤孔稚的小仙门掌门声称，无方多年来藏匿无极荒城的入口，有着不可告人的秘密，居心叵测，让众修仙门派对其多加防备。又称无方仙尊寿命早已超过正常修仙者应有的命数，甚至连容貌也百年未曾改变，他没有飞升，必定已入魔。

此言一出，修仙界一片哗然。本来欲助无方除妖的各门派皆退缩回去，缄默不言。一时，无方陷入以一派之力敌对众多妖魔的尴尬境地。

尔笙听闻这些消息，登时急得坐不住了，拉着长渊便又急急地往无方赶。

长渊在无方陪了尔笙三年，知道无方的实力，他安慰尔笙道："小妖怪便是聚集再多也是一群乌合之众，动不了无方根本。"但是长渊心里也清楚，对于现今的无方来说，真正的威胁在于四处流散的谣言。

小妖怪并不可怕，但是如今若将无方有所密谋的罪名坐实，以后若无方面临真正的危险，也必定没有人施以援手，那时的孤立无援才是最可怕的。

"不行，不行。"尔笙道，"左右我是怎么也睡不着的，休息也休息不好，还不如直接往回赶呢。"

长渊淡淡地道："你能御剑多久？"

尔笙一怔，随即可怜巴巴地望着他："长渊……"

两人对视了一会儿，长渊默默挪开了眼神："你需要休息。"

尔笙丧气地耷拉了脑袋，又幽幽地唤了一声长渊。长渊的耳朵动了动，仍旧面无表情地看着别处。尔笙拽了他的衣袖弱弱地晃了两下："长渊，我让你咬好不好？"

他闭上眼，紧抿着唇。

尔笙失望地放了手，就在那一瞬间，放开的手又被长渊紧紧抓住。尔笙惊喜地抬头望他，只见他眉目温和，带着三分无奈，三分宠溺，三分埋怨地说："不可以这样引诱我……"

两人的唇覆在一起，长渊像被迫上瘾一般叹息道："我会抵抗不了。"

最后是长渊化作真身让尔笙乘在他的龙角之上，借着云层的遮掩，飞向无方。

第十二章 再回无方

九重天上，常胜天，战神府邸。

战神府邸外十里梅林的红梅开得正好，映着阳光，香气袭人，穿着棉白衣裳的女子懒洋洋地倚在一棵梅树之下闲闲翻看着命格本子，一边看一边咋舌："啧啧，司命星君当真是个刻薄至极的女人，瞅瞅这命簿，如此有爱的两个二呆，居然让其中一个入了魔，这后事必定悲催至极……"

她一指捻住后面一页，正准备翻，忽听远远传来一声轻柔的呼唤："三生。"

她的心思一下便被吸引过去了，抬头一望，正是她的夫君——战神陌溪。

三生将命簿随手扔在地上，站起身来，拍拍屁股便往那边走，一边走一边问道："天帝今日可醒了？"

陌溪点头："醒了，但还是不大能下床走动，上古神龙抓出的伤，不好愈合。"他将落在三生头上的花瓣拍落，笑问道，"今日不批命格了？"

"去司命屋子里逛了一圈，偷了几本命格回来看，本打算借鉴借鉴，但是瞅着瞅着就忘了时间。"说到这个，三生来了兴致，她挽住陌溪的胳膊，一边往屋里走，一边道，“她桌子上放的那本簿子，最是精彩。说来司命不愧做了几千年的司命，下笔着实狠辣。”她眉飞色舞地将今日看到的故事生动地转述给陌溪听了。

听罢，陌溪愣了很久，随即正色问：“那女子要入魔了？”

“大概已经入了吧。”三生摊手道。

陌溪揉了揉额头：“若是我猜得没错，那应当是司命星君下界后，她自己的命格。魔性入心，难以消灭，即便轮回转世也不可消解。此时那名唤尔笙的女子入了魔，也就是说即便以后司命归位，心中也是存了魔性，更甚者，会由神堕魔。”

三生吓了一跳：“如此听来司命更是活得忒没心肺了一点，对自己都下这般黑手！我叹服！”

陌溪摇了摇头：“司命虽活得随性，但在这种事情上还是不会开玩笑的，此事颇为蹊跷……你且将那本命簿拿我看看。”

三生点了点头，一看自己手中却没了命簿的影子：“呃……”她将自己身上上下摸了一遍，冷汗一时落下额头。她回头望了望已经走出很远的梅林，每棵梅树都长得似曾相识，三生挠了挠头，哈哈笑道，“方才，我好像随手将那本子扔在了一棵梅树下面。”

陌溪无言。

“我一个不小心，就忘了是哪棵梅树了，哈哈……”

陌溪一声长叹。

三生笑脸一垮，拽了陌溪的衣袖，含着一汪泪，可怜巴巴地盯着他道：“司命若是在下面出了什么事，以后归了位会不会来杀我？”

“命簿之前便是写好了的，再如何也是按着上面写的走，不过是我们无法预测之后会发生什么罢了。”陌溪想了想道，“此事应当与天帝说说，毕竟事关上古神龙。”

提到这个，三生突然问道：“天帝是不是喜欢司命？”

“他拒绝了司命一千多年，应当是不喜欢的。”

“可是，我却觉得天帝如今的表现竟像是在吃醋呐！”三生眯眼道，“司命下界应当是件大事，众神活久了，大都闲得无聊，绝不会放过这么件可八卦的事。但过了这么久也没见人提过一句，很明显，或许除了咱俩，大家都不知道这事，甚至还可能以为司命上次被天帝拒绝之后，伤心过度，喝多了琼池的酒，仍旧醉着。你想，有本领把司命下界这事压下来的除了天帝，还能有谁？”说到这里，三生皱了皱眉，有些困惑，“但是既然他有心要护着司命，为何还要下界去和人家作对呢？等等！容我想想……”

三生摸着下巴道：“你说，会不会是因为司命一直喜欢他，执着得让他以为被司命喜欢是一件理所当然的事，他拒绝司命也是一件理所当然的事。但有一天他突然发现原来司命并不是非他不可，失落感油然而生，像天帝这样一直站在高处的人肯定更为不爽。”

“司命下界，而后不久神龙便从万天之墟里出来了，然后天帝也追了下去。天帝一边在天庭里护着司命，一边又下去处罚司命的转世，更奇怪的是，他居然被神龙打得鲜血淋漓的回来。如今清醒之后也没有下令让天兵天将去捉拿神龙……陌溪，你瞅瞅这像不像一出丈夫知道自己妻子跟人跑了之后，一边暗自心痛神伤，一边安抚着家里，一边又想追回妻子，但最后却被妻子的情夫给打得一脸狼狈，而丈夫仍旧碍着妻子的颜面不愿让家里人为自己出头……的戏码？”

陌溪愣了一会儿，随即摇头浅笑：“你上次还说天帝与神龙有不可言说的情愫，今日又如此比喻，天帝听见了会打你的。”

“他是天帝，你是战神，他是搞文的，打不过你这个动武的，我不怕。”三生说得理直气壮，直听得陌溪哭笑不得，她也不理他，继续推理道，“天帝那般刚硬的性子能忍下自己被打的耻辱而不派人打回去，想必他定是有所顾忌，他一定是怕派天兵天将下去捉拿神龙会暴露了司命下界的事情……”

“越想越奇怪了。”陌溪笑道，“司命会乱来，天帝却不会。前些日子听闻魔界余孽又开始蠢蠢欲动，若要开战，谁还有心思去管神龙的事情。左右他跑出万天之墟的这些日子也没有什么天地异动。”

三生很是失望地叹息：“竟是个这么无趣的理由。”

陌溪一阵好笑，戳了戳她的脑门，道：“天兵天将是养来御敌的，不是去捉奸夫的。”

“可我还是觉得这三人之间有不可言说的奸情，绝对有什么是我们不知道。”

“三生确实不知道。”陌溪道，“今日我见了天帝，不经意间瞥见了他掌心有一道咒符。现在听你这一说，我想，天帝定是把那咒下在了司命身上。

我虽不知那是什么咒，但看那复杂的咒印便知道不会是什么好东西。若天帝真喜欢司命，又怎会舍得在她身上下咒。”

“下咒？”三生一惊，“可是那命簿里没说尔笙被下了咒……啊，难道是传说中的惩罚？”

天上一天，人间一年，这责罚是天帝下的，所以在天帝昏迷期间尔笙安然无事地过了三年。如今天帝醒了，想必咒印也会发生它的作用了，可是天帝下的这个咒印到底是干吗的呢？

三生恨道：“这种话本看不完的感觉真心难受！我还是回去找找吧。”

陌溪也点头赞同：“这命簿确实写得古怪，理当找来看看。”

“说到古怪，那命簿的字迹也确实古怪得很。”三生道，“我研究了司命许多命格，没有哪一本的字是写得那么规规矩矩，方方正正的，唯有最开始的那一页写的四个字才有司命自己的风格。”

陌溪眉头一皱：“那四字是什么？”

“唔，约莫是叫……天地龙回。”

天地龙回。陌溪的眉眼沉凝下来，“若是如此，只怕那本命簿的书写者根本就不是人。”

三生眨巴着眼想了一会儿：“自然，司命都做了千来年的司命了，怎么算是个人。”

“我是说，司命自己给自己批了命格，她想用‘尔笙’的这一世达到‘天地龙回’这个目的，但是如何达到这个目的却只字未写。”

三生的表情也沉了下来：“那本命格，是天命？”

天命，谁也料不到后事如何。

“若要让天地龙回，必得破除万天之墟对神龙的禁锢，或许连司命也不知道该如何去做，索性便交给了上天，让天命来安排。”

可是天命，向来弄人。

风摇摇晃晃地穿过战神府邸外十里飘香的梅林，带落了花瓣，晃动了枝丫。一株梅树之下，蓝色封皮的书被一页页吹开，翻到中间，后面竟都没了字。风停下，书页也停止了翻动。

缓缓地，在空白的一页上，多出了一行字——无方山，腹背受敌。

话说当尔笙与长渊赶到无方的时候，无方弟子与小妖怪们的战斗正打得热闹。众多长老、师父都没怎么出面，仿佛想借这个机会锻炼一下门下弟子。

看见这样的情景，尔笙便知道无方的情况远比外界传说的要轻松多了。她乘在长渊的龙角之上绕着仙山逛了一圈，忽然之间，她遥遥望见下方树林中，辰渚正在与一个黑熊怪斗得火热，他好似有点消耗过度，应付得有些吃力。

尔笙赶紧唤了几声长渊。

长渊对辰渚没啥好感，颇为不乐意地摆了摆尾巴。尔笙见辰渚确实撑不住了，又急忙拍了拍长渊的龙角。

长渊不乐意地“哼哧”了一声，最终拗不过尔笙，降下云头，随即一声令人振聋发聩的龙吟响彻无方上空，下面斗作一团的无方弟子与众小妖皆被这声龙吟吓得心虚腿软。没一会儿妖怪便作鸟兽散，跑了个干净。

突如其来的呼啸不仅吓坏了小妖怪，更是惊吓到了无方众人。但是当他们抬头来寻的时候，天空中哪还有龙的影子。

尔笙一直认为长渊是个低调的人，全然没想到他竟会做如此高调的事。回到自家院子后，尔笙张了嘴，还没来得及问，长渊便答道：“这样比较方便，不耽误时间。”

尔笙噘了噘嘴，想说他方才分明是在赌气，还未开口，“吱呀”一声，霁灵的房门开了，她披着衣裳站在门口，将尔笙与长渊一同打量了几眼，表情一如既往的冷淡，但眼眸里却藏不住欣喜。

离开无方这些天让尔笙感觉像过了几百年的时间，再见到霁灵的一瞬，她唇角遏制不住地动了动，埋头就扑了过去。抱住霁灵，蹭了许久也没说出一句话来。

霁灵素日最不擅应付尔笙对自己撒娇，通常都会冷着脸让她撒手。但今日她愣了一会儿，琢磨了许久，才略带羞涩地将手放到尔笙背后，轻轻拍了拍道：“回来就好。”

一听这话，尔笙瞬间便红了眼眶：“师姐……”

“小耳朵，你可是算准今日师父会买烧鸡？”随着院外传来的这声大笑，一只油纸包的烧鸡从空中落了下来，霁灵伸手接住，以免它砸到尔笙头上，结果自己却抓了一手的油。霁灵嘴角抽了抽，冷声道：“师父！”

沈醉一边掏着耳朵一边从院外大步走了进来：“别念叨，客人在。”沈醉笑眯眯地打量着长渊：“小耳朵，这是谁啊？”

尔笙还在霁灵怀里蹭，没有搭理沈醉。长渊兀自琢磨了一会儿，学着凡人的礼节，抱拳道："岳父好。"

场面安静了一会儿，霁灵垂下眼睑，遮住眼中的笑意。沈醉额上青筋突了突，扶额叹道："果真与尔笙一样是个呆子。"

尔笙在霁灵怀里蹭够了，又恰好听得沈醉如此戏说长渊，便揉了揉眼睛，道："一日为师终身为父，长渊叫声岳父，没什么错。"

见小徒弟如此护着长渊，沈醉心里有点不是滋味，他眯着眼打量着长渊，暗地里悄悄探查着他的力量，然而越探眉头却皱得越紧。他一直都知道尔笙吼着要找的"夫君"并不是一般人，从他送给尔笙的那柄剑便能看得出来，但是沈醉从未想过尔笙的这个夫君竟如此深不可测。

长渊自然知道沈醉对自己的防备，他老老实实地站在一边任由沈醉对自己肆意探查。沈醉探了一会儿什么结果也没有，摇头叹道："丫头大了果然是留不住了。小耳朵，你这才出去多久，这么快胳膊肘就往外拐了？"

尔笙偏过头去，解释道："长渊是内人，我还是向里拐的。"

她光洁的额头映着倾泻的日光隐隐透出一个火焰的乌黑印记。霁灵冷眼一看，还以为是自己眼花，正待要细细研究时，忽听三下"噔噔噔"的敲门声。

院子里的四人齐齐转头看去，却见一个身披银甲，满面正气的男子站在院门口。霁灵与沈醉看见他，皆有一时的怔然。尔笙来无方三年，从未见过这人，正在好奇地打量，忽听沈醉道："掀炎。"

闻言，尔笙也是一怔，'掀炎'是仙尊的一把灵剑，自仙尊创立无方以来便一直供在无方言归殿上，经过数百年灵气浸染，终化剑为灵，成了无方的又一个象征。只是百年来从未有人见过剑灵掀炎的模样。

掀炎对沈醉淡淡地点了点头，道："仙尊命我前来捉拿罪徒尔笙。"

此话一出，众人皆愣住了。

沈醉转头望尔笙："小耳朵？你出去可是闯了什么大祸？"

尔笙摸着自己的额头，点头低声应了。她不再解释什么，只身走向掀炎："我和你去见仙尊，只是长渊也要和我一起去。"

掀炎的目光在尔笙腰间佩着的一鳞剑上停留了一会儿，剑灵与灵剑之间总有种心有灵犀的感觉，他又转头看了看长渊，默许了。

见他并不是个固执得如寂悟那般的家伙，尔笙暗自松了口气，适时长渊上前握住了她微凉的手指："不怕。"他说得坚定，仿佛已经做好了要与仙尊打一架的准备，"我不会让别人欺负你。"

言归殿。

沈醉与霁灵终是放心不下一同跟来，本还想着为尔笙说两句好话，不料一进门便见仙尊背着身子望着言归殿墙上的灵光真图。没有看进门的几人，便径直清冷道："跪下。"一声似呵斥似命令的口吻，不知在说谁。

尔笙"扑通"一声利索地跪了下去，不似往常做错了事故意装可怜的乖巧，这次神情严肃得让人感觉她真是来领罚的。长渊也没扶她，静静地站在她身后。他容不得别人对尔笙不好，也容不得尔笙对她自己不好。但是在发生这么多事以后，若是尔笙还能如往常一般好好地对待自己，那么她便不是尔笙了。

在他看来，尔笙要怎么赎罪，接下来要做什么事，都得由她自己决定。

沈醉与霁灵暗自对视了一眼，也恭敬地跪下行礼："仙尊。"

言归殿中安静了一阵，仙尊仍旧望着灵光真图道："尔笙，既已堕魔，为何还要回无方？"

此言一出，霁灵不敢置信地望向仙尊，好半天才敢将目光转到尔笙身上，而尔笙的沉默让她的心猛地凉了一截。沈醉闻言也沉下眼眸，一言不发地盯着跪在前方的小徒弟。

"我若逐你出门，可有怨言？"

长渊垂下眼眸，他能感觉到尔笙脊背挺得多么僵直，他心里比谁都清楚无方之于尔笙的意义，这里不仅是师门，更是家乡。自幼孤独的孩子哪个心中不渴望着一个包庇她一切任性和过错的避风港。可是如今这个港湾，却不愿再让她停靠了。

"没有怨言。"她弯下脊背，俯首在地，以极卑微的姿势和声音说道："可是，能不能留下我，不赶走尔笙……"

仙尊仿似将那真图看入了神，许久也没回答尔笙的问题，最后竟是耗得霁灵先没了耐性，她张了张嘴刚要说话，沈醉却轻轻摇了摇头，浅浅地做着口形——仙尊心善，最为护短。

正适时，仙尊忽然冷冷道："阴极而阳，阳极而阴，既然堕仙长安能三次成仙三次堕魔，可见仙魔本由心生，一念成魔一念成仙，仙魔并无差异。若是寻得其间承转之法，应当能解魔印。"他顿了顿，终是转过身来，"成魔须得九九八十一天的历练，若是你能在两月内寻得破解魔印之法，便可除掉心魔。既不成魔，我便不该逐你。”

长渊面色一喜，问道：“如何破除魔印？”

仙尊这才看了他一眼，道：“堕魔而成仙者自然懂得其间方法。”

此世间堕魔后又成仙的唯有一人，可是那人入了无极荒城至今没有下落，尔笙已经没有时间等他了。

长渊垂下眼眸正在思索再入荒城的办法，仙尊又道：“长安系流波仙门弟子，且去藏书阁翻阅流波典籍兴许能探得线索。”

尔笙望着仙尊傻傻呆住：“仙尊……不赶我走了吗？”

仙尊一挥衣袖，身影霎时消失在言归殿中，仅剩声音尚回荡与众人耳畔：“两月后，若未褪去魔印，我定逐你出门，再亲手斩你于掀炎之下。”

尔笙眼眶红了红，忍住哽咽拜道：“谢仙尊相助。”仙尊这席话与其说是在威吓尔笙，不如说在帮她找一条路，摆脱魔气。

长渊上前扶起尔笙，替她抹掉糊了一脸的眼泪鼻涕：“我们今天就去藏书阁找长安的身世，定不让那妖物再出来作祟。”

尔笙除了点头，再没其他言语。

霁灵皱眉道：“藏书阁中何曾有过古仙门流波的书籍？若有，为何我从未见过。”

“自是有的。”沈醉道，“岁月过去那么久，已经没有几人还记得无方仙术乃是承袭流波仙法而来。也没几人知道仙尊最初修仙时是拜在流波门下。”

霁灵眉目中闪过一丝诧然，沉默了一会儿她道：“原来师父您偶尔还是能装出点高深莫测的模样的。”

沈醉一声扶额叹息：“我到底是做了什么孽，怎生收了这样两个徒弟……”他看了看抱在一起的长渊与尔笙两人，又望了望言归殿外的青天，颇为感慨道，“想必藏书阁最高的一层藏的那些陈年旧事，已经积了好厚一层尘埃了吧。”

无方主峰之巅。

仙尊负手而立，一眼览尽千里风光。他眉目清冷，看不出一分情绪。

“长武。”掀炎漂浮于空中，沉声道，“她已入魔，你应趁她尚未修得魔身，将其斩杀，不该轻易放过她。褪去魔印哪有那般简单。魔气一旦出现过了便难以消除，否则长安为何会三次成仙又三堕魔道。”

“两月后，若是她无法消除魔印，我便会动手。”仙尊望着远处沉默了许久说道，“我绝不允许这世间再出一个长安。”

掀炎心知他心意已决，也不再多言，默默退下了。

尔笙在藏书阁中寻了许久也未曾发现哪本书中记录了长安的故事。最后还是沈醉爬上最顶层翻了半个多时辰，终于从书架的角落翻出了一本破旧的书籍。

蓝色的封面上积满了尘埃，吹开灰尘，“流波记事”四字赫然写于书面之上。尔笙捧着书将它小心翼翼地放在桌子上，四个人围着桌子站了一圈，盯着书瞅了半晌，霁灵道：“翻开看看。”

尔笙摸了摸书页道：“这书旧得好像一碰就会碎掉。”

沈醉哈哈一笑径直翻开书页：“好歹也是记录仙山历史的书，满是灵气，哪有寻常书籍那么娇气。”随着沈醉的动作，封面一开，众人忽觉一缕夹杂着书香之气的气息拂过脸庞，仿似一声书生的轻叹，而那书中的字迹竟像是才写上去的那般清晰明了。

长渊道：“此书确有灵性，若非一直被尘封于此，假以时日修为灵物也未尝不可。”

尔笙却没心情管这书有没有灵，知道这书不容易坏，下手便不客气起来，她快速地向后阅读着，一心想找长安的资料。然而一本薄薄的书记载了流波数百年的历史，对于致使流波灭亡的这位仙者也仅仅只有几句话的笼统概括罢了。

“永正元年，帝欲杀长安，逼其堕魔。五年，清心修行，归其仙位。八年，流波天灾，长安逆天而为，再堕魔道。十三年，清心修行，归其仙位。十五年，走火入魔。”

尔笙苦了脸：“清心修行？怎么清心？如何修行？这书完全没有交代啊。”

沈醉摸着下巴想了想道：“我记得这里应当还有一些记录流波野史的书籍，且分开找找吧。”

尔笙叹息着合上书，四人各自寻了个角落又翻箱倒柜地找起来。藏书阁顶层的书看似不多，然而却有很多书莫名的躲在犄角旮旯里。按沈醉的说法便是这些书少说都有百来年的历史了，大多有了灵性，兴许是这些书不想再让人翻阅，都找了地方将自己藏了起来。也因此让尔笙找书的过程更加艰难。

久寻未果，尔笙憋了一肚子的火，一边趴着摸索着地板裂开的缝隙找书，一边暗自骂道："这些书都是老鼠么，地缝里，房梁上，你们敢不敢直接打洞钻进墙里边去。"

一个不留神，尔笙一头撞在了书桌上，她还捂着脑袋叫痛，一本蓝色封面的书忽然落在了她的眼前。尔笙定睛一看，正是方才翻过的那本《流波记事》。

她盯着封面四个字看了一会儿，随即无动于衷地将它推到一边，继续翻找其他的书。

适时，不知从哪里吹来一阵风，书页哗哗地翻开，恰恰停留在记录了长安事迹的那一页。尔笙晃眼一看，却见书中字迹仿佛活过来了一般，渐渐演化成一个个黑色的小人影，在她眼前飘忽而过，她仿似听见来自几百年前的声音，或悲或喜，喧嚣得一如在她耳畔摆开了一出恢宏的戏。

尔笙瞪大了眼，甩了甩脑袋，那些声音画面便又都消失不见。

她直起身子，越过书桌瞅见长渊三人还在各自安静地寻找着书籍，全然没察觉到她这方有什么异常。

重新拾起《流波记事》，尔笙仔细研读起来。她黑色的瞳孔中印出纸张上的黑字，思绪渐渐沉入了书里。

"永正元年，帝欲杀长安，逼其堕魔……"仿似有一个走投无路的穷苦书生，沙哑着嗓音在她耳畔呢喃着潦倒悲伤的过往。尔笙的脑海中忽然映出许许多多她未曾见过的人，他们在故事里诉尽了起伏人生。

眼皮不知为何慢慢变得沉重起来，尔笙倚在书桌旁，捧着书缓缓沉入睡梦之中。

"这本书上有些许长安的记录。尔笙？"霁灵一边看着书，一边走出重重书架，没看见尔笙的身影，她转向书桌一看，才发现尔笙已经张着嘴'呼哧呼哧'地睡着了。

霁灵看了她一会儿，向沈醉讨要了他的外衣，盖在了尔笙身上："再找找其他的吧。"

梦中的尔笙此时已全然不知外界发生了什么，她觉得自己如同游魂一般飘荡在浩浩苍穹之中，不知要去哪里。但冥冥之中偏生有股力量将她拉拽着，飞过千重山跃过万重水。最后停在了一座简朴的亭子中。

书写着"十里亭"的匾额之下，尔笙看见此时最想寻到的人——长安。

不同于素日见到他时那般满身杀气，冷漠决然。此时的长安一身宽袍大袖，面容沉静，目含慈悲，仿佛一位有所大成的仙人。

尔笙见到他下意识的害怕，但却鼓足了勇气想上前询问破除魔气之法。不料她却怎么也无法跨出一步，仿似被人用绳子紧紧套住，任她如何挣扎也不能上前一分。挣扎了许久，尔笙终于放弃了，无奈地看着下方的长安，却见他手中握着一把折扇，垂着眼眸不知在想些什么。

从晌午站到日落直到星辰漫天，长安连姿势也未曾换一个。如同那折扇里有一个大千世界，任他怎么看也看不完。

月上中天，忽然十里亭旁闪过一道黑影，直直扑向长安的后背。

他耳朵动了动，头微微往后一侧，脸颊恰恰撞在一个柔软温热的唇瓣上："长安，长安，今日可有想我？"

长安侧过身子，后退一步，推开了扑过来的那个女子："不可胡闹。"

"你成魔的那一阵可不是这么死板。"女子扫兴地挥了挥衣袖，举止间尽是妖娆，"你什么时候再成一次魔啊，我想念那般霸气十足的你了。"

香粉气息散了满亭，尔笙仿佛也闻到了那阵阵檀香之气。

"我已堕魔两次，这也是第三次修得仙身，不会再堕魔了。你还是早点断了执念，离……"

女子毫不客气地打断他的话："有一有二必有三。且不说你会不会再堕魔……"女子纤细的手指在他胸膛画着挑逗的圆圈，"你必须得看清楚的是，之前你娶过我，我是你的妻子，我们有过夫、妻、之、实。"

长安倏地闭上眼转过头去。女子娇笑道："长安，别害羞，当时你可半点不害羞。"

尔笙听得瞠目结舌。长安的妻……长安的妻不是那无极荒城中的女怨么！可是女怨不是在无极荒城之中吗，怎么会到这里来，怎么又是这副德行，怎么又会与长安做出这样的举动……

尔笙细细思索了一番方才他们的言语，恍然大悟，而今她看见的这些竟是数百年前长安最后一次堕魔之前的景象。

但是她又为何会见到这样的景象呢？

长渊说那本《流波记事》乃是一本有灵之书，难不成是那书带她来看的？但为什么又是她呢……

正想着，下方的长安忍无可忍一般推开了女怨，随即把手中的折扇递给她："拿去，你的真身，以后别再到流波来了。这里不是妖怪该来的地方。"

女怨睁着眼睛望了长安许久，道："我不要，我的真身给你了，随你怎么处置，烧了烤了蒸了煮了都行，别还给我，我不要。"

"你！"

"你若是真的不喜欢我了，便拿我当寻常妖怪处理掉吧，左右你们流波是为了除妖而存在的。"

长安眉头一皱，握着折扇却怎么也没办法将它狠心扔掉。

女怨见状弯着眉眼，笑得无比欢愉："长安啊，我是你的妻子，我喜欢你。你也是喜欢我的，不然不会每日等在这里要把折扇还给我了。"

长安仿佛生了闷气，转身便走。

女怨亦步亦趋地跟在后面："长安，你这名字取得挺好，在嘴里念一遍便像在祈福，好像多叫你几声我就能变得幸运一样。"

"我原来的名字不好，但是后来你给我取的名字也极好。你还记得不，咱们第一次遇见的时候，你说'无'这个字太难听，你说你瞅着我像水底的青苔，柔软得很。你说让我在'无'字上面加个草字头，你唤我为阿芜。虽然音一样，但是我却觉着好听了许多。长安，我说的这些你还记得不？"

尔笙想长安应当是记得的，毕竟堕了魔之后不会忘却前尘，回归仙位之后也没理由忘记吧。

第十三章 长安往事

回想在无极荒城中见到女怨时她苍白的模样，尔笙全然无法将这个站在长安身边的娇媚女子与其联系起来。

她不明白这两人之间到底发生了什么事，导致他们一个三度堕魔，一个永入荒城，宛如生死相隔……至少他们现在看起来相处很是和睦。

“长安二堕魔道，现今终是换得仙骨，实在不该与那折扇妖怪过多接触，若是他再被诱入魔道，怕是……”

流波长老会议之上，有人提出了质疑，其他人纷纷附和道：“长安两次渡劫飞升，身怀神力早已今非昔比。而今流波天灾刚过，百废待兴，若长安再次堕魔，何人还制得住他，实乃贻害苍生之患。”

“理当防患于未然。”

“扇妖必斩。”

“理应除掉。”

尔笙飘浮在大殿上空，听着这些长老七嘴八舌的议论，心底莫名地起了厌烦，明明什么事都还没发生，这些人却用一副道貌岸然的模样，说着‘我是为你好’，理所当然的定了别人的罪名，还美其名曰未雨绸缪。

实在荒唐，无比荒唐。

“那扇妖与长安结为夫妻乃是二人私事，是合是离应当看长安的意思，他既已修得仙骨，心中必当有所思量。”

适时，一道清冷的声音自角落传出，尔笙顺着声线寻了过去，待看见那人时一呆，那可不就是无方仙尊么。与几百年后的他比起来，真是半点容貌也没有变过。

“长武此言差矣，长安如今虽已修得仙身，却没有斩断与那扇妖的联系，可见心中仍是挂念着的。若是那妖物使坏，拖长安再入魔道，便是天下大不幸。”

“哼，长安既已成仙，必是有所取舍。岂会那么容易便被诱惑。”长武不屑道，“为仙者若心性不稳至斯，不如堕了魔去。”

“长安便是你师弟，你想护短也是理所当然的。但留下扇妖后患无穷，必当除去。”

此言一出，众长老皆垂眸默认。长武冷冷一笑，拂袖而去。

尔笙便跟随着长武的身影一直往殿外飘去，她跟着他下了流波山，在山脚湖畔旁的一间小木屋中找到了长安。适时，长安正立于湖边，安静地呼吸吐纳。

“师兄。”他未回头，却已知道来者是谁。

“长老们不会再容忍她了。凡尘俗事快些处理好，你既已飞升为仙便不该一直耽搁在下界。”

长安平静地微笑：“两次堕魔算是两次劫数，师兄，你可听过何人飞升成仙是要历劫两次的？”

长武皱眉。

“近来我仿佛能看见一些未来之事，我见你成了一派之主，见朝代在战火中更迭。但是我却看不见自己，也没有流波。”长安闭着眼，感受微风拂过他身边，“若我没想错，我应当还有一劫未渡。”

“师兄可还记得重华尊者生前曾与我们讲过，飞升渡劫，一劫成仙，三劫成神。九重天上，司命星君为我写了三劫，当真是厚待于我。”

长武眉头皱得越发紧了。

“可是这一劫，若我渡不过，便真的会永入魔道了。”长安转过身，定定地望着长武，“师兄，你可愿帮我一个忙？”

“何事？”

“我有预感，劫数将近，我要闭关数月，若是在此期间应了劫，至少不会连累到其他人。长老们既然要动手，你我必定都劝不住，我须得应付劫数，无法分心。你……能否帮我将阿芜带走，离流波越远越好。”

长武沉默了许久，待转身离去时才缓缓道：“我不会与她讲道理。”言下之意便是会直接将她打晕了拖走。

长安无奈地一笑，微微叹息道：“也只有这样才行。”

然而即便他现在这样费尽心机的为阿芜安排，到最后却仍是没有躲得过无情劫数。尔笙忽然对长安生出了一点怜悯来。可是还不等她整理好思绪，四周的天色忽然变得黑暗，明月朗朗升上夜空，尔笙又被拉扯到了那个名叫“十里亭”的地方。

只是今夜站在那里的人换成了长武，他变化为长安的模样，想来定是为了引得阿芜自己投上门来。

果不其然，没过多久一道黑色的身影矫捷的翻入亭内，全身像没有骨头一样挂在了“长安”身上：“长安啊！今天我要告诉你一个大大的好消息，你想不想听？”

“不想。”长武冷冷答道，随即解了幻术，变回长武的模样，他一手抓住阿芜，不让她逃脱。

阿芜大惊：“你！长安呢？”

“他让我带你走。”

“走？去哪儿？我不走！以前不走，现在也不走，我……”

不再给她说话的机会，长武一掌劈在她的后颈，阿芜眼睛翻了两翻，终是极不甘心地晕了过去。

尔笙想：仙尊，果然是个狠角色。

四周的景色再次转换，尔笙看见阿芜被绑在一个山洞之中。初时还能听见她在大声喝骂流波道士卑鄙无耻，时间久了，她约莫是骂累了，便开始哭泣起来，嘟囔着负心汉没良心挨雷劈之类的话，到最后她终是沉默下来。此后几天，她也任由长武带着她一直往北走。

她每日都只对长武说“我要见长安”这一句话，但是长武却连一句话也懒得回她。不知过了多少天，眼瞅着离流波越来越远，阿芜眉宇之间的不安之色便越发按捺不住了。

“我知道你们这些道士生来是看不起妖怪的，你们不让我和长安在一起，行，但是你们却不能让孩子离开他的父亲。”

数日来，长武第一次正眼看了阿芜一眼：“你说什么？”

“孩子。”阿芜轻轻捂着下腹认真道，“我和长安的孩子。”

长武清冷的表情被惊出了一丝裂缝，默了半晌，他揉着额角问：“什么时候的事？”

“他入魔的时候，我们成亲，洞房花烛夜。”

长武眯着眼提出质疑：“已有一年左右的时间了。”

“没错，他入魔的时候既身为魔，我与他的孩子自然也是魔，魔胎需得怀三年，我也是最近才发现的。你不信，初始我也不信，但是我去询问了容苏，他是活了千年的大妖怪，是我义兄，不会看错脉象的。”

天生魔胎……

长武眉头倏地皱了起来。尔笙看得心头一跳，那一瞬她以为长武会动手将阿芜杀死。

但最终长武也没有动手，他只淡淡地道：“你见到长安又待如何？”

“一个妻子怀着孩子，她见到了她的丈夫能如何？我只想和他一起生活。”

“长安不会与你一同生活。”

“你不是长安，你怎么知道他不会。”阿芜道，“长安让你带我离开流波定有他的理由，我也相信他是为了我好的，但是这些决定都是在他不知道我有了他的孩子的情况下做的。现在他要是知道了，或许会做其他决定，或许会有其他打算。”

“长安要渡劫，流波众长老都要杀你，他能有其他什么打算。”

阿芜一怔，垂下眼眸呢喃道：“成仙对他来说就那么重要吗？”长武唇角微微一动，并未替长安解释什么，阿芜抬头望着他恳求道：“长安既然让你来带我走，心里定是极信任你的。你……能不能回去给他说一说，或许他会想出其他办法。”

长武缄默不语。

“求你了，我知道流波天灾之后，长安就只剩下你这一个同门师兄了，你也只有他一个师弟了，不是吗？”

“罢了。”长武一声轻叹，从怀中掏出一张黄符来，“这是流波的传音符，你自去寻地方藏好，到时我会来找你。”

阿芜欣喜不已，乖乖收了符，目送长武腾云而去。

看着阿芜欢喜的脸，尔笙心中忽然有种不祥的预感，下意识的想将长武叫回来，让他别就这样离去，至少把阿芜送到一个更安全的地方。但是，对于这段故事，她只是一个旁观者，什么事都做不了。

果然，阿芜在那里等了长武数日，却始终没有等到长武带来长安的任何消息，只等到了流波两个铁面无情的长老。

他们见了阿芜二话没说，径直动手，招招毙命，想来是寻了她许久，今日是想置她于死地的。阿芜护着自己的肚子，招式放不开，没一会儿便落了下风。眼瞅着躲不过这一劫了，不料一个男子却横插进来，其招式横蛮霸道，三两下便逼开了流波两个长老。

他也不恋战，提了阿芜便快速逃走了。

待逃到一处密林之中，两人才停了下来。一看见这男子，阿芜眼角便流出了委屈的泪："容苏哥哥……"原来这便是阿芜的义兄，千年的大妖怪，容苏。

"没出息！"容苏骂道，"你瞅瞅你还哪里有个妖怪的样子，不就一个道士，踹了，哥再给你找个。"

"世间男子虽多，我却不巧的偏生没出息地喜欢上了这一个，哥哥别骂我，我也没办法。"

容苏气得深深吸了好几口气，才平复下来心情："他不要你和孩子？"

一听这话，阿芜眼中又泛起了泪花："不知道。"

"混账东西！我容苏的妹妹岂可被落魄至此的流波欺负。"

"容苏哥哥……"

"那混蛋现在定然待在流波，我带着你去讨个说法，抛妻弃子的人还修什么仙。"阿芜还有些犹豫，容苏拉了她便不由分说地往流波走，"有我在，谁还敢欺负你，给妖怪长点出息！"

阿芜这仅有的一点抗议便被镇压了下去。

"长安。"容苏一脚踢开守门的流波弟子，将阿芜护在自己身后，"给我速速出来！"

"容苏哥哥……"

"你别慌。"容苏安抚阿芜道，"如今的流波经过天灾人祸早已不是以前的流波了，不过是一群老道士和几个新招的乳臭未干的小子，有我在，他们不敢对你怎样。”

阿芜还想劝说，高高台阶之上的流波大门“吱呀”一声开启。五位长老自门后走出，他们神色皆肃穆，憎恶地瞪着容苏与阿芜，仿佛恨不得立即将他们除之而后快。

“我叫的是长安，你们这几个老东西出来做甚。”容苏一声冷哼，广袖一挥，浑厚的妖力卷出大风，吹得跟随长老而来的弟子们跟头连连。

长老们大怒：“大胆妖孽，流波仙门前竟敢出言不逊！”

“哼，现今的流波有何可惧，我亲自上门来要人已是给了你们面子。”

“放肆！”当下有一人按捺不住火气，祭出法器便怒气冲冲地杀了过来。

容苏狂妄一笑：“放肆没有，屁倒是放了一个，给你嗅嗅。”言罢，他一揽衣袍，妖气澎湃而出，呼啸着向攻来的那人打去，逼得那人不得不收招防备。妖气余威扫入仙门之中，径直震得在场修为较低的弟子呕出鲜血来。

长老们皆是一惊。没想到阿芜请来的助力竟如此强大。

阿芜见容苏已将流波众人震慑住了，立即拉住容苏，对流波长老们喊道：“我们不想伤人，我只想见长安，我有事要告诉他。”

“而今妖孽竟敢公然挑衅我仙门流波，背后定是有极大预谋，绝不可让她再见长安。”

“这群老顽固！”容苏闻言登时大怒，举步便要上前。仿似察觉到容苏身上升腾的杀气，阿芜大惊失色，忙使劲拽住他，“容苏哥哥！长安心中最重仙门安危，你切莫杀了流波中人。”

“妖孽休得假慈悲，今日我流波定要替天下除妖，灭了你这祸患！”领头的长老一声大喝，“列阵。”

看着那五位长老吟咒摆阵，容苏再也抑制不住浑身杀气，一双黑瞳之中泛出了血腥的鲜红：“妹妹，你且看看清楚，今日是谁想杀人。”

阿芜面色一白，捂着小腹沉默下来。

这是你死我活的局势。即便是尔笙也看出了流波这几个长老列出的阵不好对付，杀气重重，绝不是普通的降妖阵法。她心里也替阿芜着急，这种时候仙尊去哪里了，更重要的是长安呢？

适时，牵引着尔笙的那股力量又出现了，它仿佛想回答尔笙提出的所有问题，尔笙想知道仙尊与长安在哪里，它便真的引着尔笙寻到了仙尊与长安——在流波的万隔楼。

长武被困在万隔楼底，四周的白色光符围成了一个坚固的牢笼，将他困在其中。显然是长老们知道了他带着阿芜逃走的事，特将他囚禁于此，防止他再插手此间事端。而长安却在万隔楼顶闭关，对外界之事还什么都不知道。

尔笙心中焦急，真想冲上前去砸破他的脑袋，你的娘子被人欺负了，你这个做丈夫的还修什么仙啊！然而尔笙也只能想想，她现在只是个旁观者，无力插手任何事。

突然之间，流波大门那方蓦地传来一声轰然巨响，震得大地都是一抖。

尔笙心急地想往那处去，但是身子却动不了分毫，她也顾不得自己说的话长安能不能听到，焦急地大叫起来："长安！出事了！出大事了！"

她的呼唤长安自是听不见的，然而先前那声巨响之后，大地又是一抖，且比上次晃得更加厉害一些，尔笙看见万隔楼顶摆放着的桌椅皆在颤动。

没一会儿长安倏地睁开了眼，他脸色难看地变了几变，突然"哇"的一声吐出一口乌血来。

尔笙吓了一跳，忽然想起之前在无方上学堂的时候，夫子曾说过，修行到了一定境界，入定之时便不能有外物干扰，如若不然，轻则伤其心肺，重则走火入魔。

长安这是伤了心肺，还是走火……

哪给时间让尔笙想清楚这个问题。长安清醒过来，抹了唇角的血便疾步走到窗边，向流波山门那方望了一会儿，他便径直驾云而去。

尔笙便也被那股力量拖着一起随着长安而去，然而看见流波山门那里的场景之时，尔笙不由呆了。

就这么片刻工夫，山门前的青石阶梯竟如同被血染一般，许多流波年少的弟子躺在地上，挣扎呻吟。而空中的那扇大门，尔笙怎么也忘不了它的模样——无极荒城的城门。

尔笙惊讶，流波这些长老们竟然召出了无极荒城的城门！难怪方才那阵的气息如此奇怪。

容苏仿佛受了重伤，手中握着一把大刀，单膝跪着。阿芜挡在他的身前，手持一柄折扇，与三名长老僵持着。阿芫脸上染上了不少血迹，也分不清是她的还是流波弟子的。

看见长安驾云而来，阿芫眼眸一亮，但像是忽然间想到了什么，她又垂下了眼睑。

趁着阿芫分神之际，立于她对面的一名长老忽然发难，直袭她的腹部。阿芫大惊，本能地向后一退，跪于她身后的容苏却暴怒起身："流波无耻！"他一刀砍向长老，眼瞅着要活生生削掉他半个脑袋。

一道清明仙气自半空而来，打偏了容苏的刀刃。

"孽障！"长安怒极而斥。

阿芫面色苍白，急切地摇头解释："我们没有杀人！我怀……"

长安不由分说地祭出自己的法器，长剑一挥，耀眼的青光携着怒火重重地击向容苏。

他显然是气极了，这一手下得毫无分寸，即便是容苏这样的千年大妖也被生生打飞出去，自然，阿芫也不可幸免。她顺着青石板阶一阶一阶的滚下，最后停在了一处平地上。

尔笙惊骇地捂住自己的嘴，长安仿佛还在斥责些什么，但是尔笙已全然听不见了。此时她脑海中想的尽是女怨那阴气沉沉的嗓音和她死水一般毫无波动的眼眸。

难怪……难怪……

容苏挣扎着爬起身来，血红的眼瞳寻到阿芫身影的那一刻猛地紧缩起来。

他以大刀支撑着自己的身体，一步一步艰难地跪行向阿芫那里。

看见他如此作为，长安眼中莫名起了一层杀气。一位重伤的流波长老仍在苦苦支撑着法阵，看见长安，他顿时大喜过望，唤道："此妖罪孽深重，吾等已召无极荒城之门，欲将其送入荒城，而今尚缺一人灵力开启城门，长安速来助我！"

长安身形未动，眼神紧紧盯着阿芫，却见她依赖般蜷缩在容苏的怀中，身子颤抖不已，仿佛在哭泣。他眉头微皱，降下云头，缓步走到那位主阵的长老身边。

"妹子……"容苏替阿芫将粘腻在脸上的发丝拂开，看见她颤抖着唇，喑哑道："肚子痛……容苏哥哥……他不知道，他还不知道。"

长安嗓音冰冷，在高高的台阶之上，静静道：“妖孽，还不束手就擒。”

容苏恨得咬牙：“那种混账，你何苦还要牵挂。”

阿芜的泪水宛若断线的珠子，止不住地往下掉，嘴里反反复复地呢喃着一句“他不知道。”像是要说服容苏，更像是在说服自己。

长安眉头蹙在一起，广袖中的拳握得一阵紧似一阵，他闭上眼，淡淡道：“此妖，应入荒城。”话音一落，仙力注入阵中，原本颓败将破的阵法顿时华光大盛，空中的荒城城门“咯”的一声沉重而缓慢地开启。

容苏看着头顶上缓缓大开的城门，皱了眉头，他安置好阿芜，勉力站起身来，面向长安，不卑不亢道：“我容苏生而为妖，行事虽算不得正派，但却从来不愧于天地良心，不悖于天理常伦，你们何以让我入荒城这样的罪孽之都。”容苏狂傲一笑，充斥着嘲讽的意味，“有本事，拿了我的命去，别的，想也别想。”

长安盯着容苏，幽黑的眼眸中看不清情绪。

容苏将刀霸气地插入青石板阶梯之中，豪迈一笑：“今日斗到这般程度，你们即便不要我的命，我也会拼上一拼，拿这条命闹得你流波鸡犬不宁，好歹为我妹子讨个公道。”

“别拼命……”阿芜抓住他宽大的衣摆，不肯放手。

“妹子。”容苏提起刀，大步迈出，衣摆从阿芜手中脱走。他轻声叹息，“你怎么还看不明白，而今我若不死，流波必亡。”

容苏已受了极重的伤，他每走一步便是一脚血印，然而他却像感觉不到疼痛一般，每一脚踩下，都让大地一阵颤动：“三度成仙？”容苏挥刀大笑，“我且看看，你到底有多厉害。”

阿芜蜷起身子，紧紧闭上双眼，然而她却堵不住耳朵，仍能听见那刀剑相击的声响，声声刺人。

结果是可想而知的，重伤的容苏怎么敌得过长安，十招下来，便被长安擒住咽喉。

“别杀他！”阿芜嘶声呼唤，“长安，容苏算是我仅有的亲人了，我求你，我只求你这次，看在孩……”

“我无意取他性命。”长安打断阿芜的话道，“有罪之人自然该入无极荒城。”

“他没罪。是我……都是我……”

"哈哈哈，欲加之罪何患无辞！妹子不用多言，今日哥哥护不了你，是我无能。这条命流波可以随意拿去，可无极荒城那般地方我却是怎样也不会进的。"

长安掐住他的咽喉，一步一步将容苏逼向荒城城门："这可由不得你。"

容苏冷笑："生不由我，死还能不由我吗？"

长安心下微惊，尚未反应过来，忽觉容苏浑身一僵，紧接着唇角便落下一道鲜红血迹，竟是自断了心脉。

长安手一松，容苏便瘫软在了地上，唯剩一双不甘心的眼还睁着，仿佛仍在冷冷讥笑流波仙门辉煌不在，竟落到倾巢而出仅仅为对付一个妖怪的地步。又像是对他心里面那点阴暗的嫉妒之情嗤之以鼻。

他心中莫名地生了一丝恐惧，转头看向阿芜，却见她呆呆地望着地上的容苏，然后近乎跪着爬了过来。她探着容苏的鼻息，探了许久，终是替他覆上双眼。

"长安，你可知容苏哥哥之于我，亦师亦父，亦兄亦友。此前我们成亲之时，容苏哥哥未到，他说此乃他人生一大憾事。他说，等我们孩子满月的时候，他定要让天下皆知，他会送最大的红包，给最好的礼物……但是长安，你看看你做了什么？"

"你逼死了我的父兄，我的良师，我的挚友。"阿芜声色渐厉，"我嫁于你，却被你拿走了所有，爱情，贞操，尊严，现在你又夺走了我的亲人，我的孩子……但是我还是这么卑微的喜欢你。"

长安一怔，心口猛地凉了下来，他呆愣地将目光转移到阿芜的腹部，却看见她衣衫下摆染出了一片刺目猩红。

阿芜仿佛一个没有感觉的木偶，一手盖在容苏的眼上，一手遮住了自己的眼睛。

"你要我怎么原谅你……怎么原谅自己？"

长安脸色一白，沉默无言。

"我多恨，长安，你可知我有多恨！"阿芜抬起头来，一行血泪顺着眼角骇人地滑落，她嗓音已沙哑得说不出话来，但她偏偏挤出了最尖锐残破的声音，"弑兄之恨，丧子之痛，我恨不得所有人都来与我陪葬。"

此一声痛与恨，仿似唤得天地皆悲，无数女子的哭泣哀号随着铺天盖地席卷而来的大风盘旋于流波上空，怨气急速聚集。那些或痴或狂的哭笑闯进众人耳朵，直让人内心惶惶。

阿芜狠戾地瞪着长安，荒城城门在她身后全然开启，一股巨大的吸力自城中卷来。荒城中皆是罪大恶极之人，阿芜引得天下女子怨气跟随，她的存在便是一种大罪，所以荒城大开城门，拉她进城是理所当然之举。

漫天的怨气追随着阿芜的身影，慢慢被吸进荒城之中。

长安仿佛突然回过神来，探手欲抓，然而凶戾的怨恨之气却猛地扑缠上他的四肢，紧紧拉拽住他，恨不得将他就此拽入地狱一般。

"长安，我愿你此生永不得安！"

荒城城门轰然阖上，阻隔了一切声响，整个世界仿佛在这瞬间沉寂下来。空中飘落下来两滴鲜血，沾染上长安的脸颊，看起来颓败而苍凉。

尔笙本以为阿芜入荒城之后不用多久长安便会堕魔，但是长安依旧清醒。

他每日仍旧打坐修行，吐纳天地灵气，仿似他还是一个清冷的仙，有一身什么也打不倒的傲骨。流波众长老对这个现状很是满意，认为长安已经清心寡欲无所欲无所求了，是大成的表现。

尔笙却看见了另一个长安，一个夜夜不眠的长安，他每晚都望着星空，不肯闭眼。因为即便只是偶尔闭眼小憩，也会满脸冷汗地惊醒。

长安的眼眸日渐沉寂，并非大彻大悟之后的沉淀，倒是越来越接近绝望与死寂。尔笙忽然想到她第一次见到长安时，他满眼的空洞虚无，人还活着，却如死般沉寂冰冷。

阿芜那声"不得安"便如字字泣血的诅咒一般，让长安从此之后再不得安。

"永正十五年，长安走火入魔。"潦倒书生的声音再次出现在尔笙的脑海之中，她所看到的景象也渐渐模糊。最后只剩下眉心生了魔印的长安眼神冰冷的仰望苍穹。

"司命星君、司命星君……我此生命格，你竟写得如此薄凉，薄凉至斯。"

他说得细声，但却咬牙切齿，仿佛恨不得将九重天上的司命星君剥皮拆骨，食其肉，饮其血。

尔笙看着他的模样，竟有些莫名的心凉。

"尔笙……尔笙？"

熟悉的温柔呼唤在耳边慢慢变得清晰起来，她渐渐睁大眼睛，看见了长渊离自己极近的脸。

“可是做了什么噩梦？”长渊替她抹了一把额角的汗，“怎么吓得一脸冷汗？”

恍惚间，尔笙竟有种一梦隔世的感觉。她看了长渊一会儿，忽然问道：“长渊，以后你会对我动手么？会对师父和师姐动手吗？”

长渊一怔，随即摇头答道：“不会。”这一声‘不会’答得十分干脆，如同在说那样的事情，他连想也没想过。

“要是……”尔笙看着自己的双手，这十根指头在几天前染上了数百人的鲜血。她永远也忘不了那种无法控制自己杀意的感觉，一边在心里声嘶力竭地叫自己住手，一边舔着唇边的血寻求更多杀戮。那个时候她似乎是快乐的，撕裂别人的身体，她诡异的快乐着。也正因为如此，让她清醒后越发的痛苦。

若是这样下去，迟早有一天，她定会与天下为敌，做十恶不赦的事，变得人人得而诛之。

“要是有一天我们站在了完全相对的阵营上呢？你也不会对我动手吗？”

长渊揉了揉她额前的头发：“我会一直和你站在一起。”

尔笙垂下了头，任由长渊的手揉乱了她的头发。她想，长渊其实嘴很笨，从来没说过什么好听的话，但正因为他说的都是真话，这样的承诺便显得愈加弥足珍贵。

这两人之间的氛围正好，把另外两人晾得有些尴尬。霁灵扭头看向房顶，倒是沈醉毫不避讳地盯了霁灵一会儿，随即一声清咳：“小耳朵，你倒是舒舒服服地睡了一觉，累得为师还得帮你爬上爬下地找书，回头得拿坛好酒孝敬为师才是。”

“对了！”尔笙猛地想起了什么，倏地看向自己的怀中，但是却已没了那本《流波记事》的影子。尔笙大惊，倏地站起身，在自己脚下找了又找：“书呢？”

“什么书？”长渊不解。

“《流波记事》，它应该还在我怀里的啊，我捧着它睡的觉。”

长渊道：“方才我并未看见你手中拿着书。”

“可是……可是明明有啊！”尔笙心道那书定是真的有灵，不仅带她梦回一场流波旧梦，更是在她清醒之后自个儿跑了。若是再次找到那本书，让它带着她回到长安最后一次入魔，或者是更早之前，她说不定就可以看到长安是如何摆脱魔道的了。

见尔笙神色越发着急，长渊心中便也正视起这件事情来，他站起身来，也在自己脚下找了一通，沉吟道：“看来那书已修成灵物，这么一会儿工夫便能躲得不见踪影。”

“必须得找到。”尔笙目光灼灼地说道，“破魔之法必定在那书之中！”

霁灵奇怪：“何以如此肯定？”

尔笙挠了挠头，不知该如何将自己在梦中看到的事情说清楚，只得简单说道：“刚才……我睡着那一会儿，梦见了流波、长安和很多很多故事，真实得可怕。”

见尔笙表情有些感慨，众人都不由沉默下来。相传长安亲手放了一把业火，焚烧了流波仙山——他自己的师门。让那个流传了近千年的古仙门彻底消失在了历史之中。

想来当年的故事必定是让人轻松不起来的。

“得了。”沈醉摆了摆手道，“现今有了目标，就找那本《流波记事》便可。我瞅着这一时半会儿也寻不出个什么玩意儿来。小耳朵你一路风尘仆仆地赶回来都还没来得及好好休息一下。这里有师父帮你寻着，你们都回去歇着吧。”

尔笙张嘴要反驳，长渊却道：“必须得休息。”尔笙噘了噘嘴，叹息一声应了。

是夜，月色朗朗，这些天来尔笙虽已十分疲惫，但是躺在床上她却怎么也睡不着，辗转反侧许久，终是抱着枕头出了门去。她本想去找长渊，但是想到这些天来长渊也定是累极了，便改了方向敲了霁灵的门。

适时，霁灵刚打坐完了，正准备睡下。尔笙推开门，有点局促地站在门口：“师姐，我可以和你一起睡吗？”

霁灵一怔，却也还是点了头。

熄了烛火，唯剩窗外凉凉的明月光，尔笙将眼睛闭了一会儿，轻声问道：“师姐，你怕我吗？”霁灵闭着眼没答话，尔笙摸了摸自己的眉心继续道，“我都有些害怕自己了，总害怕自己在睡觉的时候不知不觉地就变作了另一个人，醒来的时候低头一看，满手血腥。”

沈醉性懒，不爱教徒弟。这三年来术法上的东西多是霁灵指点尔笙的，她是个性子冷又认真的人，素日对尔笙总是严苛多于温和，而尔笙则爱抵赖耍混，很少会在人面前示弱。是以今日尔笙这么一说，她竟是不知该如何安慰才好。

“我还是不和你睡了。”尔笙倏地坐起身来，一脸认真，“若是我在半夜不小心将你杀了该如何是好？”

霁灵被尔笙的动作吓了一跳，随即一声叹息，淡淡地道：“傻丫头。”她将她拉下来躺好，“你尚未有杀我的本事。你若再乱想乱说，我便将你踢出去。”

“师姐……”

“嗯，我是你师姐，你可有见过哪家姐姐惧怕自家妹妹的？”

尔笙想了一会儿，两只胳膊便缠到了霁灵身上，将她抱住：“师姐，我一直忘了告诉你，其实你才不是平胸，你有起伏的，山峦起伏。你不要听那些小辈在背后乱说。”

霁灵浑身一僵，额上青筋弹跳起来：“谁说的？”

“年前，与我打架的那几个师侄，我已帮你狠狠修理他们了。”尔笙声音渐小，似睡意已来，“若是叫我知道第一个说你是平胸的人是谁，我定不会轻饶她。”尔笙的脑袋钻到了霁灵怀中，贴着她的胸蹭了蹭，舒服地睡着了。

第一个说的人……就是你这死丫头片子！

霁灵面色一冷，正想将尔笙从自己怀里提出来，却听得她呼吸越来越舒缓，竟是这么一会儿时间便陷入了睡眠之中。

想来，这些天她定是累极了。

霁灵冷冷一哼：“肤浅之人才会注重‘胸器’。”言罢，她一爪子掐上了尔笙的胸。尔笙下意识地发出一声嘤咛。

房间里安静了下来，霁灵狠狠闭上眼：“胸大无脑的丫头。”

院子里，长渊沐浴着月光，他伸出手，看着自己的手掌，忽然五指蜷缩，在空气中抓了一抓。

他自言自语地呢喃：“应当是很软的。”

此后半个月的时间，四人几乎每日都耗在藏书阁顶楼之中，几乎快将书阁的房顶都掀了，但却仍旧没有再找到那本《流波记事》。仿佛它当时的出现只是为了给尔笙看到那么一段过往，让她生了希望，有了期待，然后在寻找中渐渐失望。

然而让所有人都没想到的是，在这样的时候居然有意外之人找上了无方。

朝廷的钦差。

尔笙本以为她此生都不会与那种饭桶一样的家伙打上交道，但是不料这人拿着一张明黄色的圣旨，带着一群奇人异士，趾高气扬地上无方来讨要她和长渊。

罪名是残害国之栋梁，屠戮皇朝军队，危害家国稳定。要他们上京面圣，由皇帝发落。

仙尊素来不爱管这些俗事，只交代下去让寂悟与几位年长的弟子去打发那些远从京城而来的朝廷中人。

稍稍熟悉仙尊的人都知道，他虽面冷，但却极为护短。尔笙现在虽已入魔，但他既许诺再给她两个月的时间，便是说这两个月内她仍是无方弟子，而无方弟子在他的眼皮子底下决计不能让别人欺负了去，即便是朝廷。

这可让寂悟等人犯了难。

仙尊几乎已快通悟天道，离飞升怕只有一步之遥，放眼天下，他自是不用惧怕谁。但是无方众弟子却不一样，他们仍旧是俗世中人，须得遵守俗世规律。开罪了朝廷，于无方而言实在不好。

仙尊要护人，朝廷要讨人，寂悟实在不知该如何取舍，索性告诉了沈醉，他自家徒弟惹的事，自然该由他这个师父担待着。沈醉抓耳挠腮地寻思了半晌，又把这事通通告诉了尔笙。

尔笙望着长渊琢磨了半晌道：“人是我杀的，我的错应该得赎。而且我也不能连累无方。若是大家日后出去收拾完妖怪之后，连烧鸡都不能吃得安心，一定是会怪我的。”

长渊只是摸着她的脑袋道：“我与你一起便是。”

霁灵有些不赞同地皱了眉：“可这书该怎么办？仙尊许的两个月已过去了半个月，若是在剩下的时间里尔笙尚未寻得破魔之法……仙尊便会出手，彼时可比这些乱七八糟的人来得麻烦许多。”

尔笙想了想道：“师父、师姐，你们帮我继续找吧，若是找到了，便到京城来寻我。”尔笙无奈地一笑，“现在也只有走一步是一步了。”

第十四章 求药

来捉尔笙的钦差名唤黄成，是个皮笑肉不笑的虚伪之人。

离开无方之时，黄成对寂悟又谢又拜，说了一堆无方为国除害、无方仙尊大公无私的屁话，然而转过头来便对尔笙和长渊凶恶起来。但却仍是顾忌他们是修仙之人，身怀异能，不敢贸然动手殴打。

对于这样的小人，两人自是懒得去理会的，让尔笙不安的是一路押解着他们的这群奇人异士。她能感觉得出来，这群人若一个一个单打独斗，根本不用长渊动手，光是尔笙便可以将他们一一收拾掉。

但是离开无方之后，这群人赶路的时候似乎是在按照某种阵形走，每人脸上的神色皆是肃穆沉凝，仿佛并不是在赶路，而是在吟诵什么咒语。

赶了一天的路，离无方渐渐远了。到了夜里，坐了一天轿子的钦差嚷嚷着要歇息，一边抱怨着此处偏僻，连小山村也没有一个，一边令随行的士兵去山林的猎捕野味，一边燃起了篝火，在队伍前方喝起酒来。

围在尔笙和长渊周围的奇人异士们却连眉毛也没动一下，皆如同木偶一样分布在他们周身。

“长渊。”尔笙戳了戳长渊的手臂，凑到他耳边小声道，“你有没有觉得这些人很不对劲。”

长渊不甚在意地点了点头：“自是不对劲的，北斗之阵，主杀，这些人怕是并不是想接我们上京见皇帝，而是打算在路上便杀掉我们。”

尔笙一怔，下意识地拽了长渊一下道：“我们逃吧。”转念一想，她又摇头道，“不对，我确实是做错了事情的，杀了那么多无辜的人，应当受到惩罚。以命抵命也没有错……”

长渊只是看着她，并不答话。

“可是……我不想死。活着可以赎罪，可以去帮很多人，救很多人，可以用以后很长很长的时间来弥补我的过错。但是人要是死了就什么都没了，弥补不了过错，只能变成一具腐坏的尸体。”

尔笙本以为好歹也要等到见着皇帝，审问一番之后才给她定罪，反正到时候她若是没有破除魔印，仙尊也是要杀她的。不如借了皇帝的手，省得逼得仙尊亲自杀了她心里难受。她没想到那皇帝竟直接下的是杀令。

若是现在她已经完全入魔，别人要她的命无可厚非，但而今她神志清醒，正在努力寻找破魔之法，她有活下去的理由，并且想努力活着。

长渊摸了摸她的头：“想做什么便去做，我与你站在一起。”他想，左右就这一世的时间，他应当让尔笙随心而活。

尔笙想了想，倏地站起身来。离她最近的一圈术士皆被她这个突然的举动吓得一怔，立即摆出防备的姿势，以为她会用暗器偷袭。不料她竟堂堂正正地冲那钦差喊道：“喂！我不想去京城见皇帝了，我还有更重要的事情要做，没时间耽搁。”

此话一出，众人皆是大惊，黄成的脸色在火光中变了几变，登时大怒道：“大胆！圣上旨意岂容尔等小民有异议！”

尔笙扭头便与长渊说：“你瞧，他不让咱们走。”

长渊慢慢站起身来：“揍。”

寻常人哪里经得住长渊这杀气腾腾的一瞪，黑夜之中，钦差黄成径直吓得尿了裤子，他跌坐在地上大骂道：“反了，反了！快来保护本官！你们这些废物还愣着干吗，赶快杀了这两个逆贼！”

盘腿坐于四周的术士登时双手合十，口中呢喃的经文登时大声起来。四周渐渐升腾起一圈金色的佛光。随着佛光渐盛，尔笙忽然觉得心口一痛，浑身像被禁锢一般难受起来。

“长渊……”她本能地抓住长渊的手，却发现他的手此时有些颤抖冰凉。尔笙心中一惊，抬头望去，只见长渊神色沉重，眉头微微皱起，而额角已渗出了几点冷汗，尔笙急道，“你怎么了？”

长渊此时已不能分神答她的话，气行丹田之中，他一声低喝，只见一道银光自他周身荡了出去，众术士浑身皆是一颤，有的甚至唇角溢出了血来。

长渊不好受，对方也不大轻松。正是僵持之局。忽然那道雌雄难辨的声音又出现在尔笙的脑海中。

“尔笙，此乃上古御龙之术，是特地为了驭龙而编排的法术，本是早已失传之法，而今却不知为何落到这群凡人手里。看来，你的长渊今日不死也得重伤了。”

尔笙心中大惊，却又怕大声说话扰了长渊心神，唯有在心中暗暗想道：“你胡说！上古之法怎么会让这么多凡人学会，你定是又要诓我杀人，害我入魔，我今日绝不听你的话！”

“尔笙，你忘了，你即是我我即是你，你活着我便也好好活着，我们俩性命相依，我又怎么会害你，我约莫是这世上最真心地想让你活下去的人了。”影子道，“入魔又有什么不好，获得强大的力量，随心所欲地做事，谁也强迫不得你，谁也不敢欺辱你。”

“像如今，长渊遇险，没有力量的你什么也做不了，只有眼睁睁地看着他独自应对危局。他或许会死掉，从此消失在你的生命之中，一如你的父母，幼时长大的那个村庄一般，消失得干干净净。”

“闭嘴！”

“入魔有什么错？你不想掌握生杀予夺的权利么？如同权势与财富一般，人们贪恋，只是因为想让自己活得更好。活得更好，这不过只是世间万物最质朴的要求罢了。”

尔笙猛地甩了甩头，大喝一声“闭嘴”。她拔出一鳞剑便冲了出去，一剑刺向离她最近的一个术士，下手快而狠，直取对方咽喉处。

然而离那术士还有尺许距离，一鳞剑便如扎进了一团棉花之中，再无力向前挪动一分。

尔笙大怒，似堆了一口怒气急欲发泄出来。她气下丹田，一声大喝，猛地拔出一鳞剑，再一次劈向那名术士。霎时，灵力与佛法激烈地撞击，越发厉害地摩擦溅出耀眼的火花。

尔笙毫不吝惜地将灵力注入一鳞剑之中，她的虎口被剑反弹回来的力道震裂了，鲜血染上剑柄，但她仍旧一无所觉地拼命灌入灵力。

渐渐的，佛法保护之下的术士额头慢慢裂开一道口，越来越深，越来越大，猩红的血液顺着术士的额头流下，染得他面目狰狞。

适时，在那名术士被尔笙砍出一道血痕之后，其余的术士头上在同一个位置都出现了伤口，流下血来，一时间空气中的血腥味大盛，空中佛光猛地弱了下去。

见对方出了血，尔笙心中诡异地升腾起一股畅快之意，眼见自己已经替长渊解了围，但是她仍止不住手想要继续劈砍下去，直到这些令人厌恶的金色佛光彻底消失，直到所有术士横尸荒野……

“尔笙！”御龙之术威力大减，长渊终是分出心来唤道，“不可如此。静心。”

恍若当头一棒，尔笙手一抖，灵力尽数褪去，然而与她对抗的力量仍在，尔笙只觉眼前金光一闪，她整个人便被弹飞出去。

长渊心神一乱，突然之间，一名术士突然大声喝道：“放屠龙毒！”

忽听这毒药名称，长渊一个怔然，回过神来之时，天空之中已经密密麻麻交缠起了无数银色丝线，令他窒息的味道铺天盖地压了下来，无孔不入地扎入他的肌肤。

长渊黑眸之中金光大盛，他唇瓣颜色逐渐变深，最后直至全然乌黑，森白的犬齿一分分快速长长，他的喉头发出浑厚的龙吟之声，百步之外的寻常士兵与钦差黄成皆被震得七窍流血，躺在地上生生晕死过去。

尔笙惊骇地看着长渊的变化，忽然想到：他莫不是……莫不是被这毒药生生逼出了原形！

“磔磔……”雌雄难辨的声音在尔笙脑中骇人地响起，“这些凡人倒还有点本事，不仅弄到了上古法阵，还弄到了上古毒物。尔笙，你的夫君今日怕是在劫难逃啊！”

“什么？”

“尔笙不知，上古龙族凶悍难驯，唯一怕的便是这屠龙之毒。此毒一旦入体，便会将他逼回原形，致使其动弹不得，最后只有被活生生的封印或者杀死。”

尔笙看着长渊几近狰狞的面容，心中惧怕之意从来没有这么强烈过。

“上古神龙一族，便是灭在了此毒之中。我见长渊方才那表情，他定是想起了许多有趣的事情，磔磔磔磔……”

尔笙忽然忆起许多年前，在那个名叫回龙谷的地方，长渊仰望着直耸入天际的龙柱，他的神色落寞而哀伤。就像个被抛弃的孩子，愤恨天命，却又只能无能为力的接受……

“尔笙，堕魔吧，把所有都交给我，我给你力量，助你救下长渊。他若死了，你该如何是好？”

长渊……

“嘻嘻，没错没错，乖孩子，相信我，我会帮你。”

尔笙垂下眼眸，轻轻呢喃着：“我会帮你……我会帮你……”越到后面，声色越近嘶哑。

当她再抬头的那一瞬，眸中尽是猩红血光。

清晨时分，无方仙门之中。

仙尊窗前挂着的镇魔铃倏地清脆一响，立于屋外的剑灵掀炎眸光微动，看向正在屋中打坐的清冷仙人。

长武缓缓睁开双眼，手中捏了一个诀，窗边的镇魔令便“丁零零”地飞到了他的手中。铃铛震颤不已，似在害怕些什么。

“掀炎，寂悟可是让尔笙随那群术士走了？”

掀炎自屋外走进，恭敬地答道：“是。”

长武一声冷斥：“我这群弟子当真是一个比一个糊涂。”

掀炎低头不语。长武广袖一挥，起身便往殿外走去：“化剑。”长武一声命令，掀炎周身焰光一闪，登时化为一柄三尺长剑，其剑身如艳阳一般，剑刃金赤，而剑身泛白，耀眼夺目。

长武广袖一拂，御剑而上，身影瞬间便消失在了屋内。

清晨的微光斑驳洒下，荒林之中，杀伐已歇。

遍地的残肢断骸，混着鲜血与黏稠的绿色毒药浸湿了土地。

长渊面如死灰，脸上翻出了几片细小的黑色龙鳞。此时的他双眼紧闭，汗如雨下，已经无力走动，只任由尔笙扶着他在树边坐下。一鳞剑上的鲜血滴落在两人的衣衫上，染出一朵朵血花，但这些血却没有一滴是他们两人的。

尔笙面无表情地用手将剑刃上的血迹抹掉。她眸中一片猩红，眼神无比空洞。她触碰着长渊的脸颊，掌心的鲜血却抹在了他的脸上，尔笙一怔，用衣袖擦拭血迹，但是却将长渊的脸越抹越花。他额上的冷汗顺着脸颊滑下，晕开血液，留下一道泪般的痕迹。

他看起来痛苦极了。尔笙想，她或许应该把让长渊难受的人都杀掉。这样，长渊心里舒服了，她便也不会痛了。

一鳞剑在手中一紧，尔笙踩过许多胳膊和腿，走到了钦差黄成面前。

昨夜，她只杀了作法阵的术士，还没有动这些饭桶官兵。

“起来。”她冷冷地道。但是被浩然龙气所震晕的人怎么能听见她这话，躺着的人没一个回答她。

卸了他们的四肢抑或挖出他们的内脏，痛了，自然就会醒。这样的想法在尔笙脑中一闪而过，她抬起一鳞剑在钦差黄成的手臂上比画了一下，剑刃上杀气逼人，还未接触到皮肤便已让凡人感到极致的压抑。

黄成一声呻吟，挣扎着睁开了眼。还在恍惚间便对上了尔笙宛如煞神一般的眼神，他心底一阵骇然，举目一望发现四周修罗场一般的情景，黄成登时吓得尿了裤子。

“上……上上上仙，上仙饶命！上仙饶命！”

“解药呢？”

“什、什么解药？”

尔笙看了长渊一眼道：“你们给长渊下的毒，把解药交出来，我就放了你，不然……”一鳞剑一挥，在三丈外的地上划出一道长而深的裂痕，“劈了你。”

黄成面色青白，浑身颤抖不已，他哭道：“上仙，小官小官只是听从皇上的命令，来……来请你们二位，别的小官一概不知啊！”

尔笙微微眯起眼，鲜红的眼睛里仿佛要滴出血来：“撒谎。”言罢，她微微抬起一鳞剑。

素日里耀武扬威的官员霎时骇得面如土色，肝胆俱裂：“上仙！上仙！手下留情，我什么都说，我什么都老实说。”他趴跪在地上，涕泗横流，“此次小官大胆来到无方冒犯二位仙人，实在是因为皇命难违。皇上听说傲城出现了神龙真身，不久傲城边驻扎的军队又遇袭，难免以为是有叛党逆贼在图谋不轨。但是事情牵扯无方仙门，事关修仙圣地，皇上不敢大意，便将此事交给了国师大人安排，这些术士……这些术士皆是国师大人的门徒。想来上仙所说的解药定然在国师大人的手上。”

“国师在哪儿？”

“京城。”

尔笙收起一鳞剑，转身便背上长渊御剑而走。

黄成在地上哆哆嗦嗦地抖了半晌，待安静了许久，他忽然听见身边的士兵居然还有呼吸，顿时心中大喜，连忙狠狠地抽打士兵的脸颊，唤他们起来。

忽然，头顶白光一闪，尔笙竟然又背着长渊落在了他面前。

“上……上仙，小官真的什么都说了。”他以为尔笙重回此地定是想杀他灭口，一时间悲从中来，想到他的老母妻儿和几房美艳的小妾，竟然泣不成声起来，“真的……真的什么都说了！”

尔笙瞪了他一眼道：“混账，你居然不告诉我京城在哪个方向！”

黄成愕然了一会儿：“东……东北方。”

尔笙不再多言，御剑而飞，这次再也没有回来过。

黄成痴痴望着快速消失在视线中的两人，心想，这样迷糊的人，真的能杀人吗？他回头一看，遍地的残肢断骸，空气中弥漫的刺鼻腥臭让他自心底打了一个寒战。他忙用力地拍了拍身边的士兵：“饭桶！一群饭桶！还不趁现在起来逃命！”

长武赶到这处荒林的时候便只看见了一地的死物。

他微不可见地皱了皱眉，一脚踏在土地之上，湿润的土立即溅脏了他洁白的衣摆。

他恍惚间想起许多年前，知道他的师弟长安三度入魔的那一刻，他已将剑比在了长安的脖子上，但是却在他毫无情绪波动的眼神之中收剑离开。那人是他相伴长大的玩伴，更如同他的手足。

面冷的仙尊长武一直是心软的。但是他的一时心软却为流波埋下了祸端，一连数十日的业火将流波仙山焚为灰烬，无数生灵葬身火海……

那时的惨烈之景似乎与此时的修罗场重叠起来。

又一次因为他的心软……

长武广袖之中的拳头渐渐握紧，他想，两月之约他必定是不能再遵守了，若再见到尔笙，便直接杀了她。

掀炎剑在他身边再次化为人形。看见这样的场景，掀炎也跟着皱了皱眉头，他蹲下身子检查尸体的伤口，不一会儿脸上的表情变得更为凝重。

“仙尊，事情有些蹊跷。”

“嗯？”

“这些伤口之中隐藏着邪气，很是细微，却是自皮肉之下浸出来的。”掀炎道，“这些人生前必定修得不是正派仙术，走得是邪道。”

闻言，长武也有些诧然，这些术士之前到无方来时他并未察觉他们身上有任何邪异之气，且每人体内灵力薄弱，凭那点修为要想瞒过他，根本就不可能，那到底是为何……如此想来，这些朝廷中人来的时间也太过巧合，尔笙在无方时尚在潜心寻找破魔之法，为何一出来便径直迷失了心智，杀了如此多的人，其中必定有别的诱因。

三年前，尔笙体内的邪灵珠之力早已被压制下去，而今又是什么致使她入魔，是巧合还是有人故意引诱？若是有人引诱尔笙入魔，他的目的又是什么？

“仙尊，还追尔笙吗？”

长武蹙眉寻思了一番：“而今不知他两人去向何处，先回无方，令门下弟子四处寻找，顺便留意世间异动。”

掀炎低头领命。

长武看着遍地横尸，忽然想到三年前发生僵尸之乱后，霁灵与他讲，她们见到了堕仙长安，长安说，这世道安稳不了多久了。

长武想，他这个三度成仙三度堕魔的师弟，定是窥到了什么天道才如此提醒的吧……

尔笙从来没到过京城，三朝古都在层层繁华与奢靡的遮掩下，静静流淌着沉重的历史遗韵。

若是以往，尔笙走在人来人往的大街之上，必定会为街边雕梁画栋的房屋惊叹不已。然而今时今日，她背着已全然晕死过去的长渊，满目猩红地寻找着自己的目标。

“国师在哪里？”她见人便问，终是在百姓们骇然惊怕的目光中找到了国师住所——

祈天殿。

传言这一届的国师法力高强，久居深宫而不出，但却能护得帝国数载风调雨顺。皇帝为了表示对国师的尊敬与看重，特意为国师翻修了皇宫后方的祈天殿，请国师居于殿中，专心法事，为国祈福。

“哪儿来的贱民，快滚快滚！祈天殿岂是你等贱民能踏足的地方。”守在大门之外的护卫见尔笙一身尘土污渍还背着一个半死不活的男人，以为这又是哪个想请国师为自己亲人做法的村妇，心中不屑，大声呵斥着。

尔笙瞪了他一眼理直气壮地道：“我不想进去，你叫国师出来。”

几名守卫相视一眼，嘲笑道：“小小刁民也妄想求见国师！”

他们几人笑得欢乐，言语间全是讽刺谩骂，尔笙静静地听了一会儿，眸中本已黯淡下去的血色又慢慢鲜艳起来。她一言不发，举步便向门内走去。

一个护卫满不在意地随手推了尔笙一下：“走走，看你死了男人可怜，别逼哥几个打你。”

他这一下自是没有将尔笙推得动的，护卫笑容刚刚收敛了一点，他奇怪地看了看自己的手，目光对上了尔笙鲜红的眼珠，他心底蓦地一寒。只听尔笙冷冷地问道：“你说谁死了？”

那护卫忽觉有一只无形的手倏地掐住了他的咽喉，令他窒息。其余几人见情况不对都拔出了刀剑，指着尔笙：“喂！臭娘……”

话音未落，空中血花一洒，竟是那护卫的手臂被砍得飞了出去。他叫也没叫一声，直挺挺地向后倒去，面色紫青，竟是已经死了。

众人惊骇，场面一时静得可怕。

“我要见国师。”尔笙再次说道，眼神慢慢落到另外几人身上。那几名护卫只觉得心底打了一个寒战，有人腿一软直接摔坐在地，有人回过神来，连滚带爬地向祈天殿内跑去。

听闻高墙内的祈天殿里混乱的声音一波盖过一波，尔笙心中竟涌起了一股奇异的快感，仿佛让别人惧怕是件很高兴的事情。

“何方妖孽竟敢大闹祈天殿！”

尔笙顺着这声叫骂抬头望去，祈天殿的大门之内高高的台阶之上一群身穿道服的青年一字摆出了阵形。尔笙背着长渊，跨进门内，仍旧只有一句话：“我要见国师。”

道士们面面相觑，没有人答话。适时忽听殿内传来几声极为得意的大笑：“倒是个执着的丫头。”

一袭青色道袍的男子走出了大殿，稳步迈下阶梯，向尔笙走去。众人见了他，皆俯身跪拜。

尔笙看见了他的脸，突然皱起了眉——竟然是他，孔美人。

不同于尔笙之前见到他时那样的装扮，此时的孔美人脸上少了几分轻浮多了几许稳重。他脸上有两道长长的胡须，衬得他如同一个得了道快升天的中年道士，但不管模样怎么沧桑，那双丹凤眼却是藏不住的勾人。

尔笙此前是打心眼里讨厌他的，若不是他给她灌下去了骨螭的内丹，尔笙也不至于受魔气的干扰，从而误入魔道。但是此时此刻看见他，尔笙又不觉得他面目可憎，反而，这人身上传出来的一股莫名气息，让她既感觉熟悉，又感觉亲近。

但此时，所有的事情都被尔笙抛开，待孔美人快走到她面前时，尔笙伸出了手："解药。"

孔美人全然没搭理尔笙那只手，摸着下巴打量了晕死过去的长渊一眼，暗自嘀咕道："还真是上古神龙的遗子啊……不过这种东西不应该关起来么。"

尔笙没有半丝被无视的尴尬，果断拔出了腰间的一鳞剑，剑尖直指孔美人的咽喉："给我，否则杀了你。"

一鳞剑上杀气逼人，孔美人淡淡地看了尔笙一眼，但见她眉心那一撮堕魔的火焰印记，又见她眼珠猩红似血，顿时心头大喜："堕仙成魔啊，这世上已有许久没有这样的人了。"

一鳞剑剑尖往前一送，刺入孔美人的咽喉，鲜血慢慢渗了出来："解药。"

孔美人毫不在意地摊开手，做出一副大义凛然的模样道："出来混，总是要死的，你且杀了我吧。"

周围的守卫与道士们皆为国师这样的伟大节操而感动得热泪盈眶。

尔笙手中一鳞剑挽了一个剑花，突然提剑向上，猛地削下了一个梳得整整齐齐的发髻。头冠落地，里面挽起来的青丝尽数散开。

孔美人的眉梢动了动，尔笙又是一剑挥下，竟是生生剃秃了他头顶的长发。

尔笙换了威胁的语句："解药，否则，剃秃了你。"

不管是什么鸟，最怕的就是没毛……

这一瞬，孔美人表情依旧镇定，只是眼眸微微眯了起来，浑身上下溢出的杀气仿佛想将尔笙撕碎。

然而孔美人却仍旧忍下了心中这股怒气，他想，这个丫头，居然在这么短的时间里修出了一双真眼，竟能看得出他的真身。

照尔笙的修行来说，若要让她自己修得能看见孔美人的真身，只怕得要百十来年，但她现在便有了这样的能力，想来必定是魔气的功劳。所有入魔的人，魔气越深力量便越强，而今看来，尔笙确实受魔气影响不小。

孔美人盯着尔笙还没说话，旁边便有道士吼起来：“你这妖孽竟敢要挟国师！实在是死有余辜！”

尔笙二话不说，一记剑气便甩了出去。孔美人眉梢一挑，宽大的袖袍一挥竟是在半路中揽下了尔笙那记杀气，他拈着胡子，装模作样地道：“休伤我门下弟子，且随我进殿来，我给你解药便是。”

此话一出，道士们皆是一副感动又愤慨的模样，想劝而又碍于尔笙方才那招威力慑人，不敢开口。

尔笙乖乖地跟着他进了殿，孔美人在关上大殿殿门时对外面一脸愤慨的弟子们道：“你们且在外面守着，本国师要感化此妖。”

闻言，刚将长渊安置好的尔笙一声冷笑。殿门“咔”的一声重重地阖上，隔绝了外面的阳光与嘈杂。

“小丫头，你这眼神看起来，似对本王颇为不屑。”没了其他人，孔美人也懒得装高深，将两撇胡子一抹，恢复了轻佻的模样。他缓步走向尔笙，每一步都有极沉重的杀气泄露出来，“本王看在你初入魔道心神不稳的份上，饶过此次你对我的不敬，若有下次……”

他眼睛一眯，手指挑起了尔笙的下巴：“我会让你知道什么叫生不如死。”

尔笙不躲不避，直勾勾地盯着孔美人：“我只要解药。”她只想要解药，其他什么事也不想管，不管这个妖怪是怎么爬上一国国师的位置的，也不想管他这“王”到底是哪一界的王。她只知道，长渊中的毒是这个人给的，他有解药，拿到解药之后，她便要将这个让长渊受苦的祸害杀掉。

“还真是长了一对不讨喜的眼睛。”孔美人甩开尔笙的脸，冷哼道：“小丫头，别以为本王不知道你心里是怎么盘算的。且不说你那点心机和能耐伤不伤得了本王，便说你背着的这个人，救不救，全在于我高不高兴。而我高不高兴，则在于你愿不愿意听我的话。”

“你想要什么？”

孔美人笑道：“你这丫头丑是丑，不过身上却藏了不少宝贝，而今又堕入魔道，隔几日你便与我一道下九幽魔都去可好？”

九幽魔都……

这地方尔笙曾经听过。

数千年前，魔教犯上，天帝震怒，派战神陌溪镇压叛党。陌溪神力卓绝，力压叛军而后挥军直下九幽魔都，杀得整个魔域血流成河，十年不闻魔音，但凡三岁以上的魔族全部死绝。

这传说大大树立了天界的威信，在无方藏书阁中有不少书都对此事有记载。但书中都是花了大笔墨去书写战神的威武，却鲜少提及差点被杀光了的魔族。

这孔美人……

“既然你已成吾道中人，迟早有一天也是要去魔都祭奠魔尊的。我魔族经过千年前的大劫，日渐凋敝，族人十分稀少，所以魔族之人在出生之后便会立一道永世成魔的血誓，以保我族血脉。立誓之后你便是我族人，受我族保护，如若不然……你可见过那堕仙长安？那些所谓的正派容不得他，我魔族也容不得他，这茫茫世间孤寡一人，可悲之极！再者，小丫头，此时与我去九幽魔都对尚未修得魔族心法的你来说可是有大大的益处……”

孔美人威逼利诱的话还没说完，只见一只手摊在他的面前：“给我解药我就去。”

望着尔笙带着些许暗红的眼眸，孔美人微微一怔，随即勾唇笑道：“好，我去拿解药。不过今日我只给你半颗，三日之后我在紫琳镇等你，彼时，我再给你另外半颗解药。”

“那地方是哪儿？”

“是位于京城西南方的一个小镇，镇后的树林里隐藏着去九幽魔都的入口。”

“等一下……”尔笙迟疑地叫住了孔美人，“长渊能与我一同进去吗？”

孔美人咧嘴笑了笑：“我魔族人口少，素来是欢迎外来人口堕魔的。不过，小丫头，对魔来说，最好不要如此在意这世间任何东西。”他长长睫毛下的眼眸映着冰凉的光，“因为迟早有一天，你会控制不住欲望，把他亲手毁掉。”

尔笙心底微微一冷，目光落在长渊身上。

他安静地闭着眼，宛如慈悲的佛。

第十五章 入魔已深

长渊是枕在尔笙的腿上醒来的，彼时尔笙正用食指轻轻戳着他在睡梦中无意间蹙起来的眉头。

两双眼睛静静地对上，然后他们便一直呆呆地盯着对方，直到尔笙突然抬手遮住了长渊的眼睛，她闭上眼摇了摇头道："不小心看成斗鸡眼了，唔……好难受。"

长渊也沙哑了嗓子道："帮我也揉揉眼睛。"

尔笙便乖乖地给他揉着眼睛："长渊。"尔笙停下手上的动作，直勾勾地盯着他，"我们去九幽魔都好不好？"

长渊微微一怔，他看着尔笙瞳孔中的暗红心中猛地一跳，丝丝心疼弥漫出来。他记得他的尔笙本来有一双这世上最漂亮的眼睛，黑白分明，一尘不染。

见长渊久久没答话，尔笙心中微微有些慌乱："你……不想去吗？你讨厌……魔吗？"

微微一声叹息，长渊伸手摸了摸尔笙的脸颊："我喜欢尔笙。"喜欢得没法去讨厌她任何一个缺点。

龙这种生物的感情一点也不细腻，如同他的招数一样，浑厚霸气，一出手便是横扫千军之势。他的喜欢和讨厌也是一样的，要么一点都不要，要么就要全部。

“我也喜欢长渊。”尔笙握住长渊的手，垂下眼眸，“很喜欢。”

“启程去九幽魔都吧。”长渊道，“我们一起。”

尔笙点头，脑海中却忍不住想起了孔美人那句冰冷的话——迟早有一天，你会控制不住欲望，把他亲手毁掉。

毁掉长渊？除非她是真的疯了。尔笙转念想到自己心中时刻涌动着的暴虐杀意，面色突然发白。如今的她，可不就是疯了吗。

长渊坐起身来，拍了拍衣裳，像是突然想到什么，问道：“我身上这毒是如何解的？你可是找到了那下毒之人？”

尔笙不愿意让他知道自己是怎么得来的解药，沉默了许久，指着头顶上的树叶道：“长渊，你看，夏天快到了。今年七月我就该满十八了，以前娘亲告诉我，女孩子到了这个年纪就可以生孩子了，到时我给你生个圆圆的龙蛋好不？”

长渊耳根蓦地一红，他沉默了一会儿，随即抿了抿唇：“好……”他温吞吞道，“七月，很快了。”

下蛋……约莫也快了吧。

被尔笙如此一打岔，长渊倒还真就忘了自己原来问了什么，兀自在那里细细琢磨，没一会儿便琢磨出了一脸的绯红。

尔笙想，她的心眼大概是真的变坏了吧，变得会利用自己的优势，欺负长渊了。

孔美人说的紫琳镇不大好找，长渊又受了伤，走不快。尔笙心里害怕三日后到不了孔美人说的那个地方，心中焦急，长渊见了，以为尔笙是在担忧自己的身体，安慰道：“中了此毒，我能这么快的醒过来已是万幸，提不起神力来也是自然的，尔笙不必着急。”

尔笙不敢告诉长渊真正的原因，只有装作不急的模样。两人走走停停，耽误了许多时间。在第二天傍晚的时候却在路上遇到了一个意料之外的人。

尔笙的师侄——辰渚。

当初那个见到长渊便会被他的气息骇得腿软的少年，今日已长得与长渊一般高，正是意气风发的年华。尔笙碰见他的时候，辰渚正将一个猪妖斩于剑下。他听见身后有脚步声传来，警觉地回头，却发现是许久不见的尔笙……和她的夫君。

辰渚刚刚红起来的脸立马青了："尔笙！你……"他刚想如往常在山中撞见尔笙时那样呵斥她几句，但是想到尔笙与这个男人走在一起并没有错，他们本来就是夫妻。辰渚喉头一哽，一时无言。

尔笙见了辰渚，心中霎时起了戒备，她四处望了望，待察觉到没有其他人之后，紧盯着辰渚道："我不会回无方了，你走吧。我不想和你动手。"

辰渚一怔，眉头深深皱了起来："你在说什么话，你这副模样是怎么回事，仙尊那道命令又是什么意思，为何竟像是在通缉你一般？我不过是闭关修炼了几月，你又闯什么祸了？"

辰渚在辈分上虽矮尔笙一辈，但是却仗着自己入门早，修行方面很有天赋，又肯用功，修炼成绩比尔笙之前要好上许多。他与尔笙说话，大半时间是在教训她，尔笙不喜欢听，爱用辈分去压他，两人常常因为一件小事就能吵得不可开交。但每次尔笙闯出了祸，却都有辰渚帮她一起顶着。

然而今日尔笙却没有与他吵嘴，只淡淡道："我没有闯祸，只是事态发展成了这样，我也没办法。"

辰渚沉默了一会儿，上前便要将尔笙从长渊那边拉过来，他道："不管如何，咱们先回无方再说，有什么错我帮你担待着。"

长渊目光落在两人相握的手上，忆起这几年来辰渚见到尔笙之时眼中涌动着的情愫，长渊眼睛微妙地一眯。那样的感情他不是不懂，只是没有将辰渚放在心上，在他看来，这不过只是一个少年的单相思，尔笙无论如何心里装着的始终是他。

但现在不一样了，他喜欢尔笙，十分在意她，并且两人已经承诺好了要生个龙蛋，那么他便不能再让别人对尔笙有非分之想，即便只是想也不行。

长渊张了张嘴，还没说话，尔笙便自觉地把手从辰渚那里抽了出来，认真道："我不回无方了，以后都不会回去，我要去九幽魔都。"

闻言，辰渚大惊，登时变了脸色，大喝道："说什么混账话！要叫仙尊知道了，定饶不了你！"

"既然你说仙尊在通缉我，那么便是他已经知道了。"尔笙垂下头，不让辰渚看见她唇边的苦笑，"我入了魔，杀了人，仙尊此时只怕是想尽办法要捉我回去除掉。"

辰渚一怔，定定地注视着尔笙，这才发现她眉心竟真的有一枚若隐若现的火焰魔印，他心神巨震，一时愣住了。

“你回无方吧，我不想打你，更不想失手杀了你。”尔笙说完，牵了长渊的手便继续向前走去。

握着自己的纤细手掌出了许多汗，长渊看着她微微低下头，脚步快而急地走过辰渚身边。长渊想，或许尔笙并不像她表现的那样淡然。

昔日友人今日相见却已成宿敌。

尔笙即便是身已入魔，但心里却还是清醒的。她本就是一个怕孤独又怕失去的人，此时她说出这样的话，想来，最伤心的应当还是她自己吧。

长渊一声叹息，握紧了尔笙的手，不过还好，他还能陪着她。

“站住！”

见尔笙要走，辰渚急了，“唰”的一声拔出剑来，直指长渊：“一定是你！此前尔笙都还好好的，定是你诓骗了她！”

尔笙反手一剑隔开了辰渚的长剑，道：“不许对长渊动手。”

见她将那什么夫君百般护着，又对自己如此冷言冷语，辰渚心中万分恼怒，指着她的鼻子骂道：“你这没心没肺的臭丫头！怎么连谁对你好都分不清楚了？你这样子对得起你师父和师姐？对得起仙尊？对得起无方？对得起……对得起我？”辰渚急红了眼，威胁道，“我再说一遍，与我回无方，否则，休怪我对你不客气。”

“长渊对我很好。”尔笙道，“辰渚，抱歉。”

言罢，尔笙拽着长渊，身形一闪竟是要跑。辰渚大怒，一剑向尔笙刺去，是下了决心要将两人拦下来。

他哪里知道这段日子尔笙的功力突飞猛进，早已超过他了许多，当下一个剑花便化解了辰渚的杀招。辰渚再次出招，尔笙心底又萌生出了一股遏制不住的杀意。

不行……她警告自己，这是辰渚，她不可以……

一鳞剑剑势一偏，辰渚抓住尔笙分神之机，一步迈上前，手蜷为爪，一招大擒拿抓住尔笙的手腕，另一手用剑柄生生格掉了尔笙的剑。

“跟我回去！”

一鳞剑是长渊龙鳞所造，正气浩荡，素日里为抑制尔笙体内魔气增长起了许多作用。此时在打斗中，一鳞剑突然脱手而出，尔笙周身再无物什压制魔气，霎时魔气疯长起来。尔笙眼眸红似滴血，她一手搭住辰渚扣在她手腕上的手，辰渚心中一惊，尔笙手下一用力，竟生生将他的手腕扭得脱臼。

辰渚一声痛呼，心里更是震撼，满目不敢置信：“丫头！你……”

尔笙身形如魅，两步跨上前去，一手掐住辰渚的脖子，乌青的唇吐出雌雄难辨的声音，像是被附身了一般：“我给了你机会走的。”此时，尔笙的指甲突然长得奇长，指甲掐入辰渚的脖子里，鲜血慢慢滴落出来。

尔笙见了血，眸中神色更是兴奋。

长渊失了神力，只能在一直在旁边默默地看着。见此景，他心知若是尔笙此时杀了辰渚，等她清醒过来必定会后悔不已，当下捡了一块石子用力而准确地砸在尔笙手臂上的几个穴位上。

尔笙手一软，辰渚摔在地上，他捂着脖子，神色中全是骇然。此时他终于完全相信，那个脾气不好又任性调皮的丫头竟然真的成了魔。

尔笙目光盯着地上的石子看了一会儿，慢慢转到了长渊身上：“为何要帮他？”

长渊慢慢走到尔笙身边，他此时没了神力，入魔的尔笙随时可以掏出他的心脏。长渊却不以为意，他像往常一般拍了拍尔笙的头顶：“杀了他你会后悔，比谁都后悔，又悔又痛。”

尔笙有些烦躁地摸着自己的指甲：“可是心里那股想杀人的冲动……像要炸开了一样……很难受。”

长渊揉着尔笙的额前的细发：“忍忍。”

尔笙便听话地咬住自己已经魔化得乌黑的下唇，乖乖隐忍心中的冲动。

她相信长渊，也只信长渊了。

长渊看了辰渚一眼，心下心思微转，立刻捡了一鳞剑让她好好拿着，随即带着尔笙离开了此地。他想，只要看不见，便不会心烦了吧。

走出老远，辰渚也没有再追上来，尔笙却停下来不愿意走了：“长渊，我还是想……”

长渊回头看了她一眼，沉默半晌后，忽然埋下头，双唇轻轻含住了尔笙的唇瓣。他想起此前终于领悟到的那点技巧，用舌头挑开了尔笙的唇齿。但是等他侵入到对方领地中时却呆住了。

嗯……接下来又该怎么办呢？

适时，尔笙的舌头忽然动了动，两个软软的东西触碰在一起，又马上分开，似乎都被对方吓了一跳。僵持了一会儿，长渊又小心翼翼地碰触到那个软软的东西。这次尔笙紧紧闭上了双眼。像是福至心灵一般，长渊又开窍了一次……

长长的一个吻，他们之间第一个真正的吻。末了，尔笙唇瓣上的乌黑褪去，眼中的鲜红也再次隐退。长渊颇为骄傲地浅笑道："这便彻底不想了吧。"

尔笙点了点头，她兀自愣了一会儿，又赶紧摇头："还想！"

看着她晶亮的眼，长渊难以压抑心底的喜悦，唇瓣再次相接，两人都乖乖闭上了眼。

她要，他给，就这么简单。

九重天上，天宫之中。

天帝坐于榻上，身上只穿着一件中衣，大伤初愈的他面色还有些难看的苍白。他手中握着一面女子用的菱花镜，若是三生在此，定会认得此镜是司命房中之物，是司命用来窥探下界凡人生活的至宝。

此时镜子被捏在天帝手中，脸般大小的镜面映着天帝深锁的眉头。他仿似考虑了许久，终是念了个咒，一拂镜面，平静的镜面立即出现了丝丝水波，慢慢般荡漾开去，随着水波的平息，镜面里逐渐出现了两个人的身影，正是尔笙与长渊。

适时，他们俩正在甜甜地亲吻，两人脸上都是说不出的餍足与幸福。

心口一紧，漆黑的眼眸犀利地一眯，天帝一时竟遏制不住自己的怒气，生生将菱花镜捏了个粉碎，镜中情景自然也不复存在。天帝冷冷一笑，心底却是怒极："很好，很好！司命，你果然胆肥了。"

铜镜的粉末在空中飘扬了一会儿，终是慢慢落在地上。天帝站起身，一脚踏过地上的粉末，披了外袍便往门外走去。

"来人，宣战神陌溪！"

天宫位于九重天的至高之处，天帝的寝殿更是能将天界风光一览无遗，他定定地盯着司命的钦天殿，道："朕必将那孽龙重新关入万天之墟，永世不得自由。还这世道一个清静。"

话虽这样说，但此刻他闭上眼睛，脑海里浮现的不是苍生大计，不是天下万民。只有一个司命在他面前不卑不亢地说着："帝君，你现在是没有天后的，每日又如此板着一张马脸，估计以后也很难有个天后。我心里不奢求坐上那个高高的位置，但是我喜欢你，你也如同我喜欢你一样喜欢我吧。”

而现在，本该怀揣着喜欢的心情乖乖地为天庭效命的司命星君竟然为了一条莫名其妙的龙跑去了下界，他们甚至……

司命，你这是犯了欺君之罪！

人界。

长渊与尔笙一路上四处询问，终是在三日之期到来之前找到了孔美人所说的紫琳镇。

刚刚走入镇中，尔笙还没有发觉什么，倒是长渊的眉头微微蹙了起来。行至一间客栈门口，尔笙忽然顿住了脚，她望着客栈瞅了许久，问道：“长渊，你说咱们是不是到过这个镇子？”

“到过的。”长渊答道，“三年前，僵尸之乱咱们便是住在此处。”

尔笙心中一动，也就是说，她的家乡，她自小长大的村子便在这镇子的北方。

这些年来尔笙再没回过村子看看，即便从无方到村子里御剑只需一两天时间。她有意无意地逃避着过去，仿佛不回去看看，不去确认，那些平凡的人便还在记忆中快乐地活着一样。

而今日……

尔笙唇边弯出一抹浅浅的苦笑，当初离开村子算是她踏上修仙之路的第一步，而今日……她却是为了去九幽魔都而回来。这之间的因果缘法当真不可猜测。

“尔笙可知如何从此处进入九幽魔都？”

尔笙正摇头说不知，一道声音插了进来：“唔，小丫头还算守信。”孔美人身着七彩斑斓的衣裳自街的另一头缓缓走来，他这身衣裳华丽非凡，只是衬得头顶上的帽子有些多余。不过这倒不影响他成功地引来了许多百姓的瞩目。他似很满足这样被万众瞩目的感觉，走得越发昂扬。行至长渊面前，他却忽然皱了眉头，上上下下打量了他一番道：“上次你闭着眼，脸色难得跟鬼似的，我便忘了与你比美的念头，而今看来，你确实有资本与本王比上一比。”

孔美人“啪”的一下打开折扇与长渊并肩站在一起：“小丫头，你来评评，谁更美？”问完，他妖娆一笑，带着点恶作剧的坏意，“你要胆敢说我不如他美，我便捏碎了那半颗解药。”

尔笙默了一会儿道：“既然你用这样的手段威胁我说谎，我也没办法，好吧，你更美。”

孔美人脸皮抽了一抽，还没说话，却听长渊微微沉了嗓音问道：“什么解药？”

尔笙面色一白，眼珠转了转不知该如何回答，孔美人见此情景突然笑了：“小丫头竟还没与你说？即便她不与你说，你便也该猜到才是。上古神龙中了屠龙之毒，你应当比谁都清楚那下场，若是没有解药，别说清醒了，便是勉强活着也是困难。”

长渊眸光一厉，紧紧盯着尔笙问道：“你为了换解药才答应去九幽魔都？”声色竟是从未有过的严厉。

“我……”尔笙支吾着不知该如何回答，憋了许久才堪堪憋出一句，“长渊，我怕你不见了……你不见了，我便是真的只有一个人了。”

长渊喉头一哽，一时无言，半晌后他才叹息道：“我说过会一直陪着你。我以为你忽然想去九幽魔都只是为了寻找一个归属，找一个能让你容身的地方，但是……”

他微微一顿，眸光寒凉地盯着孔美人：“我不会让你因为我而对任何一件事委曲求全。”

孔美人挑了挑眉，他从怀里慢吞吞地摸出另外半颗解药，在尔笙面前晃了晃：“唔，这么说来本王手中的这宝贝倒是个无用之物了，小丫头，你说我把这个东西扔掉可好？”

话音一落，尔笙眸光一红，身子一动正要出手，却猛地感到肩上一股大力将她摁住。长渊淡淡地斜了孔美人一眼，眸中的不屑与嘲讽瞧得孔美人额上青筋一凸。

长渊淡淡地道：“你只凭自己喜好，你若想随他去，咱们便随他去。你若不想随他去，今日我便是在此地化了真身也不让谁带你走。”

孔美人面色一青，神龙真身，刀枪不入，这龙还摆出一副不要命的模样……魔界大计实施在即，他可没精力与神龙争斗。

尔笙眼眶微热：“可是长渊你身上的毒……”

“数万年前，天界以此毒屠我一族，我当时能活，现在也能活。”长渊道，

"所以，没有什么能威胁你。你且顺着心意说就是。"

尔笙垂下了头，她弱弱地道："长渊，你要我怎么回报你……生十个蛋都回报不了……"

长渊的脸颊升起了几许绯红。尔笙点了点头，似乎做了什么决定："我想……"陪你一起游历天下。

后面的话还未来得及说出口，天空中一记凌厉的杀招突然降下，直直往尔笙身前砸去。尔笙大惊，忙拉着长渊退开。孔美人也被逼得不敢硬接，只好撤身躲开。刚站稳身形，他抬头一看，见了空中那个白衣飘飘带着一身仙家正气的人，登时皱起了眉头。

无方仙尊，他的出现可没有在计划当中。

街上看热闹的百姓们，被这突如其来的"旱雷"吓得四处奔走，各自寻地方躲了起来，以免被打架的神仙殃及。不一会儿时间，整条大街上便只剩下了他们三人和空中的仙尊长武。

"孽障！"长武一声低喝，手中的掀炎剑画出一道炽热的白光，"我知道你是不慎入魔，本欲助你脱去魔印，不料你竟自甘堕落，要随这妖魔去九幽魔都。我不杀你，枉修仙道。"

尔笙勉力接下这一招，心中慌乱，忙道："我不想去了！"

仙尊冷冷地道："去与不去而今都留你不得，今日你能残害同门，他日必定危害世间。"

尔笙浑身一颤："害谁？我没有杀害同门……"尔笙恍然间记起了辰渚，可她只记得自己仅是将他的手腕扭脱臼了而已，不曾要他性命。不过仔细一想，事情确实有些蹊跷，按照辰渚的脾气即便是被尔笙打断了手，他也会不死心地追上来，而昨日……

"辰渚……死了？"

仙尊一声冷笑："你比谁都清楚。"

孔美人闲闲地摇了摇扇子，遮住唇边诡异的笑。

"我……"尔笙面色一白，呆呆地看着自己的手掌，难不成真是昨日她一个没留意下了狠手，她摇头道，"我没有杀人，没有杀了辰渚。"

长渊闻言，紧紧地蹙起了眉头。尔笙没有杀辰渚，他很清楚，但现在辰渚却死了，唯一可以解释的便是有人栽赃嫁祸。

他的目光犀利地落在孔美人身上。这个孔雀妖魔给尔笙三日之期让她自行找到此地。既然他想带尔笙入九幽，大可自行带她过来，既断绝了她反悔的机会又不会节外生枝。为何还偏偏要给她这三日的期限……

长渊还没想出一点眉目，忽然自仙尊身后御剑而来了许多人影，仔细一看竟是无方的一众长老还有沈醉与霁灵。在众人都还未反应过来之时，沈醉的身影突然降在了地上。

尔笙张嘴喊道："师父……"

"啪！"没给任何人阻拦的机会，一个耳光已经狠狠打在了尔笙脸上，沈醉一脸阴沉的愤怒，素日的嬉皮笑脸完全不见了："我教的好徒弟！"尔笙浑身无力，随着沈醉这记耳光的力道一头倒在长渊的怀里。

长渊急忙将尔笙抱住，感觉到她身体的颤抖，他只觉有一股说不出的酸涩浸染心间，生出一股愤怒。但是他知道，现在发火没有半点效果，只会把尔笙这莫须有的罪名坐实。长渊冷冷地望着沈醉道："辰渚不是她杀的，你不该打她。"

沈醉一声冷笑："你可知辰渚那小子至死都在唤着谁的名字！尔笙，你怎么下得去手！"

"她自然下不去手，人不是她杀的。"

沈醉的目光终于落在长渊身上："我无方门内之事，与你何干？"

"确实无关，不过你们声讨的是我的妻子，你们要她因为一件根本就不是她做的事而惩罚她，这便与我有关。"

沈醉冷笑连连，拔剑出鞘，直指长渊道："闪开，无方处置孽徒还容不得外人插手。"

此剑一出，气氛顿时紧张起来，空中的长老们都握着自己的法器，对付妖魔他们向来不心软。

一时间杀气弥漫。

"唔，我这是见证了什么？"

一直沉默着的孔美人此时忽然道："一群没用的修仙者借着除魔卫道的名义，以多欺少，棒打鸳鸯？"他扇着扇子，笑得嘲讽："无方闲人们倒是越发的没品位了。"

此话一出，空中的众人脸色皆是一变，寂悟忽然上前一步说道："邪魔妖物，本就应当诛杀。此孽徒残害同门，可见心智已失，留不得。"

长渊又一次说道："辰渚不是她杀的。"

“辰渚不是我杀的。”这次他的怀里传出一个细细的声音附和着，“师父，你相信我，辰渚不是我杀的。”

在尔笙看来，她变成现在这模样，别人怎么看她已经无所谓了，但是沈醉和霁灵不行，因为心里在意，所以怎么也无法忍受他们误会。

沈醉手中的剑微微一颤，他脸上的冷怒平静了些许。他们是在昨夜发现的辰渚，发现他的是无方的一名弟子，众人赶过去时，他已经奄奄一息了。平日里那么意气风发的孩子，却躺在地上，他看见霁灵，拽着她的衣摆落下许多泪，叫了声“师叔”后，口里反反复复念叨着的就只有“尔笙丫头”四个字。

辰渚死于穿心的一剑，他除了手腕脱臼，身上并没有其他伤口，可见下手的人手段极为利落，没有半分犹豫。剑伤窄而薄，极似尔笙的一鳞剑造成的。今早又有弟子来报，说在不远处的紫琳镇发现了尔笙的踪迹，她与一个妖魔在一起，正欲投奔九幽魔都。

当下仙尊盛怒，只身一人便先行赶了过来，他们也随即跟来。

沈醉想到辰渚去世时的模样又想到这样的事竟是自己百般纵容的徒弟做出来的，顿时觉得痛怒难言，上来便直接给了她一巴掌，而现在见尔笙这模样，心里又想或许此事真的有所误会。若是尔笙当真能那么利落的杀掉辰渚，现在又何必再对他们解释……

他正这样想着，还站在空中的霁灵已向仙尊跪了下去：“仙尊，此事怕是另有隐情，霁灵还请……”

“无须多言。”仙尊却一挥衣袖打断了霁灵的话，“今日她便是没有杀辰渚也该诛。我无方断不能再养出另一个堕仙长安。”

尔笙浑身一震，微微抬起的脸再次深深埋进长渊的怀里。

见尔笙这样，长渊心中既痛又怒，却不知该怎么安慰尔笙，唯有轻轻拍着她的背。忽然半颗药丸递在他的面前，孔美人凉凉道：“吃了吧，今日不动粗，这些闲人是不会让你们离开的。”

长渊心思一转，也不客气，拿过解药便吞下。孔美人见状笑眯了眼，他倨傲地仰头道：“这小丫头已是我魔族中人，受魔尊庇佑，你们今日要拿她，先过本王这一关。”

仙尊一声冷哼，不再多言，手中掀炎剑一挥，人影已消失在空中。等他再出现时，已到了尔笙面前，他只需轻轻挥一挥剑便能砍下尔笙的头。

长渊心头一惊，眉头紧锁，解药还没在他体内散开，他神力未复，只有凭着本能一手将尔笙搂住转了半个圈，用自己的身子去挡剑。孔美人哼哼了两声："仙尊你未免太不拿本王当回事。"

他手中折扇合拢，只听"叮"的一声，仙尊的剑竟被轻易挑开。

孔美人广袖一挥，魔气溢出，一边挡开长武等人，一边将长渊一抓，大喝一声"走！"三人霎时遁地而去，不见了踪影。

长武却没有就此放过他们，掀炎剑直插入地，他毫不吝惜地将仙力蛮横地灌入大地之中，数道仙力凝成的白光急射而出，向四面八方追去。忽然一声沉闷的声响自地中传来，尘土腾飞中，众人看见数丈外的地面慢慢渗出一摊血迹，随后滴滴点点地往北延伸而去。

长武沉声吩咐道："往北追，今日定将妖魔斩于剑下。"

尚在空中立着的众人一声应和，皆御剑向北追去。唯有霁灵行至沈醉身边，两人相视一眼，皆在对方眼中看出了一丝疑虑。沈醉迟疑道："仙尊，辰渚之死实有蹊跷……"

"你还不懂我的话吗？"长武拔剑而出，向北走去，脚步没有丝毫犹豫，"除魔之时容不得丝毫心软，妇人之仁必将留下更大的祸患。"

"可是仙尊……"霁灵还欲说话，长武已拂袖而去。她咬了咬牙，也跟了上去。

再说尔笙那一方，仙尊那记灵力击中了孔美人的背，硬生生地撞出了一道血口子。孔美人愤怒不已，不为自己身上的伤，而是为了那件色彩斑斓的衣裳，他恨恨地跺了跺脚："迟早有一天我要让你无方仙尊趴在地上哭！"

行至树林中，身后的仙人暂时没有追上来，他们得以短暂地歇一会儿。孔美人往林中一指道："继续往前走会有一片白色的花海，过了那里离九幽的入口便很近了，小丫头，你现在可是想好了要不要入九幽？"他淡淡地笑着，"你今日可是看清楚了？这世间已经没有你的容身之处了，不管你以后做什么事，是对是错，只要你是魔，便有人一门心思地想除了你。不入九幽，你还有别的出路吗？"

尔笙低着头沉默了许久，幽幽地问道："辰渚，是你杀的？"

孔美人弯唇笑了："丫头不傻嘛，是我设计害你又如何。在京城我便看出来你不是诚心想入我魔道，我不害一害你，把你逼得无路可走，你始终是心有不甘的。”

尔笙点了点头，肯定道：“辰渚是你杀的。”

孔美人唇角的笑还未来得及收敛，忽觉一记杀气迎面劈砍而来，他下意识地闪身躲开，第二记杀招接连而至，招招直刺他的要害。一鳞剑舞出的剑啸之声令闻者胆寒，孔美人避之不及，被生生刺中的左肩。他心中大惊，抬头一望，只见尔笙面色全无，一双红得滴血的眼眸恶狠狠地盯着他，乌青的唇隐隐露出两颗尖利的獠牙，仿佛要将他生吞活剥了一般。她握着剑的手更是长出长长的黑色指甲，俨然已经完全魔化了。

孔美人心中既是惧又是喜，惧的是今日他这条命恐怕是会交代在这里，喜的是数千年来，尔笙是第一个堕魔这么短时间便能获得如此强大力量的人，若是将她此股力量利用起来，他日攻上天界也不是不可能的事。

一剑击中但却没伤到他的要害，尔笙毫不犹豫地拔出剑，又一次攻上前去。

长渊此时神力已经恢复，他静静地站在旁边，看着尔笙几近疯狂的与孔美人对战，对方流出的血越多她便越是兴奋，打到最后，只怕尔笙自己也不清楚自己到底是在复仇还是仅仅为了宣泄内心焦躁的嗜杀之意。

长渊头一次有些不知所措起来。他不知道自己是应该上前拦下尔笙还是任由她宣泄自己内心的痛苦。他想，若是尔笙继续憋下去，她只怕是会疯了。但若是她一直如此肆意地追求杀戮的快感，那么也就已经疯了。

一鳞剑再次没入孔美人的身体当中，他的身体已如他的衣服一般千疮百孔惨不忍睹，色彩斑斓的衣裳此时只变成了一块猩红的烂布。孔美人呵呵笑道：“尔笙，假以时日，你必定能登上我魔族空悬了千年的王座。只是照你如今这般以命相搏的打法，定是活不了那么久的。到最后你会死掉，然后残破的身体被体内的骨螨内丹或说新的邪灵珠控制，完全变作一个行尸走肉的怪物。”

长渊听得眉头一紧，尔笙却咧开了嘴诡谲地笑道：“那又如何？反正那时候我也已经不在了。”

尔笙剑头一挑，在孔美人的肩上生生削下来一块血肉。她笑得十分欢愉，手往下一用力又割下一块肉来。

孔美人终是忍不住疼痛一声闷哼，尔笙满眼的兴奋：“这便是凌迟……真让人愉快……”

她抬起手，还想动剑，忽然手腕被人紧紧握住，她回头一看，却是长渊神色凝重地看着她。尔笙不解地问：“为什么抓住我？”

“你当真觉得愉快？”

长渊声色俱厉，骇得尔笙一愣。尔笙呆滞地转过头，望着已颓败不堪的孔美人，他的面前摆着两块血淋淋的肉，正是尔笙方才割下来的。尔笙本就苍白的脸色更加难看起来，她不知是想到了什么，额上慢慢渗出了一层冷汗。

她左手剧烈颤抖着握上自己的右手，她害怕地道：“这是我做的？”她想扔掉一鳞剑，但是她的右手却不听她的指挥，仍旧执着地往孔美人身上割去。

尔笙满脸的惊慌惶恐，她拼命地拍打自己的右手：“不行！放手！”她回头无助地望着长渊，“长渊……我停不下来，身体不听我的。”

尔笙这一回头，长渊才恍然发现，她的眼珠竟不知从什么时候开始变作了一边乌黑，一边鲜红，仿似一体两人，一个入魔至深，一个还是之前的尔笙！

孔美人重伤，他趴在地上也哈哈大笑着：“邪灵珠已变作了半个尔笙，你们俩约莫是合体了吧。”

他贴着地面的耳朵听到了不远处传来的动静，随即慢慢闭上眼，身子一点点沉入土地之中：“小丫头……或者现在该你叫你邪灵珠？方才告诉你的九幽的方向可别忘了，本王在那里等着你们。”

他唇边的笑暗含嘲讽：“别忘了将追来的仙人都杀了，他们不该知道九幽的入口。”

长渊心中怒极，此人害尔笙入魔，而今又使各种法子引诱尔笙，实在该死。他脚往前一踏，狠狠踩在孔美人还没来得及沉下去的另一半脸上，用力地碾踩，誓要将其踩个粉碎。

不料最后那孔美人的身体竟变成了半截树根，破破烂烂地躺在地上。原来这竟只是孔美人施了术的一个傀儡，树根雕刻的脸嘻嘻怪笑着：“打人不打脸，神龙，你太没品位了。若对本王有所埋怨，便快些到九幽来吧，本王已给你们备好了盛宴。”

第十六章 杀了我

长渊自是无暇去想那顿盛宴会是什么，无方的长老们已经追了过来，尔笙的左手正在用力地与她的右手做斗争。她见了长老们的身影，心中更是焦急，无助地望着长渊。

长渊正想着不管尔笙变成什么模样，先逼退了这一群仙人再说。他一抬眸，忽见尔笙面色几番诡异的变幻，而后她勾唇笑了笑："来得正好。"一鳞剑在她手中一振，剑身上的血珠顺着剑刃飞舞了出去，尔笙凉凉道，"方才还未斗得过瘾。"

她一步踏向前，眼瞅着便要冲过去与长老们酣斗一番，长渊却忽然自她身后拽住了她的手。他的眼中尽是不赞成的神色："尔笙，你此时越与人斗，魔气便越为深重，实在不该如此放纵，且尽力将魔气压一压。"

尔笙一怔，双眸中的颜色一会儿黑一会儿红，最终她仍是甩开了长渊的手，道："今日就算不杀他们，逃了过去，他日他们必定也会杀了我。"

看了看自己被尔笙丢开的手，长渊沉默了许久，他面色一沉，头一次对尔笙用了强。他一把拽住她，强硬地将神力灌入尔笙体内，一边压制她的动作，一边严肃地道："你心神混乱，拿不准什么对你好，什么对你不好，今日我们不去九幽，也不与无方众人斗……”

“孽障休想逃走！”追来的寂悟一声大喝，祭出来的法器夹带着灵力狠狠地砸了过来。

尔笙也不着急，不躲不闪，只是冷笑道：“长渊，我不与他们斗又如何，这些人是铁了心的要收拾我。”

此时长渊正被尔笙的态度刺得起了怒气，寂悟这突如其来的一招扰了两人之间的对话，更是让长渊怒火中烧，他广袖一挥，将迎面而来的法器狠狠打落。不料尔笙却在他分神之际，猛地挣脱了他的禁锢，提着一鳞剑便直直冲寂悟砍了过去。

即便是尔笙入了魔，寂悟也不曾想过有哪个弟子胆敢对他刀剑相向。尔笙忽然主动攻来，惊得他脸色大变，心中被冒犯的怒气更是一层层的燃烧了起来：“实乃孽障！”他终是拔出腰间佩的剑，与一鳞剑清脆地撞在一起。

“老家伙有点本事。”

寂悟气得浑身发抖，他是同辈当中修行最为努力的人，但是因为天资不高，也是最晚修得真身的人，以至于形容相貌看起来是所有人当中最老的。自然他也最忌讳人家说他老。

“人呐！”一招过完，两人各自落地站稳，尔笙望着寂悟笑道，“人总是越缺什么便越是怕别人说什么。你没有天分，修行又苦又累却仍是最后一个取得真身的人。你权欲过重，总想做无方下一任仙尊，然而在我看来，你们仙尊立的接班人只怕另有其人，比如说——沈醉。”

忽闻此言，寂悟眉目间杀气一闪而过。

长渊沉声低喝：“尔笙！”他听得出来，这番言语是尔笙在诱出寂悟心底的阴暗，修仙者一旦有了这样的想法，离走火入魔便不远了。

忽听长渊这声呵斥，尔笙面色又变了变，她一只手艰难地抬起捂住自己的嘴。此时其余的长老们已经陆续赶到，众人身上弥漫着的杀气让尔笙眼眸中仅剩的些许清明也消失了。

长渊眉目一沉，纵身上前便要抓尔笙回来，然而寂悟却忽然出手，拦住了长渊，他大声呼道：“此人法力更在那魔孽之上，切不能让这两人待在一起！”

话音刚落，便立即有几位长老飞身过来，一同拦在长渊面前。

“滚开。”长渊动了大怒，黑眸之中金光层层闪过，神龙之气浩浩荡荡的震慑而出，慑得众人面色一变。

无方长老们修仙多年，此生也经历过不少危险之事，此时虽然被长渊的力量镇住，但立时便回过神来。众人互换一个眼神，当下脚步变幻不断，立时摆了个杀阵出来，将长渊团团围住。

这边几位正与长渊斗得认真，另外几位长老自是不甘示弱，与尔笙你来我往地过起招来，一边打一边引诱着她往树林深处走，想将她与长渊分开。

尔笙顺着他们的意往林中而去，几人的身影没过多久便彻底消失在重重树影之中。

一道白光倏地划过众人视线，紧追尔笙而去，长渊看得真切，那竟是仙尊长武的身影！他心中陡然生出一股不祥的预感来。想要追去，但这些人仍旧死缠着他不让他离开。

长渊的目光寒凉地扫过众长老的脸。与凡人动手他向来不喜动真格，以至于上次轻易地着了那些术士的道，而这次……

黑色的发丝无风自动，神力自脚底而起，缠绕着他急速上升，径直卷入天际。不一会儿，仿佛有一条真气凝成的黑龙自他身体中冲出，龙啸九天，大地战栗地颤抖，威武的龙身盘踞在他周身。他一抬手，强劲的神力澎湃而出，只听空中几声清脆裂响，众长老拼尽全力结出的法阵霎时支离破碎。

长渊缓步而行，每走一步，大地皆是一次震颤，有几位长老甚至站立不稳，摔倒在地。众人惊惧不已地望着他，他只淡淡地看了寂悟一眼，道：“资质天定，而却只能专与一方，造一处专研之绝才，而勤乃后天所养成，万事皆以勤补拙，事事皆勤而习之，乃是成全才之道。尔笙方才的话，不可听信。”

言罢，也不理会众人的愣怔，他径直向树林中而去。

长渊的步履看似慢而缓，却是一步十里，不过一瞬便追上了长武。两人并行，却不看对方一眼，直直行至那方白色绒花遍布之地，两人见了眼前情景皆是一怔，顿住了脚步。

白绒花之上稀松地洒落着猩红的血迹，无方几位长老的尸身残破地摆在花丛之中，尔笙持剑立在那方，浑身的鲜血。

一只蝴蝶正停留在她的唇上，仿似在吸食她脸上的鲜血，诡谲万分，却有一种触目惊心的美感。

尔笙缓缓转过头来，她轻启朱唇，停在她唇上的蝴蝶被惊动，振翅飞走。她表情迷幻，仿佛受了什么蛊惑，一会儿笑着说：“长渊，你看我现在已经很厉害了。”一会儿又空洞木讷地说：“我试过控制他的，可是却挖出了长老的心。”

“我现在……”她一边笑着，眼里却滚落出了猩红的泪水，“……大概已经疯了吧。”

风起，绒花漫天飞洒。

最后尔笙只是握着一鳞剑孤单地站在那方，一遍遍地重复：“我大概疯了吧。”

长渊心神巨震，尔笙明明还在那里僵硬地站着，但是他却仿佛看见了她蜷缩在黑暗之中，哭红了眼睛，她在凄凉而无助地求救，但却没人帮得了她。

她大概已经疯了吧……

长武握着掀炎剑的手用力至泛白，多年前，长安火烧流波的那一幕仿佛又浮现在眼前。他心中悲痛难抑，一声低喝，纵身向前，将浑身仙力尽注掀炎剑中，剑上光华大盛，携雷霆之势狠狠向尔笙劈砍而去。

尔笙不躲不避，仍旧站在那方。

但是，在掀炎剑距尔笙头顶还有一尺的距离时，一层浑浊的结界忽然自尔笙心房处弹射而出，竟硬生生地接下了长武倾尽全力的这一剑。

剑光与结界激烈地抗争着，摩擦出灼目刺眼的光华。

仙尊是拼着同归于尽的心思也要将尔笙斩于剑下，此时更是将内息都调动了起来，哪想此时尔笙的力量竟蛮横至斯，结界纹丝不动，倒逼得他生生呕出了一口鲜血。

仙尊清修多年，血液之中自是有一股净化之力。这一口血让尔笙结界登时软化不少，仙尊见机，不顾损伤自己的元气，再度强硬地将仙力注入掀炎剑中，掀炎剑光华再盛。

只听“刺啦”一声，浑浊的结界告破。

掀炎剑不收余势，一剑砍向尔笙肩头……

适时，在掀炎剑快没入尔笙肩头的那一刻，尔笙眼珠突然转出了一个诡异的角度，狠狠盯住仙尊。她不躲不避，连一鳞剑也弃之不用了，她一手蜷指为爪，锋利乌黑的指尖直直向长武挖去，竟是想生生掏出他的心！

仙尊也下了狠心，察觉到尔笙如此狠辣的招数，仙尊也不收招，眼瞅着这一剑砍下，劈了尔笙，他也会赔上一颗心。

刹那之间，白色绒花倏地腾起，没人知道长渊是怎么过去的。等尔笙血红的眼慢慢将长渊看清楚时，仙尊的掀炎剑已劈砍在了他的背上，衣衫被剑刃灼烧得残破，但是掀炎剑却未能真正伤到长渊，黑色的龙鳞浮现，将掀炎剑的攻势尽数挡住。

背脊上的龙鳞一振，已伤了元气的长武被震慑得堪堪往后退了数丈，长武落地站稳，捂住胸口，已是受了重伤。

尔笙的脸上溅到了星星点点的血渍，温热的血液却并不是来自长武。

尔笙睁大了眼，仿似极为恐惧一般。她吃力地转动着眼珠，目光终是落在了长渊的心口处，在那方，她尖利的指尖深深地埋入了他的皮肉之中。她仿佛能感觉到里面那颗心脏的跳动，不慌不忙，十分平稳，一如往日的长渊。

“龙……龙鳞呢？”尔笙颤抖着下意识问道。

她不知，长渊身上那块最坚硬的护心鳞甲早被他拔了，做成了一鳞剑，像糖果一样送给了尔笙。

“咳。”他一咳，压抑在喉头的浓血溢出唇边，淋湿了落在地面上的一鳞剑。看见尔笙眼中的惊恐，他抬起手，安慰般地摸了摸她的头，像没事人一样说道：“无妨，没伤到心脉。”

尔笙思绪大乱，她动了动指尖，想拔出指甲，长渊浑身微微一颤，似是痛极，他咬紧了牙一声没吭。缓了好一会儿，长渊才微微叹息，轻缓道：“尔笙，放松，指尖别用力……”

他话音未落，尔笙却不知道受了什么惊，迅速地将手指拔了出来。

饶是长渊再能忍，在那一瞬仍旧白了脸色。

“对……对不起。”尔笙见状，脸色却变得比长渊更加难看，她抱住自己的脑袋不停地拍打，“里面有人，有人让我捏碎心脏……那人要害你，我怕我又控制不住了。”

“我怕……”尔笙一边拍着自己的脑袋，一边踉跄着往后退，她沙哑地道，“我制不住他，每次见我他都在笑，每次他一笑，我再回过神来便一手血腥了。长渊……我怕。”

尔笙几乎从来没有当着长渊的面跟他说过一个‘怕’字，她向来是胆大又逞强的，此时说怕，一定是已经走投无路，怕到极致了。

她抱住自己的头，一步步向后退去，神色慌乱无措，尖利的指甲戳破了眉心的魔印，黑色的血液涓涓流出，像细蛇一样蜿蜒着爬了她满脸，看起来可怖又恶心。

长渊强抑住胸口翻涌的血气，止住了胸口外溢的血。他上前两步紧紧抓住尔笙的手腕，尔笙挣扎着要推开他，长渊却静默无言地将她拉到自己的怀里，用力地抱住。尔笙挣得越厉害，他便越是无法放手。

他不知自己该说什么安慰的话，也不知自己能做什么去让她不再害怕。这样抱着尔笙，不知是在安慰她还是在安慰自己。

他痛恨着自己的无能为力。

龙族惨遭灭族之时，他尚年幼，唯有眼睁睁地看着自己的族人以身躯筑起冲天的龙柱，而后被封印起来。在万天之墟中，不管他再怎么想获得自由，也只有被无尽的黑暗牵制，无法冲破禁锢。而现在……

他空有一身神力，仍旧没法帮尔笙分担哪怕一点痛苦。不管他变成了什么模样，这个世上总是有他无能为力的事。

不知过了多久，尔笙渐渐静了下来，她靠着长渊的肩头，两人都是一身狼狈的血。尔笙忽然冷静道："长渊，杀了我吧。"

心跳在此时突然停止，长渊垂下眼眸静默无言，只是手臂将她抱得更紧了。

"他们说得没错，我不能活着了。"尔笙声音很轻，"屠戮了这么多人，害了这么多人命，我再也无法说服自己，我还很好，我还能赎罪。我癫狂地活着，却要拿万千人命来祭奠，这样的'活'还有什么意义？"

尔笙从长渊怀中抬起头来，望见蓝天白云从头顶悠悠飘过，她平静的表情慢慢变得僵硬，而后狰狞起来，眼珠也再次鲜红溢满杀气，唯有嘴角无奈的苦笑还挂着。她声音紧绷，咬牙道："长渊，救救我……"

话音刚落，狂风大起，一并将所有的白色绒花齐齐卷上苍穹。尔笙脸上遍布的黑色血液宛如凸起的经络，凶狠地盘踞在脸上，将她的容貌割裂得支离破碎。

她浑身忽然散发出一股乌黑的气息，生生将长渊推开了去，她仿佛极为喜悦，高声地大笑着，声音极为刺耳。这样的尔笙哪里还是他的尔笙。

此时沈醉与霁灵赶了过来，见此场景皆是大惊。仙尊捂着心口，面色铁青地望着尔笙的方向，霁灵忙从怀里掏出了伤药递给长武吃下。仙尊闭上眼调息了一会儿，才道：“不可让她化魔。”

沈醉闻言，眉目一沉，提了剑便向尔笙飞去。

黑色魔气中心的尔笙的眼珠僵硬地转动，她看见沈醉，忽然眼眶一湿，无助地望着沈醉道：“师父，救救小耳朵。”

沈醉心头一乱，剑上杀气一顿，哪想尔笙唇角却在此时咧出了一个嗜血的弧度：“骗你的！”她脚一跺，地上的一鳞剑立即飞了起来，尔笙随手一舞，径直将一鳞剑向沈醉掷出。

剑势来得极快，根本不给沈醉躲避的时间，眼瞅着剑锋便要划破他的喉咙。霁灵一声惊呼，忽然剑势一顿，竟凭空绕了个弯转到了长渊手中。

众人的目光都凝在了长渊身上，他握着剑，用衣袖轻轻抹干了剑上残留的泥土与鲜血，漆黑的剑刃在他手里闪着熠熠的光，仿似这剑也有了情绪一般，忽悲忽喜。

尔笙静静地望了长渊一会儿，忽然落下两行清泪来，她凄声道：“连长渊也要与我为敌了吗？你说过会与我一直在一起的。”

长渊垂了眼眸，沉默着未答话。一鳞剑剑尖垂下，指向地面。

尔笙抹了抹泪，欣喜笑道：“长渊还是向着我的。”

长渊一步踏出，霎时地动山摇。他抬起眼，金眸闪烁，里面隐藏着的是上古神龙的浩然神力。一身正气澎湃而出，只一个呼吸之间，神龙之气荡出百里，携着横扫千军之势，涤荡天下妖魔之气。

尔笙初初化魔，身中魔力再是厉害也抵挡不了这样硬碰硬的蛮横攻势。当下面色一黑，浑身经络层层暴起，竟是被长渊生生震断了数根经脉。她腿一软，无力地瘫软在地。

长渊提着剑，缓步走到她身前，尔笙凄然地看着他：“长渊，尔笙好痛啊……你要对我动手吗？”

他脸上虽没有露半点声色，但握着一鳞剑的手却青筋暴起，关节僵硬泛白。对尔笙动手，他的心绪谁也无法言明。

“长渊，我一直都知道你是对我好的……”尔笙忽然哀伤道，“走到今天这一步我也没办法，实在是天意弄人，我本来还想着……我本来还想着与你多生几个蛋来着，我还想着生十个蛋都不足以说明我有多喜欢你。”

“长渊，你且杀了我吧。我没办法陪你走尽千山万水了……对不起。”

长渊轻轻阖上双眸，握着一鳞剑的手也慢慢放松。

突然，尔笙蜷指为爪，趁长渊闭目的时候猛地起身，直袭他的心房，半点也没犹豫，一副誓要将长渊杀死的狠毒模样。

血光飞溅，众人只听“叶”的一声轻响。

万物归于寂静。

尔笙望着穿心而过的利剑，突然冷冷笑了：“此一剑后，人世再无尔笙。神龙长渊，你将万年孤寂，无数日日夜夜中，你都会记得，是你亲手杀了她！”尔笙的面容突然变得哀伤起来，“长渊啊……你可还能心安……”

长渊仍旧不说话，只默默地拔出了一鳞剑。鲜血飞溅中，他将这柄亲手制作的绝世利器狠狠丢弃。

剑哀戚而鸣，仿佛长哭。

尔笙的身子渐渐软下来，她脸上的冷漠嘲讽和愤恨都尽数消失不见，唯剩下单纯的平静。若是没有这些斑驳的黑色印记，她就像睡着了一般。

长渊蹲下身子，轻轻地将她抱到自己腿上。他声音极尽喑哑：“我会陪你……”话说到一半，他转念一想，尔笙不是凡人，她是司命，这一世走完，她是该回上界继续做她的逍遥神君。在那里，她还有一个喜欢的人，一个高高在上的帝王。

他连陪，都不知道该上哪里陪。

呼吸微滞，他摸着尔笙的脸颊，茫然地思索着自己该何去何从。忽然，他指尖感到一阵颤动，却是没了呼吸的尔笙睁开了双眼。

长渊不由屏住呼吸，生怕自己一喘气，就把尔笙吹散了。

她的眼中是久违的清澈透亮，宛如他们才相遇的时候，那个粗鲁任性而又无比渴望有人疼的孩子。她看着天空，熟悉又陌生的云朵还是一如既往的飘过蓝天。她忽然道：“这是村子后面的树林。我记得的，我在这里遇见了长渊。”

她浅浅地笑了：“像夫子说的，彼其之子，美无度。”

长渊喉头一哽，宛如剜心之痛。

尔笙眼眸静静地闭上，只是这次再没有睁开。连让他和她最后说句话的时间也没有……

清风徐来，已带着湿润的暖意。长渊记得，尔笙说过，过了今年七月她就十八了，她这短暂的一生竟还没来得及走过第十八个年头。

司命，这若是你编排的命格，你当真对自己太过狠辣。

沈醉在不远处呆呆地站立着，心中百味陈杂。他定定地望着尔笙，忽见尔笙嘴上冒出了黑色的泡泡，他脸色又是一变，骇然道：“尸变！”他这一喝，众人的目光又再次落在尔笙脸上。

仙尊怒道：“那魔物竟想霸占尔笙的尸身，将她变为行尸！”

长渊摸了摸尔笙的脑袋，声色中尽是涩然与叹息：“不想我竟连你的全尸也保不住。”言罢，他埋下头，不顾尔笙嘴里正冒出的森森魔气，用舌头挑开她的唇齿。

这是他才学会的吻技，没想到却是用在了这样的地方。

他一手贴在尔笙心口，猛地灌入神力，尔笙的尸身狠狠一震。却是长渊将尔笙的心脏生生震碎了！神力推着心脏的碎屑尽数被长渊吸入腹中。

失了心的尔笙体内魔气尽消，脸上斑驳的黑色印记与魔印也渐渐消失，变成了原来白白净净的一张脸。

长渊强自忍住体内翻涌着的血气，邪灵珠的魔气在他的体内与神龙之力厮杀得激烈，疼痛令他浑身的肌肤都在止不住地颤抖。他仿佛什么都没感觉到一样，看着尔笙干净的脸，眯眼笑了：“女孩子还是干净点好看。”

沈醉见此景心神大为撼动，他忽闻一声哽咽，却是素日面冷的霁灵捂着嘴哭出了声。连仙尊也看得有些怔住。

长武垂下眼眸，眉目间竟恍然浮现了一丝沧桑与哀悯。

忽然，一股清润的气息自天际而来。长武抬头一望，心神大震，天边踏云而来的神仙与他幼时的恩师重华竟长得一模一样。他自是不知他的恩师只是战神陌溪三世历劫中的一世。当然这些都是题外话。

此时来的确实是战神陌溪，他身后跟着数千名天兵，皆是听了天帝的令来捉拿逃出万天之墟的孽龙的。

此处场景却不如他们想的那般，孽龙没有一脸凶恶，没有蛮横霸道的急着逃出生天。

那个衣衫被撕扯得破烂的男子一身的血迹未干，但面色却出人意料的平静，他见了他们，只是轻轻地将怀里已死的女子放下，对另外几人道：“且将她的尸身用竹席盖好，你们……碰不得的。”

其余三人都知道尸身上恐怕还有残余魔气，长渊定是怕天兵天将们知道了，连个尸身也不给尔笙留下，所以刻意遮掩了尔笙身上的魔气，不让人发现。又怕他们事后去整理尔笙的尸体，染上了魔气。

他本是那么善良的人，又是那么心疼尔笙，那么喜欢尔笙……

老天爷都逼着他做了什么……

陌溪淡淡地扫了众人几眼，看见长武时，他眸光微微一顿，随即点了点头，又望向长渊："长渊，私自逃出万天之墟，你可知罪？"

长渊摇了摇头，老实答道："不知。"

天兵天将们脸色一变，心道此龙是个不动声色的主，不好对付，忽又听长渊道："不过现在我也不想待在人界了。我愿回万天之墟。"

毕竟，这世道已经没有什么是他好留恋的了。

第十七章 归位

她醒来之时是在自家的床榻之上。

看见床帐上清丽的绣花，不知为何在这一瞬她忽然有种恍如隔世的感觉。

司命觉得，她睡了一觉，似乎忘了许多事。脑海中有许多声响在不停地交替侵扰着她本就不清明的思绪，吵吵闹闹成一片糨糊，最后只有四个字渐渐凸显出来。

长渊尔笙。

像是幼童用手指在沙地上歪歪扭扭地写下的字，难看却醒目。

司命揉着眉心仔细想了想，仍旧半点头绪也没有，最后只得作罢。她吃力地坐起身来，她正奇怪自己的身子为何这般僵硬不听使唤，眼角的余光忽然扫见一个黑影。她心下一惊，看了过去，只见身着紫色立领长袍的男子负手立在窗台前，手指正轻轻捻弄着她养的兰草，把玩得认真。

司命一怔，不满道："帝君，我家兰草脾气很娇，不可戳捏揉捻地亵玩。你走了，我还得向它道歉的。"

天帝闻言，不慌不忙地放了手，转过头来，冷冷地打量了她几眼，语含暗讽道："肯醒了？"

"不肯的。"司命道，"梦好似没做完，我再眯一会儿。"说完，老实拉了被子躺下身去。

天帝嘴角一紧，冷哼道："醉了千年你还嫌不够？钦天殿中事务已全然交给了那块三生石头，你若再睡，可是想让朕罢了你这司命星君的职务？"

司命裹着被子翻了个身，棉被里传出她毫不在意的声音："帝君若觉得罢了我能让您很舒爽，您便罢了我吧。司命做了一辈子的司命星君，早就腻歪得很了。"

天帝何曾在司命这里受过这样的气，哪次司命见到他不是脸红心跳的卖乖，即便偶尔有所争吵也定是司命装作可怜兮兮地来道歉，对他死缠烂打，从不曾给他摆过脸色。

而今她醒来却……

天帝气得双眼泛青，仿佛想狠狠抽她两鞭子。

"帝君，微臣想睡了，男女有别，还请您回避。"

天帝怒极而笑，拂袖离去之前，他冷冷地丢下话来："明日自去陌溪府邸寻那三生石，尽快将事务交接过来。你腻歪这司命星君的位置，便一直腻歪至寿尽吧。"

门被用力地甩上。

司命在软软的棉被中睁开了眼，眸光清冷，哪有半分睡意。

司命一直是个聪明而又善于联想的人，从方才天帝的话中她便回想起来自己睡着的前因后果。之前她向天帝表白，不出预料的，又被拒绝了。她兀自伤心，想去琼池求两杯酒喝，但是却与陌溪的妻子三生起了争执。她掉入了琼池当中，喝饱了酒，然后便睡着了。

而今看来，她已睡了千年。

一梦千年，难怪她初醒之时会有恍若隔世的感觉。

只是……醒来的时候看见帝君在身边，她本以为自己会感到欣喜难言，却不曾想竟会莫名地感到一阵心慌，不想见他。她想见到的是……是谁呢？

司命的脑海里恍惚浮现出另一个男子的身影。她从未见过他，而又感觉无比熟悉，但是不管她怎么努力地回忆也忆不起他的面容。

大概是幻觉吧。她想着，又闭上了眼，在梦里会不会再见到那个男子呢？若是能见到他……她便再多睡一会儿吧。

天帝出了司命的钦天殿，手心一转，一团软白的气体出现在他的掌心。这是司命千年的记忆，他一并将它提了出来。浓稠的白色雾气在他掌心轻柔地旋转着，温热而厚重之中仿似蕴藏着一种难言的情感，如同浓重的相思……

相思？

天帝眉目一沉，五指紧握，将那团记忆狠狠掐住。他想，不管再如何相思也不过只是一世孽缘罢了，一个重锁万天之墟，一个没了两人之间的所有回忆，从他将这些记忆提出司命的脑海之时，他们俩的缘分便彻底尽了。

钦天殿外的云台之下，御驾已经摆好，他的随身侍官鹤仙恭敬地行礼，随即问道："帝君，司命星君已醒，是否对她此次私下凡间给予惩罚？"

天帝脚步一顿，将手中的白色雾气藏入衣袖之中："我已罚过了。"他淡淡道，"司命私下凡间此事……不得外扬。"

"是。"

"回宫吧。"

御驾起，一行人浩浩荡荡地向天宫行去。鹤仙悄悄地回首望了望司命星君的钦天殿。天帝何时为谁徇过私，此次……怕是不久之后，这天宫便要摆上一场喜宴了吧。

司命又睡了一觉，只是这一觉醒来她神清气爽，全然没有昨日才醒时那般沉重。只是身子依旧有些许僵硬，她下床在屋子里走了走，见窗外阳光正好，便起了出去逛逛的心思。

她一醉千年，想来外面定是有许多事不同了吧。

司命素来不喜欢有人打扰她的生活，钦天殿中没有婢子，什么事都是她亲力亲为，每一棵花花草草都是她自己种下的，因此她也比其他神君更爱护自己的窝。司命打理好了自己，一踏出寝殿却见门外有几个侍女正在打扫庭院。

侍女们见睡了千年的人忽然从房间里走了出来，当下也有些惊讶，双方都傻了好一会儿，才有侍女弯腰行了个礼道："星君今日总算是醒了，恭喜司命星君。"

"你们是谁？"

"小仙是战神府中的侍女，是夫人派咱们过来帮着扫扫院子除除草。今日恰好到了打扫的日子，不知星君已醒，多有冒犯，请星君恕罪。”

司命心道那三生还是个心细的好姑娘，又想着正好昨天天帝也让她去和三生交接一下事务，她今日便去战神府上道一下谢吧。她这一醉是睡得舒爽了，可却把三生那姑娘坑得狠了些，她比谁都清楚，司命这活向来费力不讨好。她对几人摆了摆手道：“麻烦你们了才是，我这便上战神府邸去道个谢。”

几位侍女恭敬地行礼，又忙起手里的活来。

去长胜天的路挺远，司命才醒驾起云来很是吃力，走走停停飞了半天却还有一半的路。停在一处白云铺就的道路上，她气愤地捶了捶自己的腿道：“锯了你！”

适时一朵白云正巧从她头顶飞过，听得这声咒骂，云上的仙人向下一看，惊得跳下了云头。来人正是文曲星君，他与司命的关系向来不错，是个极爱八卦的糟老头子。

“司命星君好久不见呐！你可是醒了。”文曲拍着司命的肩笑着，司命也很给面子地跟着笑，等文曲笑够了，他悄悄凑近司命的耳边道，“你若是再不醒，我看帝君便要被那狐媚子给勾走了。”

司命一怔，然后笑道：“哪个狐媚子有这么大的本事？”

文曲以为她是在佯装淡定，仍旧神秘兮兮道：“前些日子有个什么灵狐得道成仙，参拜天帝的时候对帝君动上了心思，这几日缠得可厉害呢，你可得好好注意一下。”

司命平静地道：“这九重天上对帝君有心思的女神仙多了去了，我若个个都注意，岂不是累死了。那狐狸精想追求帝君便让她追求就是了，与我有什么干系。”

此话一出不仅是文曲怔住了，连司命自己也觉得有些诧异。

从什么时候开始，她对这些事情变得这么不在意了？

两人正说着话，白云长道的另一头也缓缓走过来两个人。女子身形瘦小，仿佛身量未足，另一个男子身形高大，两人走在一起就像是一个父亲带着自己的女儿。

这时文曲忽然激动了起来，他使劲地拍了拍司命的肩：“就是那狐妖！长得跟麻雀一样大，还成天勾引各种各样的男子。”

司命顺着文曲指的方向看去，只见那女子刚好长到男子胸口处，两人似乎在说着什么，很是开心。文曲还在她耳边愤愤地嘀咕着什么，司命却将那两人看得呆了去，这样的身高明显不搭，但是她仿佛在两人身上看到了其他人的影子。

是一个有点呆的男子和一个有点二的女孩，他们互相望着，没有任何语言，就是这样定定地对望，然而两人的眼中却装满了数不尽的幸福。

就像他们已经拥有了全天下一般。司命在这一瞬忽然有种热泪盈眶的冲动。

那两人越走越近，那男子认出了文曲星君，两人对文曲星君行了个礼。文曲装模作样地点了点头，司命却仍旧在发呆，文曲一声清咳，用手肘撞了撞司命，司命恍然回神。文曲对那两人道："这是司命星君，你们上界时间短，大概都没见过她。"

那女子听到司命星君四字，登时脸色一白，天上的传说他们都是听过的，也自然知道司命以前是怎么挤兑对天帝有想法的女神仙的。

见司命定定地盯着自己，小狐仙心中慌乱，膝盖一软，忙跪在了地上，对她行了个大礼："小……小仙见过司……司命星君。"

司命沉默着，让在场的几人不由都将心悬了起来，半晌后她才指着狐仙身边的男子幽幽地道："你该好好与他在一起。"

好好与他在一起……

谁与谁该好好在一起，其实司命也不知道。但是此时说出来却把小狐仙吓得面色惨白，她只道这是司命对她的警告。当下颤抖着磕了头道："小仙知道了，谢神君提点。"

旁边那男子本是喜欢这狐仙的，此时自是喜不自胜，忙也跪下道："多谢神君，多谢神君。"

司命摆了摆手便转身离去，文曲亦步亦趋地跟上。待走得远了，他悄悄对司命竖起了大拇指道："司命，你近来对付女人的手段是越发高深了，三言两语便击退大敌，实在是与陌溪神君同样威风啊！"

司命脚步微微一顿，问道："最近天界可是有出过什么大事么？陌溪又威风了一把？"

"你是不知，前段时间那封印在万天之墟的孽龙私逃入了人界，陌溪神君率数千位天兵天将前去捉拿。哼哼，那孽龙一见到陌溪神君的神明威武，登时吓得屁滚尿流，跪地求饶。最后神君没动一兵一卒，轻轻松松地将孽龙捉了回去。哈哈，天界平静多年，没想到陌溪神君的神武依旧不减当年啊！亏得那还是上古神龙的遗子，着实窝囊没用！”

司命听罢，附和着点了点头：“确实是条窝囊的龙。”

战神府外的十里梅林是陌溪特为自己的妻子三生栽种的。今日天气正好，三生在院里摆了书桌说要画梅，硬逼着陌溪为她研墨。

三生没有画画的天赋，每次都把自己弄得和她手下的宣纸一样灰头土脸，本着不能一个人难看的原则，她更喜欢把陌溪也弄得一样灰头土脸。是以每次三生要作画了，整个长胜天都得戒严，以防被人看见了神君与其夫人的……不雅。

不想今日当值的侍卫不知跑到哪里躲懒去了，竟没人拦着司命，让她大摇大摆地走过十里梅林，进入了院子。

适时三生正画在兴头上，她放下了笔，糊了满手朱砂“啪”的一巴掌拍在宣纸上。她骄傲地晃了晃脑袋，对陌溪道：“你瞅，此梅可红得美是不美？”

陌溪从容地点头赞道：“甚美。”

司命隔了老远便瞅见了那道惊悚的血手印，她抽了抽嘴角，老实道：“宛如厉鬼索命。”

陌溪与三生寻声望去，看见司命，陌溪沉了脸色，转头便喝道：“赤羽！”身着赤色衣裳的男子蓦地出现在庭院中，陌溪问道：“今日是谁当值？”他脸上一道黑一道红，看起来很有喜感，然而跪在地上答话的人却半点不敢笑。

陌溪在教训属下，三生顶着一张同样青红交加的脸，半点也不尴尬地招呼司命：“唔，你倒是醒了啊。”

“昨日便醒了。”司命也不理会那个因为自己而被训得凄惨的侍卫，在她看来，她是无意闯入，没人通报主人确实是他们的失误，理当受罚。她目光落在三生画的“梅花”上，摇头道：“啧啧，方才竟是我看走了眼，此画简直惨绝人寰、惨不忍睹。”

三生也不在意，只是默默地将手上的朱砂擦在了司命棉白的衣服上：“许久不见，你仍旧如此牙尖嘴利。”

司命看着自己衣服上的鲜红印记，微妙地眯了眼：“三生姑娘依旧如此睚眦必报。”

“过奖过奖。”

“承让承让。”

两人的眸光在空中交锋了一会儿，三生忽然摆手道：“我是个大度的人，不与你计较了。只是，你道我画得不好，也得拿出真才实学来让我看看，以理服人才行。”

司命勾唇一笑，毫不客气地拿了笔，就着三生那张惨不忍睹的画修改起来。司命的画技在天界也算极好的，她只挥墨改了两三笔，整幅画的神韵便立即有了改变。

三生挑了挑眉，嘬嘴道：“唔，马马虎虎。”

司命也不理她，自顾自地画着。没一会儿，画面全然变了样子，每一根杂乱的线条在她手里都像活了一般，变作了杂草、乱石、林木，她心中仿佛已经绘好了一幅画，就等着将它一一描摹下来。

三生看着画面之中渐渐显现出来一个具体的场景，荒野之中，一棵巨木之下，有风晃动着树梢，杂草之上鲜红的手印慢慢被清水晕染开，变作了一团鲜血，在整个画面上显得触目惊心。她忽然想起了那本写着‘天地龙回’的命格，三生问道：“司命，你现在醒了，可还记得长……”

“三生。”正踏步准备入殿的陌溪突然唤道，“先进来把脸擦擦。”

司命正在专心作画，没有去追究三生到底想说什么。三生看了看她认真的表情，随即抿了抿唇随陌溪进了屋。

不知画了多久，司命终是搁下了笔，她将自己的画定定看了一会儿，忽觉这场景熟悉得让她心口涩痛难耐。正在这时，三生与陌溪又推了门出来，两人的表情都不大好，像是方才进去起了争执。

三生沉默着不说话，只是直勾勾地盯着司命作完的画，神色间有些愤慨和哀伤。陌溪道：“你可是来与三生交接司命星君的事务？”

他们夫妻之间的事司命不便过问，只点了点头道：“还来道声谢，三生派来的那几个侍女将我的院子打理得很好，我也没什么好送你们的，恰好今天画了这幅画，若是不嫌弃你们便收下吧。”

“我不要。”三生道，“这是你自己为自己所作，没有任何人有资格拥有它。”

司命微怔，却听陌溪沉声道：“三生。”

三生没好气道：“我听得懂话，没聋！”她又对司命道，“你随我来吧，我把那些命格都还给你。司命这活真不是人干的，虐己虐人。”

司命点头赞同道：“此乃人生奥义，痛并快乐着。”

司命星君这职务又繁又杂，直到星辰满布，最后一批命格本子才被长胜天的侍卫送去钦天殿。司命与三生道了别，她刚走到门口，回头一看，却见陌溪拉着三生要说话，但三生却甩开了他的手气呼呼地道：“你走开！今晚我要去和甜蜜结局的话本子睡去。”

陌溪无奈地叹息：“三生，你这是在迁怒。”

三生一挑眉：“我就是迁怒。”言罢，毫不留情面地将陌溪关在了门外。神武的战神只有立在门外，摇头叹息：“三生，夜凉。”

不想再听下去，司命转身离开，漫步走入十里梅林中。她想，有的人就算吵架也是幸福，就算闹脾气也会被宠溺着，她大概是没有那个福气了吧。

凉风忽起，真如陌溪所说，黑夜寒凉。梅林中的幽香在此时显得越发诱人，司命望着仿佛近在眼前的星辰，随意散着步。等她回过神来时，看见周围都是一模一样的红梅，她一呆，终于发现自己迷了路。

司命琢磨了一下，想着自己也没别的事，回钦天殿也是只有她一个人，不如在此处寻个干净的地方，和衣而眠倒会有另一番风味。

“以天为被地为庐，我司命也潇洒恣意一回。”司命扬眉一笑，随意躺倒在地，“此处便不错，神君我征用了。”

司命将身子摆成一个大字，她怔怔地望着星空，唇边的弧度渐渐消失不见。司命一直是一个独来独往惯了的人，从前她半点没觉得独自一人有什么不对，然而现在她却连这么点孤寂都觉得难以忍受了……

心像破了个洞，在没有人的时候大大地敞开，任冷风乱灌。空得可怕。

她翻了个身，不想手却搭在了一个奇怪的东西上面，她不在意地摸了摸，发现竟是本书的模样。

这样的地方怎么会有书？这个大小大概是本命簿，难道是三生不小心把一本命簿给漏掉了？

司命坐起身来，好奇地将那本书从层层落梅之下挖了出来。她拍了拍封面上积攒的尘埃，借着星光一看，蓝色的封皮上却一个字也没有，心中好奇更甚，她缓缓翻开扉页——天地龙回。

看见上面大大的四个字，司命有些愣怔，这是她的笔迹，可是为何她却半点也记不得自己是在什么时候写出这四个字的？字迹苍劲，力透纸背，仿佛有极大的渴望和势在必得的决心，与她平日写命格的心境大不相同。

这是她何时写的，为何而写……又为谁而写？

司命怀揣着疑问缓缓翻过扉页，借着漫天星光开始阅读起那一世苍凉。

陌溪在门外站了一炷香的时间，三生还是心软地来开了门，但她仍旧堵着门不让他进去。陌溪也不多言，只是把手伸出去，道："你摸摸，冰凉了。"

三生老实地抓住陌溪的手一摸，果然十分冰冷，她心里懊恼，气道："你就不知道换个暖和的地方站着。"

陌溪只是笑："不然你怎么肯放我进去。"

三生将他的手捂在掌心，带着他进屋坐下。她心里仍有些不痛快，抱着陌溪的手捂了一会儿，她忽然问道："陌溪，你说若是有一天我突然忘了你，你会怎么样？"

"胡思乱想。"陌溪想也没想便回道，"司命与那神龙长渊的事你便别多想了，今日天帝特意传信给我，威逼利诱……"

"目前，这天界就咱们俩稍微知道一点事情的内幕，若你不是战神，只怕咱俩早被他杀人灭口了。"三生唾弃道，"可耻的领导！"

陌溪摇了摇头："天帝之所以夺取司命的记忆想来也是有他的考量。毕竟现在司命已经不再只是一介凡人，若真要较真算起来，她与天帝自幼相伴长大，神力与天帝差不了多少，力量越大，责任越大，闯下的祸自然越大。彼时她若真记起什么，去了万天之墟救那神龙，触犯了天条，那才是真正的害了她。"

"可是……可是若是有一天你为了救我而被圈禁，我却在之后忘了你，等有一天我想起来了，定是会悔得想把自己捏死！"

"若真有那一天，你便别想起我了。"陌溪道，"那时我最大的心愿定是让你过得好好的，既然你已经好好地活着了，便不必再记起我，徒增伤悲。长渊……大概也是这般打算的。所以他才那般心甘情愿地回到万天之墟。"

"司命现在真的算好好活着吗？"三生蹙眉道，"你瞅她今日画的那幅画……"

"三生，怎样才算好好活着？"

三生被问得怔住，怎样才算好？是不顾性命地去拯救自己的爱人，还是坦然地相忘于江湖？自我囚禁抑或自我放逐？

这个因人而异的问题三生答不出来，她只好弱弱地道：“她不过是想和他在一起罢了……”话音末，不知是勾起了什么伤心往事，三生一声哽咽竟落下一滴泪来。

泪珠打在陌溪手背上，陌溪浑身一僵，霎时便慌了神。

还没等他反应过来，三生便止住了泪，恼怒道：“你就不知道抱抱我安慰几声！”

陌溪颇感头疼地揉了揉脑袋：“最近……你的情绪越来越让人难以捉摸。”

“是吗？”三生毫不客气地将鼻涕擦在了陌溪的衣袖上，“我想大概是有了身孕的缘故吧。”

“唔。”陌溪点头赞同，忽然他浑身又是一震，猛地抬头望向三生，“方才……你说什么？”

“身孕啊，之前我没与你说吗？”

“……”

“啊，原来我忘了啊。”三生拍了拍肚皮道，“我要下崽了，不过不知道是块石头还是人呐……”

这一夜，陌溪一宿未眠。他坐在床边将三生的睡颜看了一整晚。与他一同失眠的还有在星光梅林中的司命。

她不认识尔笙和长渊，但是书中所记录的那些似曾相识的情景都深深地触动着她的心弦。书里的记载都十分简洁，没有过多的修饰和华丽的词汇，但偏偏就是这么直白的语言描绘出的一个故事，却让她像个傻子一样跟着书里的人一起欢笑一起悲伤。

一页一页地翻阅，看到最后一页书写着字的地方，司命僵住了手指——“长渊再入万天之墟，尔笙归位，重掌司命之职。”

重掌司命之职……

司命？她恍然了悟，随即白了脸色。

她不敢置信地将书又翻到了开篇那一页，又重新逐字逐句地研读起来。

命簿绝对不会是假的，司命确定了自己定是丢失掉了一些重要的回忆。然而，她丢失的记忆或许不只是这下界的这一生那么简单，比如说，她喝了那么多琼池的酒，醉酒之后是怎么突然醒来的，又是怎么来了兴趣要写这个命格的？再比如说，她为什么想要让“天地龙回”，尔笙与长渊相识在裤腰带没节操的掉落之下，但是“司命”在那之前又是如何与书中的长渊相识的？

需要她研究和解答的谜团实在是太多……

翌日清晨，天尚未亮全，长胜天便异常忙碌起来。数位天宫医官被请进了战神府邸，热热闹闹地折腾了一上午，没多久整个天界便知道了陌溪神君的妻子有喜的事。

到了中午，前来拜贺的各位仙官便驾云而来。一时间，在十里梅林外黑压压地挤了不少人，众人皆提着礼物喜气地来道贺，顺道奉承一番战神威武。

这样的氛围下，全然没人注意到初醒的司命星君形容苍白，神色凝重地自十里梅林中疾奔而出。

她的模样与长胜天这一片喜庆格格不入。司命一路向天宫疾步而去，然而当她终于奔至天宫门前高高的云梯之下她却顿住了脚步。

情绪渐渐平复下来，司命想，她不该如此莽撞。若是天帝有心要瞒她，不管她再怎么问都是问不出结果的。其实不管天帝再怎么回答，她心里也已经有了一件必须要去做的事情。她现在最需要的，是个完整的计划……

心思一转，司命转身便回了钦天殿。

接下来的日子她把自己关在了钦天殿中。有些听说她大醉已醒的神仙前来探望，都无一例外地吃了闭门羹。天界谣传司命星君定是在与那勾引天帝的小狐仙置气，闭门不出为了哄天帝去看她。

众仙暗自偷笑，等着看司命又在天帝那里吃瘪。毕竟数千年来，这种事上演了太多次。

然而出乎大家意料的是，五天之后，数箱挂着红丝绸的聘礼竟从天宫抬到了钦天殿门口。喜庆的唢呐和锣鼓在钦天殿前响了整整一天。次日清晨，司命终是肯开了门。

她穿着一身月白色的衣裳，素着脸，不施半点脂粉，头上竟然还配着一朵白花，比之门口喜庆的提亲队伍，她更像是在吊丧。

天宫来的仙人被她这身装束弄得有些尴尬。司命面色冷冷的，也没觉得自己如此装扮有哪里不妥。她扫过所有人的脸，最后目光停在了装着聘礼的黑色大木箱之上。她勾了勾唇角，表情带着些嘲讽：“还真像一具棺椁，帝君这是想埋了我啊……”

喷呐与锣鼓的声音彻底停了下来，大家面面相觑地看了一阵，不知她说这话到底是何意。

"怎能拂了帝君的心意，东西我收了，现在便登门道谢去。"言罢，也不顾众人七嘴八舌地吼着"于礼不符"，她一挥袖驾云而起，刹那便不见了身影。

到了天宫，司命踏步上了阶梯，如若无人地直闯天帝寝宫。她比谁都了解他的作息时间，这时他定是坐在自己寝宫的书桌前批阅着文书。

行至寝宫门口，有侍卫阻拦她，她毫不在意地拍开他的手，两步踏到门前，"哐啷"一声推开门。侍卫大惊，只听里面传来天帝淡然的声音："无妨，让她进来。"

司命跨进门去，坦然地对拦了她许久的侍卫竖起了中指。侍卫面色一青，司命毫不客气地甩上门。

熟悉地穿过层层珠帘，果然看见天帝在批阅文书。司命自顾自地在旁边寻了个位置坐下，而后房间里便沉默了下来，她静静地盯着香炉中升起来的烟，发起了呆。

天帝批了一会儿文书，一直没听见司命的动静。他抬头扫了她一眼，瞅见她头上的白花登时皱起了眉："你没别的首饰戴了吗？"

司命埋头道："睡久了，很多东西都找不到了。"

"以前那些东西丢了便丢了。"天帝不甚在意地道，"昨日我命人为你挑了许多，都送过去了，以后便用那些吧。"

"奈何司命是个念旧的人……"她脱口而出，忽然瞥见天帝握朱砂笔的手一顿，司命心思一转继而补充道，"自是不如帝君你这般只闻新人笑的。"

提到这话，天帝仿佛心情好了许多，他眉头一舒，搁下了笔，抬头望向司命，唇角带了丝笑意："酸。"天帝倚在椅子上问，"听闻你前几日将那小狐狸给整治了？"

"帝君可是不舍？"

"治便治了，左右隔不了多久你便要担上了天后的名号，我允你有这样的权力。"天帝眸中带笑，含着半丝宠溺。

司命微微一怔，不知想到了什么，她垂眸沉默了好一会儿："为何现在想娶我了？"

"不乐意？"

司命点头："不乐意。"不给天帝开口的机会，司命又道，"我此前为你付出了如此多，现在你说娶便将我娶了，只用一些俗物来打发我，司命觉得我把自己卖得过于廉价，极不乐意。"

天帝好整以暇地望着她："且说说你打算怎么卖才能显得金贵？"

"这得瞅瞅帝君你有多大的诚意。"

天帝定定地将司命看了一会儿，见她双腮泛着薄红，眸光潋滟，他心中微动，不由错开了目光，重新握起了笔："这天宫里的东西，你随意挑就是。"

司命沉默了许久，忽而笑道："原来，帝君你心中竟还是有我的。我追了那么久的，现在突然得到手了……颇为不习惯。"其实司命只是发现她从前竭尽全力追寻的东西在现在看来，也不过如此罢了。

因为不在乎了，所以不管得到还是失去都无足轻重。

天帝听了司命这话，回忆起了之前自己对她的淡薄，他心下有些愧疚，安慰道："总会慢慢习惯的。"

"既然帝君如此慷慨，司命便不客气了，我要那漱魂阁上的宝物。"漱魂阁上有一个宝贝名唤"漱魄"。它能洗天下魂魄，不管是何方妖魔鬼怪，在这宝物面前一过，浊气尽散。此物乃是天界至宝。

听罢司命这个要求，天帝心中起了疑虑："你要它做什么？"

"没什么用，只是那些闲来无事的神仙们等着看我在你这里吃瘪，被他们笑了数千年，终于熬到了与你成亲，我得在他们面前扬眉吐气一次。"

"小肚鸡肠。"

"谁小肚鸡肠？我还是得嫁给你的，那宝贝兜兜转转还是得回到你怀里。"司命凉凉地道，"你且借我出去显摆显摆，闪瞎了那群好事者的狗眼再说。"

"胸无大志，成天只知道与小人斤斤计较。"天帝冷嘲热讽。不过他熟悉的司命也应当是这副德行。肯与他耍混，无赖地讨要赏赐，天帝可耻地发现自己对她这股混劲儿竟十分怀念。司命就该是这副刀枪不入、油盐不进又死缠烂打的性子。

"你给是不给？"

天帝又埋头批起文书来："不可将'漱魄'带离天界。"

"知道了，知道了，成亲之后便给你带过来。"司命摆了摆手起身便离开，待走到门口时，她突然问道，“什么时候办婚宴？”

“三个月之后。”

司命跨出寝宫殿门，她抬头望了望天，心里盘算着——三个月大概够了吧。

天界的消息都是传得极快的，在战神夫人有喜的消息传出后没几天，天帝竟也要与司命星君成亲了。这可是一桩大事，天界顿时开始吵吵闹闹地忙碌起来。

司命并不比任何人轻松，朝云与晚霞两位仙子负责给她制作喜服，每日都要到她这里来询问她的喜好，量她的尺寸，每一块云锦都得拿给她亲自过目。诚然这两位仙子极是负责，但也因此耽误了她不少事，变相的将她监视了起来。

司命委婉的与她们说了几次皆不管用，她也没法表现得过于急躁，以免让别人有了疑虑。

如此耽搁了一个月的时间，司命总算是想到了一个脱身的办法。

她窗台上的兰花草到了快凝成人形的年纪了，不过按照正常的修行速度来看，至少也得再有一两年的时间。司命趁着今晚的满月，借着月色灵气，辅以自己的神力将她催化成仙，提早将她的人形给凝了出来。

兰花是个高傲的小仙，对于司命这样不经过她允许私自将她催生出来的行为十分愤怒，她一扭小腰，坐在窗台上便不理司命了。

司命好言好语地哄了一整晚仍旧不见起色，眼瞅着天便要亮了，朝云与晚霞两位仙子又要到了，她心中气急，一手拽住兰花的头发，一手覆上她的脸，径直将她变成了和自己一样的面容。

兰花大惊：“你这个女强盗！”

“我不仅是强盗还是女流氓，更是女霸王。”司命冷笑着威胁她，“养了你这么多年，我什么脾气你也清楚，今日这事你若不给我办好了，等我回来，将你与猪草一起混着煮了喂猪也不是不可能的。”

兰花双眸将泪一含，指着司命，气得脸色发青，却又怕得一个字也说不出来，憋了许久，只有像小媳妇一般嘤嘤地哭起来。

司命摸了摸她的头发，手下温柔，嘴上却挂着阴恻恻的笑：“咱们是一条绳上的蚱蜢，从今以后你就别想逃出我的手掌心了。”司命看了看外面的天色，对兰花道，“待会儿有两个话很多的仙子会来，你就扮成我的模样与她们周旋。今天我有事要出去……”

“哼！我知道你要去做不好的事！我才不要为虎作伥，我才不要……”

“你要去喂猪吗？”

兰花又嘤嘤地哭起来，司命懒得管她，继续道：“你且记着，‘嗯’，‘好’，‘随便’这三句话足以应付她们所有的问题，多的你一句也别说，知道了吗？”

“嘤嘤……”

“包括这些哭泣的声音。”

“好……”

司命拍了拍兰花的脑袋，她十分相信自己喂养的灵物的聪敏。司命捏了一个隐身诀，推门出去。

天界的人都在各自忙着各自的事情，司命小心地掩过了天门侍卫的耳目，悄悄地下了界去。她怀里揣着那本蓝色封皮的命簿，她要跟着上面的记载去寻找一个地方。

一个尔笙与长渊缘起又缘尽的地方。

暖风起，人间已是流火时节。下界的时间总是比天界过得快一些。司命记得，命簿中说，在七月份的时候尔笙就该满十八了，她如今也算是换了一个身份，走过了这十八个年头吧。

她迈步走过一个小山坡，视线突然开阔起来，放眼一望，软白的绒花被风压过，沙沙地荡起了一层层涟漪。司命的心神便随着被绒花勾勒出形状的暖风慢慢摇摆，晃晃悠悠飘到尔笙尸骨未埋的地方。

她寻着感觉而去，每一步踏下，心中皆是一分悸动。那些平铺直叙的文字仿佛突然有了生命，变作了鲜活的画面侵入她的脑海，鲜血的铁锈味，肆虐的杀气，心底蔓延的绝望，最后只剩下了一个男子一声沙哑至极的苍凉轻唤：“尔笙……”

声音轻慢得让人以为他仿佛在哭。很是无助。

司命心口微微抽痛，她知道在将剑刺入尔笙身体的那一瞬，长渊心里或许是比谁都惶恐的。他不舍、难过甚至无助，但是，他所有的情绪也敌不过尔笙一句难受。

他是这么的喜欢她，默默地选择了埋葬自己所有的感情。

司命顿住脚步，她白色的纱衣随着暖风中的绒花一起飞舞。一柄漆黑的剑深深地插在前方的泥土之中，而在剑的旁边，一具白骨静静地躺在地上，在盛夏时节，尸体上的肉已经腐坏得差不多了，染过血的棉布衣服黏在白骨上令人心底不由微凉。

红颜，枯骨。这世上最不给人留情面的原来是时间。

司命摘下耳鬓旁佩戴的白花，手一挥，神力便载着花朵慢慢飘向尔笙。她轻笑道："上自己的坟，我大概是世间第一人吧。"她话音未落，那朵送出去的白花忽然被一道凌厉的气息截下，砍得支离破碎，化作粉尘，消散在空中。

司命心中一惊，目光随即落在了立在一旁的一鳞剑上。

"我陪着你。"她似乎听见了长渊在耳边低语，没华丽的言词，连语气也是淡淡的，但却是一句固执的承诺，即使是到了现在，他仍以鳞甲守护着枯骨。

司命在这一瞬间，便为那连面容都记不清的男子倾了心神。

她傻傻地站着，将这一柄孤剑一副枯骨怔愣地望了一会儿，就像在看一对隔着生死遥遥相望又刻骨相思的夫妻。她心间酸涩得无法抬手打破这样的宁静。她想，尔笙若不是司命，在当时便就此死去，只怕长渊真的会一直陪着她去了，但不幸的是，尔笙变成了司命，长渊连陪也没有地方去陪。同样幸运的也是尔笙变成了司命……

她硬下心肠，一步迈出，走向了一鳞剑。她必须打破这幅画面，只因这世上很多的事总是不破不立。

不出意料的，一鳞剑上残留的神龙之气澎湃而出，意图一举逼退司命。强大的压力让司命心底备感讶异的同时更起了几许苍凉的感动。若不是在乎到极致，又何必如此拼命地只为守护腐肉白骨。

司命狠下心一咬牙，强横的纵身上前，一手握住剑柄，剑身顿时大震，她一声低喝，拼尽全力终是将反抗之力压制下来。

只斗了片刻的时间，司命便已累出了满头大汗。一鳞剑虽被强行压制下来，但仍在她手中嗡鸣，仿似在咆哮警告。被这剑如此嫌弃、排斥，司命心中有些委屈，她左右看了看，寻了块大石头，随即将一鳞剑往上面狠狠敲了敲，道："你个没脑子的家伙，只识得皮肉表象，识不得本神君的内在涵养，着实与本神君为人那一世一般蠢笨呆傻。"

司命嘴里骂着"二货"两字，手下也不客气，一柄灵剑被她敲得叮叮咚咚直响。末了，等她发完了火，石头被砍成了粉末，一鳞剑约莫也是被打怕了，乖乖地被她捏在手中不再反抗。

她脚步一转又走到“尔笙”身边。她静默地看了她一会儿，随即蹲下身去，将她右手的衣袖拉了起来，一串银铃还留在小臂的骨头之上。司命心下一喜，伸手去取，她本不欲破坏尔笙的遗骸，然而没了皮肉相连的骨头，自是轻轻一碰便散了。

一鳞剑在她手中一颤，司命摸了摸剑柄道：“乖，不怕，姐姐在这儿。”

她取出套在“尔笙”手腕上的银铃，捻了个诀，铃上的尘埃尽数褪去，她将铃贴身放好。而后又取了一截“尔笙”的小指骨用自己的一根头发穿好，将它挂在一鳞剑上面。

司命摸着剑柄道：“给你一个想念的物什，从今天开始，这个世上再无尔笙也再无司命了。”

说完这句颇为高深的话，司命摸着自己的下巴沉思道：“唔，如此说来，我是不是该换个名字呢？尔司……耳屎？”她撇了撇嘴，又瞅着“尔笙”的白骨看了一会儿，笑道，“罢了，不管叫什么，我只是我。”

司命重回天界时，已是傍晚时分，朝云与晚霞两位仙子刚刚离开钦天殿。

兰花坐在窗台上，调皮地用云锦包了一个小人，写上了“司命”二字，正用针扎得欢乐。忽听“吱呀”一声，司命推开门，站在门外好笑地看着她。兰花脸色一变，想到她关于“喂猪”的威胁，立时慌了手脚，急急忙忙地把小人往衣袖里藏，却不想一个不小心划破了自己的手，血慢慢浸出来。她哭丧着脸，难受极了的模样。

司命走近，摸着她的脸道：“别用我的脸摆出一副这么没出息的表情。”

兰花心一狠，将小人扔到地上，嘤嘤哭道：“随你收拾我，随你收拾！我有一个逼良为娼的坏主人，这日子没法过了！嘤嘤嘤……不准拉我去喂猪……”

司命将她的脑袋狠狠一拍：“没出息！手给我。”

被打的人立刻乖乖地把手伸出来，一副等着挨打的丧气模样。哪想她闭着眼准备了半天，却忽然感觉一股清凉的风吹在她手心。她睁眼一看，竟是司命给她的伤口渡以神力，没一会儿，手上的伤口尽数愈合，又变得白白嫩嫩的。

兰花呆了好一会儿，一噘嘴道：“一点小伤，我才没那么金贵呢，哼！”

司命淡淡地道：“我司命的东西都是金贵的。如果连你自己都认为你不该让人疼惜，那便真的没人会疼惜你了。”

兰花沉默了好一会儿道：“主人……主人心疼我吗？”

“我养了你这么久，自是喜欢你的。”司命微微一顿，不知想到了什么，垂下了眼眸，“如果喜欢，当然会心疼。”

兰花小小的红了脸，她扭捏地揉着自己手指道：“那……那兰花如果做了不好的事，主人是心疼得舍不得狠狠惩罚的吧，不会真的把我拖去喂猪吧？”

司命微妙地眯起了眼：“你做了什么？”

“喏，你瞅见那针扎的小人了吗？”

司命不甚在意地道：“这些东西对我没甚用处。”

“我是说，包小人的布是从你的喜服上面裁下来的，两位仙子很认真，云锦织得又细又软……”

“你还是去喂猪吧！”

最后司命还是没有惩罚兰花，因为她知道，这身喜服不管织得再美再好也穿不到她身上。只是有点对不住朝云、晚霞两位仙子。

临睡前，司命将一鳞剑放在自己的身边，陌生又熟悉的气息萦绕在她身边，让她终于能安心入眠。

这晚她梦见了长渊，在万天之墟中他的神力被压制，连幻化为人形也不能，就是一条长长的黑龙。他蜷着巨大的龙身，将脑袋埋在鳞甲之中，不睁眼不动弹，寂静如斯，孤零零地漂浮在无尽的黑暗与荒芜之中。这样的寂寞，他已尝了万年。

“我会救你的。”司命说，“我会带你出来。”

黑龙听不见她的话，仍旧是那样的姿势。仿似只剩下了一具躯壳。

第二日，司命醒来的时候枕头上有些微微的湿润。她只做什么都不知道，叠了被子，将一鳞剑好好地藏了起来，随即出了内室。外间朝云与晚霞两位仙子已经到了，她们手中捧着破个大洞的云锦喜服，愁得快哭出来了，一看见司命，两人急急上前询问：“神君，这、这是怎么了？”

司命正色道：“约莫是被鼠辈啃了吧。”

朝云气道：“大胆鼠辈！竟敢如此放肆！天后的喜服也敢碰！”

司命大方地安抚道："罢了罢了，不与牲口计较就是。"她往内室一瞅，窗台上的兰花随风摇曳得正欢。

见正主也不在意，两位仙子也不好再说什么，只得想办法补救。奈何破了洞的地方已经做成了成衣的一部分，在臀部的位置，是个很贴身的地方。两位仙子都是认真的人，当下让司命配合着把衣服脱了，重新量了尺寸要再做一片。

破损的衣物罩上司命的臀部，正在量尺寸的晚霞一怔："神君，你此处竟还受过伤？"

司命扭过头去要看，晚霞弄了一个小铜镜给她一照，果然有一块红色的疤痕印在臀部稍上一点的地方。司命自己都愕然了一下，她修成神体之后做的是司命星君这个文官，鲜少出去与人打架斗殴，根本就没有机会受伤，而且就算她受了伤，以她的神力绝不会让自己留下这么大个疤而不自知……

莫非与她消失掉的记忆有关，在她醉酒之后，变成尔笙之前？

天帝那厮到底消去了她多少记忆？

司命心中有些愤怒。她心思一转，看着朝云与晚霞两位仙子道："你们也知道，帝君的脾气不大好，这疤……"

话未尽，意已到，两位仙子登时吓变了脸色。司命掩住颜面，一副神伤的模样。她相信，不到明日，天帝施虐的消息便会传遍天庭。司命想，我便是什么也不知道，也要在你身上糊一把屎再走。

混沌之中，女子立在黑龙面前问道："长渊，你为何不入眠？"

"以吾之修为，已可不再入眠。司命你也不需要睡了。"

"第一，天地循环自有它的次序，我们虽已修行为神，跳出规律的束缚，但也应当对天地有所畏惧，有所顺从，顺应自然，这才是为神为仙之根本。第二，'吾'这种土得很有王霸之气的自称，外面的神仙早就不用了。长渊，总有一天我是会救你出去的，所以你得尽快跟上外面的潮流，以一个阳光时尚的形象打入众神心中。"

"此言甚是。"

"所以，来，让我在你的龙角上睡个觉先。"

黑龙老实地埋下头，让司命轻轻松松地坐了上去："我睡啦，你别动。"

黑龙本在摇晃的尾巴一僵，果然不动了。一人一龙在黑暗中安静地漂浮着，没多久女子便传出了均匀的呼吸声。

听起来她睡得很香甜。他心里被这均匀的呼吸吹得微微发痒，金色的眼睛往上转了转，可是仍然看不见女子的睡颜。他有点着急，脑袋往旁边偏了偏，适时，司命一个翻身，竟骨碌碌地从他头上滚了下来。

长渊心中一惊，他想去捞，奈何爪子太短，唯有探下头去，往上一顶。

只听一声尖叫，司命一蹦三丈高。她捂着自己被龙角扎了个洞的屁股，愤慨地瞪长渊："你！把角给本神君锯了！"用这样的自称，想来已是气急。

长渊目不转睛地盯着司命的屁股，鲜血浸湿了她的衣裳，他心里也急得不知道该如何是好，又嘴笨的不知该如何去安慰，只有呆呆地告诉她："司命……出血了。"

"本神君知道！"司命怒极，冲上前去便一口咬住长渊的龙角，含糊道，"你胆肥了！要不是本神君闪得快……今日我一定得把这货锯了！锯了！"

"先止血……"

"流的是本神君的血你操什么心！"

"吾……我不知这是什么心，很奇怪的感觉。"

正在咆哮的司命猛地一怔，她讶异地望了长渊一会儿，漫漫的黑暗之中只能听闻他们两人轻细的呼吸。司命突然清咳一声道："这叫知己之间的纯洁情谊，长渊，你乃是司命的挚友。"

"挚友？"

"挚友！"

混沌之中的一人一龙渐渐远去，世界慢慢变得光亮起来。

司命迷迷糊糊地睁开了眼，窗外的阳光已照进屋来，兰花在窗台上沐浴着阳光，洁白的花开得正好。司命捂住自己的眼睛，嘴里发出一声苦笑：挚友？司命啊司命，你怎么就这么爱坑人呢！

她翻身下床，从书柜的暗层中取了那本蓝色封皮的命簿。她一边翻阅命簿一边想，她三番两次梦到的那个黑暗之地必定就是传说中的万天之墟。她之前喝了琼池的酒，醉了过去，想来定是神识飘离了出去，在某个机缘巧合之下闯入了万天之墟，见到了被囚禁其中的长渊。她欲救长渊最后却没有成功，又回到了天界。之后，她写了这本"天地龙回"的命簿，让天命来达成‘天地龙回’这个目的。

但现在长渊又被关进了万天之墟，那是不是说连天命也没办法让‘天地龙回’？还是说……

司命翻到了命簿有字迹的最后一页，在她上次看见的最后几个字后面不知道什么时候又突然出现了一句话：“司命暗自筹备，欲破万天之墟。”

司命了然，原来这本命簿根本就还没有完！

尔笙的死，不过只是达成“天地龙回”的一个步骤罢了。

司命往外间望了望，云锦喜服制作到现在，已不需要再多量尺寸，而她的喜好朝云与晚霞也了解得差不多了，她们已不如初时那样常来。天帝派来监视她的人见她这两个半月的时间都过得十分安分，心中也起了倦怠。随着婚期临近，司命仍旧如此本分，天帝的疑心想必也已经打消了许多吧。

司命想，她现在便应该行动了。

再次让兰花扮成自己的模样，司命摸了摸她的脑袋，道：“这次我可能会出去很久，你能顶多久顶多久，实在受不了了就跑到战神府邸去，陌溪和三生都是好人。有他们护着，天帝若是知道了……至少不会对你下杀手。”

兰花有些慌：“主人，你要去哪里？不回来了吗？”

司命笑着没说话，她知道自己大概是再也回不了天界，也不想回了。

这两个多月的时间她已把所有的东西都筹划好了，下界的时候走得无比潇洒。

到了凡界，她毫不犹豫直奔无方山。没了记忆，她寻了许久才找到了无方后山的禁地。不料却在那处见到了一个意料之外的人——长安。

千年前，此人得道成仙需要历劫，她在天界好好观察了他一番，本想给他安排一段能轻松渡过的劫数，哪想在编排此人命格的时候与三生起了争执，司命拽着批有他命格的纸落入琼池，他历劫成仙的命便生生被改成了天命。

司命醒来之后特意翻看过长安的记录，心底也很是叹息。如今他堕仙成魔，想来定是过得痛苦不堪，司命觉得自己是挺对不住他的。

可是天命这种东西，又是谁做得了主的呢……

她正想着，长安的目光忽然扫了过来，落在了她身上。司命冲他笑了笑，长安一怔，眸中立即溢满杀气：“司命？”

“正是……”不等她将话说完，长安便不由分说地劈来一剑，司命拔出一鳞剑接下了这气势汹涌的一招。神力与魔气激烈的交锋，杀气澎湃而出，扫过这一处谷地，惊飞无数飞鸟。

司命眉目一沉，她不怕与人斗，但此时她有更重要的事要做，争斗只会白白浪费她本就珍贵的时间。

“我知你心中对我定是有怨气的，但你的命格确实不是我所写，事出意外，你的命乃是天定。”

“天定？”长安厉笑道，“何人给天的权力？”

司命眉头一皱：“天劫之所以难渡，是因为渡劫全仰仗自我的领悟与超越，每一个选择皆是自己所定，每个困境皆是由心而造，能赢得过自己的心便能赢得过天。诚然，天命难料，但最终选择入魔的却是你自己。而今你恨我，恨苍天不仁，却为何不想想当初是谁做了抉择，你情愿花十倍心思去恨别人，也不愿放过过去和自己。迈不过心里的坎，无法飞升自然是在情理之中。”

长安冷笑：“是我的命便罢了，何以将外人牵扯进来？那些因我而死的人何其冤枉，苍天不仁，我便要逆了这天。”

“逆了天你便能追回那些已经错过的人和事吗？”司命冷冷地道，“你不过是只为求自己心安，迁怒于他人罢了。”

长安一怔。司命不想与他在缠斗下去，趁此机会一头扎入了湖水当中，捏了一个避水诀便径直向湖底刻着的“无极荒城”石碑而去。行至那处，司命将挂在一鳞剑上的尔笙的一截小指骨往碑上一摆，尔笙生前杀孽过重，指骨上仍残留有煞气，不一会儿，湖底便剧烈地抖动起来。

湖水逐渐形成一个漩涡，盘旋着不知消失到了哪里去。司命靠着石碑而立，抬头仰望上空，不过片刻工夫便瞅见荒城大门在上方大开，一身红衣的女怨静静立在大门那边。迎接每一个去荒城的人是城主的职责。

司命毫不犹豫，飞身上前径直闯入荒城之中。

长安紧跟在司命身后，也欲硬闯，但是却被一条水红色的长袖拦住，阴气狠戾地将他推挡出去。

“你将我赶出城之后我便一直在此地等你，你一日不肯让我进去，我便在这里等你一日，你一生不肯让我进去，我便等你一生。阿芜，你当真能如此狠心绝情……”

女怨面无表情地收回长袖，一言未发。荒城城门轰然阖上，外面和里面又变作了两个世界。

司命扫了一眼黄沙漫天的天空，目光落在也正打量着她的女怨身上。司命笑了笑道："其实偶尔徇私一番也无可厚非。此处归于三界之外，你既是城主，在此城之中便可随心……"

"在他心中，我不该是现在这副模样。"女怨不留情面地打断司命的话，她的目光在一鳞剑上短暂停留，"你是何人？为何来此？"

司命微微一呆，为了她前面那句话。不让长安进城，那么决绝地将他赶走，不是因为恨，而只是因为不想打破他印象之中的美好？司命默默叹息，此女子太痴。也难怪她会有了执念，引得天下女子怨气入身，因爱而恨，因痴所以才能成怨。不过司命转念一想，或许如此做法对长安来说也是最严厉的惩罚。

司命收回思绪，对上女怨那双阴气森森的眼道："我叫司命，也叫尔笙，此次前来想与你商量个事。"

"何事？"女怨其实并不在意她是谁，无极荒城万年不变，她待在这儿数百年间已见过许许多多的人来了又走，性子早已被磨得冷漠甚至麻木。

司命抿唇笑了笑："把无极荒城毁了吧。"

她说得轻描淡写，仿似谈的是今天天气不错，而不是要毁掉一个天地自成的封印之地。

女怨稍稍琢磨了一番："好。"

她回答得如此轻易，叫司命也惊叹了一番。

"在此死寂之地，生不成死不能，看着一群渐渐变为活死人的人……"女怨凉凉地道，"早不想干了。"

司命眯着眼笑，她想无极荒城中的人被关了那么久，有再大的罪也该赎尽了。而后那些世俗中所谓的"罪人"便交由世俗的人自己去应对，上古遗威对现在平和的凡界来说已没有那么大的必要了。

但司命不知道的是，女怨的命早已与荒城连为一体。

她一句轻飘飘的不想干了，背后却是一句沉甸甸的不想活了……

第十八章 上古兰草之地

司命与女怨两人都是雷厉风行的脾气，事情既然已决定要做，两人便立刻开始了行动。

这是女怨唯一一次以城主的身份徇私，却是为了彻底毁掉无极荒城与自己。

女怨需要做的事并不多，开启城门给司命一个指引便可。真正的难题是如何在无极荒城外的结界之中找到闯入那处阵眼的入口。上次尔笙与长渊掉入其中全凭机缘巧合。这一次，司命若找不到阵眼入口，便也不会找到出去的路，将永远迷失在荒城结界之中。

阵眼入口隐晦，岂是那么容易便能找到的，司命此举实乃搏命之举。

“开城门吧。”司命盯着女怨浅浅一笑，就像是要去赴约，眼中没有半点迟疑。

其实司命心底里也是有害怕的，若是此事不成，她便只有像长渊一样，此后的数万万年皆被困在无边际的黑暗之中。但她想，她若不能将长渊救出来，索性就也待在黑暗中好了，与他一起共尝无边孤寂，如此也算另一种方式的陪伴。也算……不辜负他一番深情。

女怨祭出一个小女娃娃的头，与她一起吟唱着咒语，城门伴随着“咔咔”声缓缓打开。

司命挺直了脊背一步一步坚定地迈入黑暗之中。巨大城池外的黑暗就像一个大张的虎口，笼罩了司命的一身白衣，她的背影显得越发单薄而渺小，但女怨觉得，此时的司命便是被荒城之中最刺骨的风吹着，脚步也不会偏移半分。这个女子是那么清楚地知道自己的目的，执着而坚定地往前走着。

这世上“未知”最是令人恐惧，女怨自知她的脾气便是被磨得再冷淡，也无法在独自面对未知之时不卑不亢，不惊不惧。有的强大，不在乎外表或头脑，只是一股骨子里的坚韧，无坚不摧得令人起敬。

女怨心中突然起了好奇心，在司命的身影彻底消失在黑暗中之前，她问道：“为何要破荒城？”

“为一心安定。”

其实司命既已被消除了记忆，她大可图一时便宜，就此随了自己以往的心愿嫁给天帝，做个威仪四方的天后。她之所以骗了天帝，瞒了所有人，甚至算得上叛离天界，费尽心思地跑来无极荒城“找死”，不过只是因为胸中这颗心它日夜不安。为长渊，更是为一心安定。

白色的身影彻底消失在了荒城外的黑暗之中，荒城城门阖上，关住了一城沙尘。

女娃娃的头没有咒术的支撑颓然落地。女怨也不管，只是轻轻抚上自己的心口，出神地呢喃：“一心安定？何以心安？”

黑暗之中，司命连眼也未曾睁开，探寻着微弱的气息。她此前已在天界翻阅过许多上古迷阵的书籍。阵眼乃是一阵中心所在，既存在生气，也暗含杀气。

是以在此无极荒城的结界之中，应当有两个地方，一处仅有生气，乃是通往人界的出路，一处生气杀气共存，那才是真正通往那个长满上古兰草的地方的路。司命仔细地探寻着黑暗之中的气息。生死之气微薄得难以捕捉，需得全然静心凝神，每一丝波动都不得放过……

不知在黑暗中前行了多久，或许是几个时辰，又或是几天，司命的鼻尖微微一动，她突然睁开眼，眸中精光大作，当下她以神力为介，脚下猛地一踩，径直向右方登踏而去。

一片空茫的黑暗之中蓦然出现一道佛光般的屏障，微微抵御着司命的闯入。

都行至如此地步，司命已是人挡杀人佛挡杀佛的模样，当下拔了一鳞剑劈头砍向挡在眼前的佛光。神力与佛光激烈地碰撞，在司命的低喝声中，光亮飞溅入无边黑暗之中，慢慢地，司命眼前便只剩下一片耀目的白光。

慢慢地，白光弱了下来，司命渐渐感觉到自己的脚有落在实地上的感觉了。她收了剑，揉了揉被晃花的眼睛，待眼中的疼痛渐渐散去，她抬头一看，漫无边际的上古兰草摇摆着绽放。

此时，在司命为救长渊奋力拼搏的时候，九重天上天帝与天后的喜宴也要摆开了。

兰花是个聪明的灵物，又得司命亲手点化，是以她脸上的伪装现在都还没有人看破。

但这只是在还没有见着天帝的情况之下。天帝神力与司命相当，甚至还要高出司命些许，若是在拜堂之时他察觉出兰花不是司命，只怕到时候她连哼都不能哼一声便会被活活捏死。

兰花想，她现在已经到了司命所说的"实在熬不住"的时候了。

当天夜里，她将自己的原身抱在怀里，准备跑路去战神的长胜天寻求庇护，然而哪想她这个计划在刚出门的那一刻便被打破了。门外赫然立了两尊门神，见兰花推门出来，门神天生便凶神恶煞的脸把年纪尚幼的兰花吓得差点没尿出来。

不过因着她有个不老实的主子，她自小便见过主子许多不老实的行为，装模作样这样的小事自然是不在话下的。

当即她往后退了一步，唇边勾了一个笑，成功地压下脸上的惊慌。她镇定地看了两门神一眼，皱眉问道："你们大半夜地站在这儿，对本神君有何图谋？"那副斜斜挑眉的冷讽模样确实把司命学了个十成十的像。

门神立即拱手道歉，解释道："神君恕罪，我二小神在此实乃帝君特意吩咐，说是大婚临近，决不能让任何污秽之物沾染了司命星君您的身子。所以我们才多有冒犯。不过我记得今日应当已有仙婢告知过神君了啊。"

好像是有那么回事，不过兰花记不起来了，她满脑子想的都是跑路一事，哪还有空去管其他。

"神君这半夜出门可是有何要事？"门神问道。

兰花抬头看了看天上的圆月，甚为忧伤道："月色正好，让我的兰花晒晒月亮。”

当夜兰花在院子里晒了一晚上的月亮，两位门神便守着她晒了一晚上的月亮。第二日，在兰花还在思忖逃跑方法之时，那个传说中的帝君竟然在成亲前的最后一天找上门来。

兰花一脸灰败。

天帝看见她的那一瞬，本平静无波的眼顿时危险地眯了起来。

“司命呢？”他转过头去问两个门神。

门神顿觉莫名其妙，看了看坐在椅子上的“司命”，又瞅了瞅天帝，一脸不解。

天帝一声冷哼，袖袍一挥，兰花径直从椅子上翻了下来，她的面容几番变幻，最终幻象破灭，她变回了自己原来的模样。

门神二人大惊失色。天帝冷冷看着兰花，沉声问道：“什么时候换的身份？你主子去哪儿了？”

兰花在神力的压迫之下面色十分难看，她摔坐在地上，颤抖着唇角道：“就……昨天换的，主子说快成亲了，以后没有自由，想再下界去看看……”

天帝手指一动，隔空掐住了兰花的脖子：“你若不想说实话，我留你也没用。”

兰花怕得紧紧闭上眼，她死死咬着唇，怕疼怕死的她在此时竟愣是没多吭一声。兰花这种植物，毕竟还是有一股傲气的。像司命一般倔得要命……

天帝眸光寒凉地盯了她一会儿，指尖一松，却是放开了她，兰花捂住自己的脖子大口呼吸。天帝眸光在屋内逡巡一圈，终是停留在外室的一个角落。他命人抬来的聘礼杂乱地堆在一起，箱子上的红绸未拆，她竟是连看也不曾看过里面的东西。云锦织的凤袍已成，孤零零地挂在一旁。

他呼吸微顿，忽然觉得这一室的红碍眼得刺目。

“青鹤。”没法再多待半刻，他怒意盛极，转身时衣袍狠狠刮过兰花的脸，他唤来随侍的鹤仙，“将此女软禁，调三千天兵下界寻人。”

鹤仙一直在门外，并不知屋内发生了何事，他微微一怔：“帝君是要寻谁？”

“司命。”

这两字已吐出了点咬牙切齿的意味。鹤仙大惊，脸色顿变，明日便是大婚，司命星君竟在这样的时候跑了，这不仅是给了帝君一个响亮的大耳刮子，更是一巴掌拍在了天界的脸上。

适时鹤仙突然想起不久之前天界突然流传起来的传闻，说天帝脾气越发难以捉摸，酷爱施虐于人，尤其是对司命星君……

这司命莫不是因为怕帝君成亲之后施虐……鹤仙被自己的想法惊出了一身冷汗，他随侍天帝多年，深知天帝性子虽然冷漠有时刻板，可他主的是仁政，对施暴施虐这样的事半点不感兴趣。否则天界也不会是如今这般自由得近乎散漫的模样。

但如此熟悉天帝的鹤仙，听到这个消息也有如此想法，别的神仙更是会做此猜测。

鹤仙在心底暗暗叹息，司命星君这一招，扇了天帝的脸，毁了天帝名誉，更是将天界众神都摆了一道，心地着实狠辣了些。他瞅了瞅天帝的脸色，不敢再多言，忙领了命，急急离开。

天帝站在钦天殿门前，垂在宽大袖袍中的手紧紧捏着一只凤簪，在金凤口中含着一颗小小的白色珠子，正是司命被夺走的记忆凝聚而成。

指尖收紧，凤簪被生生捏得变了形。

天帝嘴边的冷笑渐渐凝出了一股苦涩而无奈的意味："什么也记不得了竟是凭着感觉也想报复我吗？不愧是我的司命星君……"

上古兰草漫天飞舞，幽幽划过司命的鼻尖，接触到生气，兰草化为灰烬，司命吸了些许到鼻子里，不由痒得打了个喷嚏。

不甚在意地揉了揉鼻子，她翻过一个小山坡，看见静静躺在那方的阴阳各半的湖水，红色的光球一如既往地在湖面上各自旋转。司命露出一个大大的笑容，她已兴奋得能听到自己的心跳。

她掏出贴身放在怀中的从尔笙手上取下来的银铃，然后将神力慢慢注入银铃之中。

没有多余的招式，她大喝一声，飞身上前，神力蛮横的透过银铃击打在红色光球之上。

这一瞬，所有的风都停止了，世界仿似被什么凝滞住了。只听"喀拉"一声轻响，黑色湖水上的光球表面裂开了一寸缝隙。另一半湖水上的光球也在同样的位置破口。大地猛地一颤，湖水激荡，空中凝滞的气息仿似被大风刮过，上古兰草尽数匍身于地，风仿似吹出了形状，和着天地梵音一层层荡开，越发激烈。

裂口越大，反噬之力便越是强烈，撕裂的疼痛在心口蔓延，司命咬紧牙关，不顾自己心脉受到重创，只不要命的将身中神力尽数灌入银铃之中。

司命和尔笙最大的差别或许就在于做一件想做的事时，尔笙会粗鲁地干，而司命会先有一个规划再粗鲁地干。两者在本质上的区别，不过就是一个活得久了，岁月把她打磨得谨慎了一些而已。

在两股力量的夹击之中，银铃化为灰烬，红色光球也在此时轰隆隆的塌陷，它沉入黑色的湖中，化成了一团团红色的灰。而白色的湖水上的光球也同样沉了进去。

世界静止了一瞬，司命听得一声巨响，抬眼一看远处的天开始慢慢塌陷，满地的上古兰草尽数枯黄，大片大片地死去。

阵眼破了。司命眸光大亮，心头充溢着说不出的喜悦与兴奋。

脚下的湖水呼啸着转出了一个漩涡，司命往下望去，在深深的黑暗之中有一个蜷缩起来的身影越发清楚。她不由自主地扬起了唇。方才神力用过头，伤了心脉，此时又是大喜过望，血气翻涌冲上喉头，她嘴里一阵腥甜，竟呕出一口血来。

她半点不在意，随手一抹，污了一身纯白的孝服。她沉稳着脚步，一步一步向黑暗之中走去，像个胜利归来的骄傲将军。

长渊，长渊，尔笙来救你了。以后我们一起用双脚丈量世界，我陪你看尽万丈红尘，俗世繁华，我陪你品尽人情冷暖，世间百态……我们，再也不分开。

破碎的声音在耳边响起。他蜷缩着长长的龙身，埋着脑袋连眼睛也未曾动一下。

他想，大概是错觉吧，这万天之墟之中是不会有任何声响的。直到碎裂的声音越发大了起来，由远及近，铺天盖地一般震慑人心。长渊终是动了动眼睛，缓缓睁开金色的眼眸。

有……光？他寻着光亮的方向抬眼看去。一点星光般的白在空中闪烁，他微微眯起了眼。白色的光点渐大，光亮也越发刺目，四周的黑暗如瓷器落地一般一块块碎裂，齐簌簌地落了下来。外界的气息随着万天之墟的坍塌慢慢涌了进来，长渊只觉被封印压制的力量逐渐苏醒。

他仰首望向最初透入光亮的那一方，瞳孔不敢置信地慢慢放大。

一袭素服的女子在好似能撕裂一切的狂风之中缓步而来，狂舞的衣袂与长发更衬得她步伐沉着，仿佛是她的脚步踏破这一地禁锢，强悍得让他也只得仰望。

逆光之中，他看见她淡淡微笑，声音却也有一分掩盖不住的激动颤抖：“长渊，我依言来救你了。”

长渊便在这一刻忘记了呼吸，怔然着看痴了去。

万天之墟的黑暗逐步被压制到身后，光亮的天空再一次展现在他眼前，龙身上的鳞甲腾出尘埃般的金光，被狂风尽数吹去，如繁花飞过一般。在他自己都尚未意识到的时候龙身化为人形，或许只是因为，在他心中如此模样更能与眼前这女子相配罢了。

她没法变成龙，那就让他变为人好了。其实他是不介意迁就她的，甚至十分乐于迁就。

他伸出手，牵住那个徐徐而来的女子，极致沙哑地呼唤：“尔笙……”

一双柔软的手轻轻抚在长渊的脸颊旁，长渊微微一怔，稍稍回过些神来。眼前这人眸光清明，神力深厚，眉目间有着尔笙从不曾有过的沉着和淡然。长渊知道，她不再是他的尔笙，而是司命。

九重天上的……司命星君。

司命将他打量了许久，眸光仔仔细细地丈量过他的眉目鼻唇，最后仍是嫌看不够地伸手摸上他的脸。没错，她想，长渊就应该是这个模样。“长渊。”司命唇角含着压不住的笑，“果然，你看起来一点也不聪明。”

长渊眸色暗了暗，微微向后偏了偏脑袋：“司命……”

这两个字唤得有些许僵硬，想来他心里定是有芥蒂的。但是走到如今这一步，司命已抛弃了自己的所有，她哪里还容许长渊退缩。她唇边的笑越发明媚：“不过还好，我是聪明人，我就爱你这副呆萌的模样。”

言罢，她不由分说地一手摁住长渊的后脑勺，拽紧了他的头发不让他跑，另一只手捧住他的另半边脸，以迅雷不及掩耳之势生猛地将自己的唇凑了上去。

长渊从来没有被人用过强，当下猛地呆住。任由司命的舌头强势地躏夺进他嘴里，横扫千军一般席卷了他所有的气息。

司命嘴里有股浓烈的血腥味，没一会儿便沾染得两人呼吸之间全是铁锈腥气。

长渊气息渐渐不稳，开始变得慌乱。他想推开司命，但当双手贴在她腰上时，却又不由自主地将她拉得更近一分。

她就像让人上瘾的毒，越想远离便越是缠得紧。长渊手开始不听使唤地箍紧她，让她与自己贴得越发紧密。他想用尽全力地抱住她，最好是能将她揉进自己的血与骨之中，不管是谁也不能将他们拉开。

浓重的腥气让他恍然以为这又成了与尔笙死别的那一天，他浑身皆被尔笙的血染湿，鼻腔之中尽是怎么也呼不干净的腥气。

惶恐、哀恸而无助。脑子中又是该死的理智冷静。

没人知道，在那时他每一次呼吸只会令他感觉越发窒息，就像寸寸经脉都被人生生碾断一般。长渊不由自主地再次收紧手臂，他忘不了尔笙在他怀里丝丝僵冷的感觉，而现在，他抱着的吻着的人，还如此鲜活生动地活在他面前。

已是大幸……

咸涩的味道混入这个几近撕咬的深吻之中，却是司命不知在何时已经泪落了满面。

她再是坚强，在长渊面前也忍不住露了深藏的胆怯。又或许，这个腥气十足的吻也触碰到了她深埋于脑海中的几缕情绪，绝望又慌乱。

他们险些……他们险些便再也见不到了。

司命泪落得越发不能自已，两人之间唇舌的交缠也越发沉重而难以分离。不知如此纠缠了多久，仿佛心中汹涌的情绪稍稍得到了慰藉，司命终是肯放缓攻势慢慢退出长渊的领地，但脸仍旧蹭着他的脸，彼此的呼吸急促地交融在一起，好似已经过一场令人面红耳赤的情事。

猛然回过神来，长渊指尖一僵，恍然想起尔笙从前说他只能有她一个的模样，顿觉后悔得心口疼痛。他想往后退，司命强势地摁住他的后脑勺，毫不客气地拽了一下他的头发，令他疼得眉头微皱。

没了万天之墟的封印束缚，长渊神力已恢复了大半，以他的能力大可生生将此时的司命震开。但是他却舍不得，于是他又在心里为自己记了一笔，他负了尔笙……

司命以唇轻轻磨蹭着他的唇瓣，微带情动后的沙哑道：“长渊，长渊，不管是司命还是尔笙，不都是这一个魂魄吗……你怎么就不明白呢？”

长渊一声轻叹：“你是司命星君……”你在九重天上，还有一个深深眷恋着的人。

“已经不是了。”司命轻声道，像是安抚又像是在对他诉说誓言，“若可以，我只希望我永远都是小山村里的尔笙，在某天能遇见一个长渊，我们两人……白首不离。”

此一句“白首不离”就像是春蚕吐的蚕丝，将他寸寸覆住，裹成一个茧，挣不开，逃不脱。

他想司命说得没错，尔笙与她本就是同一个人，他喜欢的也就是这一个人，只是换了躯壳，灵魂还是她，但就算她只剩下一个魂魄，也足够令他神魂倾倒。

司命浅浅笑着，声色中却不经意地带着两分苦涩：“想来在我还是尔笙的时候对你用情一定是极深的。你看，我忘了你，却在看见你的这一瞬将那命簿上记载的文字尽数变成了景象。忘了周遭一切，恨不能就在这里要了你……”这句话把她自己都逗笑了，“如此的色中饿鬼，哪里还是那个心中肖想天帝垂爱的司命星君。”

长渊一怔，重复道：“忘了我？”

司命眸光微暗：“说来话……”

她话音未落，忽听一声轰隆的巨响，司命眸光一凝，探头往长渊身后看去，却见逐渐坍塌的万天之墟竟然猛地停止破裂，那些像碎裂瓷器一般塌陷而下的黑暗竟在重新贴回天穹。司命怔住，长渊却已下意识地将她揽进自己怀里。一双金眸犀利地扫过身后的黑暗，蹙眉道：“有人在重结封印。”

司命惊道：“天地自成的结界一旦破了谁能结得回去？”她又想到一种可能，脸色蓦地难看起来，“血祭？”

重结天地结界除非以命为祭。

长渊点了点头，眸光流转到司命身上。他寻思了许久才有点迟疑地问：“你是来救我出去的？”

“不然呢？”

长渊微微抿唇，模样看起来很是欣喜：“那我们便出去。”

他周身金光腾起，重化龙身，司命坐在他的龙角之上，径直逃离又慢慢重建起来的黑暗。

司命不知，在她破开万天之墟封印的那一刻，无极荒城也开始慢慢地坍塌。封印不再，荒城外的结界便难以支撑，荒城城门赫然出现在无方禁地上空。不知内情的无方众人皆是骇然。

女怨大开城门，将里面的人尽数放出，然而却有些在荒城之中待了许久的“罪人”在看见外面世界的那一刻惶然不安，竟又退缩回了荒城之中。有的人欣喜若狂地走了，有的人却满目凄然地留了下来。

不过女怨对这一切都不再关心，她抬起衣袖，指尖已化为一粒粒沙，上古留下来的封印之力正在迅速地消失，她比谁都更能清晰地感受到那股消亡的力量。

这样也不错。她想，好歹可以重入轮回，忘却此生，不生不死地过了几百年，她疲了，不想再怨恨了。

城中人走的走，留的留，每人都兀自思忖着自己的心思，女怨广袖一拂，转身走回自己的小屋，屋中有她立的墓碑，葬了两个未亡人。一片血色的墓碑上并不是没有字，而是因为日日书写，字迹重叠，将墓碑染成了血色，那些字自然是看不清了。

今日女怨看了看自己已经化为沙的手指，眸光垂了许久，终是抬起了手，书写着这数百年来她在这墓碑上写过的四个字。

沙在血色墓碑上终是留下了痕迹，她每一笔每一划都重复了那么多遍，可是数百年中她却没有机会将这几个字看清。而今总算看清楚了，也恍然发现，当初让她光是在嘴里念念便能笑出来的言辞，而今却再也不能波动她死水一样的心了。

“长安”“阿芜”。

过了这么多年，原来她早已放下。

“长安，阿芜……终是成了云烟般的往事。”她声音中有着挥散不去的阴冷，但此时不管是谁，都会听出她话中的笑意。

封印的力量流逝得极快，渐渐的，她连坐直身子的力气也没有了，只得倚靠着血色墓碑，慢慢闭上眼。

正值此时，女怨忽听“轰隆”一声，逐渐流逝的力气竟然在慢慢回到身体之中。她心中微微一惊，忽然想到一个可能，她登时白了脸。也不知从哪里来的力气，她猛地起身，疾步往荒城城门走去。

漫天沙尘之中，她曾爱恋至死的男子以剑直插厚土之中，他眉心魔印如烧，鲜血如注般洒落在地上。然而他眼神却清明得仿佛往日那个流波上仙，黑眸中清晰倒映出了她一身红影。

“阿芜。”他声音有些颤抖，向她微微抬起手，唤道，“过来，与我回去。”

回哪里去呢……他们之间哪还有什么退路可走。

女怨僵硬多年的唇角动了动，女子怨气凝聚起来的身躯竟然还能微笑，她道：“你来找我吧。”

长安一怔。看着女怨红衣之中的身影逐渐变成一粒粒沙，风一吹，她的面容便模糊一分：“这一世便罢了，下一世，等我喝过孟婆汤，走过奈何桥，忘却所有，你再来找我吧。”

“彼时，我们再重新来过。”她的声音消散在荒城干燥的风中，一如她的身影混入漫天沙尘中一样，再不见踪影。

长安眼瞳中露出惶恐的神色。

一团团灰色的怨气自沙粒之中分离出来，那是这天下女子的怨气，常年潜伏在女怨身体之中的恨意。她们凄厉地嘶叫着，痛苦地尖嚎，有的唤着她们的夫君，有的唤着自己的骨肉，彷徨徘徊，不知所从。

哪个女子不是因思成怨，哪个女子不是因爱成恨。

长安怔怔地看着遍布了满天的怨灵，恍然惊觉，他们走至今日地步竟全是因为他自己。这一瞬，他不再恨天地不仁，不再恨司命命格寡凉。他只恨自己，深深的悔恨。

只是，这一世他再也无法弥补了……

第十九章 以命祭封印

司命逃婚了，在与天帝大婚的前一天。

这个消息传开时，砸晕了不少前来参加婚礼的神仙。这世上竟还真的有人将天后的位置弃之不顾，且那人还是传闻中一直爱恋帝君的司命星君！而更令众神琢磨不透的是，受此大辱，天帝却只淡淡地吩咐了一句婚期延后，令各天神佛自行安排行程，便回了天宫再没露面，他也没有说这婚期往后延要延到什么时候。

司命犯下如此大的欺君之罪，便是绑在诛仙台上挫骨扬灰了都不够，天帝竟然还想娶她?

一时间，众神只觉这个世界仿佛都不真实起来。

好事者四处打探着八卦，带着看戏的亢奋窥视这天界那位身份最尊贵的王者，向来清冷安静的九重天上变得有些浮躁。

三生与陌溪是在准备去参加婚宴的时候得到这个消息的，适时，他们两人已经走到了半路上，碰见了折返回来的武曲星君。听罢武曲对事情一番转述，三生呆了好一会儿，突然拊掌大笑道：“就该如此，让那傲得翘屁股的天帝好好痛上一痛！”

武曲听得直抹冷汗，就怕被天宫的侍者听见了，挨天帝的罚。他堪堪接了两句便急忙拱手离去，生怕三生再多说出些惊人的言语。

陌溪闻言微微蹙了眉，他想，若是司命下界，必定是因为想起了什么，以司命的脾气定是会去救那万天之墟的神龙的。但要让神龙出来，除了破开万天之墟别无他法，然而天地结界岂是以一已神力能摧毁的……他恍然间想到了什么，神色一凝，转头问三生："你此前看的那本命簿，司命在上面写的是哪四个字？"

三生摸着下巴想了一会儿："大约是'天地龙回'什么的吧。"

若要天地龙回，必定得让这世间再无任何束缚能捆住神龙……

陌溪面色沉了下来："司命想毁了万天之墟。"

三生本喜悦的脸色也微微一变："毁天地结界伤阴德啊！会遭天谴的……"

她话音未落，只听九天之上忽然传来声声浑厚哀沉的钟声，响彻九天，遥遥荡开，令人闻之心伤。仙力稍浅的人仿似被摄去心神，只想匍匐跪下，颔首叩拜。

三生难受得紧紧拽住陌溪的手掌："我听着这钟声怎么想哭，这莫非是东皇钟在响？上古神器会为谁而奏丧钟？"

"司命只怕是已将万天之墟毁了。"陌溪沉声道，"万天之墟成于天地初成之时，虽已自成一处方圆，但却一直与天脉相连，天地之死自然令万物同悲。"他想，司命逃婚给天帝难堪或许天帝还能放她一马，而现在她大大的乱了天地秩序，以天帝那刚正的脾气定是不会饶了她的，只怕天谴未降，天帝便会亲自动手将司命处理了。

三生惊道："她去救神龙了？可是她的记忆不是被天帝拿走了吗……"

陌溪摇了摇头道不知，心里又为另一件事牵挂起来："近日魔界余孽一直在暗中筹划些什么，此次万天之墟被毁，天下元气必定受到影响，他们指不定也会抓住这个机会趁机生事……"

三生指尖微颤，她最怕陌溪提"战争"二字。有些事情虽已过去，但那些情绪却印在她的脑海里，挥之不去，成为时不时蹿出来吓她一下的魇魔。

察觉到妻子的不安，陌溪安抚地摸了摸她的头，笑道："无妨，不过只是猜测罢了。"

三生却难得正色地紧紧盯着他，肃容道："陌溪，我以前一直想的是，你走我走，你在哪儿我在哪儿，但是，现在我没办法和你一起走了。"她抓住陌溪的手放在自己的小腹上，"现在你不再是你，我也不再是我，我们两人都背着一条命。所以，不管以后这三界如何翻转，你都得回来。"

掌心隔着衣料触碰到了里面的柔软，陌溪心底暖成一片，他垂了眉目轻声道："嗯，这是自然。"

东皇钟奏响的丧痛之声遥遥传开，飘荡入天宫之中。

手中的金凤簪子被瞬间化为齑粉，天宫之巅，天帝冷冷地看着飘洒了漫天的粉末，混着司命那团破碎的纯白记忆，随着东皇钟浩荡之声摇摇晃晃飞向远方。

"很好，很好……"天帝冷笑，"你倒是做得决绝。"

"来人。"

鹤仙悄然出现在天帝身后，恭敬跪拜："帝君。"

"上古孽龙私逃万天之墟，着十万天兵将其捉拿。司命星君毁天地结界私放孽龙，散去神格，打入……"他声音一顿，又道，"将朕的铠甲拿来。"

鹤仙怔然："帝君？"

"朕亲自去拿她。"

这个"他"字说得极为含糊，也不知他到底是要去拿"他"还是"她"。

鹤仙不敢多问，忙领命而去。

散去的凤簪粉末与司命的记忆早就不知飘去了何方，天帝冷冷地道："我倒要瞧瞧，你到底深情到了如何地步。"他摊开手掌，掌心一个咒印慢慢浮现。

那是他在司命还是尔笙的时候便给她种下的咒印，司命下界，心智不成熟，极为容易被近来蠢蠢欲动的魔族诱惑。若司命入魔，他可以果断动手，杀了司命，以防她的神力落入魔族之手。司命归位之后，他本想在今晚将此印破除，没想到现在竟还能用上……

天帝阖上眼，脸上神色是悲是怒，已难辨认。

此时的司命自然不知道上界被她闹得惶然不已。她正舒舒服服地倚着龙角坐着，看着远处千里云海万丈霞光。瞅了千百年，今天倒是司命头一次觉得此景美不胜收。

"长渊。"司命拍了拍身下的龙头，问道，"以前你也和我看过这样的景色吗？”

长渊默了默，道：“还未来得及，我们……一直很蹉跎。”

司命笑着摸了摸龙角：“没关系，大黑龙，咱们来日方长。”

正说着，长渊一俯身，长长的龙身蹿入下方的云海之中。司命只觉眼前一花，许许多多飘散的金色粉末划过她的眼前，她脑袋微微有些胀痛。她闭上眼揉了揉太阳穴，一张女子笑嘻嘻的脸蓦地浮现，她认识她——尔笙。

紧接着，许许多多的回忆如同潮水一般涌上来。有万天之墟中的寂寞相伴，有红尘中的嬉笑怒骂，有疼痛至极的心伤，到最后耳边回荡的却只有长渊那一句平平淡淡的“我陪着你”。

这个男子总是嘴笨的说不出讨人喜欢的话，但就这四个字已足以让她感动得泪流满面。

她趴下身子，脸颊轻轻贴在龙头上，任由重回脑海的记忆侵扰整片思绪。

穿过这片云海，夕阳刺目地洒在下方的万里河山之上，司命与长渊的脸也被印出了一片暖意浓浓的橙黄。长渊载着司命游荡了许久，终是问道：“记忆，如何消失的？”

长渊化为龙身之后声音变得浑厚了许多，他说话本来就没多少语调感情的起伏，此时听起来便更觉一派冷淡，但司命还是知道，他这话问得小心翼翼，像是怕触碰到什么让她不开心的回忆。司命闷闷地道：“约莫是被天帝那厮偷偷拿走的吧。”

长渊沉默了片刻：“我们去抢回来。”

他说得认真，好似攻上天界与众神为敌是一件没什么大不了的事情。司命红了眼眶，气恼地狠狠拍了拍他的头：“有这么简单吗！”

长渊默默地受了打骂。

“笨蛋。”司命压住心中的感情，嘟囔道，“应一声啊喂！”

“嗯。”

“笨蛋。”

“嗯。”

“我说，以后咱们的第一个蛋就叫笨蛋好了。”

长渊微微叹息道：“尔笙，这名字缺德。”

司命久久的没再吭声，长渊突然意识到方才自己唤了哪两个字，一时也沉默下来。司命深深吸了好几口气，才道："大黑龙，你感觉别扭吗？尔笙还是司命，司命还是尔笙……"

长渊没有回答，只余一阵沉默。

"有什么关系。"司命兀自埋着脑袋，俯身在他的头上，啪嗒啪嗒地竟落了许多泪，"都是我罢了，我喜欢的只是你，你喜欢的都是我罢了。"

橙黄的霞光映在黑龙鳞甲之上，泛出奇异的光芒。长渊在长久的沉默之后终是道："我知道。"

司命眼泪鼻涕糊了一脸，她暴跳而起，狠狠拍打龙角："那你装出这副深沉的模样是要做甚！卖什么高深！你的萌呢，你怎生不卖萌了！"

"因为……我不知道该怎么唤你，我不知道你更喜欢哪个名字。"

司命抹了一把鼻涕，擦在龙角上："笨蛋。"

长渊老老实实地应："嗯。"

他不是个善于花言巧语的人，所以笨得不知道怎么开口呼唤。

因为在乎，所以对关于对方的每一个细节都很在意。

万天之墟结界恢复得蹊跷，司命有些不安。她与长渊在天地间随意游荡了几日，两人商量了一番，最终还是决定要去无方禁地看一看。万天之墟与无极荒城是连在一起的，若是有什么变故，定是两地一起发生。

再回无方之时，无方山中的先天灵力已弱了许多，想来是荒城被毁影响了天地元气。无方此时已成了一座空山，无方弟子尽数出山去捉拿逃出荒城之后还欲为恶世间的恶人。荒城中的人不好对付，连长武也亲自动了手。

司命心中有些愧疚，但看了看身边的长渊，她又觉得不管她做了什么孽，只要救出了长渊，别的事她都可以慢慢地去赎回来。

她抱住长渊的手臂蹭了蹭。"要是哪天你敢负了我，我就……"她本想放一句狠话，但是到最后却只能弱弱地说出一句，"我就不会再理你了。"

长渊怔了怔，眉眼中浮现出几许笑意："这确实是最严厉的惩罚了。"

一路畅通无阻地行至无方禁地，司命却为眼前的景色呆了呆。

荒城大门赫然立在禁地湖泊干涸的湖底上，巨大的城门破开，荒城之中肆虐的狂风卷着城中沙尘逃一般地奔涌出来。

而在城门之中，有一个身着天青色衣裳的男子半跪在地上。他的背影看起来像一个孤寂的英雄，挺直的脊背仿佛要支撑住天地。他身上流下的血染红了一大片地，在重重黄沙之中显得格外的触目惊心，让司命以为他身上的血似乎已经流尽了。

司命缓步走上前去，待行至那人面前，她微微一怔，不禁向后退了一步。

长渊在她身后刚好将她接住，他看了看跪在那处，气息已绝而双眸未闭的长安，拍了拍司命的头："不怕。"

司命像是忽然想到了什么，转头望向漫天的沙尘，她终于知道有哪里不对了，女怨是城主，她的怨气笼罩着荒城无尽无头的白日，而现在怨气却彻底消失了。司命面色白了一白，了悟道："难怪当初她那么轻易地答应我，原来竟是一心求死。"

她又回头盯住长安未瞑的双目道："你为救她以命祭封印……若是她看见了，不管这些年再怎么怨，心底定然也是高兴的。"司命走上前去，手轻轻覆上他的眼，帮他闭上了眼，"若我是女怨，定会原谅你吧，来生你俩若遇见，你再好好珍惜好好对待她就是。"

司命收回手，看着长安浸了满身的血却仍倔强着不肯倒下的身躯，她恍惚记起在尔笙那一世中，她头一次看见长安之时，蓝袍仙人眉目清冷，身姿挺拔如竹。

这还没有过多久，时间却已绘出了许多人的一生一世。

她转过身，长渊仍旧淡淡地凝视着她。司命浅笑道："长渊，咱们欠下了不少的债呢，该怎么办呢？"

"一起还便是。"

"嗯，那你说说咱们要先还谁的债，长安和女怨的，被我扔在天界的小兰花的，还是……"

"司命，我们应该先去讨债，那天帝……"长渊眸光微凝，"该揍。"

第二十章 绘繁华

司命微微一愣，随即笑了：“他不来招惹咱们，咱们便不去招惹他吧。”司命话音还未落，忽见荒城外的天空层层黑云压下，阵阵鼓声如雷一般敲响，听得人心底发慌。

司命微微一挑眉，这样的阵势她曾经有幸在陌溪神君身边见过几次，不过每次她都是高高站在那方黑云之上，看着十万天兵天将下界铲除魔孽，涤荡反叛天庭的叛党。司命从未想过，有一日她竟也会站在这黑云的下方，接受来自天界的审判。

长渊手臂一动将司命护在身后，斜斜看了她一眼：“你瞅，他来招惹我们了。”

听出他淡淡的言语中竟带着些许揶揄的意味，司命撇了撇嘴道：“既然如此，我也没什么办法了，大不了你也去招惹招惹他好了。”

司命知道天帝和自己一样，自从修成真身之后便一直干的是文活，他肚子那点水比自己实在多不了多少，若要天帝与长渊单打独斗，想也不用想上古神龙定是完胜。但天帝那厮藏了不少秘宝法器，现今又有十万天兵助阵，或许连战神陌溪也在其中，长渊一人，只怕……

司命思忖着点了点头，道：“长渊，大丈夫不以强凌弱，今日我们暂且放过天帝一马，改日找个时间攻他后院。”

长渊微微眯起了眼：“我们要逃吗？”

被长渊一语道破，司命也不尴尬，正经地点头道：“嗯，要逃。”说着她拉了拉长渊，长渊却难得不听话地站着不动，神色难辨地看着她，眉目间莫名生出了点黯然，

“天帝如此……你还护着他吗？”

“什么？”他声音说得小，司命没听清楚。

长渊却趁司命愣神的一瞬拔出了一直佩在司命腰间的一鳞剑，他冷声道：“别人便罢了，只有他，我不会放过。”

司命不知长渊为何对天帝有这么大的怒气，待还要再劝，只觉脑子里面有股钻心的痛，仿似什么利器凿穿了她的头颅，她面色蓦地一白，想忍却实在忍不住一声痛哼。

长渊一怔，却见司命身影一晃，竟捂着头直直往地上倒去。

长渊大惊，迈步上前，忙接住司命连声问“怎么了”。

“头……有点晕乎。”

长渊知道她定有事瞒着自己，现在也没时间逼问，只得凝出神力贴在她的额头上，意图帮她舒缓那股疼痛。却不想他这举动更加深了司命的痛苦，她额上冷汗流得愈发急，面色更是惨白如纸。

长渊不敢再动作，将手挪开之时忽见司命额头之上出现了一圈抹额一般的咒文。

上古咒言长渊自是识得，他用眼一扫，当即脸色更为阴沉的冷了下来。

他一手抱起痛得几乎快晕过去的司命，一手握紧一鳞剑，脚步沉着地迈出了荒城城门：“别怕，这次我定护你平安。绝不让你受半分欺负。”

黑云压城，满天神佛神色皆肃，天帝泛着金光的座驾位于十万天兵之中。他见长渊抱着司命出来，手一挥，震慑人心的鼓声戛然而止。他微微眯着眼打量着下方两个人影，掌心浮现的黑色咒印蓦地一深。

下方司命额上的咒印跟着变深，她不由痛哼出声，但这一下却将她痛得清醒了许多。她勉力撑住身子抬头望向天帝，眼中尽是不屈与嘲讽：“十万天兵前来捉拿我夫妇二人，帝君着实看得起司命。”

她声音虽小，却内含神力，令在场众神听得清清楚楚。

“夫妇二人”四字将诸天神佛们刺了一刺，在这里的人谁不知道前两天天帝还想与司命成亲，婚宴都办了一半，新娘却跑了……没想到她竟是跑到了下界给天帝戴了一顶大大的绿帽子。甚至不惜毁了万天之墟与无极荒城这两处封印，冒着被天谴的风险也要给帝君戴这顶绿帽子。

这帝君为人……着实有点失败。

听了司命这话，天帝仍是一副冷冷淡淡的表情，手里的咒印慢慢隐去，他道：“司命，神龙遗子到底是何物你也未曾真正知晓，此番作为实在荒唐可笑。”

司命一愣，真正的长渊？

回龙谷中冲天的龙柱和龙柱之上缠绕而上的“怨”字突然浮现在脑海之中，司命默默地望了长渊一眼。

长渊搂着司命的手臂微微一僵，他挪开停留在司命脸上的眼光，直直地望向天帝，金眸里冰凉一片，他道：“你若不解咒，我便让你知晓真正的神龙遗子到底是何物。”话音一落，大风呼啸而起，卷上天际，生生将十万天兵脚下的黑云吹得震颤不止。

众神皆惊，没想过他的力量竟蛮横至此。

“狂妄。”天帝挥了挥手，四名青甲神将驾云而出。

司命认得那四人，他们乃是陌溪手下的四名猛将，这几人在一起作战了数千年，默契配合皆是一等一的好，即便是陌溪同时与这四人对战怕也讨不了好。

她握紧长渊的手，心底有些紧张，暗自思忖着脱身之法，哪想长渊却摸了摸她的头小声道：“若以后你我想要安定的生活，今日一战必要将他们打得无话可说才行。你别怕，我先逼天帝把你的咒解了。”

司命心思一转，也只有点点头。她迟疑地拿出一直藏在衣袖中的漱魄，正琢磨着要不要给长渊悄悄佩在哪里，以防他走火入魔，被尔笙当初的魔气控制。

长渊见了她动作，只摇了摇头推开了她的手：“无妨，当初控制尔笙的那阴阳魔人早被我消化掉了。”

司命惊呆住：“那是……邪灵珠，上古魔物。”

长渊点了点头：“正好，我是上古神龙，他在我体内没斗得过我。”

“他被你消化掉了？”司命愕然，“全排出去了？”

长渊耳根有些红，他道："尚未排出，只因为消化得一滴不剩……"

邪灵珠的力量有多大司命不是不知道，而今或许连长渊他自己也不知道自己有多强大，她怔怔地问："你为何不见半分喜悦？"

"当初在万天之墟没觉得有什么好喜悦的，而今却是与你在一起，有了更喜悦的事，一时忘了说。"

司命笑了："别将这诸天神佛打哭了，给他们留点面子。"

长渊应了，适时四名神将之一忽然砸了个响雷下来，长渊手一挥，金色结界平地而起，将司命圈在其中结结实实地护住。司命将漱魄放到长渊手中："告诉天帝，咱们不稀罕他的东西了。"

长渊眸光在司命手掌中的那个乳白色珠子上微微一流转，司命的意思他懂，他不禁抿唇微笑："好，不稀罕他。"

手中一鳞剑光华大盛，重回主人手中令它备感兴奋，剑上流光轮转晃得天上一些爱剑的将士眼红。长渊身形一闪，眨眼间便行至四名青甲神将面前。一鳞剑尚未砍下，剑气便已凌厉的刺破了四名神将身上的甲胄。

四人登时大惊失色，忙散开身影，分据东南西北四方，将长渊围在中间。哪想长渊根本不理他们摆出的阵法，将一鳞剑径直向西方抛出，逼得位居西方的将士不得不闪身躲避。长渊手中龙气一凝，一鳞剑便又寻着轨迹飞了回来。它去得急回来得更急，那西方那青甲神将慌忙躲避之下被刺破了腰际。幸运的是，还好他躲得快了点，只被刺破了腰际。

众神看得瞠目结舌，其余几名与长渊对战的神将大骂卑鄙，长渊理也不理，就着西方的那个缺口将手中的"漱魄"狠狠掷了出去。

诸神皆是大惊，只因他掷出"漱魄"的那一方正巧是天帝御驾所在。

"哧"的一声，"漱魄"被天帝面前的结界挡住，乳白色的圣物此时与结界激烈地摩擦着，转出了些许青烟与火花。天帝想起那日司命向他求要这颗珠子时的模样，手掌蓦地收紧。他铁青着脸色，眸光未在长渊那方停留半分，直勾勾地盯住了下方在长渊结界保护中的司命。

她脸色看起来很难看，想来这噬心的咒术定是让她极不好受的。只是她还撑着身子目不转睛地盯着与天将对战的长渊，眸中的担忧与爱慕之色让他看得想挖出她的眼睛。

天帝用食指在御座上轻轻点了两点，身后的鹤仙会意，命人将天宫圈养的两只凶兽牵了出来。凶兽一挣开枷锁便直直地向长渊扑去，畜生不懂得害怕，越战越勇，长渊一时也被纠缠得无法脱身。

天界人多，用车轮战术消耗长渊神力再适合不过。

天帝冷冷一笑道："幽冥地府大门已开，只等将此孽龙捉住打入十八层地狱之下，你既是不愿再待在万天之墟，朕便再给你换个地方吧。"

司命的目光终是转到天帝身上，唇边的冷笑愈发刺眼："帝君，你的品性越发卑劣了。"

天帝拳心一紧，小小的催发咒印，司命果然捂住头，收敛了唇边的讽刺。天帝火气渐消，他悠悠道："司命星君可知为何到如今地步我也未曾下过命令将此龙斩杀？"

司命头痛欲裂，但却仍倔得不肯服半点输，她笑道："自是你没那本事。"

"朕确实没那本事。"天帝半点不避讳道，"你可知上古神龙一族灭绝之时为何独独留下了他？彼时他不过是一只神力微末的幼龙，当时的天帝既有能力灭了神龙一族，为何还要费那般大的力气将他独囚于万天之墟？司命，这些问题你可有好好想过？"

司命眯起了眼。

正被缠得无法脱身的长渊闻言眸光一狠，手下一鳞剑流光一转，两头凶兽命丧当场。鹤仙早有准备，口令一出，数百名天兵一拥而上，再次将长渊缠住。

"长渊，长渊，原本应当唤作长怨吧。"天帝凉凉道，"由上古神龙一族长久不灭的怨气凝聚而成，化为龙身，成为永生永世也不会灭绝的怪物，神龙一族以这样的方法延续自己的血脉。现今我没本事杀了他，当时的天帝也没本事斩杀这样的怪物，无奈之下才将神龙怨气囚入万天之墟。"

诸天神佛已鲜少有人知道这其中隐秘，此时听天帝如此道来皆是一阵心惊。

这样长久不灭的怨气……着实留不得。

司命怔然。

女怨乃是天下女子怨气凝聚而成，但是她本是人，由天地而造，肉身的陨灭自是生命的终结。然而长渊却与女怨不一样，他是神龙怨气凝聚而成，不得天地锻造，不在三界五行之中，这天地之中自然没人能杀了他。

长渊无生，亦无死，真正算是这世道的一个误入者。

天大地广，却没有一处是他的归属。

司命脑海中突然响起许久之前，长渊望着回龙谷中的龙柱，对尔笙轻言：“尔笙，现在连我自己都不知道自己是什么样的……东西了。”

原来，那时他说的这句话竟是这样的意思。想来，长渊也定是那时才知道自己的身世，而那时的他，到底又是用怎样的心情说出这样的话的。

他的悲伤，无助，心底暗藏的万年寂寞谁人能解……

天帝凉凉地道：“如此一个魔孽，迟早有一日当毁了天地，你与他在一起可是想清楚了？”

数百名天兵已被尽数斩杀，长渊怒红的眼更像因为哀伤而红了的眼眶。一鳞剑杀气腾腾地握在手中，长渊没有看司命，只定定地向天帝那方而去。或许他不是不想看司命，只是心中藏了些许自卑，些许害怕罢了。生怕看了一眼，便在她眼中看出对他的惊怕与嫌恶。

其实司命一直都知道长渊不是无所顾忌的霸道男子，他心底也是那么害怕被抛下的孤独，他其实一直像个孩子那样……脆弱。

“帝君，或许你不曾知道，近日来司命经历了些许事又忆起了些许事。此前我一直认为天命可恨，定人生死，限人自由，但是现在看来却不尽然。天地苍茫，众生渺渺，所谓天命，不过只是我们在某些转折的关头自己做的一些或对或错的选择罢了，每个选择皆是由心而生，说到底，决定我们命运的不过都是自己。

“且不论长渊在未来的某一天是否会毁了天地，至少在现在，他在我的眼中是善良并且对天地万物怀有好奇与珍惜之情的。他尚未灭世，你们便以灭世为由要将他永生囚禁。这不是天命，这不过只是天帝你的命令罢了。”

天帝面色阴沉地盯着司命。

“你们打着拯救苍生的名义，举着防患于未然的旗号，派十万天兵、诸天神佛来诛一个无罪之人……”司命顿了顿，扬声道，“若这便是你所谓的神仙之道，那我司命在此立誓，从今往后，生生世世万劫再不复仙！”

司命声音一停，满天神佛皆是沉默。

胆敢与天帝叫板的，她还是天上地下第一人，但是众神仔细想了想，又觉得她说的话没什么错。

天帝沉默了许久，才冷声道：“千年修道，却将你修成了如今这般叛逆的脾性……”

“我觉得我如今这般脾性挺好，我便是逆了天道也不过是跟随自己的心做的选择罢了。”司命弯唇一笑，眼神柔软地落在长渊身上，她眼中的阳光像是被揉碎了一般闪着极温暖的光：“我是尔笙之时，长渊从未因我入魔而弃我于不顾，这世间有一个人甘愿自己痛也不想让我苦，甘用永生寂寞祭奠我一世身死。如此深情我怎么报答，怎么爱恋也不为过。”

原来，她还记得，她都知道……

长渊愣愣地望向她，心底仿佛被毛茸茸的狗尾巴草挠过，痒痒的要将盛满心房的暖意溢出来。

“他若为魔，我便是舍了神格，与他一道堕魔又何妨。”

围攻长渊的天兵天将们也都住了手，面面相觑，最后目光落在了天帝身上。“很好，很好。”天帝怒极而笑，“既然你已存了舍去神格堕神成魔的心思，我今日便成全了你，散了你的神魂吧！”

话音一落，他掌心收紧，司命额上的咒印倏地加深。

她面色一变，极力忍耐着疼痛，双唇却开始止不住地颤抖：“帝君在这上位者的位置坐久了，倒显得越发卑鄙无情……”

长渊见此景，心中暴怒，众神只听一声震天龙啸，竟是长渊化了真身，径直向天帝扑去。

天兵们见状欲护天帝安危，不想扑上前去的神将被龙尾气息一扫便登时被打散了魂魄，身体化为齑粉，消失于世间。

诸天神佛无人不惊，如此蛮横的神力以后若真是为魔道所用，后果确实不堪设想。

见长渊一路向自己冲来，天帝也不急，他一边慢慢收紧掌心，让司命在下方疼得满地打滚，一边加强了周身结界。他这层结界乃是历代天帝流传下来的护体仙罩，长渊力量再是蛮横，若想一举攻破此罩也是不可能的。

龙爪抓上结界外层，激荡的气流让深处结界之内的天帝也不好受，片刻之后只听“喀拉”一声，外层结界竟然裂出了一条长缝。天帝眉头紧皱，他没想到上古神龙此时竟真有逆天之力。

位于天帝身后的鹤仙见此状大惊失色，唤更多的神将出列，在长渊身后各施仙法，意图分散他的注意力来解救天帝。哪想长渊动也不动，一双灯笼大的龙眼直勾勾地瞪着天帝："解咒，否则我今日定让你天界无一人活着回去。"

做到如此地步，天帝岂能退缩，他张了张嘴还未说话，忽听上界遥遥传来一个女声的怒喝："斗，斗你妹！天界后院起火被魔界攻了上来，你身为天帝却在此吃醋斗殴！"

这样遣词用句的方式众神与在场的神将都很熟悉，正是战神陌溪的妻子三生。只见她头发散乱，一路急急驾云而来还有些气喘："魔界大举入侵，战神有令，十万天兵速回天界！"

在战争一事上，陌溪的地位远远高于天帝，将军令一出，众将士沉声一应，速速整装。

诸天神佛也是一惊，不曾想沉寂多年的魔界竟会在此时重攻天界。后院起火，大家一时都有些慌了阵脚。

天帝面色也凝了起来，掌中咒印隐去，结界之力也弱了下来。长渊却不管什么神魔之战，一爪子刨碎了天帝的护体仙罩，转身化为人形，手握一鳞剑直直比上了天帝的脖子："解咒。"

天帝神色凝重，仍旧一言不发。

知道司命不痛了，长渊便也丝毫不着急地与他耗着。

倒是急得匆匆忙忙奔来的三生险些抓秃了自己一头金贵的毛。想到丈夫陌溪还在天界之上与魔界的人浴血奋战，而这天帝竟还不厚道地纠缠儿女私情，她胸中怒火大起，拔腿冲上前去，不由分说地一脚踹在御座之上："你这没用的男人，我夫君在后面为你御敌血战，你却在这儿与神龙眉目传情，知道你二人情深也不急于在现在表现出来啊！你若是再不回天界，我便毁了你的九重天，让你从今往后无家可归！"

所有人皆是一副被雷劈过的表情。

只有当事者还算淡定，长渊看了看三生，正色道："我对他不感兴趣。"

司命在下方忍着残余的头痛笑得直打战："三生呐三生，今日天帝这厮不解了我身上的咒，长渊是不会放他走的。"

三生眉目一凝："什么咒，下在哪儿？"

司命指了指天帝："喏，他手上。"

三生拔出陌溪送给她的随身匕首，照着天帝的手腕比画了一下道："既然你不愿走，为了天界与陌溪的安全，这手你便别要了，让我剁了吧。"

天帝忍耐地闭了闭眼，他心知魔界犯上定是做好了万全的准备，如今他带出了十万天兵，神界空虚，只凭陌溪与剩余天兵定是抵挡不了多久，必须速回。

而司命与这龙……

再睁开眼时，他眼中一片清明。他摊开掌心，手中咒文腾空而起逐渐消失，司命额上的咒印也渐渐不见了。

天帝沉声发令道："回天界，御敌。"

"诺。"众神齐声呼应，没一会儿，压城的黑云转眼便消失得毫无踪迹。

长渊独自回到司命的身边，见她脸上全是明媚的笑意，她道："你瞅，事实告诉我们缺德事做多了，总是会有报应的。"

"确实如此。"长渊心中也暖意融融，他蹲下身子摸了摸司命的头，弯着眉眼道："以后……我们会有很长的时间，这次下蛋的事，你可别再说成空话了。"

"我知道。"司命抱住长渊的脖子蹭了蹭，"但是在这之前，我们还有一件事没做呢。"

"嗯？"

"在我还是尔笙的时候，有个恶心的孔雀妖怪老是欺负我，与我过不去，甚至间接或直接的造成了咱们那场悲剧。现在我怎么想怎么觉得心里不舒爽，知道他们魔界想反上天界干坏事，我想现在我有这个能力了，怎么也不能让他舒爽了去……"

长渊听了这话，在意的却是另一件事："司命，你记起来了。"

"嗯，记起来了，正琢磨着去报仇呢。"

"睚眦必报。"

"嗯？"司命一挑眉，"你不喜欢？"

长渊微微红着脸，抿唇笑了："喜欢。"见他这副模样，司命心头一热，抱住他蹭了蹭，欣喜之下又舔了舔他的耳朵。闹得长渊一阵面红耳赤："这事……还是在房间里好……"

司命咬住他的耳朵笑着。听她呼吸喷在自己耳边，长渊心头痒了痒，手掌贴着司命的后脑勺，将她的脑袋转了过来，唇瓣轻轻贴了上去，调戏一般地摩擦了一会儿。长渊咬住她的唇瓣，含糊地呢喃道："不准在这事上欺负我。"

"长渊，我哪舍得。"司命笑道，"不过我是大方的，你可以在这事上欺负欺负我，我不介意……"

于是，长渊便依言欺负她了。

两人缠在一起磨了许久，司命终是拉住长渊的衣袖道："我们去天界吧。把这事了了，咱们就过自己的生活去。"

"好。"

司命与长渊重回九重天上时那里已乱成一片，和平太久的天界早已忘了如何抵御强敌入侵。魔界之人彪悍善战且生性残暴，下手毫不留情，九重天天门之内的条条白云道上皆是一片血染猩红。司命看得心惊，转而又出离的愤怒起来，这里是她待过数千年的地方，是她的家。这样的地方，她可以嫌弃可以嘲骂，但绝不能容忍外人有一分侵犯。

她拿过长渊手中的一鳞剑，冷声道："魔界欺人太甚……"

"嘤嘤……"

一道熟悉的哭声传入司命耳朵，她扭头一看，竟是兰花不知什么时候藏在天门后的一根断柱之下，红了眼眶将她可怜兮兮地望着："嘤嘤嘤。"

司命一怔："你还活着？"此言一出，她拍了拍自己的嘴。想到此前将她独自留在天界，又让她逢此大劫，司命心中很是愧疚，柔声唤道："阿兰别怕。你来告诉我，谁欺负了你，我去揍他。"

"主……主子。嘤嘤，我以为你不要我了……"她哭红了鼻子，"打上来的人都好凶，他们杀了在钦天殿看守我的人，我藏在真身里，他们没发现我，我、我好不容易逃了出来，正准备下界去找你，可是……可是之前你便抛下我走了，我又怕下界你不要我。嘤嘤，你不要我，我也不要你了。哼！"

见她现在也不忘了耍小脾气，司命哭笑不得。没时间与她玩笑，司命问道："魔界之人往哪里去了？"

"哼，我才不会告诉你他们都攻到天宫那方去了呢！"兰花噘着嘴，"我才不会告诉你他们吼着什么要复活魔尊！"

司命脸色一变，连长渊也皱紧了眉头。两人对视一眼，皆在对方眼中看到了疑虑。

上古神龙被灭族之前，九幽魔尊便因为其性格残暴力量强大而被上古神佛联手斩杀。如今这魔界之人吼着要复活魔尊，攻上天宫做甚。

司命拍了拍兰花的头："你乖乖躲着，我与你……你姑爷去打坏人。"

兰花眼一凸，怔怔地看向旁边的长渊，没一会儿眼中的泪水又啪嗒啪嗒地落了下来："你果然，你果然不要我了，你找了男人就不要我了！"她说着，抹了一把辛酸泪痛苦奔逃而走。

长渊望了望兰花远去的方向："你养的宠物？"

司命点了点头，笑道："她哭起来挺有意思的吧？"

长渊点头："是有点意思。"

"我也这样觉得。咱们还是快点去天宫，天帝若是真被人打趴下了，仙家颜面过不去，我的颜面也过不去。"

居于天界最高处的天宫此时已不复往日清净，层层黑色的魔气升腾而上，盘旋在天宫上空，厮杀声与各种法器碰撞出的流光，侵扰着所有人的视听。遍地的鲜血流淌，散发出令人作呕的腥味。

一个魔兵杀红了眼，直挺挺地向司命冲过来。司命挑了挑眉，余光中只见长渊手中一鳞剑一转，冲过来的那人立时化为灰烬。然而剑气却未就此消失，它去势越发的快，从无形化为有形，如同一把越变越大的刀刃，砍瓜切菜一般掠过前方，劈砍了一切阻碍物，最后直直撞在天宫前的高高云梯之上，才"轰"的一声消散而去。

这突如其来的一招将正斗得不可开交的神魔两道人皆震住了。

众人的目光一时全凝在突然出现的一男一女的身上。

司命不曾想长渊一剑竟弄出如此大的阵势，她轻咳了两声，凑在长渊耳边道："我们还是要低调点。"

她话音未落，天宫之巅忽然出现一个穿得七彩斑斓的男子身影，他迎风而立，衣袂上的各色彩带随风飞舞。他手中捧着一块漆黑的灵牌，高举过头顶，天上的黑云中突然激射出一道青光，直直落入灵牌之中。

他高声道："恭迎魔尊临世！"

群魔顿时振奋起来："恭迎魔尊临世！"

在场众神脸色大变，忽听天宫之中又传来一些声音。初始音色极小，而后便慢慢大了起来，大家仔细一听，发现竟是净天之术的佛音，这天地间只有天帝一人会这法术，也只有他一人能使用这净天之法。

清万世污秽，洗天下魔气。是极霸道的降魔之法。

但用这法术却是要以命为祭。

众神闻此佛音既喜又悲，甚至有人大哭出声，唤着天帝仁慈舍身救苍生。

司命垂下眼，心中正感慨万分，却听长渊道了声“不好”。她心中一惊抬头望去，只见层层魔气凝聚出的黑云之中蓦地又射出一道青光直直砸向天宫之内，佛音一顿，再响起时已减弱了许多。

而天上的黑云却越积越多，有的魔兵甚至以身殉葬，化为一股股魔气蹿入空中，只为助他们的魔尊再临三界。黑云之中电光闪烁，混着轰隆雷声，越来越多的青光激射而下，四处乱砸，被扫到的人登时化为一股黑烟消失不见。

长渊搂着司命躲过乱砸下来的一道青光，他眸色一沉，金光覆上他的黑眸，他给司命立了一个结界将她圈在里面。

司命不服：“我并不弱，无须你如此保护，我要和你一起。”

长渊拍了拍她的脑袋：“我希望你被这样护着。”言罢，提了一鳞剑便出了结界。司命想拉却没能拉住，她拍着结界气得大骂。

长渊现在虽然力量强大，但魔尊在上古便以善战而成名，他如今尚未凝聚成形便已有了抗击净天术的能耐……保不准长渊会出什么事……

司命越想越害怕，目光紧紧跟着长渊的身影，见他头也不回地扎进那团黑云之中，她的心也跟着提了起来。此后只见天上电闪雷鸣，半点也看不清里面的状况。司命想若是这次长渊好好地出来，她一定得做块针板让他跪上三天三夜也不原谅他。

黑云之中的电闪越发激烈，但却已没了青光再击打下来。

不知过了多久，立于天宫之巅的孔美人脸色越发苍白，他捧着灵牌的手在剧烈颤抖，忽然他一口黑血喷出，染了一身妖娆的衣裳。孔美人自天宫之巅跌落下来，众人却没有半分关注他，只见天空中的黑云却越积越大，阵阵法术相斗的轰鸣声在其中响起。

没人知道里面发生了什么，随着黑云越发膨胀，众仙皆感觉自己的身体像被巨大的力量挤压着，撕扯着，几乎要被碾碎。空中相斗的法力竟让有些修行不济的仙人咳出血来，可想而知其中争斗有多激烈。

正是最难受之际，忽闻一声巨响，耀眼的白光猛的自黑云之中炸开，携着横扫千军之势，涤荡天下魔气！

刺目的白光之后，黑云已消失无踪。只有一个手持黑色长剑的修长身影傲然立于空中，他的面色看起来也有些苍白，唇角挂了点血珠，但没人能在这时否认他的强大。

连净天之术也奈何不了的魔尊……这条龙居然将他斗赢了。

长渊撤了结界，缓步走向司命，行至她面前，淡淡地道："你看，你没事，我便没事。"

司命一爪子抬了起来，本想打他，听到这话只觉心软不已，转手勾住他的脖子，一边往他怀里钻一边狠狠地道："待会儿回去给我去跪钉板！"

"回哪里？"长渊问。

回哪里……司命恍然间想起，他们虽立志行遍世间，但是他们也应该需要一个家，一个可以容纳他们俩和未来很多龙蛋的家。

司命从长渊怀里探出头，却见魔界魔兵已经溃败而去，而天界众神只是戒备地看着他们，神色之间的惶恐仿佛长渊在下一秒便会转手灭世一般。

没有一个人是真的愿意相信长渊，相信她的话。只怕日后她与长渊的生活日日都得面对猜忌。

司命此时只觉一阵心累。

"司命。"长渊忽然道，"我忽然想回万天之墟了。"在那样一个地方，没有嫌恶的眼神，没有戒备猜忌，除了孤独……

只是，有彼此相伴，哪还有什么样的孤独。

"好，我们回万天之墟。"司命顿了顿道，"不过万天之墟已被毁了一半，虽有长安以命祭封印，可却也再难恢复到之前的模样……若要修补结界，只能找天帝。"

长渊眉头一皱："那便不回了，我不用他帮忙。"

司命笑了起来："笨蛋，封印我们他可是求之不得，咱们才算是帮了他的大忙。"

两人正说着，却见鹤仙扶着天帝出了天宫，他站在高高的云梯之上，俯视着司命与长渊。司命笑着望他："帝君，你看如何？"

他沉默了许久，冷声道："如你所愿。"

修补万天之墟的结界花了不少时间。司命便趁着这段时间带着长渊四处走走，他们去了下界，看见沈醉与霁灵终是冲破了世俗的枷锁，出了无方，走在了一起。他们看见长武放弃修行，选择了下一世再做凡人。再入万天之墟之前，唯一的遗憾是那个哭着喊着不要主子了的小兰花真的不见了，不知道她跑去了哪里。司命想，她那个脾气到外面应该会吃不少苦头吧。

不过苦难又何尝不是一种历练呢。

万天之墟远在天际，天帝遣派陌溪与三生前去押送。

入结界之前，三生对司命道："你们若是现在想逃，我可以负责将我与我夫君的眼睛遮住，我们什么都看不到。"

陌溪一声叹息，却也没反对。

司命牵住长渊的手笑了笑，道："今日我们便是逃了，他日帝君知道了便又会不死心的来找我们麻烦吧，他铁了心的认为长渊一定会灭世……但世事真的凭一本天命便可安排完全么？如同你与陌溪所经历的那三世，我都早早地定好了命格，却也被你打乱。也如同我为自己写的那本命格一样，我要天地龙回，但是现在却带着长渊继续蹲在万天之墟里。谁说天命便一定会实现呢。我们回万天之墟，不过是让有心之人别往我们身上泼粪，也希望从此以后能两个人在一起过得安稳点罢了。"

长渊摸了摸司命的头："还要和龙蛋们一起。"

三生笑了笑，她从怀里摸出一支笔，塞进司命手里："我欣赏你，送你一件小礼物吗，当作送别了。"

司命不客气地收下："就此别过。"

眼看着两人的身影渐渐消失在黑暗之中，三生突然觉得眼眶有点发涩，她突然大声问道："喂！里面什么都没有，不害怕吗？"

而里面的人声音已经传不出来了。

入得万天之墟，外面的声音尽数消失，只剩下三生那句疑问还在耳边回响"不害怕吗？"

"不害怕的。"

司命看了看身边的长渊，手中握着三生给她的那支笔，调皮地在长渊脸上勾勒出花瓣的形状，她轻声笑道：

"有你在，何处不心安，何处无繁花。"

忽然，司命画出的花瓣形状竟然真的凭空出现，粉色的花瓣自笔尖簌簌落下，飘在万天之墟的黑暗之中。

司命一惊，呆呆地望向长渊，长渊也有些怔愕："这笔……"

司命想了一会儿突然爽朗地大笑起来："人间皆道我手中的笔定生，判官手中的笔定死，我做司命的时候是以神力书写命格，而三生在做司命星君一职的时候想来定是神力不够，去冥界把判官手中的笔给诓了过来。而今我一笔描下既是生又是死，天地万物哪样不在生死之间。三生啊三生，你送了我创世的能力，这可是一件大礼物啊！”

“长渊，我用一笔为你画一幅浮世绘，为你再现尘世繁华，你说可好？”

“好。”长渊将司命搂在怀里，“不过咱们要先有龙蛋。”

“咦……现在吗？”

“如果你想……”

——正文完

番外 龙蛋

万天之墟中，司命画出了天地日月，造出了山河湖泊。这个世界宽广而安静。她和长渊活得很自在，只是有点寂寞，但是隔不了几天他们便要彻底与这样安静的生活告别了。

司命摸着自己圆圆的肚子，看了眼旁边坐立不安的长渊问道："长渊，你想要个女孩还是男孩？"

这个问题她已经问过无数次，每次长渊回答的都是"都可以"。但这次他明显有点焦虑过头了："我在担心他、它是个人还是个蛋，若是人还好，若是个蛋该如何孵化呢，还是……"他被自己的想法吓白了脸，"人头蛋身？人身……蛋头？"

那得是怎样一个怪物啊……

司命撇了撇嘴："长渊，你担心的太多了。"她话音刚落，忽觉肚子一阵隐隐的疼痛传来，司命摸了摸阵阵颤动的肚皮，脸色沉了下来，"唔，我觉得……"肚子的疼痛越发明显起来，司命面色白了白，"真相马上就要大白了。"

"什么？"长渊一呆，见司命捂着肚子，冷汗流下她的额角，他下颚抽紧，等回过神来，他凝神静心稳下心绪，二话没说立马将司命抱回屋中躺好。他熟练地脱下她下身的衣物，又点火烧水，为了今天，他早在司命一个人睡着之后演练了许多遍。

他知道，万天之墟里没有其他人，他的司命只有他。

疼痛让司命脸色苍白如纸，她紧紧抓住长渊的手，她看见自家丈夫神色虽沉稳，脸色却白得像他也要临产了一般。司命一时觉得感动得想笑，可还不等她咧开嘴，阵痛便猛然袭来，她捏住长渊的手狠狠一紧，对方也用力地回握她。

“乖，不怕，没事，没事。”

此时若是只有司命一人，以她倔强的脾气，这样的痛她咬咬牙便和血吞了，但长渊如此一安慰，她便觉得她是可以软弱的，有人可以包容她的软弱，有人可以代替她坚强，给她最有力的依靠，任她如何依赖耍混也对她不离不弃。

“长渊……真的很痛。”司命眼眶一红，泪水便“唰唰”地流了出来。

“嗯，我知道，没关系……下次我们不生了。”他镇定的脸却说出语无伦次的话。

“真的很痛。”

他轻轻地亲吻她的脸，生怕稍一用力就把她的脸亲破了：“我在这里的，你别怕。”

“很痛！”

“好好，不生了，我们不生了。”长渊急忙道。

司命浑身疼得一抽一抽的，她一边哭一边笑：“你说不生了就不生了吗，你把他塞回去！有本事塞回去！”

他们的第一个“蛋”便在这样混乱的对白中挤了出来。生出来的是个男孩，正常的男孩，身上没有一丁点蛋壳。长渊给他洗了澡，僵硬地抱回去给司命看。

司命见了孩子哭成一团的脸，虚弱地笑道：“长渊，你瞅瞅你儿子，丑成这副德行了。嗓门倒挺大。”

长渊久久没答话。司命强撑着精神戳着孩子玩了一会儿，才恍然发觉身边安静得奇怪，她抬头一看，猛地呆住了。

长渊俯下身子将司命与孩子一起搂进自己怀里：“我说真的，以后不生了。吓死我了。”他声音在颤抖，司命呆了半晌，费力地抬起手，拍了拍他的背：“你怎么和孩子一起哭啊，我可安慰不过来。”

长渊只是把自己脑袋埋在司命的颈项里，一个劲儿地摇头说“不生了”，就像刚才生了孩子的是他一般。

“这可不行呢，我还想要一个女儿，这个哥哥叫长命，妹妹叫长生。以后你再也不会孤独了。”

长渊拥住她一阵沉默。

“其实，我早就不孤独了。”

长安番外
一世安

“阿芜！”

听得一女子厉声呼喝着这个名字，他情不自禁地转过头去。

拱门的红灯笼下，清秀的女子捉住了一个身穿鸦青色补丁衣裳的清瘦女孩。女子拧着她的耳朵，边打边骂：“你娘是个贱货，没想到你也是有学有样的成了个贱货，说！你把清风姑娘的白玉手镯偷哪儿去了？”

“我没偷。”女孩声音清冷，却有股傲气，答得不卑不亢。只是眼中阴气森森，即便印着红灯笼的柔光也掩盖不住。

他站住身子，抱起手臂打量女孩。

女子继续抽打她，骂得越发难听，只是女孩再没开口辩解一句。

他眸光微转，觉得这女孩如此倔强的模样只让他莫名的熟悉，熟悉得心口发烫。

“世子？”随从易厚在身后轻声询问，“要帮？”

他还没点头，一阵浓腻的脂粉气息便飘散过来，风月阁的老鸨舞着手中的粉色手绢谄笑着挡住他的视线：“让楼内的一些琐事扰了世子的眼真是对不住了。来，世子，咱们还是速速上去吧，清风姑娘知道您要来，可是准备许久了。”

他漠然地推开挡住视线的肥胖身躯，指着拱门外的两人问道：“那是谁？”

见他这么执着，老鸨赔笑道：“那是清风姑娘的使唤丫头，叫青灵，模样确实清秀，世子可是看上她了？不过，这该如何是好呢，清风姑娘已经特地为您准备了……”

“挨打的是谁？”他语气中已经有了些许不悦。

“啊……啊，那个也是清风姑娘的丫头，叫青芜，只是个粗使丫头。她娘之前也是我风月楼的姑娘，后来得病死了，留下她在我这里……呃，还债。她长得挺好，只是性子清冷，不讨人喜，世子还是……”另谋他人吧。

最后这五个字在易安冷冷地注视下被吞了回去。老鸨脊梁寒了寒，这靖安王世子易安可是才从边疆战场上与其父王一同杀敌归来，年仅十五便威武过人。据说他在沙场之上砍人脑袋如砍瓜切菜一般，毫不手软，在粮草不足时，甚至吃过敌人的血肉，是个心狠手辣的人。她可不敢得罪。

老鸨的话加上眼前这一幕，易安想也不用想也能猜到这个女孩素日过的是什么样的生活。

“她欠什么债我来还。”他冷声道，“让她别打了。”

老鸨尚未分清楚这两个“她”分别指谁，后面的易厚恭敬地应了一声“是”，捡了颗石子，转手扔出去直直打在青灵的腰际。青灵一声痛呼，狼狈地摔倒在地。

见有人帮她，挨打的青芜似乎比青灵更加惊讶。她呆呆地望向这边，透过喜庆的红灯笼，他俩终于见了第一眼。

心中怦然一动，易安忽然记起很小的时候父王大笑着告诉他“我对你娘是一见钟情”。那时他不懂何为情，更不懂何为一见钟情，但现在，他隐隐约约有些明白了。

就像灵魂中不慎遗落的珍宝被寻到了一般，温热了冷硬的心房中唯一一块柔软之地。

“我要带她走。”易安道：“从今往后，她便是我靖安王府的人。”

老鸨一惊：“那清风姑娘。”

“不看了。”

一个丫头哪有一个头牌的赎金高，老鸨想捞一大笔钱，心里有些不甘：

"可……可是她只是个粗使丫头，这、这只怕有辱世子身份呐。"

易安不再理她，径直走向摔坐在地上的青芜。老鸨还欲说话，易厚从怀里摸出一锭金元宝，颇为不屑地扔到老鸨怀里："我家世子说不想看了。"

"哎哎，不看了不看了。"老鸨喜不自胜地揣了元宝，"世子请便、请便。"

易安走到青芜面前，伸出手，示意她起来。而青芜只是冷冷地望着他。被如此冷落，他也不恼，索性蹲下身去，将自己的视线与她放平："你愿意跟我回家吗？"

"这里就是我家。"女孩声音天生阴冷，令人听得寒毛微立。平时别人最嫌弃的便是她这一点。

华服公子细细打量了她许久："你过得不好，你若跟我走，以后可以活得很自在。"

他生来身份尊贵，何时用过这样类似讨好的语气与人说话，易厚好奇地打量着青芜，没觉得这女孩有什么特别之处，只除了一身过于清冷的气息。易厚很是不解，莫不是世子好这一口？

女孩扭开头："我不想跟你走，我不喜欢你。"

此话一出，别说在后面咬金子的老鸨吓得面如土色，便是易厚也很是吃了一惊。世子自小脾气便不大好，如今……这女孩怕是活不成了。

易安怔了怔，他觉得自己被一个青楼的粗使丫头如此嫌弃应该是要生很大的气才对，但是他心中偏生还有个声音在说"没错，她应该讨厌你"，"你没资格生气"。

他沉默了半晌，道："以后，你会喜欢我的。"

"不会。"青芜语气中的决绝让易安面色一沉。

此前被易厚打翻在一边的青灵看见易安的神色，吓得面色惨白，浑身抖得像筛子一般。

"你会。"见青芜又要反对他，易安索性抢话道，"既然你不愿意跟我走，那我便住下来。我跟你走。"

青芜心中惊骇。

老鸨吓得脚下一个踉跄，她哭丧了脸哀哀苦叫，这样的话要是叫世子他爹靖安王爷知道了，她这风月阁就别想再开了。易厚也吃惊得闭不拢嘴："世子……此事只怕是不妥。"

"妥。"他冷冷地斜了易厚一眼，又看着老鸨道，"她住哪儿？"

老鸨哪里敢答，支吾着：“住……住哪儿，我也不知道。”

“世子！”易厚心底着急，但也知道这个主子脾气倔，一旦说定了要做什么便是真的要去做了，他不敢硬碰硬，便只能转了个方向道，“世子如今尚未行冠礼，若要出府住还得经过王爷同意，我们今日……”

“今日便住这儿。”

易厚默默地惊掉了下巴。

“你回去与我父王说。”他顿了顿，唇边有丝罕见的浅笑，“我孩子的娘，找到了。”

青芜冷眼看他，其他人都默默惊掉了下巴。

“我不喜欢你。”

“没关系，以后会喜欢的。”他轻轻说着，仿似听见夜风之中一个女子在幽幽呢喃，“下一世，等我喝过孟婆汤，走过奈何桥，忘却所有，你再来找我吧。我们重新来过。”

这一次我来寻你，以后换我来对你好，让我许你一世安好。

我们，从最初之时再开始。

司命长渊番外

有岁月可回首

【一】

长渊又做梦了。

梦里还是那片白色绒花漫天飞舞的林间，尔笙还是当年的模样，她停在他的记忆中，在永远不会衰老的那个瞬间。

那时的尔笙目光含泪，面带哀戚，唇角却扬着几分似笑非笑的弧度，漆黑的眼瞳里全是他的身影。

“长渊，你且杀了我吧。我没办法陪你走尽千山万水了……对不起。”

她开口说着，声音沙哑，犹如钝刀，磨着他心尖上最柔软的肉。

一下又一下，他那时几乎都快松开手上漆黑的一鳞剑了，但下一瞬间，在尔笙面露狠色向他杀来的那一瞬间，他抬起手臂，毫不犹豫地用这把像他们定情信物一样的剑，刺穿了尔笙的心脏。

鲜血飞溅，温热得如同三月暖阳，但落在他皮肤上，却让他觉得刺骨的痛。

他将怀中脱力的身体抱住，让她躺在自己的怀里，听着耳边诅咒一般的声音在盘旋徘徊——

“此一剑后，人世再无尔笙，神龙长渊……你心可还能安？”

长渊一身冷汗，猛地惊醒。

他目光有几分失神地看着熟悉得不能再熟悉的屋顶房梁。

身边的司命动了动，她没睁眼，却熟门熟路地伸出手来，将他抱住。她温热的体温犹如梦中的鲜血，能灼痛他的皮肤。

“做噩梦了？”司命问他。

长渊没说话，只是侧过身去，将司命抱进怀里，把她紧紧圈住，切实地感受到她的存在，方才能让他安心几分。

司命被长渊怀抱的力度勒得清醒过来，她在长渊怀里蹭了蹭，蹭出了个脑袋，一摸长渊的额头，尽是冷汗。

夫妻多年，不用问，司命也猜到了，这条大笨龙一定又是梦到他杀掉她的那个画面了。

司命本以为时间能抹去一切，但这么多年了，长渊还是会时不时地梦到这些过往。可想而知，这事对当时的他来说，是个多么痛苦的决定。

司命宽慰地拍了拍他的背。任由长渊找到安全感的同时，她心里也在琢磨，如果时间这剂药治不好他这块心病，那就让她来吧，给这条大笨龙下一剂猛药，比如说……

将他的记忆刷新刷新。

【二】

司命在长渊怀里琢磨了一晚上，最后她决定，重现当年的场景……自然，不是长渊杀了她的场景。

司命分析后认为，长渊之所以把这一幕记得这么深刻，除了他亲手杀她这个动作以外，那还是长渊与身为“尔笙”的她，最后一次见面的场景，那是“死别”，是无法抹去的痛苦回忆。

既然无法抹去这个痛苦回忆，那她就覆盖它。作为司命，她覆盖不了，那她就打扮成尔笙，去覆盖一次好了。

让长渊再见一次尔笙，而这一次，她不会在长渊怀里死去。

做了这个决定，司命很快就行动了起来，但她却发现，身为人妇数十年，孩子生了好几个，陡然间让她回到十八岁的妙龄少女，这件事……竟然有些困难。

容貌虽然无甚变化，但这些年在万天之墟里，生活舒适安逸，司命脸上、肚子上都胖了一圈，长渊自是从不嫌弃，还认为她胖得极好，孩子们自然也不会说什么。司命也没觉得有什么不妥，可现在这陡然要扮作十八岁的少女……

司命对着镜子捏了捏自己肚子上的肉。

“得减减肉呀……”她呢喃着，又捏了捏脸颊，“脸上也得瘦一瘦。”

“为何？”长渊拿着一篮子浆果走到司命身边。现下正是万天之墟的春末时节，浆果最是鲜甜，司命往日最喜欢吃这些入口爆浆的果子，在这个时节，长渊便会替她多采摘一些。

长渊将果子递给司命：“我认为你这般刚刚好。”

司命看了看长渊手里的果子，咽了口唾沫，又抬头看了看长渊的脸，昨日夜里摸到的冷汗犹似还在她掌中……

司命摇了摇头：“今日不吃了。”她捂住眼，转身走开，嘴里碎碎念叨着，“吃不得吃不得。”

长渊一愣，看着司命的背影，又看了看手里的果子，有些忧心地皱了皱眉头。

司命去了书桌前，她拿着笔，在桌前坐了许久，这万事万物，都在生死之间，她可以创造生死，但是……生死之间的胖瘦，她好像管它不了……

她能画出一个与尔笙模样差不多的女子，但却没办法将自己画瘦……自然，她也不会画个与尔笙一样的女子出来，给自己添堵。想了半天，她还是只能迈开腿，管住嘴。

术法虽然可以短暂将她的容貌变回那时，但在对于长渊的事情上，司命总是想要尽心尽力，尽善尽美。

这肥还得靠自己减！

【三】

司命……不吃饭了。

这让长渊不由愁了起来。

其实若要认真论起来，司命也是可以不用吃饭的，左右死不了。但这么多年，司命总喜欢吃点他做的东西，每次看着司命一脸幸福地吃着他做的食物，长渊都能感到打从心底涌上来的暖意。

但现在……

她不吃了。

煮的面条不吃了，长渊不肯服输地去煮了饺子，但司命依旧摇头说不吃，转头啃了一把草。长渊的牙齿咯吱咯吱地磨着，盯着那把草，眼神薄凉，仿佛盯着一个仇人。

后来每日里，长渊时不时清蒸一条鱼，红烧一盘牛肉，姜爆一只仔鸭，香气传了七八里，诱得山那头的小精小怪们都想过来蹭口吃的。

长生、长命也回家蹲着不走了，就为一口吃的。

但司命就是咬牙忍着，一口没动，但凡他做了吃的，她就转头啃草。也不知道那些草到底是哪来的仙草魔草！

实在气煞人！

司命也觉得很气。

这大笨龙，以前没见做饭这么积极，怎么一到她想要减肥的时候，就想方设法地做好吃的。这之前怎么就没看出来他手艺这么好呢！

那些香气成日成夜地折磨着她，让她梦里都是一道道菜在脑门上绕。她本来可以不吃东西的，但都怪这些菜，馋得她没日没夜地啃草解馋。

司命觉得，她得找长渊谈谈了。让他过了这段时间，再慢慢展示他的手艺。

翌日，当长渊又黑着脸踏入厨房的时候，司命也一溜烟地跟了进去，她一把抱住准备做饭的长渊。

长渊一愣，心头微微一软。司命在他怀里蹭了蹭，忽然道："长渊，今日咱们辟谷，一起吃草吧！"

长渊当时就黑着脸把锅砸了。

司命吓了一跳。

长渊盯着她："这是谁给你的草？"

"我……我画的呀。"

"你为何日日画草来吃？"

司命本想给长渊一个惊喜，一直瞒着没说，这突然被问到脸上了，她沉默了半晌，又垂头捏了捏自己小了半圈的肚子，心里琢磨着，半成品也就半成品吧……

她把长渊拉出了厨房，牵着他出了家门。

门口已经蹲了一排等候吃食的小精怪，司命将他们都撵走了，又把长渊牵到了房子背后的小树林里。

她拿手绢给长渊蒙住了眼，让他靠着树坐下。

“你等我片刻，不许摘。”

长渊不知她要做什么，但还是完全信任地任由她折腾。

“等我啊！”

司命的脚步跑远，长渊就在树下坐着，听着暖风划过，鸟鸣悦耳。

这个世界的一切都是司命创造出来的，她已经尽量还原了一个真实的世界给他。一切都有了自己的规律与秩序。在山林间，长渊的心便也慢慢静了下来。

想想也是好笑，这么多年无风无波、平淡静谧的生活，竟然让他连一株草的醋……也开始吃起来了。

“长渊！”

远远传来了司命的声音：“摘下来吧！”

她言辞中带着雀跃，长渊将脸上的柔绢摘下，随后，他的双眸慢慢睁大。

日光之下，暖风之中，司命穿着当年流波的那身衣裳，做当年的打扮，遥遥地站在那方，望着他轻笑。

这一瞬，时光蹁跹，好似是那村后第一次见到尔笙的那一面，又好似是最后一次见到尔笙的那一面。兜兜转转，却又回到了最初的最初。在那还是万籁俱寂的万天之墟中，她如光如亮，如最初与最后的希望一般，来到他的世界中。

照亮他生命的每一个缝隙与角落。

长渊的眼瞳仿佛被她点亮，直到司命走到他跟前，他也未有任何动作。

“怎么样？”

长渊望着她，忘了说话。

“脸上的肉还是太多了。”司命有些感慨，“我当年怎么就那么瘦呢？这岁月流年，难不成是猪饲料吗？”

难怪……要吃草……

长渊这才明白过来司命这些日子以来为何这么折腾，他垂眸一笑，笑司命的话，也笑自己的笨。但笑完了，他握住司命的手，将她轻轻拉入自己怀里：“一样。”他轻声呢喃，“与当年还是……一模一样。”

一样令他震撼动容，一样令他刻骨铭心，一样令他难掩情深。

世事流年，也难改情意缱绻。

【四】

司命开始吃饭了，长渊做的每一道菜，她都吃得津津有味。

长渊偶尔还会梦到过去。

他依旧会梦见杀掉尔笙的那一刻，但随后一转身，就会看见司命站在不远处，遥遥地望着他笑。

“大笨龙，我还在你身边呢。怕什么。”

万幸，她还在他身边，无风雨可惧，有岁月回首。

这一生，恰是时。

图书在版编目（CIP）数据

司命 / 九鹭非香著 . -- 南京 : 江苏凤凰文艺出版社 , 2019.11（2025.3 重印）

ISBN 978-7-5594-3976-5

Ⅰ . ①司… Ⅱ . ①九… Ⅲ . ①长篇小说 - 中国 - 当代 Ⅳ . ① I247.5

中国版本图书馆 CIP 数据核字 (2019) 第 156348 号

司命

九鹭非香 著

出 版 人	张在健
责任编辑	刘洲原
特约编辑	薛天舒　苗玉佳
装帧设计	安柒然
责任印制	刘　巍
出版发行	江苏凤凰文艺出版社
	南京市中央路 165 号，邮编：210009
网　　址	http://www.jswenyi.com
印　　刷	天津鑫旭阳印刷有限公司
开　　本	680 毫米 ×970 毫米 1/16
印　　张	20
字　　数	315 千字
版　　次	2019 年 11 月第 1 版
印　　次	2025 年 3 月第 5 次印刷
书　　号	ISBN 978-7-5594-3976-5
定　　价	39.80 元